カード師

中村文則

朝日文庫

聖杯ペイジ

聖杯5

女帝

死神

金貨6

愚者

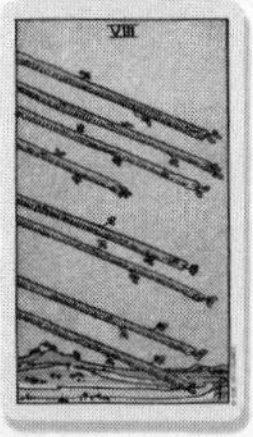

棒8

世界

悪魔

皇帝

吊るされた男

剣5

聖杯7

塔

剣8

剣キング

隠者

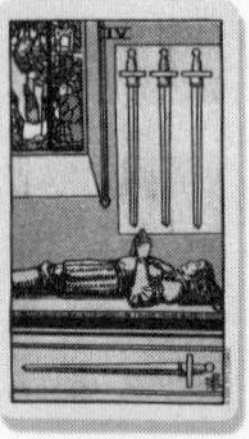

剣4

女教皇

カード師

第一部

〈表裏〉

小さい頃、カードをめくるのが怖かった。

正体を隠し裏向きで並ぶカード達は、無数の他人のようだった。ふれようと近づけた僕の指は手前で止まり、いつも宙で悩んだ。

見えないものを見ることに、怯えたのかもしれない。あの頃は、どこかの道の角を曲がるのも躊躇した。ドアや引き戸を開けることも、時には目を開けることとさえ。

「市井さんの運勢は、今とてもいい流れの中にあります」

僕は言う。笑みをつくるため、頬に小さく力を入れる。

「ですから心配いりません。見ていてください」

僕の手元のタロットカードの束を、市井が恐れながら見ている。

彼女はいつも怯えている。自己肯定感が足りない。あの頃の僕と同じように。今の僕はどうだろう。

カードを六角形の位置に並べ、中央にさらに1枚、カードを置く。カードにふれる度、紙であるそれが自分の指に馴染んでいくのを感じる。小さい頃とは違い、今では馴染み過ぎるほどに。

整然と並べられた、美しい7枚の裏向きのカード。背に描かれているのは薔薇と十字。市井の不安が強くなっているのを感じる。まるで裁判官でも見る様子で。僕は順番にめくっていく。

テーブルの四隅のロウソクの火が、同時に揺れている。ロウソクに泣きながらしがみつき、足元の芯を燃やすように。依存しながら不安定に。

「見ての通りです、……ほら」

彼女の細い目が開く。青いクロスを敷いたテーブルに、タロットカードが本来の姿で鮮やかに並ぶ。ついていた暖房の風が弱まり、ロウソクの火の揺れが静かになる。

〈太陽〉〈女帝〉〈聖杯3〉〈力〉〈恋人〉〈棒4〉〈女教皇〉

「上手くいきますよ。面接では、堂々とアピールしてください。全ていい方向に行く流れです」

カードの説明に入る。彼女が聞き入りながら、真剣にカード達を見ている。僕がわざと、そう並ぶように仕組んだカードを。カードは誰かにめくられるまで、正体を隠し続ける。今の僕と同じように。

「この位置のカードは、問題に対する過去の状況を表しています。この位置は……」

タロットは元々、占いとは関係ない。

十四世紀頃、東洋からヨーロッパに入って来たゲーム用のカードが、後にタロットとトランプに分かれたと言われている。タロットに占いの要素が加わるのは、フランス革命を控えた十八世紀になる。

一神教であるキリスト教の影響が弱まり、抑圧されたものが解放されたのか、神が薄れていく不安から、新たに帰依するものを求めたのか。十八世紀のヨーロッパで「オカルト」ブームが湧き起こる。

「〈女帝〉のカードの意味は優雅さであり、物質的幸福であり……」

エジプトに神秘性を求めることが流行った。タロットはその秘術から来たという説が流れたが、全く根拠はない。並べ方も、それぞれのカードの意味も、実は全て後付けに過ぎない。

「〈女教皇〉のカードは、知性や……」

ではタロットの占いは偽りか。そうとも言い切れない。僕のような人間ではなく、本当に力のある者が使用した場合は。

市井の表情が、精気を帯びている。この自信が、明日の面接まで続けばいい。寝る前に余計なことを考えなければいいのだが。

「本当は……、恋愛の相談だったのでしょう?」

僕の言葉に、市井の細い目がまた開く。

「全体の運はいいですが、相手が本当に自分に相応《ふさわ》しいか、まず見極めてください。会う時は、露出の多い服は避けた方がいいですね。まず面接に集中を」

市井が驚いている。でも前回会った時と、彼女は髪型と服の傾向がやや変わり、少し痩せている。自分に変化を求めていて、そこには自然と、恋愛の期待も大小あれ含まれるはずだった。僕が言ったのも、通常の恋愛の助言に過ぎない。

自信がないだけで、市井は真面目であり、恐らく優秀のはずだった。彼女が面接に通れば企業もいいだろう。そもそも、このカードの並びもどうでもよかった。ただ僕は、背景が黄色のものが多くなるようにしただけだ。色彩により、明るさを演出した。

市井が帰っていく。満足そうに。僕はカード達と共に1人になる。カードを整理しようとした時、1枚が落ちた。タロットなど信じていないのに、カードの落ち方に意志を感じた。

落ちたのは〈聖杯5〉。意味の一つは〝半分以上がなくなる〟。

僕は息を漏らすように小さく笑う。自然というより、意識的にまた頬に力を入れ、笑った感覚だった。もう1人なのに。

ドアの鍵を閉め、四角さを強調するようなエレベーターに乗る。整然と並んだ階数字の列から「1」を選び押す。占いのためだけに借りたワンルーム。高級マンションで家賃は高いが、顧客の信頼を得るため仕方なかった。

マンションから出て、細い直線の路地を歩く。東京の夜の空に、多くの星は見えない。古代の澄んだ空気なら、凄まじい数の星々が見えただろう。規則的に動く星々から、古代の人間達は定められた運命を想像した。占星術の始まり。

円を描く角を曲がり、鼓動が速くなっていく。道の先に立つコートの女性。顔を見ていないのに、誰であるかわかっていた。

「……久し振り」

彼女が言う。なぜ今の僕の活動地域を知っているのか。質問しても無駄だった。彼女達が知ろうと思えば、恐らく大抵のことはわかるのだから。

「まさか、私達から逃げたわけじゃないでしょ?」

彼女の言葉に、僕は無表情をつくる。

「ただ連絡先を変えて、引っ越しただけだよね。東京にいるんだし」

彼女が笑う。全て見透かした風に。逃げる意志を見せないように、徐々に彼女達から離れようと思っていた。

「あなたは逃げられない」

彼女が笑みのまま言う。

「まだ逃がさないからね」

ギリシャ神話の神、ヘラが浮かぶ。夫である主神ゼウスの浮気相手やその子供達を、執拗に呪い攻撃した女神。

「冗談。……仕事の依頼。この男の」

彼女がスマートフォンの画面を見せる。カードの表を見せる仕草で。

「占いの顧問になって、聞き出したことを全部伝えて」

長方形の画面に現れている男を見ながら、また鼓動が乱れ始めた。

年齢はわからない。四十代にも、五十代にも見える。目に力がある。あり過ぎるくらいに。

この男はよくない。僕は思う。関わらない方がいい人間。

「大丈夫。この男クズだから、騙す罪悪感も必要ない。あなたそういうのうるさいから。社会とか世界に未練もないのに、そういうところだけはこだわる。……変な男」

彼女が微笑む。リングのピアスが耳を貫いている。僕はそうするのが当然であるかのように、スマートフォンを受け取っていた。

「連絡手段はこのスマホで。正体を偽って、この男の企業にも関わって欲しい。……そういうの、平気でしょう？　小さい頃から、そんな風に生きてきたんだから」

僕は無表情をつくり続ける。彼女が近づいて来る。

「お金も必要でしょ？　あなたの惨めな夢のために。……部屋に行ってもいい？」

外の空気で冷えた、甘みのある香水の匂いがした。重くないのに、匂いそのものがいつまでも記憶に染みつくような。懐かしさを感じる。

「……今日は、ちょっと」

「え？　あの〝ディオニュソス〟の会員が、女性の誘いを断るなんて！」

彼女は楽しげに驚くが、間違っている。僕はもうあのサークルの会員じゃない。

「まさか枯れたの？　まだ四十前のはずだけど」

「……これから仕事なんです」

「へえ。そう」

彼女は笑みのままだ。僕の部屋に行こうとしたのも、思いつきだろう。

「急いでお金を貯めることにしたの？　ならこの依頼もちょうどいいんじゃない？

……あなたの惨めな夢。隠居」

彼女の声に、僕への同情が混ざっていく。

「いよいよ本格的に嫌になったんだね、色んなことが。……大丈夫。あなたが隠居する時は、もう私達も近づかないから」

僕は無表情を保ち続ける。

「その辺は私達も緩いから安心して。……でもこの仕事はお願い。最後でもいいから」


〈ポーカー〉


彼女が僕の横を通り過ぎていく。恐らくこのスマートフォンに、依頼の詳細ファイルも入っている。

腕時計の針の位置。時間にやや遅れている。僕は従来の目的の場に向かう。

8階建ての、古びた灰色のマンションの7階。エントランスのインターフォンで名乗ると、自動ドアが開く。階に行き、ドアの前に立つ。表札はない。正方形のインターフォンに小型カメラがある。中の人間がカメラで僕を確認し、鍵を開けた。

すぐ左の狭い部屋でタキシードに着替え、カードを手にした。違法のポーカー賭博。

トランプは人間社会を表し、タロットは世界の成り立ちを表す。僕に、最初にカード遊びを教えた人間がそう言った。

「トランプのマークの強さは♠♡◊♣の順で、人間の大まかな人格の質を表すと僕は思うんだよ。色と男女は関係ない。数字は主に社会的地位。〈♠2〉より〈♣K《キング》〉が強いのがいかにも社会。そう思わないか」

あの時、彼はまだ小さかった僕に、なぜか申し訳なさそうに言った。

「でもトランプのいいところは〈ジョーカー〉があることだよ。全てのカードに化けて、ルール次第でキングも小馬鹿にして凌ぐ。息苦しいほどの序列や格差に、混乱や誤差を与える存在」

さっき路上で僕に依頼した彼女も、トランプに言及したことがある。英子と名乗っているが、恐らく本名じゃない。

「トランプでいいのは、〈Q《クイーン》〉や〈K〉に数字がないとこ」

あれは共にベッドにいた時だった。

「13、12、と頭でみな変換してるけど、誰が決めたの？　〈Q〉が13でもいい。時々は〈Q〉を13にして、皆ジェンダー意識を変えるべき。そもそも〈K〉の女性がいるべきだよ。クイーンって響きは好きだけど」

彼女とトランプゲームをした記憶がある。負けたのをしばらく根に持っていた。

「あとあなたも、ウェイト＝スミス版のタロットばかり使わないで、たまにはLGBTのタロットも使うべきじゃない？　色んな絵柄のタロットがあって、ちゃんと売ってるんだし。〈恋人〉のカードが男女だけなんて古過ぎる」

煙草の煙の中、テーブルに向かう。同じく蝶ネクタイの従業員に目配せし、交代する。

カードゲームとは、その場の中央に、意図的に偶然を発生させるものになる。この場では実人生の立場は関係ない。それぞれの人生から離れ、決められたルールと偶然の混沌の中に、全員がただ存在として置かれることになる。

こういう場でのポーカーは、「テキサス・ホールデム」が通常だった。ポーカーの世界大会の形式の一つ。

各プレイヤーには2枚のみが配られ、他は明かされて並べられた3枚をまず皆で見て共有し、ツーペアやフラッシュなどの役を考える。

共有されるカードは、1枚ずつ増えていく。プレイヤー達は手元の自分の隠した2枚と増えていく共有のカードを見て、合計5枚の自分の役を考える。

全く役が揃ってないが、強気に賭け金を吊り上げていき、他のプレイヤーを諦めさせゲームから次々降ろし——降りても賭け金は没収される——勝利したり、かなりいい役が揃っているが、やや弱気を演じ他の賭け金の吊り上げを誘発するなど、様々な駆け引きが必要になる。

以前、ここにプロのポーカープレイヤーが来たことがある。

正規の大会に出場する人間が、違法賭博に来たのだから金に困っていたのだろう。

僕は知らない振りをした。

テーブルには1人完全な素人もいた。地下賭博の雰囲気を味わいたく、勇気を必要としながら来た男。僕は自営業者と見当をつけた。

自営業者は不安な顔で賭け、最初の3ゲームは他の客が運で少額を勝った。次のゲームでプロが仕掛けた。

それぞれにカードを2枚配り、賭け金が揃い僕が3枚、カードを見えるように並べる。〈♡A《エース》〉〈♠K〉〈♣5〉。表情を曇らせていた自営業者の表情が一瞬動き、すぐ不安がよぎり、取ってつけた無表情になった。彼の成立した役は〈A〉のワンペア、と僕は思った。プロが迷った素振りで、弱気そうに賭け金を吊り上げた。自営業者を狙っていた。

プロが被害者を食い物にする行為には、えげつないものがある。プロのさりげない弱気の演技に自営業者が乗り出した。

数分後に判明するが、プロは〈K〉のスリーカードが成立していた。自営業者は吊り上げたプロの賭け金と同額を賭けた。自営業者は悩む仕草のプロの役を、ワンペアと読んだだろう。自分が〈A〉だから、相手も〈A〉の可能性は低いと思っただろう。同じワンペアでは〈A〉が一番強い。自分が一番強い。

次のカードはこの場で無意味な〈◇6〉。プロがまた弱気な雰囲気で賭け金を吊り上げる。既にゲームを降りた客達は皆プロが彼を騙してると知っていたし、見え見えともプロも知っていた。自営業者にはわからないと。僕も客達も黙ったまま、自営業者が破滅するのを見つめていた。人が破滅する瞬間には快楽がある。

プロが吊り上げた賭け金に、自営業者も乗っていく。自営業者は蒼白になり、首からも汗が流れていた。素人が陥る、引けない感覚に覆われていく。ここで引けばこれまでに賭けた分が全て取られる。素人は思い切って引くことができない。最後のカードは〈♣8〉。プロが被害者の振りをし、破れかぶれの演技で全額を賭けた。

場に緊張が走る。乗れば自営業者は全額失う。彼はすぐ手持ちの金をチップに替え、負けを取り返そうとするだろう。再び負け、また手持ちの金を出すだろう。脳裏に負けた額が——増えていく——刻まれ続け、人生までも振り返り、あのとき勝負を避けたから人生はぱっとせず、でも賭博での自分は違うと強気に勝負し続けるだろう。人生での敗北まで、賭博で取り返そうとするだろう。「一発逆転」もちらつくだろう。自分の存在そのものを放り出す無意識下の快楽に、彼自身が気づいているかどうか。周囲の者達は沈黙しながら、しかし彼を誘う空気をわざと作り続ける。

賭博にマニュアルがあるとしたら、恐らく第一条にはこうある。賭博をしないこと。その魔力を知らず人生を終えること。

だが自営業者はその賭けに乗った。もう乗るしかない。自分を超えた押す力と惹き込まれる力があり、抗えない。

互いの手札が開示される。プロは〈K〉のスリーカード。だが自営業者は〈A〉のスリーカードだった。

プロの目が驚きで見開く。自営業者はいつの間にか、完全な無表情になっていた。熟練のプロプレイヤーのように。

彼はこの場に入って来た瞬間から、既に素人の演技をしていたのだった。整然とた〈A〉のカードが、乱れることなくテーブルに並んでいた。

全額を失ったプロがよろめきながらゲームを降り、残りの客達は、この得体の知れない男との勝負の誘惑にかられテーブルに残った。

物好きも1人加わる。彼らは自分達の金を半分失い自発的にゲームを降りた。男はその日、620万円を一晩で稼ぎ、いつの間にか場からも消えていた。もう二度と来ていない。全額を失ったプロは半年後に死んだと聞いた。

ジョーカーを抜いた52枚のカードは、時に人間の人格を変え、人生を変え、その本人を殺し、周囲の人間達の人生まで変えていく。

僕は楕円形のその「テキサス・ホールデム」用のテーブルではなく、まず特徴のない円テーブルの方に立つ。この賭博場では、日本では一般的な通常のポーカーによる賭博も行われている。

その客は4人。眼鏡の会社員風が2人、残りはチェック柄の男と、高級腕時計の男。金のウブロ。時計はいいが、着るスーツが全く合ってない。時計の額を約380万と見当をつける。彼を敗者に決めた。

本来なら偶然と駆け引きが必要とされるが、このテーブルを支配しているのは僕だった。〝イカサマ〟の日。

上部に〈Q〉を3枚仕込み、カードをシャッフルする。上部の束が下に行く時、小指の腹を微かに挟み、シャッフルしながらも位置を把握する。繰り返す。カードが滑らかに素早く重なり続ける。

さらに二つの束に分け、交互に弾《はじ》きながら嚙み合わせるリフルシャッフルをする。カードは完全に混ざる印象を与えるが、仕込んだ並びは別のカードが1枚1枚交互に挟まれることで、効果の出る順になっている。

順番に配っていく。これでチェック柄の男に〈Q〉が3枚いく。チェック柄はほどよく金を吊り上げ、〈Q〉のスリーカードで手堅く勝利した。

カードを集め、手元の束も崩しテーブルに広げ両手で混ぜていく。この行為で既にバラバラの印象を与えるが、実は違う。

このカードには特殊な仕掛けがあり、裏向きでそのカードが何かわかる。知らなければ見比べてもわからない、ごく僅かな違い。

正規の場でプロの客達を相手にすれば、ばれるかもしれない。だからここは照明が薄暗い。

混ぜながらカードの位置を把握し、気だるい表情で指で順番を仕組んでいく。僕はここで遊ぶ。複雑な順をつくる。

さらにシャッフルするが、指の腹を挟み、作った仕掛けを固定し続ける。常にその位置を把握し最後に上に載せる。

順に配った。あと1枚でストレートのチェック柄は、1枚だけ交換するだろう。次の腕時計の男もあと1枚でフラッシュだから1枚替える。残りの2人はツーペアだから同様に1枚替える。彼らが引くカードは揃わないようになっている。一周回った時、チェック柄に順番通り〈♡6〉がいく。ストレート。

会社員の2人も適度に勝たせ、一度腕時計を勝たせる。僕は表情を保ったまま、指に明確に意志を伝えていく。次はまた会社員を勝たせるが、腕時計は惜しくも敗れるようにする。腕時計は思う。一度は勝った。さっきは惜しくも負けたが今は運が来ていると。

そこで腕時計にストレートの役を揃えさせる。だがチェック柄はフラッシュ。チェック柄の方が役が強いが、腕時計は強気になり賭け金を吊り上げていく。チェック柄はやや躊躇する演技で彼の賭けに乗る。カードが開示され、腕時計は敗北する。既に彼は75万を負けている。

「イカサマだろ」

腕時計が押し殺した声で言う。僕は微かな困惑の表情で男を見る。

「どうやってるのか知らんが、……おかしい。俺に混ぜさせろ」

「お客様」僕は声の温度を下げる。

「そのような発言は店の信用に関わります。……撤回してください。そうでないと」

「ああ悪かった、悪かったけど、一回でいい。俺に切らせろ。……納得したいんだ」

僕は目じりを軽くかく。呆れた様子で。

「いいでしょう。本来許されませんが、妙な噂を立てられても困ります。でもよく聞いてください」僕は彼にカードを渡す。

「私はこの仕事が比較的長い。様々なお客様を見てきました。……運には流れというものがあります。残念ですが、今はお客様にとっていい流れではありません。普通なら引く時ではないかと」

「黙れ」腕時計が強く言う。

「まだやる。お前に関係ない」

僕の普通という言葉に、彼がかかる。

腕時計が意外と細い指でカードを切る。慣れていない。〝イカサマ〟はできない。

配ろうとするのを仕草で止めた。

「お客様を疑うわけではありません。ですがお客様の〝イカサマ〟を防ぐために、ここでは私のような配るディーラーがいる。一度お渡しください。他のお客様にも、納得してもらわなければ」

僕はカードの束をゆっくり片手で受け取り、テーブルの上に置く。

「せめて一度混ぜます。いいですか？」

適当な束を片手で持ち上げ、テーブルに置き、その上にゆっくり元の束を置いた。

「なら、……その上から五番目、そこから配ってくれ」

腕時計の言葉に、他の客達がうんざりした息を漏らす。僕は他の客に同意を求める。会社員の1人が「じゃあ八番目から」と適当に言い、腕時計も納得した。

「いいですか。馬鹿々々しいですが見ていてください」

ゆっくり1枚ずつ取り、1枚ずつ配る。

腕時計の役はそこそこ良さそうだった。ややばつが悪そうに賭け金を吊り上げた。他の客達も上げたが、最後は腕時計とチェック柄の勝負になる。

腕時計は〈J《ジャック》〉と〈Q〉のツーペア。でもチェック柄は〈K〉のスリーカード。腕時計は敗北する。暗がりの中でも、腕時計の顔から色が抜けていくのがわかった。彼は120万を負けたことになる。

仕掛けは簡易だった。チェック柄が手持ちのカードを、元々持っていた4枚の〈K〉を使い入れ替えたのだ。

僕が目じりをかいたのは、束から〈A〉と〈K〉を全て抜き取った合図。僕の右袖の中にある。チェック柄の〈K〉は同じ柄の別のトランプ。

茫然とする腕時計を残し、隣のテーブルのディーラーと交代する。もう〝イカサマ〟はない。

カードを混ぜ、客達に配っていく。こっちの楕円形のテーブルは客達と距離がある。カードが裏返らず、かつ客達の手元で止まるよう素早く連続で投げる。客達がチップの束をいじる音が、カタカタと鳴り続けている。

朝の六時。客達が全て帰った後、カウンターでチェック柄とボトルを開けた。

彼とは長いが、本名を知らない。内面でチェック柄と呼んでいる。彼はよくこの柄を着ているから。彼も僕の本名を知らない。内面で僕は何と呼ばれているだろう。

「もっと取ってよかった。あの男」

そう言ったチェック柄の声は、いつものように掠れている。彼はまた痩せた。腕時計から奪った金を分ける。七割を店に。残りを二等分。

「いや、やり過ぎたくらいだよ。いいんじゃないかこの程度で。時計売ればチャラだし」

「甘いよ」

「そうかな」

以前、彼ではない、手品商品を売るある店の手品師から、奇妙な話を聞いたことがあった。

「手品をして、相手がいい反応をしてくれると、……快楽がある」

あの時、その手品師はそう言った。どこかの寂れた青い照明のバーだった。

「相手が驚いたり笑ったりしてくれると……、この間もね、何か手品を覚えたい、という客が来て、買わせるために、仕掛けのある商品を実演した。驚いてくれてね、感心までされた。『根本的に素人と動きが違う』と言われたよ。『草野球に元プロが来たくらい違う』とまで。……彼の所属する草野球チームに、元プロが助っ人に来たことがあったらしい。元プロは一軍で一、二度中継ぎで投げたのみだったけど、もう根本的に、全然違ったと。その草野球チームも甲子園に出た人間がいるくらい強かったみたいだけど、もうそういう次元じゃなかったというかね。プロの領域という、その圧倒的な世界というか。……彼にせがまれて色々手品をしたよ。場を支配してる感覚があって、……俺達は喝采に弱い。でも」

手品師はそこで、視線を揺らした。

「彼は一番安い商品だけ買ってね、まあ俺は満足だったんだけど、……彼が帰った後、店の色んなものがなくなっていたんだ」

彼は力なく笑った。

「手品中、手品師の神経はあらゆる方向に散りながら、でもその全てに集中する。指の動き、客から見える角度、手順や相手の反応まで多岐に……、騙すのに集中し過ぎて、騙されていた」

僕は、最近の彼のスランプを思った。

「騙されたのに気づかなかったのもショックだけど……、一番は、彼が店に入ってきた瞬間に、俺に向けた視線だったかもしれない。特に気に留めなかったけど、今思えば、こいつはいけるという判断の視線だったというか。……彼から見て、俺の姿の、顔や雰囲気の何がこいつはいけると思わせたのか。声は関係なかったはずだ。あの時まだ俺はいらっしゃいませとも言ってない。だから……」

その時その店で、手品師を騙し商品を取った男が、このチェック柄だった。

彼が手品師の何を見てこいつはいけると判断したのか、僕はまだ聞いていない。彼がその店に入ったのは、暇潰しだろうと思う。

「……依頼が来たよ」僕はチェック柄に言う。

「英子さんから。ある男の占いの顧問になって、色々聞き出せって。……俺がここにいるって、お前が？」

「違う」

チェック柄の反応に、彼が嘘をついていないと判断した。

「言うわけない。あいつらが調べたんだろ。……それに、依頼が来たとか、人に言うべきじゃない」

僕は驚きを出さないようにした。前までは、互いの受けた依頼をよく話した。

「上の方で、何か力の動きがあるらしい」

チェック柄が言う。僕は驚く仕草で相手に話したい衝動を発生させるのも、知っている振りで相手を安心させ、話させることもしなかった。彼の前では見破られる。

「よくわからないけど、なら、……英子さんがもっと上に行くのかな。彼女は優秀だから」

僕が言うと、チェック柄が「それはない」と馬鹿にしたように笑う。

「なんで？」

「は？　女だぞ」

女だから？　僕は驚く。

「おいおい、いつの時代だよ」

「ん？　現代は反動の時代だよ」

彼が笑みを浮かべそう言った。様子がおかしい。彼は前からこうだったろうか。隠していたのだろうか。

「女に上から依頼されるのは好きじゃない。今みたいに融通がきくのも。何て言うか」

彼の言葉に、僕は黙っていた。彼が僕に向き直り、続けて口を開いた。

「物足りなくないか？」

店のテレビで映像が流れている。右派的な与党が、選挙で大勝したニュース映像。

「……物足りない？　何が？」

「全部だよ」彼が僕を見続ける。

「そもそも緩過ぎる。だらしなくもあるだろ。あの英子なんて、依頼を与える相手と好き勝手寝てるらしいじゃないか。そういうの嫌いなんだ。失敗した奴にも甘い。規律と真面目さがないと企業は潰れる」

彼も僕と同じ末端だが、なぜ上からの、経営者風の視点で語るのだろう。

そもそも僕達は、自分達が何から、どのような企業から仕事を依頼されているのか、よく知らないはずだった。英子氏達は経営コンサルタントの会社らしいが、マーケティング会社や、探偵業務を行う調査会社も下請にある。

彼のような〝詐欺師〟や、僕のような存在にまで時々外注する。得体が知れない。トップが誰かも、そもそも実質的なトップがいるのかもよくわからない。

「あと最初の3枚の仕掛け、もう〈Q〉はやめてくれ。最後はあれでいい」

「でもな」僕はトランプの束を出し、シャッフルする。

「お前の嫌いな〈Q〉は」そう言い、一番上に出した。「お前が好きらしい」

チェック柄が、その〈Q〉を3本の指で僕から奪った。彼の指にあと少し力が入ればば〈Q〉が折れる。その姿勢で彼は僕をじっと見た。

「やめろ。お前ももう、そういう態度を変えた方がいい」

彼は勘違いしている。彼の前で、僕がいつも明るいのも演技だ。

〈よくない男〉

ずれながら重なる、円模様の絨毯の上を歩く。外資の高級ホテルのロビーで、スーツの女が待っていた。エレベーターの扉が開く。

彼女がカードキーをセンサーに当て、四角く並ぶ階ボタンの「29」を押す。最上階のレストランフロアの、一つ下の階。

彼女は何もしゃべらない。エレベーター内の螺旋《らせん》模様の絨毯も深く、足の位置を変えても音がしない。フロアに着き、同じ柄の絨毯の廊下を歩き、彼女がドアをノックした。装飾のない黒く重いドア。

この部屋に、英子氏から依頼された仕事対象の男がいる。彼の専属の占い師になり、素性を知らなければならない。目の前の女性は恐らく男の秘書。

英子氏に渡されたスマートフォン内のファイルを見た時、やはり関わるべきでないと思ったが、仕方なかった。

男は投資会社社長の肩書だが、恐らく本業ではない。佐藤で始まる名も時間まで記された生年月日も、四柱推命や姓名判断で最上と呼べるもの。つまり虚偽。そして占い狂。

現在の政治家も時にそうだが、歴史上の数々の王達にも、専属の占い師がいた。

王の傍の占い師に最も求められるのは、下手なことを言い処刑されるのを防ぐこと。王が占い師を処刑したいと決めた瞬間、その占い師は無能、つまり占い師である自分の運命もわからないと判断される。

古代ローマ皇帝ティベリウスの占い師トラシュルスなど、彼らは政争の背後で暗躍したと言われている。彼らが行ったのは占星術のホロスコープ。生まれた時の星の位置により、人の運命は決まっているとされるもの。

ドミティアヌス帝は占星術で予言された死期が近づくとノイローゼとなり暗殺され、ハドリアヌス帝も予言された年齢で病死した。死期を意識した皇帝が、精神から衰弱した結果と思われる。

歴史上、占星術のホロスコープは度々禁止された。王のホロスコープを勝手に作成すれば、その死期がわかり謀反が起こるから。でも僕は、占星術も信じていない。

返事を待たず、女性がやや重そうにドアを開け僕を促す。彼女は入らない。

正面のソファに男が座っていた。上下白の、高価そうなトレーナーを着ている。鼓動が速くなっていくのを、抑える。男が細い目で僕をじっと見ていた。写真の印象より背が高い。短い髪を全て後ろに寝かせている。

「……なるほど」

男が言う。低くも高くもない声で。

「君はいかれてるな。顔がまともじゃない」

僕は無表情をつくり続ける。

「意外と若いな。小向元社長の占い師。……本当か？」

「いえ」

僕は否定する。本当に違うが、僕はそういう設定なのだろう。

「否定するだろう。ああ、なかなかいい。自慢する素振りが少しもない。そして顧客の秘密を守る。……あのベンチャー起業家にアドバイスし、一時代を築かせた。しかし君との仲違いにより彼は失速。病死だが君が殺したか」

「いえ」

彼が手で僕を不意に制す。

「それ以上来るな」

その場に立ち止まる。円形の絨毯の上に、小さなテーブルがある。

「なかなかいいだろ。……たまたまだが、中世の悪魔信仰、その魔法陣に似ている。つまり私は今、君という悪魔を呼び出したことになる」

何を言っているのだろう。彼のソファの位置は、円の絨毯の外だった。

「悪魔は魔法陣から出られない。逆に人間が魔法陣に入れば八つ裂きにされる。悪魔を呼び出した人間が何かの手順を僅かに失敗しても、魔法陣の囲いが消え悪魔に八つ裂きにされる。確かそうだろ？」

僕は小さい頃、本当に悪魔を呼び出そうとしたことがある。願いを叶えるために。

彼の冗談に乗ると示すため、微かに口角を上げた。円の絨毯内のテーブルの椅子に座り、バッグからタロットを出した。

「タロットか。どう占う」

「どのようなカードが出るか、それにあまり意味はないというのが私の立場です」

僕は言う。相手は占いに詳しい。

「私のタロットの使い方は、水晶のようなものです。魅惑的な絵柄により、私の集中力を増すための道具。あとは占いの始まりのためです。会話のきっかけを偶然の助けを借りて決める。たまたま出たカードにより、事柄を別の角度から見る手段でもあります。……私はウェイト＝スミス版のタロットを好みます。この絵柄は」

「大丈夫だ、説明は。私が最も好むのもその絵柄。……大英博物館司書の神秘主義者、ウェイトの監修で、パメラ・スミスが描いたタロット。スミスはノーベル賞詩人イェイツを通して、イェイツも所属していた魔術結社〝黄金の夜明け団〟に籍を置く。スミスは一部の人間に見られる、聴覚を視覚で、視覚を聴覚で捉えることなどができる〝共感覚〟の持ち主。私のこの知識は合ってるか」

「私の知る限りでは」

「そうか。彼女の絵は精巧でなく雑に見えるが、個性がありやはり天才的だ。……なかなかいい。私の何を占う」

「まずは、現在の大まかな運の流れを」

「違う」男の言葉に、僕の手が止まる。

「ずばり当てろ。私の過去ではない。そんなものは調べればわかることだ。私の近い未来の何かを当ててくれ」

僕は無表情をつくり続ける。滲む汗を制御しようとする。

「私がなぜ占いを要求するのか。それは占われ、ずばり当たる瞬間を味わうためなんだ。その瞬間には快楽がある。この世界の隠された摂理にふれた瞬間。運命というものがやはりあるのだと感じる瞬間。神のみが知る未来の先を知り、神をも出し抜く感覚を味わう瞬間。つまり私が必要としているのは凡庸な占い師ではない。悪魔だよ。私は他の人間達には絶対に手に入らない悪魔を探し続けている。……そして君は私の顔を見た」

　鼓動が速くなる。僕は男にわからないように、息を細く長く吸う。

「既に君は私の何かを感じただろう。私の何かを既に占っただろう。つまり私の何かを知ったということで、今更逃がすわけにいかないんだ。しかし無能な悪魔に用はない。もし外れれば、あの社長の専属だった頃の君には能力があり、だがもう枯れたと判断する。理不尽で申し訳ないんだが、外れれば私は君を殺すかもしれない。殺さなくても、この業界で生きられないようにするかもしれない。君の人生をある意味で終わらせるかもしれない」

　僕は口を開く。動じない演技で。

「外れたなら、それはいま私があなたに感じたことも外れているのでは。問題ないと思いますが」

「理不尽で申し訳ないんだが」

　男は言う。謝罪の響きのない声で。

「そういうのが私のやり方なんだ」

やはりそうだ、と思う。この男は一線を越えている。つまりいかれている。深い絨毯が、僅かな空気の震えや流れの音まで吸収するようだった。沈黙が続く。僕は表情を動かさないようにし続けた。それしかできなかった。男がグラスに口をつける。シャンパンやワインでなく、男はただ水で喉を湿らせている。

「その代わり、報酬は多いはずだ。君が当てた時、契約書を」

「必要ありません」

僕は笑みを浮かべる。このタイミングと思った。僕は顧客によって接し方も変える。

「口頭契約でいい。私は相談役のつもりでここに伺いました。でもあなたはそれ以上を要求している。そこまでのものは、私の命の、正確に言えば命に直結するほどの私の精神の負担になる。契約書など法の世界のことです。あなたがそこまで要求するなら、私も要求します。正式に契約する時は、口頭契約の方が重みがある。その時は契約と同時にあなたの髪と爪をください」

「……髪と爪？」

「キリスト教やイスラム教によって縮小を余儀なくされた、ゾロアスター教は髪と爪に着目しました。でもその歴史はもっと古くて、古代部族などにまで遡る秘儀です。彼らは捕虜を解放する時、代わりに髪を取っておいた。そうすればいつでも相手を処罰できたから。……あなたが契約を破った時、私はあなたの爪と髪を薔薇か菫《すみれ》の香で焼きます。あなたの命だけでなく、あなたの人生において最も重要なものを損なうためです」

「それが何かわかるか」

「まだわかりません。でも香で焼いた時、あなたのそれは自動的に損なわれる。悪魔と契約する時は、願いを叶えることと引き換えに魂を渡すのが通例です」

「いいじゃないか」

男が笑う。予想より甲高い笑いだった。

「やってみろ。なかなかいい」

僕はウェイト＝スミス版のタロットをしまい、別のタロットを出す。

「このカードはオリジナルです。ある発狂した物理学者がつくったもの」

僕は手早くカードを広げる。男の目がやや開いた。

「タロットが生まれた時代の宇宙観など、太陽と星と月程度です。全く世界の成り立ちを表していない。でもこのカードには、現在の宇宙、物理学の理論が記されています。……私が見ようと試みるのは、人々が思う意味での神ではありません。物理学的にもいずれは到達可能なはずの摂理です」

僕は深く息を吸う。この呼吸は相手にわかってもいい。

「では始めます」

僕は無表情のまま、男の目を見る。男も僕を見返す。ここで視線を逸らしてはならない。頬や眉間に、微かな力を時々加える。相手にわからない程度に。何かを感じている風に。

相手が不安になるほど沈黙するべきだが、彼の場合、今はそうならないだろう。頃合いでやめる。

「……不思議な人生ですね」

「そうか？」

「まだ大枠ですが。……あなたのような人は3人目です」

彼の表情が動く。

「3人か」

彼のプライドを、指で優しく撫でるようにする。1人目と言わなかったことで、彼の中に引っかかりができたはずだった。でも3人は少なく、それなりに自尊心が満たされる。

僕のような占い師にとって重要なのは、基本的に顧客より「上」になることだった。僕だけが知る他の2人のことも、彼はいま気になっていると感じた。

「当然細部までいけば、1人の人間は1人のオリジナルです。ただ大枠がある。ん

「……」

「……何がわかった」

「わかる、とは違うのです。言語化が難しい。私が感じようと試みるのは言語ではありません。感じたことを正確に言語に変換するのが、とても難しいのです」

僕はタロットカードを切る。トランプのように素早く。

束を分ける。本来は三つだが、五つ。

「本当はこれを、あなたに重ねてもらわなければなりません。対象者に能動を与え誘わなければならない。でもあなたはこの魔法陣の中に入りたくない」

僕は笑みをつくる。

「この手袋をしてください。これならいいでしょう?」

左の手袋だけ渡す。男が左利きとは気づいていた。男が手袋をつけ、五つの束を一つに重ねる。

「……では」

僕はカードを並べる。絵柄も内容も名称も、全てオリジナルのタロット。並べ方は通常のホロスコープ。13枚。

〈重力〉〈嫉妬〉〈傷〉〈ホログラム〉

〈恐怖〉〈ブラックホール〉〈反物質〉

〈無意識6〉〈非局所性〉〈過去〉

〈意識2〉〈罪〉〈神〉

「この並びは偶然か？」

「あなたが重ねた」

偶然じゃない。こうなるように仕掛けていた。

「でも時々、こういうことがある。珍しい存在の相手をする時に、示唆的なカードが出ることがあります。私はこの偶然を信じていませんが、……確かに奇妙です。でもぴたりとは当たっていない」

「ん？」

「〈虚無〉のカードが出れば完璧過ぎて、私もこの偶然を信じたかもしれません」

男の反応を探る。怒らせてはならない。

「虚無など普通なことです。虚無を感じない人間は馬鹿です」

馬鹿ではないと思うが、男の好みと思われる印象に合わせた。僕は無表情のままカードの並びを見る。放心したり、恍惚とする演技はしない。

沈黙する。時々男にも視線を移しながら。時間を5分と決めた。あの時点での沈黙は通用しないが、今なら効果があるだろう。誰かと空間を共有しながら、5分の沈黙は意外と長い。圧倒的なほどに。

「……線がある」

「線」

「はい。……動いている。点滅している」

僕はまた沈黙する。今度は2分ほど。

「あなたなのか、あなたに近い人間なのか。……違う。本当の意味で、あなたに近い人間などいない」

彼の雰囲気を感じればわかる。かなり孤独な男だった。それにこう言われれば、誰でも少しは思い当たる。男の反応はもう見ない。

「これはあなたのことだ。小さなノートがある。……悪いものではない。動きは気味が悪いが。……これが起こるのが、……恐らく二週間後。その前後の日。その間はなるべくエネルギーを使わないことです。それがどういうことかはわからない。女性と関係を持つのを控えた方がいいかもしれない。関係を持つのは、……あの秘書だけにしてください」

さっきの秘書は、僕の存在に好意を持っていない。男の「占い癖」を、個人的なレベルで不快に思っていると推測した。彼女のスーツには不自然な位置に皺があり、髪がやや湿り気を帯びていた。シャワーを浴びたばかり。加えてこの部屋には性の気配がある。

「なぜわかる」

「なぜでしょう。他意なく口から出ていた。何かの余波のようなものです」

僕は息を深く吸う。結論の言葉を吐く。

「二週間後、その前後。明確にこれとわかる、あなたにプラスになることがある」

この部屋を出られるだろうか。当たるわけがない。すぐ仕事の中止を英子氏に告げ、僕は逃げなければならない。姿を隠さなければならない。

「それは大きいことか」

「社会的な意味では大きい。でも本当のあなたにとってはそうでもない」

「漠然としてるな」

当然だ。占いは時に意味ありげに、しかし漠然としていなければならない。

「あなたは、何かの対象について私に問うていない。ゼロから問いを立てています。こういう答えになるのは仕方ないことです」

男の視線が僕の目を捉える。今度は男が沈黙をつくる。仕返しかもしれない。

「なるほど、線、点滅、ノート」

「ええ」

「ちなみにそのカードは」

男がカードに手を伸ばす仕草で、不意に僕の手首をつかんだ。

反射的に振り解《ほど》きたくなるのを、抑える。違和感がある。手首にグレーのリングがかかっていた。

「ただのちゃちなGPSだ。単純な仕掛けだが、外せば信号がこちらに送られる。つまり外せば発覚する。よくあるやつで外せない」

僕は無表情を保つ。予想していなかった。ここまで奇妙な男とは思っていなかった。

「信用がないですね」

「申し訳ないんだが」男の言葉には、やはり謝罪の響きがない。

「こういうのが私のやり方なんだ」

男と目が合う。逸らしてはならない。

「占い師は、顧客より優位に立とうとする。そうだろう？　私からすれば考えられない。部下の1人に過ぎない」男がグラスに口をつける。水で喉を湿らす程度に。

「二週間後も、これで君がどこにいるかわかる。外れれば、古代の王に仕えた占い師と同じ末路を辿ってもらうかもしれない」

男が立ち上がる。ここで帰れという風に。

「それまで外せないが、安心しろ。そこまで不便じゃない。防水だ」

僕は笑う。

「いい気分ではありません」

「申し訳ないんだが」男が再び言う。もうこちらを向いていない。

部屋から出ると、秘書と見られる女が待っていた。僕の手首のリングに視線を向けた。呆れたように。彼女は何も言わず、僕の前を歩く。

「いいです。1人で帰れる」

「……違います」話したくないのに、声を出した響きだった。

「このキーがなければ再び来れない位置まで、あなたを遠ざけるだけです。1人で帰りたいなら、そうしてください」

「彼は君を捨てる」

僕が言うと、彼女が立ち止まる。

「彼が何か言ったのですか」

「言うわけないでしょう。僕の職業を知らないのですか」

占いではなく、大勢の、奇妙な顧客に会った経験から。いや、そんな経験などなくてもわかる。彼女はまだ若い。あのような男に関わっても、ろくなことがない。

でも余計なお世話だった。苦しみたい人間もいるから。幸福とはそれぞれだから。

〈赤紫〉


窓から外を見る。見張りがいる気配はない。

顧客を呼ぶための、占い用のマンションに泊まった。自宅アパートは古く小さく、GPSで知られるわけにいかない。占い師は、金がないと判断されれば信用されない。海外での隠居のため、金を貯めると決めていた。まだ額は十分でないが、ここで日本を発つしかないかもしれない。二週間後、この手首のリングを外し逃げる。それまでは油断させる。とうとうGPSまでつけられた。そう思うと笑いすら浮かんだ。

逃亡の準備はすぐ終わった。カードを除けば、必要なものが一つのスーツケースに収まる。正確にいえばその半分に。半分埋めた中にも、本当は必要でないものもある。こういう生き方なんだろう、と僕は思っていた。スーツケースの残り半分を、これから埋めることもない。

チャイムが鳴り、反射的にコーヒーカップを円テーブルに戻したが、どこか演技めいていた。時計を見る。顧客の1人、岸田亜香里が来る時間。

ドアを開け、笑顔をつくり迎える。美しい、と僕は思う。

彼女と似た女性を知らないのに、懐かしさに近い感覚がよぎる。まだ正常だ、と思い、また笑いが微かに込み上げた。他者に対し、欲望と無関心以外の感情も抱けるのだから。

岸田は母親との関係に悩んでいた。そういう女性が多い。だが彼女の精神も人生も、今は少しずつ快方に向かっている。

僕はタロットを並べ、励ます。いい流れが続くこと、親の期待に応える必要はないこと、あなたの場合、母親をなるべく遠ざけること。

遠ざける罪悪感を抱かないこと、抱きそうになったら最も好きなことをすること。

彼女にとって、それはお笑い鑑賞になる。

「今日は、少し変わったことも。まだ時間ありますし」

僕は78枚のタロットを、テーブルに何重もの円にして並べる。絵柄が見えるように。

「この中で1枚、気になるカードを選んでください」

心理分析で、インクの染みが何に見えるかで深層心理などを探る、ロールシャッハ・テストと呼ばれるものがある。タロットは、特にこのウェイト＝スミス版で似たことができる。

岸田は真剣な表情でカード達を見る。その表情も、僕は美しいと思う。顧客に対し、特異な感情を覚えたのは僅かしかない。いつも自然と抑えようとする。でもなぜか、今はそんな自分を楽しむように眺めていた。無責任に。

彼女が中央近くにあった〈聖杯ペイジ〉のカードを選ぶ。意外なカードだった。

「以前に、このカードを見たことは」

「ないんです。珍しいと思って……」

このカードの意味自体は、関係ないだろうと僕は判断する。

タロットには〈正義〉や〈教皇〉など「大アルカナ」と呼ばれる22枚のカードと、トランプの♠♡◇♣のように〈棒〉〈聖杯〉〈剣〉〈金貨〉とグループ分けされた56枚の「小アルカナ」と呼ばれるカードがある。「小アルカナ」にはエースから10までの数札《かずふだ》以外に、トランプのKQJに似た〈キング〉〈クイーン〉〈ナイト〉〈ペイジ〉がある。

ペイジは見習いや学生、伝達者という意味だけでなく、両性具有的な意味があると言う者もいる。〈クイーン〉のような女性性と〈キング〉のような男性性が融和されていると。

彼女が選んだ〈聖杯ペイジ〉のカード。美青年風の、若く派手な服の人物が、どこか満足そうに手に持った聖杯を見ている。聖杯からは魚が顔を出している。

「このカードを選んだ時、どんな気分でしたか」

「何となく、なんですが、……可哀相な感じがして」

この絵に悲壮感はない。充足感や、この青年の魚への興味や親しみなどの印象がある。

「意識では知覚していないことを、無意識では知覚していることがあります。何となく選んだ時にも、そこには理由があったりもする。カードの細部はどうでしょう。岸田さんの無意識が、何かに引っかかったのかもしれない。思いついたことを、自由に」

カードを見つめる岸田の視線が揺れた。

「チューリップ柄の服……」

〈聖杯ペイジ〉の男は、その柄を着ている。

「ええ、不思議な服ですね」

「はい」彼女が目を伏せた。

「言わなければ駄目ですか」

「いえ、無理をなさることはありません。でも内面の、人に言い難《にく》い事柄を口にすることで、とてもすっきりしたり、それに対しての他者の言葉を聞き、気づくこともあります。当然語る相手を選ぶ必要がありますが、僕なら大丈夫です」

「……先生に、知られたくない」

意味ありげな言葉に、気づかない振りをした。

「大丈夫。ゆっくりでいいですから」

テーブルの四隅で揺れるロウソクの火の一つに、岸田は視線を移した。

「少し前から、気になっていたというか、時々、思い出すことでもあるんですけど、……小学、五年生だった時」彼女が再び目線を下げた。

「やっぱり言いたくない。今度でいいですか」

「はい、大丈夫ですよ。それとも、別のカードを選びますか？」

彼女の目線がしばらく迷い、やがて〈聖杯ペイジ〉に戻っていく。

「あの、……嫌いにならないでください。やっぱり、言います」

「ええ。大丈夫です」

彼女は大きく息を吸い、僕やカードに視線を向けるのを避ける様子で、またロウソクの火を見た。

「その、小学五年生だった頃、私のことを、好きな男子がいたんです」

僕は頷く。

「私は彼の期待に応えられないことを、どこか申し訳なく思っていて、……クラスの何人かで、川の近くで遊びました。男子グループが仕掛けていた罠に、ザリガニだったか、何かが、かかっているか見に行った」

彼女が瞬きをする。とてもゆっくり。

「ザリガニがどうだったか、全然覚えてないんですが、……少し離れた先の、やや流れが急なところに、その川を越えた土手に、……アネモネの花が咲いていて。その絵の服の柄のような、チューリップではなくて、色も違うんですが、……その花は、赤紫に見えました」

カードの中の青年風の〈ペイジ〉は、満足そうに聖杯と魚を見ている。彼女がまた息を大きく吸った。

「あんなところに、アネモネが一つだけ咲いてるなんておかしい。誰かが意図的に植えたのだと思いますが、……それを見ていた時、その奇麗な赤紫の花を見ていた時、頭が、ぼうっとしました。それで、その私を好きだった男子に、……あれが欲しい、と言っていました」

僕は再び頷く。促すのではなく、励ます表情を意識した。

「男子はとても、嬉しそうでした。待ってて、と言いました。僕が取ってくる、と言って、彼は靴と靴下を脱いで、半ズボンの膝まで浸かって、その流れの速い川に入ったんです。危ない、と思ったと同時に」

「……同時に？」

「とても、気持ちよくなったんです。……その、……性的にも」

僕は表情を変えない。

「恥ずかしいです」

「大丈夫ですよ。続けてください」

岸田の視線が再び〈聖杯ペイジ〉にいき、ロウソクの火に戻る。

「そういうことは、前から時々あったのですが、その時のは、……少し強いものでした。自分のために、危ないことをしている男子の様子に、私は喜びを覚えていました。私には、……そういうところがあるのかもしれない。自分にはできないことを、人に頼んで、その人が危ない目に遭っていると、満たされた気持ちが湧いてしまう。その時は、……その男子を心配している気持ちの中に、別の変なものもあって、何だろうと思った時に、それが、この男子が川に流れてしまえばいい、という思いだったのに気づきました。怖くなって、でもそのアネモネの花がとても奇麗で、すぐ頭がぼんやりして、その感情に、……任されるようになりました。彼が、どこかに流れてしまえばいい。彼が私に好意を見せる時、私はクラスの他の男子や女子の視線に恥ずかしくなりました。それだけじゃないんです。私は当時、別のクラスに好きな人がいて、その人に勘違いされるのもとても嫌だった。……彼の気持ちに応えられないことを、申し訳なく思っていたはずなのに、……酷《ひど》い話ですね」

「全然大丈夫ですよ。……男子はどうなりました？」

「はい。無事に私に花を取ってくれて、……でも茎から折っていたんです。根から欲しかったのに。……やっぱりこの男子は嫌だ、とまで思ったのかもしれません。でも私はいい子を演じていたので、表面的に、彼への気持ち悪いサービスみたいに喜んで、でも持って帰るのが嫌で、帰りに公園に埋めました。その時、……自分の身体《からだ》が折れているように感じました。折れてしまえばいいって。こんな醜い自分は、彼に折られた、この穴の中のアネモネみたいになってしまえばいいって」

「その時は、既にお母さんに？」

「え？　はい。毎日二つの塾と、ピアノの送り迎えをしてもらっていました」

彼女が僕に視線を向ける。

「だから、……私は酷い人間なんです。先生が思ってるような人間じゃない。前にも似たことを話しましたけど、私は」

僕は微笑む。「岸田さんは酷い人間じゃない。そういう感覚は誰にでもあります」

「でも」

「僕は、人間も自分も美化し、自分も善人と頭から思ってる人の方が怖いですよ。そういう人の成す悪ほど、タチが悪かったりもする。それに自分の中の悪的な要素や弱さに敏感であれば、今度は人に優しくできます」

岸田は僕の言葉に、納得していなかった。

「そのアネモネは、もしかしたら岸田さんかもしれない」薄々、彼女も気づいていることを続けた。

「川が増水したら、危険でもある土手、そんな場所に誰かに植えられていたそれに、自身を投影した可能性があります。自分を助けたかったのかもしれないですよ、小さかった頃の岸田さんは。……でも自分の力ではどうしようもないから、好意を寄せてくれる男子に、無意識に助けを望んだのかもしれない。男子が流されることを願ったのは、防衛反応と僕には感じられます。人間の中にある苦しみは、消えようとする時、苦しみ自体が意志を持ったように抵抗することがある。茎の折れてしまったそれを岸田さんはちゃんと埋めている。封印ではなく、供養と捉えてみればどうでしょうか。記憶の封印や抑圧は精神の歪みを生むことがあり、時に人を苦しめる。だからその行為を、封印でなく過去の自分への供養と思えば……。苦しかった岸田さんの代わりに、そのアネモネが損なわれた。そう思ってみればどうでしょう。その場所を覚えていますか」

「……はい」

「それなら近くを通った時、手を合わせてあげてください。岸田さんは今こうやって、生き残ることができている」

時間が来た。彼女の何かが、少しは楽になっただろうか。自信がない。心理分析は余計だったかもしれない。彼女の内面を、僕の知らないことを知りたいと思ってしまった。

「自分を責め過ぎないことです。自分も人間であるから仕方ない、と思うことも重要です。自覚していれば、気をつけられることは気をつけることもできますから」

彼女がゆっくりバッグを持つ。男子が流れてしまえばいいと思ったのは、防衛反応と共に、当時のあなたの破滅願望かもしれないとは言わなかった。他者に投影した自殺願望、もしくは問題を起こすことでの、生活破壊願望だったかもしれないとも言わなかった。代わりに恋愛の文脈の言葉を口にしようとし、抑えた。彼女が控えめに振り返る。目の表面が濡れている。何年前だったら、このまま抱き寄せたり、何かを言ったりしただろうか。僕は逃亡するつもりだから、彼女と会うのは最後かもしれない。

でも僕がしたのは、話を聞いてもあなたへの評価は変わらないと、理解者風の表情を見せたことだけだった。彼女が何か言いかけ、背を向けハイヒールを履いた。ドアが閉まる。

カード達と共に1人になる。カードは全て、元の正体を隠す裏向きに戻っている。シャッフルし、何気なく1枚引いた。

〈金貨6〉。ボランティアや慈悲、逆の向きで出れば自分本位を表すカード。特にこの状況と関係ない。

〈ディオニュソスの時間〉

〝ディオニュソスの会〟を意識したのは、岸田が帰っていったからだろうか。だとしたら、自分は他者に対し喪失を感じている。二週間後の逃亡に躊躇している。この世界にまだ未練でもあるかのように。

ギリシャ神話の神、ディオニュソス。別名バッカス。酒と乱交、仮面と予言の神。主にキリスト教が広がる前、古代ではディオニュソスの密儀が開かれた。神話の神々と共にあった、古代ギリシャ・ローマ社会は、同性愛も通常とされ、性に奔放なイメージがある。でも実際は圧倒的な、男性優位の社会だった。男性の同性愛でいわゆる「タチ」役は通常とされたが、受け手側は一般的に蔑視される風潮だったという。レズビアンも同様に蔑視された。

つまり男性性が圧倒的に肥大した結果の性の解放であり、その男性性は女性だけでなく、男性をも苦しめるものだった。

ディオニュソスの密儀は、男性だけでなく、そのように虐げられていた女性達を解放したと言われている。参加者は秘密を守ることが徹底されたため、残された資料は少ないが、女達は夜に家を出、家事や育児も一時放棄し、酒を飲み獣を屠《ほふ》り、性的に乱交した。

その場では、地位も立場も、男も女もなかった。国の高官も奴隷も関係なかった。ディオニュソス神は初め髭の生えた中年男性神として表現されたが、女性解放のイメージが重なったのか、次第に若く美しい両性具有者とされ、崇められるようになった。キリスト教が広がる前、最も人気のあった密儀が、このディオニュソスのものだったとする研究者もいる。

僕が関わった〝ディオニュソスの会〟は、その古代の密儀を冗談風に再現したもの。会員の男女が酒を飲み、食事をし、広間で性を解放した。以前、僕が占いの顧問をしていた、柔和な老人が創設したものだった。会の名は、改名を頼まれ僕がつけた。

微笑みながら眺めている老人の前で、男女達は入り乱れた。老人は皆から尊敬されていた。僕は老人の脇で見ていた。

「君も参加するといい」

老人は言ったが、僕は首を横に振った。別に参加してもよかったが、何というか、眺めていたいと思ったのだった。自由に自分を解放する人々を見ると、内面が落ち着いた。

「これが私の理想だよ。世界で最も美しいのは、これだと思う」

非常に裕福だった老人は穏やかに言い、少年のように笑った。老人が死んだ後、会は老人の税理士に引き継がれた。老人に子はなかった。

僕は久し振りに、会のサイトを見ようとアドレスを入れた。どのような検索エンジンにもかからない、長く複雑なアドレス。サイトは閉鎖されていた。

ディオニュソスの会が行われる場所は、ここから遠くない。GPSのついた手首のリングごと行くわけにいかないが、マンションを出た。

表向きはバーとして営業する店の、地下にその場所はある。同じ通りに他のバーも並ぶ。様子を見に行くついでに、別のバーで酒を飲もうと考えた。飲みたかった。

タクシーを拾い、途中で降りて歩く。丸みを帯びた角をいくつか曲がり、斜めの小道に出る。バーはなくなり、その角を強調するような、長方形のコンビニエンス・ストアに変わっていた。

同じ通りに、既に二つコンビニがあった。会を受け継いだ税理士にメールを送ると、会は密告され取り締まりに遭い、消滅したと返信が来た。

性に開放的だったギリシャ・ローマ社会が変わったのは、性に厳格で、忌み嫌う傾向にもあったキリスト教の影響と考える人も多い。でも実際はそうでもないらしい。

ディオニュソスの密儀が大規模に弾圧され、7000人が処刑されたと言われる前二世紀、キリスト教はまだ誕生していない。

ローマの遺跡に、象徴的なものがある。

老若男女が行き交う場所に普通に描かれていた、いくつもの性交の装飾画に、塗り潰された形跡があるのだった。塗り潰されたと推定される年代でも、まだキリスト教は国教ではなかった。つまりそのような奔放過ぎるものを、忌み嫌ったグループがいたことになる。

「君は占いを信じていない。知っていたよ」

会を創設した老人は、死の一ヵ月前、療養していた自宅の屋敷で僕に言った。僕がタロットを並べ、その病は一時的に辛い状態にはなるが、結果的に治ること、あなたの寿命の尽きる先は、まだ五年は見えないと言っている最中だった。

「いえ、私の占いは当たります」

僕は言ったが、薄々、老人は気づいていると思っていた。老人が口を開く。

「私は前向き過ぎて人を信用する癖があるが、君は懐疑的だ。……そういう者が近くにいた方が、バランスが取れる。私はタロットや占星術が、そもそもあらゆる占いが、歴史的に見ればその根拠が薄弱であると言う者がいると知っている。取ってつけたようなものであるとも。全ての宗教と同じようにね。でも君は、根拠がなかったとしても、私の性格を思ってか、私の前では伝統的な占い方法を選んでいる。自分の判断が、多くの人々が歴史的に信じてきた占いでは、こう解釈される。私はそういうのを知りたくて、だからどこか半分くらい、信じたいと思っているんだろうね。それと」

老人が微笑む。病とは思えない、血色のいい顔で。

「君が時々意図的にする無表情、あれが気になった」

僕は手を止める。カードを触っていた。

「無表情という言葉は、そもそも矛盾している。どんな表情にも、何かしら表情があるからね。無表情とは、感情を抑制した表情を、動かさないことで表現する。だが君の場合、ごく稀に、それとは違う別の無表情をすることがある。そんな時ね、君の無表情はとても悲しく見えるんだ。君の何かに、届いてしまってるというか。何かあったのかね。何もない人間など存在しないが」

「いえ」自分の表情に迷った。

「大したことではありません」

「そうか。君はまだ、それを誰にも話してないんだな」老人は小さく笑った。

「なら、とっておくといい。そういう話は、愛する女にするべきだ。私のような人間ではなく」

老人は僕が並べたタロットを、〈世界〉や〈星〉や〈太陽〉のカードを、ぼんやり見ていた。

「私は人の人生というものを、百億年以上続く宇宙の片隅で点滅する、光の群れの一つのようなものだと思っている。宇宙の長い時間からすれば一瞬のその一つの光の点滅の中に、どれだけ長く濃密なものが含まれているか。思い返すと茫然とするほどだ。……私の人生は幸福だったよ。もちろん色んなことがあった。人は辛かった事柄に目が行きがちだが、試しに自分の人生の、どんな小さなことでもいい、幸福だったことだけを繋ぎ合わせてみるといい。自分でも驚くくらい、意外と幸福だったりもするよ。……人は大抵、自分で思ってるより幸福な人生を歩んでいるものだ。謙虚さを必要とする場合もあるかもしれないが、その謙虚さも美しい」

僕は黙った。

「私がいま思うのは、感謝と謝罪だよ。大抵の人の人生は、行き着く先はそうではないかね。謝罪については……、この世界から自然と消えることで、勘弁してもらうしかないけどね」

僕は並べていたタロットを見る。作成した占星術のホロスコープも。四柱推命や姓名判断、手相の図も。

「知ってる。君のしてくれた伝統的な占いのどれを見ても、私の寿命はここでは尽きない。君が励ましているのでなく、その占いの結果を本当に伝えているのも知っている。でもわかるんだ。自分の最後は」

占いは外れ老人は亡くなった。遺言通り、葬儀は行われなかった。屋敷の手伝いの女性の話では、まるで少年のように、何かを興味深そうに見ている死に顔だったという。

死の瞬間に、いや死後に、何か見たのかもしれない。僕は死後の世界も信じていないが、そう思う。

通りにあった他のバーも、ほとんどがなくなっていた。

唯一残っていたのは、最も店員の態度がよく、最も料理の味が濃い、最も安いバーだった。僕はそこに入るのをやめ、タクシーを拾った。

〈ルームサービス〉

「あなたの占いが当たりました」

あの男の秘書が唐突に言った。

部屋のチャイムが鳴り、インターフォンの画面を見ると彼女が映っていた。約束の二週間後には、まだ一日あった。

エントランスの自動ドアを開け、彼女を通す。部屋に入れた瞬間、彼女が言ったのだった。

「ちなみに、どのようなものでしたか」

僕は動揺を抑え、無表情をつくる。あの老人に言われてから、自分の無表情を鏡で確認するようになっていた。今浮かべている表情からは、何も読み取れないはずだった。

「株です、劇的に昨日、我が社に利益をもたらしました」

喉が圧迫されていく。

偶然に占いを当てられるとしたら、あのケースでは、シンプルに株しかないと思っていた。動く線と点滅は、画面上の株の動きを示唆したつもりだった。

あの時に続けて言った小さなノートについては、左利きの男の中指に、ペンを強く握ることでできる痕を見たからだった。何か書く癖が、思考をまとめるために書く癖でもあれば、僕が言った二週間後という言葉が暗示になり、彼の無意識が何かのアイディアを発生させるかもしれないと思った。でも全て、当たる確率のかなり低い、ヤマを張ったものに過ぎない。

英子氏達がやったに違いなかった。僕は仕事の中止を伝えたはずだった。ここまでするほど、あの男が重要ということだろうか。

あの男に関わりたくない。でもこれでは、関わらざるを得ない。

「明日の十六時、以前と同じ場所に来てください。正式な契約をお願いします。……

口頭契約のようですが」

僕は頷く。断ることができない。

「その時にエレベーター前で迎える人間は、私ではありません。私は今日の十七時に、退職しますので」

出したコーヒーに手をつけず、彼女がそう言い表情を緩めた。

「それは今回の株の……、僕の占いが当たったから？」

僕はあの時、彼は君を捨てると彼女に言った。

「前々から、考えていたことです。きっかけでは、ありますけど」

彼女が明確に微笑み、ようやくコーヒーのカップに口をつけた。

「美味しい」

「ええ、豆を取り寄せているので。コーヒーは、僕がこの世界で数少ない好きなものの一つです」

わざと個人的なことを言い、彼女の話を促そうと思った。

「コーヒーは美味しいですけど、私は正直に言うと、占いが好きではありません」

「そうですか」

「好きではないというか、嫌いなんです」

彼女がカップを置く。

「何かを占われると、気になってしまうんです。そういう意味では、信じてしまうから嫌いなのかもしれない」

人は「超自然」的なものから、完全に自由になるのは難しい。神を信じていなくても、十字架や仏像を足蹴にすることは——誰も見ていなくても——躊躇するだろう。テレビや新聞の「今日の運勢」でいいことが書かれていれば、多少は嬉しく感じてしまう。虫の知らせや縁起の良し悪し、験担ぎや運命など、この世界はそういったものに囲まれていると言っていい。秘儀や呪術が広く行われていた古代と、現代もそう変わらない。

「嫌なんです。自分の人生を、会ったばかりの占い師に決められることが」

全くその通りだった。

「でも自分で、自分だけで何かを判断して決めることは、……時々しんどい」

「占いは、……力です」

小さかった頃、僕を最初に占った男がそう言ったことがある。同じ言葉を、気づくと言っていた。

「この味気ない現実だけ見て生きていくには、この世界はあまりにも厳しい。……だからそういう力が、人間には必要なんです」

僕の言葉に、彼女は考える表情をした。

「試しに占いますか?」

「え? いや、いいです」

「そう言わずに。タロットには、1枚だけ引く簡易な占いもあります。特別に無料でいい。僕は高いんですよ」

引き出しからタロットを出し、裏向きに広げた。彼女が迷いながら、でも1枚引く。

〈死神〉のカード。彼女の表情が強張る。

この並べたものは、全て〈恋人〉のカードのはず。新しい出会いがあると言うつもりだった。僕は間違え、全て〈死神〉になる束を引き出しから取ったことになる。

あの男に対し使えると思い、そこに入れていた。忘れていた。

「これは悪いカードじゃない」僕は言う。笑みをつくる。

目の前の、ウェイト=スミス版の〈死神〉のカード。馬に乗り、鎧《よろい》に身を包んだ骸骨に、教皇と思われる人物が何か請うている。側で王らしき男が倒れ、疲労した成人の女性がいるが、無傷に見える子供もいる。背後では、新しく太陽が昇り始めている。

「この太陽を見てください。重要なのはここです。新しく始まる、再生のカードでもある」

嘘ではない。

「逆位置では、そういう意味になる。だから、あまりに今のあなたに当たっています」

「あなたを占ってるのかもしれない」

「ん？」

「カードを引く時、目の前のあなたを念じて引いたから。嫌なカードが出た時の、保険というか」

彼女が僕を見ながら、ポケットからＩＣレコーダーを出す。電池を抜いた。

「あの男とは、関わらない方がいいです」

録音されていた。

「……なぜ？」

「彼は人を殺してる」

予想はしていた。

「それも、1人ではありません」

僕も彼女を見る。彼女の視線が微かに揺れている。

「そんなことを知っていて、秘書を辞められるのですか」

「直接見てはいないので。……知ろうと思えば、もっと知ることはできました。でもやめたんです。もうその頃から、いつかは離れると思っていたのかもしれないです」

電池の抜かれた銀のＩＣレコーダーに、ロウソクの灯りが気だるく映り込んでいる。

「見てないのに、なぜそう思ったんですか」

「彼が別の秘書と話してるのを聞いたことがあるんです。誰かまではわからないですが、でも1人ならわかる」

彼女が髪を触る。恐らく無意識に。

「男性が彼の部屋で、何かの報告をしていました。私が関わってる案件じゃないので何の報告か不明でしたが、男性が失敗したことはわかりました。彼の、佐藤の様子を見て、……この男性は殺されると思った」

彼女が髪から手を離す。

「私は少し、麻痺していたんだと思います。気の毒には思ったけど、よく知らない人だし、助けようとは思わなかった。助けられるわけでもない。……佐藤と一緒にいることで、私まで強くなった気になっていたのかもしれない。気の毒ではあるけど、でも失敗したなら仕方ないじゃない、とどこかで思っている自分がいて。……男性からの報告を聞き終わると、佐藤は急に、何か食事をしろ、と言ったんです」

「食事？」

「唐突だし、意味がわからなかった。最後の晩餐みたいなものかな、と思いました。死ぬ前に、何か好きなものを食べさせるのかなと。でも違った」

彼女の目が、やや虚ろになる。

「どこかの店に行くのじゃなくて、男性はルームサービスのメニューを手渡されました。佐藤が『食べるのはお前だけでいい』と言ったんです。毒殺でもするんだろうか、でもさすがに、ホテルの従業員まで巻き込んでるはずがないし、何だろうと思って、……男性は驚いてましたけど、逆らえないので、怯えながらメニューの、値段の中央値よりやや下の、和食の定食を選びました。あまり安いものだと相手に失礼だし、高いものだと図々しくなる。男性なりに、気を遣ったというか、ある程度は、もしかしたら優秀な人だったのかもしれない。……私が電話してルームサービスが来て、ボーイが彼の分だけ準備しました。ボーイの作業の間、誰一人何もしゃべりませんでした。佐藤はベッドに横向きになって、右肘を立てて頭を支えるようにして、男性を見ていました。私は少し離れた椅子で、両膝を揃えて座っていました。そんな状態で、白いクロスの敷かれた、ルームサービス用のアルミみたいな簡素なテーブルの前に、男性は1人で座ったんです」

僕はその様子を思い浮かべる。

「男性が頼んだメニューは、和牛をメインにした定食でした。上品な大きさの飛騨牛のステーキと、少しのお刺身、天ぷら、椎茸か何かの煮物と豆腐、サラダ、お味噌汁とお漬物とご飯。……ステーキには三種類の味付けというか、島根産のワサビが添えられた醬油と、沖縄産の塩、あとは青森産の大蒜《にんにく》が含まれたソースが器に用意されていました。……男性はそんな空間の中で、緊張しながら『ではいただきます』とと ても小さな声で言いました。そして、箸でまずサラダを口に入れた。その時、あ、と思ったんです。この人はもうすぐ死ぬのに、いや、本人はもうすぐ死ぬと思ってはいないんですが、でももうすぐ死ぬのに、健康を思ってか、まずサラダから口にしたんだって」

彼女がやや目を伏せる。

「続けて男性は、ステーキを一切れ箸で取った。どの味付けを選ぶんだろう。私は自分が、とても注意深く男性を見ているのに気づきました。男性は、まず沖縄産の塩を選んだ。箸で挟んだ一切れのステーキを、塩の置かれた器にちょんと当てた。この人は、もうすぐ死ぬのに、沖縄産の塩を選んだのだと思いました。そう思ったら、その様子が、面白くて仕方なくなったんです」

僕は黙り続けた。

「なぜ彼は最初に沖縄産の塩を選んだんだろう？　まず素材の味を感じたかったのだろうか？　もうすぐ死ぬのに？　続けてお箸でご飯を取った。意外と少ししかご飯を取らなかった。よく見ると男性の口は小さい。そのことをわかっているから、ご飯を小さく取ったのだろうか？　もうすぐ死ぬのに？　男性の箸が別の料理に向かいました。見た感じ、さっき男性は塩をつけ過ぎた。辛かったのだと思いました。こういう時はサラダか、と私は思いましたが、男性が選んだのは豆腐だった。豆腐がどこの産地だったか、ちゃんと見ておけばよかったと私は思いました。男性は続けてお刺身にいった。高知産のカツオです。男性は次に天ぷらに取りかかるために、まず大根おろしをつゆに溶かし始めたんです。もうすぐ死ぬのに。……佐藤を見た時、彼も私と同じ感覚でこの男性を見ているのだとわかりました。箸が陶器の器に当たる音とか、汁ものの中で箸が探るみたいに動く微かな音とかが、静かな部屋で小さく響き続けていて」

彼女が一度唇を閉じ、また開いた。

「男性が全て食べ終わった時、私は、1本の映画を観ていたような気持ちになりました。いいものを見たとまで、感じていたと思います。男性は小さくいただきますとは言ったのに、ご馳走様でしたとは言わず、軽く手だけ合わせました。これから死ぬのに。……その時ずっと黙っていた佐藤が男性に、突然質問したんです。なぜ最初のステーキに塩をつけ過ぎた時、お前はサラダではなく豆腐にいったんだと。男性は緊張しながら、でも驚いたように、いえ、あの、と口ごもった後『そこからはお見えにならなかったでしょうが、豆腐の上にかかっていたソースが、甘そうだったんです』と答えました。佐藤は『そうか』と言って、会話が終わった。それが佐藤と男性との、最後の会話です。男性は部屋に入って来た2人の男性秘書に促されて、困惑しながら部屋から出されました。男性はその日に死にました」

静かなこの部屋に、男性の箸が食器に当たる音が、微かに響くように錯覚した。

「あの時の私は、麻痺していました。男性が連れていかれた後、佐藤が無表情で、ずっと残されていた漬物が気になった、と言いました。それは私も同じでした。佐藤が『あのままだと、全部残る。どうするのだろうと思ったが、最後に続けて、全部口に入れていたな。口の中は辛かっただろう。でも水も全て飲み終え、味噌汁も終えていたから、少し困っていたな、彼は』と言いました。私はそこで笑って」

彼女がまた目を伏せる。彼女の感情が込み上げる前に、質問しようと思った。

「その彼は、何を失敗したんだろう」

「わかりません。でも」彼女が僕を見る。

「その男性は占い師でした。あなたの前の」

僕は無表情をつくる。鼓動が乱れ始めた。

「……なるほど」

「ですから、あなたも彼と関わらない方がいい。私から言えるのはここまでです」

彼女は電池を抜いたままのICレコーダーを、そっとポケットに入れた。

「私のことは心配いりません。彼について、一つだけ確かなことがあって」

彼女が笑う。とても力なく。

「一度関係を持った女性は、殺さないんです。不利益も与えない。あ、そうだ、……

その手首のリングはフェイクです。別にGPSなんてついてない」

彼女が帰った後、僕は自分のICレコーダーの録音を停めた。ペン型のもの。なぜ彼女が録音しようとしていたのか、わからない。占いが当たった時の僕の様子を、あの男が知ろうとしたのだろうか。なら僕はまだ、信用を得ていない可能性がある。

僕はずっと録音していた。彼女は僕のために、録音を切ったというのに。彼女は善良なのだろう、と思う。そうであるなら、確かにあの男から離れた方がいい。

僕は英子氏に電話をかけた。

数年前、前回の仕事の時、彼女に電話してもなかなか繫がらなかった。でも彼女はすぐ電話に出た。何気ない声で。

「どういうことですか」僕は言う。冷静な声を意識した。

「今回の仕事は、もう続行できないと伝えたはずです」

――そう、なら占いが当たったのね。おめでとう。

いつの間にか、外で細い雨が降っていた。目の前の窓が曇っていく。

「そんなはずがないでしょう？　僕にそんな力がないことはあなたがよく知ってる。幾ら使ったんですか。そんなにあの男は」

――もちろん、それだけで株まで動かすほど、お金なんて使わない。彼女はどこか外にいる。外出時、彼女は通常電話に出ない。

――子会社のファンドの一つが、元々仕掛ける案件があったみたい。それがあの男の利益と一致してるようだっただけ。本当はもっと先に仕掛けるはずだったものを、あなたの占った二週間後に合わせただけ。ちょうどだと怪しいから、二日ずらして。

「でも」

――それくらい、あの男の側に誰かを送るのは重要なの。

「なら秘書でいい。ちょうど今日、1人辞めます」

――あの男が秘書を本当に信用するまで、二年かかる。そんなに待てない。

「いいですか」声が大きくなる。

「今日得た情報があります。あの男は殺しもする。1人ではないらしい。最近殺されたのは彼の前の占い師です」

――……そう。

「この仕事を降ります」

――駄目。

彼女の声の背後で、通行人と思われる笑い声や、傘に当たる雨や自動車の音、何かを囃《はや》す声が混ざりながら膨らむようだった。

——元々株の案件があったといっても、私達はかなりお金を使ってる。わかるでしょう？　もうあなたは降りられない。

様子がおかしい。

「どうしたんですか」

——何が？

「あなたらしくないです。以前なら、こんな危険なことはやらせなかった」

——そう？

〝上の方で、何か力の動きがあるらしい〟。違法賭博場での、チェック柄の男の言葉がよぎる。目の前の窓がさらに曇る。絵のないまま飾っている額の表面や、なぜかテーブルのグラスまでも。

——とにかく、上手くいったんだから続けて。あの男から聞かれたことへの占いの返答も、私達の指示に従って欲しい。

額やグラスがさらに曇っていく。

「落ち着かない。部屋に来ませんか」

試しに言うと、雑踏の音に混ざり彼女の笑い声がする。電波が途切れそうになる。

——何？　この前誘われて断ったことで、逆に欲しくなったの？　違うね。……今日は行けない。切るよ。

自分の大きくなる鼓動が聞こえるようだった。あの男を騙し続けるなどできない。僕はタロットを出し、1枚引こうとしてやめる。こんなことをしても意味がない。

〈ヒトラーの占い師〉

佐藤の待つホテルに行くと、秘書と思われる背の高い男が待っていた。あの女性秘書より、対応が丁寧だった。だが彼は廊下に着くと、言葉で先導し僕の背後を歩いた。相手を見張るやり方。この状況で僕が逃げるはずはないが、習慣と思われた。

佐藤は前回と同じ高価そうな白いトレーナーを身に着け、気だるくソファに座っていた。同じものを、恐らく複数持っているのだろう。奇妙な反復のようだった。僕は彼に気づかれないように、息を長く深く吸う。

「私は、様々なものを収集している」

佐藤はゆっくり立ち上がり、テーブルの白いファイルを手にした。

「これから手に入れようとしている一部だが、何かわかるか」

その動作のまま僕に近づき、薄いファイルを手渡す。彼が側に来た時、喉に圧迫を感じた。

僕は円の絨毯内のテーブルの椅子に座り、ファイルを開く。ややぶれた3枚の写真だった。大きな石と、文字の判別できない紙、あと1枚のトランプが写っている。〈◊4〉。

僕は考える。わからない。

「わかりません」

「そうか?」

「私は占い師ですが、霊能力とは少し違います」

「それらは、人間を殺したものになる」

彼はソファに戻り、また水を飲んでいた。喉を湿らす程度に。

「私はそういうものを、時々収集している。その石は十六世紀、ある南方の部族の英雄を殺したものだ。大きな戦争に勝利し凱旋した英雄は、指揮能力も、王に対する忠誠心も、人格も非の打ちどころがなかったと言われている。いかにもな英雄の描写。その彼が、戦争に勝利した翌日に死んだ。道で足を滑らせ、その石に側頭部をぶつけた」

彼は無表情だった。どのような感情も読み取れない。

「多くの矢傷をものともせず、戦地から戻った英雄が石で死んだ。しかし私は、その石はずっと、英雄をその場所で待っていたのだと考えている。……その石は部族達の記憶では、そういえばという感覚で、数十センチほど突き出た状態で、随分昔からそこに埋まっていたらしい。その石は待っていたんだ、英雄が生まれた時から。英雄が部族の間で神童とされた時も、初めての戦で手柄を立てた時も、王の娘と恋に落ち、試練を与えられ達成し、結婚を許された時も、その娘を抱いている時も。……雨や風に打たれながら、ずっとその場所で」

何を言えばいいか、わからなかった。

「次の書類は平凡なものだ。不渡りになった十九世紀のフランスの手形。この書類で、あるぱっとしない商人が死んだ。最後の〈◇4〉は、君は興味があるだろうか。ポーカーだ」

僕は無表情をつくる。男は僕を、どこまで知っているだろう。

「ラスベガスではない、フロリダの地下ポーカーで、ある若き天才ポーカープレイヤーを殺したカードになる。彼は天才と呼ばれたが、私生活が破綻していた。40万ドルを用意しなければ死ぬ状況に追い込まれていた。彼は各地で必死にプレイし続け、10万ドルまで勝った。だが足りない。当時最もレートが高いとされたその地下賭博場に向かい、彼は何度か勝った。だが時間がない。彼は最後のゲームで所持金の全てを賭けた。約12万ドル」

目に浮かぶようだ、と僕は思う。

「勝てば合計で24万ドルになる。足りないが、必要な40万ドルの半分があれば、期日を延ばせるかもしれない。テーブルで最後まで残り、その彼と一騎打ちになった相手は、地元の金持ちの息子だった。丸々と太り、Tシャツから出る腕の全てにタトゥーが彫られた、四十代の道楽者だった。特にポーカーの達人ではない。天才と呼ばれた彼は、あと1枚でスペードのフラッシュだった。普段彼は、そこまで冒険はしない。だが仕方なかった。彼はあと1枚、何が出るかわからない状態で全額を賭けた。オールインというやつだ」

似た場面を何度も見ていた。あの引力に満ちた場所では、珍しいことではない。

「オールインに場は沸いた。10万ドルを超えるオールイン。道楽息子はストレートの役が既に成立していて、酔っ払いながら賭けに乗った。天才と呼ばれた男も、相手がストレートだと読んでいた。読んでいたが、相手を誘うにはここで賭けるしかなかった。何でもいい、次にスペードが来ればフラッシュ、〈K〉か〈J〉が来ればフルハウスで勝利する。場の人間達がテーブルに集まり、声を上げる。そこで現れたのがこの〈◇4〉だ」

写真のカードは新しく見える。最近の話だろう。

「圧倒的なまでの平凡さ。……歓声の中で喜ぶ道楽息子の前で、彼は固まったまま動かなくなった。その様子は見たかったがね。その時ディーラーが余計なことをしている。次のカードを試しにめくってみたのだ。スペードだった。つまりこの〈◇4〉は、彼がその瞬間、最も必要であり、最も焦がれ、全存在を懸けて請うたスペードのカードの前に立ち塞がったことになる。しかし私はこの〈◇4〉も、工場で製造された時から、そのフロリダで、ずっと彼が来るまで待っていたと考えている。他のあらゆる人間達の勝負に使われながら」

佐藤が不意に沈黙する。何か言わなければと感じたが、彼が続けるのを待った。

「……私にも、自分を終わらせるそのようなものが存在しているのではないか、と思う。いつか、私のコレクションを君に直接見せてもいい。写真では感じられないことを、感じるかもしれない。その感覚を得れば、今後君が私と共にいる時、いやいない時でも、私にとってのそのようなものや出来事を事前に見つけて知ることができるかもしれない。……もしあれば教えて欲しい。それを取り除くことはしない。ただ知った上で顔合わせをしたいと思う。自分がどういう経緯で、どのような形で終わらせられるのか……、その瞬間を知ることに興味がある」

彼は狂っているのだろう、と思う。なぜ彼は、ここまでこうなのだろう。シャーロック・ホームズの作者として名高いコナン・ドイルは、自らも支持した第一次大戦で息子を失い、「オカルト」にのめりこんでいく。だが佐藤には、肉親の気配は感じられない。この現実に、彼は徹底的に飽きているのかもしれない。

「長くなった。まだ続く。君にくれてやろうと思うものがある」

今度はテーブルの上のビニールから、トランプの束を出した。ケース付きの。

「ヒトラーの占い師が、使っていたものだ」

ヒトラーの占い師。ハヌッセンなら、この話題は少しまずい。

「名をハヌッセンという。知っているか」

「はい」知らない、と言った方がよかった。だが嘘をつく時、他の嘘は少ないほどいい。嘘は増えると収拾が難しい。

「ナチスはノストラダムスの詩を取り上げ、我々の勝利が予言されていると宣伝した。だが自らの詩で、ヒトラーの転機を予言したのがハヌッセンだ。内容を知ってるか」

「詳しくはわかりませんが、ただ、彼は奇術師です。つまり」

「そうだ。私が忌み嫌う、詐欺師に近い」

僕は何気ない表情を意識し続ける。

「当時、ユダヤ人差別が吹き荒れるヨーロッパで、ユダヤ人であることを隠し、手品を超能力に見せ、時に催眠術も駆使し観客をコントロールすることに非常に長けていた人物。ある意味では天才だった。彼はヒトラーと知り合い、まだ野暮だった彼の演説に、身振りを加えるようアドバイスしたと言われてるな。ヒトラーの演説を完成させたのがユダヤ人だったのは皮肉だが、ハヌッセンにはそもそも、神もユダヤ人の誇りもなかったようだ。アーリア人であることの偽の出生証明書を手に入れ、自らを偽装したほどだから。彼はナチスと深く関係をもった。彼が望んだのは、人々からの喝采と上昇する感覚だったのだろう。……ヒトラーは、倒れつつあるもの、死につつあるものを本能的に嗅ぎつける勘があったと言われている。ハヌッセンは、今後上昇するものを嗅ぎつける勘があったようだ。彼は予言詩で、ヒトラーの転機の日を明確に当てる。だがあれは恐らく、ナチスのメンバーから、その日にヒトラーが銀行家達から莫大な寄付を得られると聞いていたのだ」

ここで動揺してはならない。

「彼は暗殺されるが、国会議事堂放火事件を予言したことが原因ではと言われているな。ナチスが自作自演し、共産党員の仕業として大規模な弾圧を行い、国を掌握するきっかけになった事件。この計画を事前に聞いていたハヌッセンは、名士が集まる私的なサロンでこの事件を予言してしまった。……それは殺されるだろう。彼は調子に乗り過ぎ、知ったことを予言として言い、人々から称賛を得る誘惑から逃れられなかった。彼は越えてはならない線を越えた。……そのトランプは、ハヌッセンが使用していたものだ。君にくれてやる」

ハヌッセンが行ったのは、助手に暗号で伝えさせる仕掛けの目隠し透視術や、自宅サロンのいたるところに隠していた盗聴器で、人々の生活や内輪話を事前に知り、当てるというものだったはず。トランプは聞いたことがない。これは警告だろう、と僕は思う。

「では契約だが、専属でなくていいが、呼ばれたら最優先で必ず来て欲しい。まず一年。月に200万ずつ。2400万」

隠居のための金が貯まる。これで終わりにできる。

「それと、……髪と爪だったな」

「お願いします」

顔の皮膚を動かし、厳粛さを意識する。大袈裟にせず、微かに。信用を高めるためだが、男は気づいただろうか。呪術などしないが、髪と爪にはDNAがある。いざとなれば何かに使える。

男は引き出しから銀の爪切りを出す。沈黙の中で、爪が切断されていく音だけが聞こえる。もしかしたら、彼は僕が呪術をし、実際に自分の何かが損なわれる瞬間すら、味わいたいのかもしれない。僕は用意してきた、幾何学風の四角と円のパターン模様の革の小箱を出す。中は白い絹が敷かれている。それらしく見える。

終わると男は柄の黒いナイフを出し、自分の短い髪を適当に切った。

「なるほど。なかなか気味が悪いな、自分の髪と爪を、何者かに所有されるというのは」

「契約が円満に終了した時、お返しします」

「そうか。返さなくてもいいが」

「……これを外してもいいでしょうか」

「ん？　ああ、そうだったか」

僕が外した右手首のリングを、佐藤がぼんやり見る。

「……まあいい。この2人の男の」

そう言い、2枚の写真を置いた。

「どちらに先に会うべきか、もしくはどちらを優先すべきか、見て欲しい」

2人共特徴のない、五十代ほどの男。

ウェイト＝スミス版のタロットを出し、2枚の写真の下に、カードを並べていく。

「……前のカードではないのか」

「申し訳ございません。適切な頻度があるのです」

僕は男を見ず言う。集中を示すために。出たカードより、2人の男の写真を見つめる。少し困惑した表情を意識し、再びカードを並べる。

またしばらく見つめる。やめるタイミングを感じた時から、10秒長く。

「……彼らの名は何ですか」

「名がいるのか」

「はい。できれば生年月日も。……上手くいきません」

「前回より、遥かに簡単なはずだが」

「ええ。あなたのせいにするつもりはないのですが、前回のあの占いから、二週間しか経っていない。一度あれをすると、いつもしばらくこうなるのです」

僕はカードから目を離し、男の顔をまともに見る。

「私はタロットが専門ですが、他の占いもやります。感じるためのツールが異なるだけですが、私の場合、他の占いはタロットより時間がかかるのです」

「生年月日は、恐らく今はわからんだろう。四柱推命なら生まれた時刻も必要だ」

「一度、持ち帰ってもいいでしょうか。生年月日等をお知らせいただき、一、二日後にメール等でお伝えします」

占いで何を言うかも、英子氏の指示を得なければならない。男はやや不満そうに見えたが、受け入れるしかないはずだった。

「今日は秘書が送れない。申し訳ないんだが、1人で帰ってくれ」

「はい」

「あの秘書は、保育園に子供を迎えにいかねばならんらしい。だから十七時で帰った。彼は密かに2人殺してるんだが、不思議な男だ。そう思わんか」

僕は反応しないことにした。ベッドの脇の棚に、男の腕時計が載っている。古代ローマのコロッセオを思わせる、楕円の美しい形。APの機械式。金ではなく、落ち着いている。

「ああ、言い忘れていた。そのくれてやるトランプの〈♣5〉と〈♣4〉に、血液がついている。普段使いはしないことだ」

「……血液？」

「それを以前、別の奴にくれてやったことがある。そいつの血。君の前の占い師」

男の部屋から出、タクシーに乗る。

バッグの中のトランプが、意識から離れなかった。一年もできるはずがない。

写真の2人の男と佐藤の会合が、英子氏達にとって重要ならいい。これで終わりになるかもしれない。金は必要だが、終わる方がいい。

直角の角を曲がり、占い用のマンションに着く。タクシーを降りると、グレーのスーツの男がいた。

左足に重心を置く立ち方。見たことがあった。誰か思い出せないが、英子氏の同僚。

僕は反射的に振り返る。

「気にするな。尾行はいない。他の者は見ていない」

男が無造作に僕に近づく。

「依頼がある。ついて来い」

「……僕は今、あなた達から別の案件を受けてる。同じですか？」

「違う」

「なら」

「関係ない。来い」

僕は男の顔をわざとまともに見る。五十代ほどの、痩せた特徴のない男。あの写真の2人のように。

名を思い出す。恐らく本名じゃないが、山本という男だった。印象も薄く、有能さを感じたこともない。大した男じゃない。

「依頼は一件ずつのはずです。無理な要求もしないはず。お断りします」

空にプロキオンがよく見えた。こいぬ座の一部。

「今は英子か？」

「言えませんが、横の情報を共有してないのですか。そちらで話し合って出直してください」

苛つきが声に出る。こういうことは初めてじゃない。多神のようで組織としてなっていない。

「一つだけ言っておくことが」

通り過ぎようとした時、山本が言う。感情の読み取れない声だった。

「何やら調子に乗ってるみたいだが、お前が好きなトランプで言えば、お前は〈♣6〉程度だ。隠居用の金がなければ〈♣3〉」

やはり優秀じゃない。比喩も大したことがない。

「だから覚えとくといい。俺達がいないとお前は完全に無意味だ」

子犬の遠吠え。僕は無視し、占い用のマンションに入る。占いの場は非日常で、生活感は禁忌だが仕方なかった。自宅アパートを知られるわけにいかない。見られたくないものもある。

白いソファベッドを倒し、横になった。シャワーを浴びる気にもなれない。


〈女帝〉


「面接に、落ちました」

市井が言う。彼女が部屋に入って来た時から、嫌な予感がした。

前回、彼女の就職が上手くいくよう、タロットの並びを偽装し、励ましていた。自分が細工したカードだったが、なぜか彼女は上手くいくと僕までが感じていた。

「前回もお伝えしましたが、市井さんは今、とてもいい運の流れの中にあります。面接に通らなかったのは、会社が合ってなかったということです」

「自信を持って、臨んだのに」市井は僕の言葉を無視した。

「高圧的な面接官の人がいて。急に、何をどう話したらいいかわからなくなりました」

僕は頷く。まず聴く時だ。

「存在を否定されることまで言われてしまって。わざとしてるのかもしれないけど、その面接官は、どこか気持ちよさそうでもあって。……後から連絡も来たんです。うちでは雇えないけど、取引先の企業を紹介できるかもしれない、食事しないかって、……断ると、脅《おど》されました。この業界は無理だって」

典型的過ぎる。その男の爪と髪があれば、と妙なことを思う。

「私は多分、何をやっても駄目なんです」

「そんなことはないです」

「なぜそう言えるのですか」

「占いに出ています。市井さんは上手くいきます」

「でも」

「絶対です。市井さん」彼女の目を見る。

「何をやっても駄目な人間など、1人も存在しない」

市井が僕をやや驚きながら見るが、やがて目を伏せた。何かを考えている。

「私は何をしたらいいですか」

「え？」

「私はどんな仕事をすればいいですか」

「それは、市井さんが希望することです」

「お願いします、希望しても無理なんです。決めてください。誰かに決められたい。もう自分で選ぶのは苦しい。全部先生が決めてください」

僕は占いで、相手の進む方向は決めない。相手の希望を励ますだけだ。取り乱す彼女を初めて見た。彼女の内面を、探る必要があるかもしれない。場合によっては、知り合いの専門医も紹介する。

僕は彼女にコーヒーを入れる。落ち着きたくないと思ったのか、彼女が口をつけるまで時間がかかった。

「今日は、少し変わったことを行いましょうか」

僕はタロットカードを何重もの円に並べる。岸田亜香里にしたやり方。

「この中から、1枚を」

「選ぶまでもなくて……」

「ん？」

「私がタロットで一番気にするのは、〈女帝〉です。母を思い出すから」

岸田と似たケース。

「昔、大学生の時に、金髪にしたことがあったんです。気分を変えたくて。このカードが占いで出る度、思い出します」

市井の金髪の姿は、あまり想像できない。

「私が髪を染めた時、母は物凄く怒りました。元々気性の激しい人だったけど、その時は怒鳴ってる母も、自分で驚いていたくらいで。でも亡くなる時、教えてくれました」

市井の口元が緩む。少し落ち着いたかもしれない。

「母は昔、金髪だったそうです。劇団に入って、自由に過ごしてたみたいで。……そのことも、亡くなる寸前まで知らなかったのですが」

〈女帝〉のカード。金髪の女王風の女性が、外で椅子にゆったり座っている。手前には麦に見えるものが黄色に茂り、背後は林で、やや不自然に流れ落ちる小川もある。意味は優雅さや物質的幸福、母性、支配など。

「でも劇団が解散して、会社員の私の父と出会って、何かと忙しくしていた時に、髪が徐々に、生え際から黒くなっていって、……私を妊娠した時は、もうほとんど黒くなっていて」

「いずれそうなりますね」

「ええ。母は結婚の準備などにも入って、髪を切ると全部黒になるタイミングだったんですが、……サイドのところに、ほんの少しだけ、金のメッシュを入れたそうです。妊娠中にしていいことか、わからないけど」

市井の細い目が、微かに揺れる。

「何か、抵抗のようなものだった、と母は言いました。確かに、幸福だったそうです。幸福だったし、劇団に未練もなかったけど、何かの形というか、構図のようなものに入っていくことに、漠然とした抵抗があったって。……夫になる人の、つまり私の父の実家に、初めて挨拶に行った時、父の両親も、父の妹も、母をとても歓迎したそうです。特に父の母、私が顔も覚えていない祖母ですが、祖母がやたらと、母を褒めて、……母は安心したそうですが、祖母がどこかに行って、トイレかな、長いな、と思っていると、何か違和感があって、振り向いたら、自分の髪の金のメッシュが、シャツの肩や腕に落ちていたそうです。側に、笑顔でハサミを持った祖母がいて、『これでパーフェクト』と言った」

僕はその様子を想像する。

「驚きますよね。母も驚いたそうです。父も、父の父も妹も、驚いていたそうです。

祖母の、パーフェクトっていう言葉の選び方が、どこか、母に気を遣うというか、髪を勝手に切ったのに、媚びるみたいでもあって。……でも母は、何か納得した気持ちになったと言っていました。そうかもしれないって。別にもう、こういうのはいいやって。……父の実家は、田舎ですが屋敷で、親戚も実は多かったみたいで、そういったものの中に入ることに、妙な安心感も湧いたそうです。名家、というほどでもなかったはずですが、『恥ずかしくない嫁』になることに、守られるような、安心感が」

市井がまた目を伏せる。

「でも結婚の現実は上手くいかなくて、離婚して、でも母は、もう金髪にも、茶髪にすることもなかった。1人で私を育ててたから、それどころじゃなかったのかもしれない。だけど、時々思い出したそうです。あの時の、ささやかな抵抗みたいな髪の色を。切られてなかったら、どうだったろうって」

「市井さんは今、自分が就職しないとしたら」

チャイムが鳴った。今日の予約は市井しかいない。無視するが再び鳴った。

インターフォンの、正方形の画面を見る。知らない男がいた。やはり無視しようと決め画面から離れた時、またチャイムが鳴り、振り返るとまたチャイムが鳴った。

エントランスの自動ドアを解錠する。いい予感がない。

「すみません、……申し訳ないんですが」

「いえ、いいです。時間も大体、過ぎてますし」

「次は無料で」

「いいです。大丈夫です」

部屋を出る市井が、ドアを開ける前に僕を見た。彼女が、露出の少ない服を着ていたのに気づく。いつもは色は抑えめだが、隙をつくる服を着ていた。

僕が何かを言おうとした時、市井は頭を下げドアを閉めた。入れ替わりにドアの前に来た男は、玄関先で芳野と名乗った。英子氏の同僚。

身体が大きく、威圧感だけがある。年齢は四十歳の手前ほど。同世代。もみあげと顎鬚《あごひげ》を整え、注意深く繋げている。なぜだろう。鬚以外の顔がぼやけていく。

「依頼がある。この男の」

「いま僕は、顧客の相談を」

「俺には関係ない」

「いいですか」声が大きくなる。抑える必要を感じない。

「僕はもうあなた達から依頼を受けてる。同じですか」

「英子だな。違う」

「ならお断りします。あなた以外にも昨日来てる。滅茶苦茶だ」

「……山本さんか？」

「言えません。横の繋がりがないのですか。相談して出直してください」

激しい音がした。男が玄関の壁を手で打っていた。

「調子に乗るな。今すぐ来い。じゃなければまずい。俺もお前も」

「……何が？」

「あと、お前はいま佐藤の件で、2人の男のどちらを優先すればいいかと言われてるはずだ。どちらにも会うなと伝えろ」

僕は息を吐く。男にわかるように、深く大きく。外の空気が入り部屋が冷え、吐いた息が白く崩れていく。

「相手の側に入り込む時、対象者にも利益を与えないと上手くいかない。そんなこと言えるはずないでしょう」

「利益ならもう与えてる。英子の奴が、株で余計なことを」

「これは英子氏の案件です。あなたも関係ない」

「なら電話して聞けばいい」

そう言った男の霞んで見える口元に、一瞬浮かんだのは笑みだろうか。

「電話してみろ。彼女は出ないから」

僕は無表情をつくる。玄関のドアに結露が浮かび、表面の色の紺をぼやかしていく。

「どういうことですか」

「なに、大したことじゃない」

僕は英子氏に電話をかける。留守番電話にもならない。

「英子などどうでもいい。とにかく一時間後、この男に会え。占い師として信用されろ。でないとまずいんだ。俺だけじゃない、お前もだ。説明はできない」

六十歳ほどの男の写真。不安定そうだが、狡猾な印象も受けた。

焦る男に、これ以上聞いても無駄に思えた。男は何度も、左手のスマートウォッチで何かを確認している。目が霞み、周囲の全てが白くぼやけていくようだった。拒否しても巻き込まれるなら、探った方がいいだろうか。全体が見えない今の、自分の状況と位置。


〈洗脳〉


それほど高級でないが、安くないホテルだった。客室フロアに来た時、白いダウンジャケットの知らない女性が歩いてくる。泣いている。

声をかけると女性は驚き、僕を睨み通り過ぎた。性サービスの女性と見当をつける。

廊下の先でドアが閉まった。女性が出てきた部屋。写真の男の部屋。

ノックするとしばらく間があり、写真の男がドアを開けた。バスローブ姿が既に不快だった。落ち着きなく、揺れる視線。机には即席の小さな四角い祭壇まである。著名な宗教のものではない。

彼ならいける、と僕は思っていた。信用を得るだけでは足りない。今は動かせる手駒がいる。

「君か、ああ、当たるんだろうな？　ええ？」

僕は呆然とするのを、隠す表情を男に見せる。

「僕の力では……」

「……ん？」

「お断りします。申し訳ございません」頭を下げ、ドアから出ようとすると男が僕の腕をつかんだ。肥満した両生類の腹部のような、湿った指。舌打ちを堪《こら》える。

「どういうことだ」

男の手を外し、無言でドアから出た。帰る速度で歩く。腕を拭いたいが我慢しなければならない。

「何なんだ、どういうことか教えてくれ」

僕は辺りに並ぶドアを見渡す。ここでは言えないから、部屋に入るという風に。

「気という言葉を使ってもいいでしょうか。他の表現が難しいのです」

男は祭壇まで置いている。気という表現に嫌悪などあるはずがない。

「構わんよ、それがどうした」

「とても悪い気が、吹溜りのようになっています。あなたはそれに囚われ過ぎて、改善しようと思っていない。たとえば」

男は室内を、ドアを開ける前にざっと片付けたようだった。僕は男がやり損ねたビール缶や水の入ったグラスをどけ、長方形のテーブルをウェットティッシュで拭いた。青いクロスを広げ、持参した円柱のロウソクを六つ置き、二つ火を灯す。

「たとえば、これを見てください」

僕は手に持ったまま、タロットカードのそれぞれの絵がわかるように、表にして一瞬見せる。

「1枚選び、指でさしてください」

次に絵が見えないよう裏にした。男がその状態で1枚を指す。

「恐らく」そのカードを相手に見せる。〈死神〉のカードに、男の視線が細かく揺れた。

「でもこれは偶然じゃないんです。実は占いですらありません」

このカードには、特殊な薬品が塗られている。表を見れば全てバラバラのカードだが、1枚1枚の背に、全て〈死神〉のカードが、薬品の強い摩擦で重なっている。裏にされた状態で指されれば、当然それは全て〈死神〉になる。手品の応用。

相手にカードを引かれれば、摩擦による密着が発覚する。だから指でさすよう促し、僕がめくる。

「これはあなたの無意識が選んでいます」

「……は？」

「人間の認知はそうなってる。あなたはさっき、一瞬このカードの絵柄を見ました。僕がすぐ裏にしたのであなたの意識はもう忘れてますが、あなたの無意識は覚えていたんです、印象的なカードがどこにあったのか。むしろあなたの無意識は、最初からこの骸骨が馬に乗るカードしか見てなかった。だからあなたは自然に選んだのですこのカードを。自分の状態がわかりますか？」

男が戸惑う。上手くいく、と僕は思う。男は僕の言葉との間に、膜を作っていない。

「あなたの無意識が、死に関連することに寄ってるんです。恐らく無意識に連動したあなたの身体も」

僕はそこで沈黙し、上質な絹に包まれた別のウェイト＝スミス版のタロットを出す。ゆっくり、丁寧に。効果のないものを、あるように見せるため。

残りのロウソク全てに素早く火をつける。六つの火が同時に揺れる中、カードを十字に並べる。7枚。

〈吊るされた男〉〈悪魔〉、目隠しされ縛られた女の背後と脇に、剣が8本地面に刺さる〈剣8〉、ベッドから起き上がり顔を覆った男の背後に、剣が9本並ぶ〈剣9〉、川辺で倒れた男に剣が10本刺さる〈剣10〉。

ホームレスのような2人が雪の上を歩く〈金貨5〉、再び〈死神〉。

カード達に、ロウソクの複数の火が重なり映り込む。火は時に、見る人間の原始の感覚に届く。

「……身体の中央より、やや下」

「ん？」

「胃ですかね。……癌です」

男の表情が硬直したようになる。男はビールを飲み恐らくもう感じていないが、健胃消化剤を含む胃薬には臭いがある。テーブルの水入りのグラスをどけた時、その縁から同じ臭いを一瞬感じた。テーブル下の絨毯に、男が片付け損ねた袋の切れ端も落ちていた。文字もない僅かな三角形の欠片《かけら》だが、市販の胃薬で似た銀の袋を見たことがあった。今それは僕の靴の下にある。

利用できるものは全て利用する。運がいい。男は既にノイローゼでもある。

「このままいけば、という話です。でも癌になれば、これは転移も早いでしょう。……いくつもの細胞が、まるで迷っているように感じます。自ら癌になるかどうかを。……こういうケースを多く見てきました。その細胞達の振動からは、喜びを感じます。

時々あるのです。自ら損なわれ喜びを感じるような不吉な細胞が」

　そんな細胞などあるのか知らないが、胃は精神と密接に繋がっている。都合がよかった。沈黙し、空気の密度を濃くしていく。相手がしゃべり出すまで待つ。

「……改善は」

「難しい。申し訳ないですが」

　ベッド脇に、何か器具の入った黒い袋がある。泣いていた性サービスの女性。そういうことも。僕は内面で呟く。もうできないようにしてあげよう。

「何かあるだろ？　ええ？」

　男が声を荒げた。鳥類に似た不快な高い声。

「……たとえば」僕は祭壇に視線を送る。

「あれはそれほど効力がない。ないわけじゃないが、……特にあれがよくない」

　壁につけられた、4枚の紙の札。

「あんなことをすれば、悪い気を弾かず溜め込んでしまう。取ることは可能ですか」

「取るのか？」

「嫌なら。僕は元々」

「わかった」

　男が背を向けた時、僕は腕を拭い、袋の欠片を自分の靴内に押し込む。

「これでいいか。祭壇は」

「白いタオルを被せてください」

一度背を向けさせるだけでなく、行為を相手にさせるのが重要だった。僕がやらせているが、自らした錯覚を与えられる。能動的である錯覚。

「窓を開けてください。深呼吸を」

男が窓を開け、息を吸い込む。少し楽になるはずだ。緊張がやや緩んだ瞬間を探り、声を出した。

「でもあなたには力がある」

呼吸で動く男の腹部の、緩やかな動きが鈍る。

「これまであなたは、様々な困難を潜り抜けてきている。わかります。……あなたは何も悪くない。悪いのは全て周囲です」

男が僕を見た。六つの火が揺れ続ける。

「全て周囲のせいです。よくここまで、あなたは耐えてきたと言っていい」

男の目がまた揺れた。それなりに苦労はしてきたようだ。人は基本的に、自分を褒める相手を望む。

もう自分では、何も決められないようにしてあげよう。僕は内面で呟く。誰かを頼らなければ、もう生きていけないようにしてあげよう。僕はあなたの、自由意志の領域に入り込む。自由意志を、自ら捨てる快楽をあげよう。とても気持ちいいのだ。人間はそうなると。

始まりに過ぎない。いずれあなたは、僕の前で跪《ひざまず》くこともできる。比喩でなく本当に。全てを放棄する貴重な快楽を、あなたに特別にあげよう。

「……胃の癌は」

「様子を見ましょう。防げるかもしれない」

数日後医者を紹介する。あなたのただ弱ってるだけの胃を、癌と言ってくれる医者を。腎臓でも大腸でも、あなたの精神だけでなく、あなたの内臓まで全てコントロールするために。あなたはあと少しで僕のものになる。本当は、僕はあなたなどいらないが。

「これの、せいなんだ」男が短くもある指で、スマートフォンを不器用に操作した。いい徴候。動きが子供のようになっている。

男が僕に画像を見せた。佐藤だった。

僕は無表情をつくる。

「この男が、あなたに何を？」

「わからないんだよ」

「……わからない？」

男は窓から離れ、迷いながら椅子に腰を下ろした。上半身はやや太り気味なのに、痩せた足。

「ある、パーティーで、……企業の社長やら何やらが集まる、そういう場で、……女達も呼ばれて、賑わってた。非公式のものだから、照明は何やら薄暗かったが……、そこで何気なくなんだ、本当に何気なく、左を向いた時、この男がいた。佐藤という」

佐藤の写真は、英子氏が見せたものと違い、ややぶれて全身が写っていた。外で密かに撮られたもの。

「いい女がいる、と思ったのかもしれない。いい香りがする、と思ったのかもしれない。悪い癖だ。そうじゃなければ、俺はあんな風に顔を動かさなかった。この男がいて、……目が合った」

男が膝を掻く。桃色がかった皮膚が赤くなり、僕は目を逸らす。

「男も俺を見てたわけじゃないはずだ。俺がいる方向をぼんやり見てただけのはずなんだ。でも俺が振り向いて、目が合った。……俺は反射的にすぐ目を逸らして、でも不自然だから、もう一度男を見て、軽く表情で何となくの会釈をした。もう男は見てなかったんだが、……その翌日から、俺の会社の株が買い取られ始めた。……乗っ取りだよ。俺が不動産業とは言ったたか？　大きな会社じゃない。こんな会社乗っ取ったって意味はない。そのはずだ。……わからないんだよ。意味がわからない」

目が合ったからではないですか、と言いそうになり、やめる。そんなはずはないが、ないと言い切れない。

「会合を希望したよ。目的が知りたい。男の会社に行った。仮オフィスみたいなところに。随分待たされて、ようやくやって来た佐藤は、ずっと俺を不思議そうに見てた。必死で理由を聞く俺の顔を」

男が短い腕を動かしている。恐らくまた膝を掻いている。

「途中で、こいつは恐らく、俺がなぜこんな必死になってるのかを、不思議に思ってるんだろうと気づいた。でも必死になるのは当然じゃないか。自分の会社が取られるんだから。でも次第に少し違うと気づいたんだよ。あいつが思ってたのはもっと根本的というか、なぜ目の前の俺は、こんなに必死に、つまり人生というものに執着してるのか、そのこと自体を不思議に思ってるんじゃないかって。……気味が悪くなった。だって人生に執着するのは当然だろ？　あいつに決められることじゃない。俺のことだ。なのに」

男が僕を見る。やはり視線が揺れている。

「男に訴えながら、段々、俺まで不思議な気持ちになった。なぜ俺はこんな必死になってるんだと。なぜ俺は、自分の人生が決定的に損なわれるのが嫌なのかと。なぜ自分の全てである会社が、なくなるのが嫌なのか。……文脈、というのか？　自分の文法みたいなものまで歪んでいくようだった。なぜ嫌なことをされるのが嫌なのか。……俺は気味が悪くなって会合を終わらせた。でも当然というか、あいつはまだ俺の会社の株を集め続けてる。どうしたらいいかわからない」

＊

タクシーに乗り、英子氏がいる店に向かった。

何度英子氏に電話をかけても、繫がらなかった。佐藤側につけばいいのか、あの会社を乗っ取られる、胃薬の男につけばいいのか、何もわからなかった。芳野から電話があり、佐藤の件は英子氏の判断しか聞かないと告げると、場所を指定された。英子氏が来るという。

細い雨が降り、窓が濡れ曇り始めていた。タクシーを降り、白い息を感じながらコートの襟で首を覆い、店内に入った。英子氏が好きでなさそうな、古びた喫茶店。彼女の姿を確認し、僕は動揺を隠すため無表情をつくった。店内の温度で、ふれていた自分のコートのボタンが湿っていく。

彼女は僕を見ても何も言わなかった。僕が座るため自分の丸い椅子を動かすと、大きな音がし彼女が驚く。音そのものに怯えたように。

こんな反応をする女性ではなかった。シャツは彼女が普段着ていそうな高価なものだったが、部屋にあったから着たというようで、馴染んでなかった。少し痩せてもいる。よくつけていた腕時計も、リングのピアスもなかった。

「何があったのですか」

「何もないよ」

彼女は目の前の赤茶色の紅茶に、手をつけていない。注文を聞きに来た老人に僕はコーヒーを頼んだ。彼女は早く出たがっていた。

「芳野という男から、佐藤が会おうとしている2人の男に、会うなと伝えろと言われています」

「彼の言う通りにして」

「山本からも、別の依頼を頼まれそうになってます」

「受けた方がいい」

「僕は」

五年前、依頼を最初に受けたのがあなただったから、僕はあなた達と関わりを持ったのだ。そう言おうとし、やめた。

「……会社を辞めるんですね」

「ええ」

「何があったのですか」

「何もないよ」

彼女が手前の水を飲もうとし、手を止めた。脇の厨房で何かが開けられ、湯気が広がり清潔に見えない天井に向かっていく。

「知性を……」彼女が言う。

「彼らは……、知性を持たずに、知的世界の支配権を握ろうとしている」

「……え？」

「十八世紀に亡くなった、リムボルクの言葉」

リムボルク。知らない名前だった。

「あなたは、そのような彼らから、もう逃げられない。だから」

彼女は言い、また水を飲もうとし手を止める。

「愛想笑いを、忘れない方がいい」

僕は驚きを顔に出さないように意識した。でも彼女は構わないのかもしれない。もう僕を見ていないから。雨が強くなる。彼女の映った窓が水滴に覆われていく。

何があったのか。僕は動揺を隠すため、バッグからタロットを出した。

「これを、差し上げます。通常カードは長方形ですが、四角は男性性が強く、これは丸い形の珍しいカードです。ジェンダー意識から作成されたもの」

彼女がぼんやりカードを見る。

「あなた達は何もわかってない」

「そうですか」

「いらない」

佐藤にメールを打つ。正確に言えば佐藤の部下に。

佐藤が会合を予定する2人の男に、会うなと伝えるなど無理だった。僕は教えられた彼らの生年月日と姓名判断を合わせ、通常の占いでいま運気がいい方を選んだ。そちらを優先した方がいいと。

僕の助言を佐藤が聞かない、信用されてないように見せ、英子氏達——今は芳野達——から無能と判断され仕事を降ろされる。そうなるよう意識した。

多くを知る前に、全てから離れる。英子氏の様子が頭にちらついた。佐藤との契約も、終わらすことができるかもしれない。英子氏達の株の操作だったが、一度は当てていた。病でやめるなどの理由で、佐藤を納得させることができるかもしれない。

電話が鳴る。不快な高い声。胃薬の男。

「不安なんだ。……来てくれないか」

僕は微笑んでいた。いい徴候ではあった。

「いま自宅なんだが、住所を教える。来てくれないか。……お願いだ」

「今日は、ちょっと都合が」

わざと言うと、苦しげな声を漏らした。洗脳には段階がある。まだ始まったばかりだった。

「お願いだ」

「……わかりました。では住所を」

佐藤にも見せたオリジナルのタロットを出す。発狂した物理学者が作ったもの。この行為には、八つ当たりの面もあるかもしれない。

次で段階はかなり進む。この78枚のカードで。僕は内面で呟く。もうあなたを終わらせてあげよう。あなたの人生まで決定的に。

彼が築き上げたもの、そのカードの並びの蓄積を、無造作に指でシャッフルする自分を想像した。また笑みを浮かべていたが、その口角の上げ方はどこか演技めいていた。タクシーを拾う。

胃薬の自宅はやや遠かった。また雨が降り、町が濡れ始める。郊外の一軒家。本来住宅用ではない隙間の土地に、建てられたような長方形。狭い台形の庭は放置され、家族が離散した跡に見えた。でもグレーの建物自体は悪くない。

外灯の白色の明かりで、ドアが微かに浮かび上がって見える。チャイムに返事がなく、レバー式のノブに手をかけると開いていた。話し声がする。靴は革靴のみで、やはり家族はいないようだった。

会話でなく独り言と気づく。念仏かもしれない。恐らく祭壇があるだろう。いい徴候だ、と再び思う。でも祈りはやめさせなければならない。依存の対象をこちらに集中させなければならない。

暗がりの中で男を見た時、自分がリビングのドアを開けたと遅れて気づいた。曇りガラスの軽い片開きのドア。流れていたのはラジオだった。デスクランプの小さな灯りの下で、男が倒れている。

微かな刺激臭がし、コートの袖で口や鼻を咄嗟に覆った。目の前のスピーカーが何か声を出している。ラジオとわかっているのに、何が流れてるのかわからない。座り込みそうになり、耐えたはずだが数歩移動していた。身体の力が抜けていく。不意に部屋の隅で物音がした。もう1人誰かいる。

その人間は左に重心を傾け、窓の側で気だるく立っていた。暗がりで顔はよく見えないが、山本と遅れて気づく。僕に新たに、依頼をしようとした男。

「死体は初めてか?……意外だな」

デスクランプだけの灯りの中、山本が歩いてくる。僕の側に。

「芳野の依頼でこの男と会ったんだろうが、くだらない。もう終わりなんだよ英子も芳野も。今後お前は私の下に入る」

「お前がやったのか？」

「何言ってるんだ」抑揚のない声だった。

「この状況、普通そうじゃないか？」

胃薬は床に頬ずりした姿勢で唇を歪ませ、片目だけ見開き倒れていた。落ちたグラスから酒と思われる液体が零れている。ラジオで男性が笑っていた。しゃっくりのように笑い言葉を途切れさせている。

「こいつは邪魔だった。目障りだったんだ」

「警察が」

「大丈夫だ。初めてじゃない」

この男は無造作過ぎる。手袋すらしていない。僕もだった。なのにこの男は得意げに死体の側に立ち、左手のスマートウォッチを見つめている。〝彼らは……〟英子氏の言葉がよぎる。〝知性を持たずに、知的世界の支配権を握ろうとしている〟。

「聞こえてなかったか。お前は今から私の下に入る。お前はいずれ、我々の新しいトップにも会うことになるだろう。今後は全てが、一つに集約されていく」

鼓動が苦痛なほど激しくなっていくのを感じながら、トランプを見ていた。自由を。ここにはないカード。少年の僕が手に持ったカードを、誰かが引く。自由。誰かはわかってる。あの彼だ。僕はまだ小さかった手で、彼が引こうとするカードを取られないようにしている。彼は笑う。僕の手に〈ジョーカー〉が残った。僕は負けたはずなのに、彼は僕が勝ったと言う。彼は僕が勝ったと。

「他は全部消えて、指揮系統は今後完全に一本化される。後で指示する。連絡手段は、ああ、これだ」

デスクランプの一点の光を背後に、男が新しいスマートフォンを出す。目に光の残像が残り、赤や緑となり流れていく。僕は気づくと受け取っていた。

倒れている胃薬が、短い指で何か握っている。確認し、目を逸らした。僕が剝がせと言った紙の札。死への苦痛の中で彼が手を伸ばし、助けを請い握ったもの。


〈あなたは肝心なことに気づかない〉


「どうか、しました？　顔色が……」

岸田亜香里が僕を見ている。反応しなければならない。

笑顔を作ればいいだろうか。何でもないですと言えばいいだろうか。でも僕は既に言っていた。自分でも感心する自然さで。

胃薬の家を出る時、指紋を拭き取りたかったが、逆に不自然な跡が残るのでやめた。

そもそも彼は僕に死ぬ前に電話しており、その履歴はどうしようもなかった。まだ報道はない。自殺に見せかけたから心配ないと山本は言うが、短絡的過ぎた。

「……実は、男性から食事に誘われて」

咄嗟に笑みをつくった自分に気づき、その偽装が正しいとも遅れて感じた。当然だが、岸田は僕のような人間に関わるべきでない。僕は昨日、死体まで見ている。

「では占いましょう。どんな人ですか」

岸田が僕をじっと見ている。

「気になっていた、人ではあって。中途採用で、入って来た人なんですけど……」

聞くと相手は悪い人間でなさそうだった。何より、彼女は新しく始めようとしている。

胃薬の死体が浮かび、喉が圧迫される。僕の最後も似たようなものかもしれない。カードを並べていく。このような時でさえ、僕の指は忠実に動いていた。意味よりも、背景が黄色のものを選んだ。並べ方はヘキサグラム。7枚。

「うん。岸田さんは今、やはりとてもいい運の流れの中にあります。自分の思った通りに、行動してみてください。新しく始めましょう。岸田さんはもう、十分苦しみましたから。……もう十分です。きっと上手くいきます」

目の前から、幸福が逃げていく。

「占いの本当の目的は、占いから卒業することです。もうこういうものに頼らなくても、岸田さんは生きていける。時々はおみくじを引いたり、今日の運勢を見たり、そういう楽しみ方を」

岸田が僕を見た。目に涙が滲んでいる。

「先生は、励ましてばかり」そう言い、だが微笑んだ。

「でも、ありがとうございます。……先生の、お蔭でした」

カード達と共に1人になる。試しに1枚引こうとし、笑みを浮かべやめた。今のは自然な笑みだろうか。

今日二度目のチャイムが鳴る。警察、と言葉がよぎり、意識的に首を振った。市井が来る時間。前回途中で終わり、無料で見ることになっていた。

ドアを開け、今度は市井を部屋に入れる。肩が出ていた。髪には茶色のメッシュ。

「金じゃないですけど、似合いますか？」

就職は諦めたのだろうか。それでいいんじゃないか、と思う。

今の状態の彼女に、何を言えばいいだろう。また内面を見ればいいだろうか。あなたは芯の強いところがあるが、融通が利かないところもある、真面目ですが、時々それに苦しくなることはないですか？　内面に隠してる弱さがありますね、わかります。そんなことでも言えばいいだろうか。こう言えば大抵の人間は当て嵌るのだ。

でも僕はそんなことは言わない。今の市井の状況を見極めようとしている。英子氏の言う通りだった。この世界に未練もないはずなのに、妙なところに拘《こだわ》ろうとする。

「今日は、前回の続きを」

「はい。……恋愛の相談がしたいです」

就職できなければ男か、とは当然言わない。

「では前回と同様に。今度は〈女帝〉以外を」

僕はタロットカードの絵が見えるように、何重もの円にして並べる。

「2枚選んでください。1枚はご自身をイメージして。もう1枚は相手をイメージして」

「……恥ずかしい」

「大丈夫です。僕しかいませんから」

「見せないわけに、いかないですか？」

「いいですよ。では後ろを向きましょう」

結局見ることになるのだが、と思う。合図され、僕はまた正面を向く。市井が隠したカードを2枚持っている。

「なぜそのカードを選んだのか、選んだ時に、どんな感情が」

市井が突然、無言でカードをめくり僕に見せた。

１枚は、布が蛇のように絡みつく、全裸の女性が描かれた〈世界〉。あと１枚は、８本の棒だけが斜めに並ぶ〈棒８〉。

市井は酔っている。今さら気づいた。

「私が〈世界〉。男性が〈棒８〉」

市井が言う。笑みを浮かべている。

「もう１枚選びました。私達の真ん中に」

市井が見せたのは〈愚者〉だった。自由を謳歌する若者が、すぐ下が海の崖の端を歩いている。傍で犬が止めようとしている。意味は愚かさ、無計画、軽はずみ。気紛れ、無邪気さ、そして自由。

ウェイト＝スミス版では、この〈愚者〉の数字は０で一番前に来る。最も人気のあるカードもこれだった。

「あなたは肝心なことに気づかない。カードがなければ人のことがわからない」

そう言った市井を見ながら、わかってる、と僕は思う。あなたの気持ちも、岸田の気持ちも。あなた達の気持ちが一時的なものということも。それが占いという、特殊な空間によるものだということも。

「どうせ」市井が続ける。

「自分は何かを抱えてる。自分の人生に女を巻き込みたくない。そんな風に思ってるんじゃないですか？　そんなの後から考えればいいじゃないですか。そもそも女という存在を賛美し過ぎでは？……先生の隠してるカードをめくってあげます」

酔うとここまで急変するなら、彼女の混沌は深いかもしれない。

でも丁度いい、と僕は思う。その通りだった。全て後から考えればいい。僕は市井の細い手をつかみ、ソファベッドに押し倒した。


翌日、目が覚めると市井はいなかった。

酔いが醒めたのかもしれない。罪悪感がよぎる。僕はあんな状態の彼女を、もしかしたら、彼女にとって不本意に。

テーブルに市井からのメモがあった。

〝あなたは肝心なことに気づかない〞

英子氏と山本から与えられていた、スマートフォンが二台なくなっていた。僕のノートパソコンも。

鼓動が痛いほど速くなっていく。佐藤の差し金だろうか？　違う。こういうのは彼のやり方じゃない。

机の引き出しを開け、僕はその場に座り込んでいた。

預かっていた、佐藤の髪と爪がない。

第二部

〈過去――俺は君でなくてよかった〉

直線の廊下の先に、長方形のドアがあった。

通った小さな門は隙間が多く、向こう側が見えた。建物の中央の入口も、先がわかる両開きのガラスだった。でも廊下の先のドアは灰色で透明でなく、向こう側を廊下を歩く者から隠していた。

「ん？　どうした？」

僕は立ち止まる。七歳だった。

「大丈夫。ここに君を傷つけるものはいない。向こうにいるのは、君の新しい友達だ」

施設の職員の男――山倉といった――が、僕の代わりに透明でないドアを開けた。

彼は嘘はついてなかった。確かにそこには、僕と似た子供達がいた。

僕は開いたドアまであと数歩で終わる廊下を進みながら、部屋に入った時の自分のあり方を考え続けた。表情を。第一声を。あの騒いでる緑の服が、リーダーだろうか。お節介に、何か聞いてきそうな者は誰か。その返答はどうするか。どのバージョンの、どれが適切だろうか。質問は嫌だ。質問は。

入って来た僕を、彼らは不意に黙って見つめた。だが彼らの身体《からだ》の停止は短かった。数人の年長者が僕に軽く笑みを見せ、年少者はとりわけの興味を見せず自分達の遊びに——ボールか何かの——戻った。僕は彼らの態度に好感を持った。そうだ。彼らも全員これを経験している。

当然当時から、そのように思ったわけではない。色のついた様々な液体がビーカーか何かの中で動くような、まだ言語化の難しい感情の揺れに、今の僕が言葉をつけているに過ぎない。

僕は箱も開けられなかった。どこかから寄付されたものを、開封する作業。箱の中には、何か恐ろしいものが入っているのではと怯えた。沈黙し、不機嫌に中身を隠す正方形の箱というもの。自分を攻撃するものが、自分を決定的に損なうものが、入っているのではないか。これを開ければ言い訳はできない。開けたのは僕になるから。

周囲の子供達は、しかし次々箱を開けていく。でも自分の箱だけは違うと感じた。この世界はそういうものだと思っていた。不幸は対象を選び、定めて狙う。そう思っていた。

僕は怯えを恥と感じ、表情を動かさなかった。でも箱の前で途方に暮れた。僕が開ける分、その責任は八箱ある。八つの不機嫌な四角。僕の代わりにその両手は器用に箱を開けた。有無を言わせない両手。山倉の両手。

「大丈夫。ここに君を傷つけるものはいない」

入っていたのはカップだった。でもわからないじゃないか、と僕は思っていた。このカップは割れて砕ける破片を内包している。今はまだ、固まっているに過ぎない。いつこのカップは砕け、正体を現すかわからない。

そのような僕の様子に、山倉が気づくのに時間はかからなかった。ある日彼は、僕の前にカードを並べた。古いトランプだった。

「めくってごらん」

恐ろしいと感じていた。それらは裏返しになり、あからさまに正体を隠している。全てが他人の並びに見えた。当然のことだが、人間は恐ろしい。彼らは笑顔でいても、何かの言葉や態度で急変する。

「大丈夫。ここに君を傷つけるものはいない」

彼は僕の前で1枚1枚、カードをめくった。あれは何だったろう。赤かったから、ダイヤかハートの何か。だが僕は信用できなかった。

山倉はそれから、毎日のように僕にトランプを見せた。

「めくってごらん」

僕の指が宙で迷うのを、急かすことなくいつも見守った。最初にめくれた時の感触は、よく覚えている。カードにふれた指に痺れが生まれ、それは肘まで伝わり静かに消えた。能動的に、自分の指が動いたのだと思った。暖房はまだついてなかったのに、喉から広がる温度を上半身に感じた。そのカードは覚えていた。〈◇Q《クイーン》〉

「ほら。大丈夫だったろう？　ここに君を傷つけるものは……」

彼は僕にカード遊びを教えた。１人でいる子供が他者と近づくには、カード遊びがいいきっかけになる。そう思ったのかもしれない。ババ抜きだった。

カードがなくなった子供から順に、短く歓声を上げ抜けていった。彼らはトランプより、外で遊ぶ方を好んだ。僕と山倉の一騎打ちになる。

山倉が残り１枚。僕が〈ジョーカー〉を含む２枚。彼に〈ジョーカー〉を取らせなければならない。僕が未だに慣れない、この恐ろしげにこちらを脅《おど》す、赤と白のピエロの〈ジョーカー〉を。

どうするか？　僕は気づくと真剣に考えていた。さっき別の子供がやったように、１枚浮かすか？　取れと誘発するように。でもそれは見せかけで、〈ジョーカー〉は浮かさず持ち、胡散臭く浮かしたカードを避けた指を、逆に誘導する。そのさらに裏をいこう、と考えていた。僕がさっきの子供の真似をするだけでなく、さらに応用すると目の前の大人は思わないはず。あえて〈ジョーカー〉を浮かした。

だが山倉は僕が浮かさなかったカードを引いた。カードを指で挟まれた瞬間、僕は力を入れ抵抗した。山倉が笑う。大人の力は強く、カードが僕のもとから引かれた。〈ジョーカー〉が残った。

トランプゲームなのに、負けたのを恥じた。大勢いたのに、やはり敗北したのが自分だったことに。

「ああ、僕の負けだ」

でも山倉は言った。慰めなどいらない。だが彼は本当に悔しそうだった。

「これは通常ルールと違うんだ。〈ジョーカー〉の意味は〈自由〉」

山倉は、なおも悔しそうだったのだ。

「成長し大人になっても、最後まで〈自由〉を内面に持つ人生がいい。そうだろう？　だからこのゲームは、最後まで〈ジョーカー〉を持つことができた者の勝ちなんだ」

トランプは、1人でも遊べるのがよかった。「クロンダイク」「四葉のクローバー」「カップル」。誰が考えたのだろう。グループ用につくられたものを、あえて1人でも遊べるようにするなんて。孤独な人間か、そういう人間のことを考えた、優しい人間に違いない。トランプの全ての数や絵柄はもう既知だった。他人でなくなっていた。並べられたカードの数字の羅列を見ながら、この中に、何か世界の秘密が隠されていると漠然と思った。

〈♡5〉が欲しい時、なぜ〈♠K《キング》〉が出たのか。なぜ自分が望んだカードが出ないのか。

〈♠K〉が出たのは、偶然だろうか。では偶然とは、そもそも何か。めくるまで僕はわからないが、もうそのカードが何かは決まっている。わからないのは僕だけだ。

それは一体、どういうことなのだろう。

トランプの1人遊びには、数字も関係ないものがある。立体のピラミッド作り。本当は糊《のり》でつけたいが、それはできない。彼らは自由でなければならなかった。僕が急変し、彼らを損なうことがあるかもしれない。

風圧でトランプが崩れた。いつの間にか男が近づいていた。山倉でなく、最近入って来た職員の男。

「俺は君でなくて本当によかった」

後に、群れから離れ孤立した草食動物が、捕食者に襲われる場面をテレビで観た。

襲われている時の、その草食動物の澄んだ黒い目も。

「君達を見てると、つくづく思うよ。本当に俺は君達じゃなくてよかったって。感謝しなきゃいけないな。……いいか？　人間を決定づけるのは、遺伝と環境なんだ。遺伝ってわかるか？　血だよ。君が受け継いだ血」

男は僕に言った。とても深刻な顔で。

「こんなところにいる時点で、もう君達の人生は決まったようなものだ。あとは血なんだけど、特に君は」

社会問題を憂うような顔だった。

「君の親は……。はは、ははは！」

彼は何かの仕事を辞めさせられ、知人の紹介でここで働くようになったと後に聞いた。彼は長くなかった。発育のよかった十二歳の入所者をトイレに連れ込もうとし、見つけられいなくなった。彼が出て行く時、「僕はお前でなくてよかった」と言えばよかったかもしれない。でも言えなかった。

環境と血。確かにそうかもしれない。

「君を占ってあげよう」

雨が止み他の子供達が外でドッジボールをしていた時、山倉が突然言った。占い。初めて聞く言葉だった。

「占いとは、先のことがわかる不思議なものなんだ。君の運命がわかる」

僕は怯えた。環境と血。

逃げたかったが、勇気がなかった。逃げたら山倉は僕に失望する。何度目かわからない失望を。僕が食器を割った時も、あてもなく施設を抜け出した時も、彼は耐えた。確かに彼は我慢強い。でもどこまで我慢強くいられるだろう？　彼をついに急変させるのが怖かった。怖かったのに試していたのかもしれない。でもその時は身体が硬直していた。逃げたくなる僕を身体が押さえていた。

「大丈夫。心配いらない。僕には不思議な力があってね。わかるんだ」

クリスマス会の余りの長さの違うロウソクを4本、山倉はテーブルの四隅に置いた。火が揺れる。頭がぼんやりとした。山倉が見たことのないカードを出す。

「これはタロットカードだ」

今思えば、ウェイト＝スミス版だった。神秘的な絵柄に、目が惹き込まれた。

「これにはピラミッドとかの、古代エジプトの秘儀が込められている。皆には内緒だ。不思議な力があるんだ」

僕は息を飲んだ。山倉がカードを並べていく。並べ方は、いま思えば13枚のホロスコープだった。鮮やかな、黄色が背景のカード達が並ぶ。美しい。そう思った。何かを美しいとはっきり感じたのは、初めてだったかもしれない。

「思った通りだ。君はとても運がいい」

山倉は言った。心底感心する表情で。

「今はでも、色々と、我慢しなければいけない。でも大人になるにつれ、君は凄くいい人生を歩むようになる」

「本当に？」

「本当だ。これは凄い運だ。占いは力だよ」

山倉は笑顔だった。

「君は今、本当は知ることのできない秘密の未来を知った。それは君の力になる。占いが教えてくれた。今は色々耐えなければならないけど、将来、君はとても凄い人間になる」

僕は茫然としていた。このカード達が教えてくれたのか。確かに、目の前のこのカード達は温かく、自分を励ますようだった。高くなる温度を身体に感じた。最初にカードをめくれた時と、同じように。

「だから心配ない。君は幸福になる。絶対だ」

後に自分でタロットを学びわかったが、あの時のカードの並びは大していいものではなかった。山倉は恐らく、〈悪魔〉や〈塔〉など恐ろしげなカードも、前もって抜いていたのだろう。続けてトランプを広げた。

「これが社会だ。気味が悪いだろう?」

裏向きで並ぶトランプは、全て均一に見える。

「1枚めくろう」〈♠A《エース》〉だった。

山倉はその酷《ひど》く目立つ〈♠A〉に人差し指を乗せ、裏向きで均一に並ぶカード達の間を、真っ直ぐ移動させた。

「こうやって生きてもいい。気持ちいいぞ」

僕は首を横に振った。そんな真似はできない。彼から〈♠A〉を奪い、裏向きに戻した。そうしながら、他の均一のカード達の間を縫うように動かした。

「はは。それでもいい。だけど」

山倉が1枚カードをめくる。僕が移動させた、裏向きの〈♠A〉の隣を。それは〈♣K〉で、彼は少し慌てて戻し、別のカードをめくり〈♡A〉が出るまでやめなかった。ようやく出ると、強引に〈♠A〉の隣に持ってきた。

「大切な人ができたら君もカードを裏返し、自分のことを話すといい」

後にわかるが、山倉は手品を深く知っていた。あの時、彼は間違えたのだ。

施設の慰問に手品師が来たのは、山倉の要望だったに違いない。彼の知り合いだったと思う。その手品師は自分を手品師と呼ばなかった。超能力者と名乗った。

「1枚引いてごらん」

少女が選ばれ、トランプを1枚引く。

「それを僕に見せないように、みんなに見せて」

少女は照れながらトランプを皆に見せる。あれは何だったか。超能力者がそのカードを束に戻し、念力を送ると1枚が飛び出した。さっきのカードだった。

僕は驚きで唖然とした。他の子供達も全員。何もなかった手から鳩が飛び出した。悲鳴と歓声が上がった。コインがグラスをすり抜けた。お札までもすり抜けた。

だが超能力者の技はそれだけに留まらなかった。再び子供の1人にカードを選ばせると、彼はトランプの束を全て宙に投げた。

舞うカード達。超能力者がピストルを出し発射すると、壁に何かが、ピストルから発射された釘に刺さっていた。さっきのカードだった。

後にこの術は、十八世紀に活躍したイタリアの伝説的奇術師、ピネッティの技を簡略化したものと知った。だが当時はそんなことはわからない。

「今は、もしかしたら、辛いこともあるかもしれないけど」

突然そう言った超能力者は、再びカードを投げた。数日前、この施設の壁が何者かに酷く落書きされていた。我々を罵倒する文字だったが、もう忘れた。

「君達の人生にも、もちろん」

宙に舞っていたトランプ達が、鮮やかな花に変わった。赤、緑、黄色、白、拍手と驚きの声が上がる。カード達が次々花に変わり舞っていく。

「いつか、こんなことが起こる！」

花達が空中で一斉に花火のように大きくなった。僕達は歓声を上げ、拍手しながら泣いた。

なぜ僕が一時期自分のアパートに戻ったのか、覚えていない。覚えているのは、テーブルの上に伏せ、泣く女性の姿だった。

慰めなければならない。僕は思っていた。僕にはもうトランプがあった。超能力はできないが、53枚の味方がいると感じていた。

さっき出て行った、スポーツ刈りの男が原因だろうか。僕はトランプを出した。

「大丈夫だよ。僕が占ってあげる」

トランプでも占いはできた。僕がそうなのだから、きっと僕の母親であるこの女性も、これから先いいことがあるはず。凄い大人に、なれるはず。

女性の向かいに座り、トランプを並べようとした。トランプが宙に舞った。顔を上げた彼女が右手で払っていた。

——少し黙ってて。お願いだから。

これまで慎重に、注意深く重ねてきたものが、自分にもあったように思っていた。トランプ達が無造作に、バラバラに宙に弾《はじ》けていく。電気の止められた暗い部屋の中で、そのカード達は長いあいだ宙に舞っていたように感じていた。やがて広範囲の床に落ちた。花にはならなかった。調子に乗ってはいけないことを、忘れていた。自分が話したいからといって、誰かに話しかけてはならないことも忘れていた。自分を突然傷つけるものがこの世界にあることも、子供らしい振る舞いをした時ほど痛みが深くなることも忘れていた。散らばったカード達を拾うため、床を這った。必然的に、そうしなければならなかった。だが数枚が見つからなかった。

暗がりの中、床に落ちたままのビール缶やスナック袋、さっきの男が投げ電池が飛んだリモコン、ベージュのストッキングや雑誌などに紛れ、見つけることができなかった。その失った数枚のカードを僕は探し続けた。今でも見つかっていないかもしれない。僕は施設に戻った。

〈悪魔〉

小学校で僕は、幽霊が見えると言い張った。

自分の取るべき行動を教えてくれる、幽霊。声が聞こえたわけでないが、実際に見えたのだった。透明な、糸状のものが宙に浮かんで見えた。

後に近視による飛蚊症と知ったが、あの時は幽霊と言い張った。無意識下では、誰かに何かを認めてもらいたかったのかもしれない。でも意識では、本当に信じた。

タロットは山倉から止められて——自分のあの時のカードが嘘とばれると思ったのか、別の占いが出て僕が悲しむのを恐れたのか——いたので、トランプで占った。通常のトランプ占いではない占いも独自に考案し、自分が考えたものなのに信じた。わからないのにクラスメイトの手相も見、自分の言ったことを信じた。

今思えば、子供達の集団力学において、いじめに遭う境界線上に立つ危険を冒していた。でも運よく、学校中が「コックリさん」ブームだった。

「はい」「いいえ」と書かれた紙の中央に置いたコインに、複数の人間が指先を乗せる。コックリさんと呼ばれるキツネの霊を降臨させ、質問するとコインが動いた。誰かが多少でも動かすと、他の指もつられて動く力学的なものだろうが、学校中で流行した。

日本の「オカルト元年」は、一九七四年と言われている。高度経済成長の中、経済とは別の真理を求める動きが広がったと同時に、経済成長に取り残された者達による、ささやかな願いもあったのかもしれない。この世界が、本当は、今見える姿でなかったらいいのにと。

スプーン曲げのユリ・ゲラーが来日したその一九七四年から、その時は既に十五年以上が経過していた。「オカルト」は定着し、一九九九年七月に世界が終わるという、ノストラダムスの予言の時も徐々に近づいていた。僕は小学五年生になっていた。カルト教団のオウム真理教が、地下鉄でサリンを撒きテロを起こす一九九五年まで、あと数年。

コックリさんの最中に1人の女子がヒステリーを起こし、止めるクラスメイト達を振り切り教室を出、階段から落ちた事件があった。彼女はトイレから戻る僕の横を通り過ぎていた。でも落下の直前、彼女の身体には一瞬迷いがあった。彼女は霊に取り憑かれたと認識した意識がそれを望み、自らを喪失させてはいたが、彼女の無意識が身体の保護を図ったかのように。世話の焼ける意識に代わり、無意識がそう動いたかのように。

彼女はそのせいか無事だったが、階段の踊り場で倒れた彼女の短かった藍色のスカートから、足が見えていた。僕はそれを見ながら、よく施設の前を通る黒髪の大人の女性を連想した。

理科室のミミズクの剝製の耳が、突然立つ事件も起きた。学校中の児童が、昼休みに殺到した。剝製はしまわれ、コックリさんは禁止されたが、みな密かに続けた。

今思えば、学校中が感染したオカルトを面白がった用務員の、いたずらだったかもしれない。近隣の学校中が感染したオカルトがどこから感染したのか。隣の学校も似た状況だった。ネットもない時代、このオカルトがどこから感染したのか。隣の学校から塾などを通じたのか、メディアからかわからない。

僕はその頃、悪魔を研究した。コックリさんより「強力」なものを求めた。密かな願いを叶えるためだった。

タロットを禁止されていたため、僕はトランプを並べ独自に悪魔を呼び出そうとしたが駄目だった。本格的な知識を得るため図書館に行った。子供を怖がらせる本に興味はなかった。「本物」を求め探し続けた。図書館の職員には聞けない。秘密を知られるわけにいかない。

やがて一冊の本を見つけた。後に購入し、現在は僕の手元にある。悪魔メフィストフェレスを召喚した十六世紀の伝説的人物、ファウスト博士が実際に記したとされる方法は、困難を極めた。

魔法陣――悪魔を呼び出した時、人間はその中にい続けなければならない。出れば八つ裂きにされる——は金属板でなければならず、金槌による作製で一打ちする度、念を唱えねばならない。絞首台から取った鎖、罪人の額を突き刺した釘も必要で、不可能だった。

僕はその本に記された別の方法を選んだ。ハシバミの木とブラッドストーン、2本のロウソクがあれば足りた。ブラッドストーンは、赤っぽい石ならいいのではと考えた。

魔法陣は、そのブラッドストーンで地面に描く。三角形を円で囲った形。Le Icercle Les2 Autv JHS と記し、ハシバミの枝を持ちロウソクに火をつける。呼び出す悪魔は選ぶことができた。男性老人と猫と蛙の三頭で、胸から下がなく、そこから甲殻類に似た無数の足が生えているバエルは避けたかった。当然だが、そんなものは見たくなかった。暴力的に見える、直立した象のベヘモトも嫌だった。

狙ったのはアスタロトだった。気だるい顔の男が犬と猫が混ざった風の魔物に乗り、毒蛇まで握っていたが、何というか、他の悪魔よりまだ話がわかりそうだった。彼は過去、現在、未来の隠されたことを全て知るとあった。

僕は施設の皆が寝たのを確認し、既に布団の中に入れていた共用の懐中電灯を持ち、静かに建物を出た。補修のため懐中電灯に巻きついていた、古いセロハンテープの全ての端が黒ずんでいた。裏手の道を長く下った先の川の側に、僕だけの秘密基地の林があった。

元々あった使途不明の穴の底に、拾った青いビニールシートを敷いたもの。僕はまずその中に入り、気持ちを落ち着けた。失敗すれば、悪魔に八つ裂きにされる。穴から出て、魔法陣を描きロウソクに火をつけた。呪文を唱える。辺りはあまりに静かで、声は過度に小さくなった。書かれている通り、嫌な臭いを立てず、出現することを要求した。その後、特定の呪文を唱えた。

「アグロン・テタグラム・ヴァイケ……」これは悪魔を苦しめるものだった。姿を見せなければこの呪文で苦しめるから、やめて欲しければ出現しろというもの。今思えばかなり身勝手なものだが、そう書かれていた。本来なら、呪文の途中で耐えられなくなった悪魔が出現する。現れなかった。

繰り返す。ロウソクの火はすぐ消えるのでなしにした。三度目は集中力が切れ、魔法陣の中で座りながら唱えた。無理とは思っていたので、落胆はなく、奇妙なことに、でも自分は悪魔を呼び出した気もしていた。どこかで様子を確認する風に悪魔は出現していて、目の端で一度遠くの草むらが揺れたのが、きっとそれだったというように。

僕は施設に帰り眠ったはずだが、魔法陣の中で目を覚ましていた。あの頃、僕はよく不意に眠くなり、そのまま寝てしまうことがあった。近くで川の流れる音がし、月の光が青く見えた。秘密基地の穴の中で、何かが動いている。

近づき見下ろすと、毛の中心から生えた幾つもの足が、穴の下の青いビニールシートの上でもがいていた。

ブエルだ、と思った。僕は息を飲んだ。鬣《たてがみ》のあるライオンの頭部——目だけは人間——から、直接5本の鹿のような足が生えた悪魔。顔を中心とした、奇怪な星マークのように。身体は僕より大きく、二メートルは超えていた。

意外と冷静な自分が不思議だった。ブエルは倫理学と論理学の大家で、植物の薬汁を専門としていた。僕には関係ない悪魔だった。

——お願いだ。助けてくれないか。

誰かの声に似ていた。

——上手く立てない。

僕が見た絵では2本の鹿に似た足で立ち、残りの3本——顔の側面や上から生えたような——は器用に浮かせていたが、穴の中のブエルは上手く立てず、もがいていた。

——降りてきてくれ。ここに。

僕は躊躇した。悪魔は契約の最中、あらゆる手段で人間を動揺させ、騙し、八つ裂きにするタイミングを狙うと知っていた。魔法陣に戻らなければならないが、ブエルは今、上手く立てない。彼が立ち上がったらすぐ戻ると決めた。

——上手く立てないんだよ。

ブエルの声に懇願が含まれる。

――お願いだ。私を助けてくれ。

僕は迷った。気の毒に見えた。

――知っている。君が呼び出そうとしたのは別の奴だ。でも仕方ないじゃないか。通路が開いてしまって、来てしまったんだから。……助けてくれ。

僕は動けなかった。

――そうか。君はそんな人間なんだね。だからみな君を嫌うんだろう。君のお母さんも。

「え？」

――君がそんな風だから嫌われるんだ。ほとんどしゃべらないのに、話題が幽霊や占いになると得意げに話し始める。知らない者達に上から教えてあげる態度で。嫌われるよそんな人間は。君のお母さんも君がそんな風だから君を嫌うんだ。そうじゃないところを見せてやろうじゃないか。君は本当は優しい。そうだろう？　助けてくれ。

ブエルは必死に立ち上がろうとし、苦痛に顔を歪め、涙を滲ませまた倒れた。倒れるたび彼の鬣が揺れ、穴の側面の湿った土で汚れていく。

――急なことで驚いてるのかもしれないけど、君の好きなカードで言えば、世界は1枚の、そのカードのようなものなんだよ。めくればこのような世界が出現する。私は本当に存在する。

僕は頭がぼんやりとして困った。何か、硬い音が遠くで鳴っていた。

——助けてくれ。助けてくれたら君の願いを叶えよう。だから来るんだよ。誰が掘ったのかもわからない、この青い穴の中に。

いつもの布団で目を覚ましていた。8人部屋の布団。目覚まし時計が鳴っていた。鼓動がずっと速かった。学校が終わるまで待ち、秘密基地に向かった。ブエルはいなかった。あのとき穴に何か蓋をしておけばよかったと感じたが、再び来ると思っていた。

深夜、他の子供達が眠り始めた時、ブエルは天井の四隅の角の一つに、5本の足を器用につけて浮いていた。やはり来たのだ、と僕は思っていた。秘密基地では僕より大きかったが、彼の頭部はバスケットボール程度の大きさに縮んでいた。そこから5本の鹿に似た足が生えているのは同じだった。その天井の角は以前から、そこだけ白い壁紙が少し剝がれ、薄黄色の地肌を見せていた。

「来たんだね」僕は内面で声を出した。聞こえると思った。

——酷いよ。助けてくれないんだから。

その暗がりの端で、ブエルは言った。秘密基地の時は気にならなかったが、ブエルからは学校の飼育小屋に似た臭いがした。この臭いで他の子供達が起きるのでは、と僕は思った。

――でもこの施設は隙だらけだ。私のような者も簡単に侵入できる。だから三日前も、不法投棄の自転車なんかを敷地に捨てられるんだよ、君達への酷いメッセージ付きのね。でも君は今、その布団で守られている。苦手なんだ。温かいものは。

「そう?」

――こっちに来ないか。

僕は黙った。恐ろしくなった。

――こっちに来るといい。とても面白いところだ。君は王になれる。君の今の欲望も、今後生まれる全ての欲望も完全に叶えることができる。ちょっと頭に思い浮かべたことでさえも。凄いぞ。人間の夢だ。

悪魔の言葉に、乗ってはいけないと思い出した。人間は安全なところから、彼らを利用しなければならない。願いを叶えるのと引き換えに、悪魔は人間の魂を要求するはずだった。期限は二十四年と本には記されていた。願いと引き換えに二十四年後、魂を奪われる契約。

当時の僕に二十四年は途方もなく遠かった。そんな先はどうでもよかった。でもこの取引も、巧妙に騙さなければならない。願いだけ叶えさせ、契約はしない流れが必要だった。

「僕の願いを叶えて欲しい」

――こっちに来ればいいだけだよ。その布団から。

「アグロン……」暗記していないはずのあの呪文をなぜか言えた。彼は苦しむ、と思った時、本当にブエルは壁から落下し、床に着くと悲鳴を上げた。もがきながら鬣を乱し、また5本の足で跳ね壁によじ登る。滑稽な動きだった。

――やめてくれ。お願いだ。

「願いを」

――わかった。言ってみろ。

「山倉という男を」声が震えた。

「僕から遠くに追いやってくれないか」

言いながら僕は泣いていた。自分がいつか、何かしてしまうのではないか。そう思っていた。取り返しのつかないことを、してしまうのではないかと。山倉が側にいれば、彼は失望するだろう。これからの自分を彼に見せたくなかった。

施設の前をよく通る、黒髪の大人の女性。彼女はいつも足を出した服を着ていた。

彼女を誘い出し、穴になっている秘密基地を覗かせる。その背中を押す自分の姿が、なぜか毎日ちらついていた。

その両手の感触は想像だが実感があり、既に自分はそれをしたのではと思うこともあった。彼女を穴に落とした後の想像は日によって分裂した。一つはそのまま穴を塞ぎ、彼女の姿をもう見えなくしようとする自分。もう一つは、共に穴の中に入る自分。秘密基地の穴の中で自分が何をするかよくわからなかったが、漠然と想像すると不安な感覚に襲われた。穴に入ってしまえば、世界からは隠れることができる。

施設内にいる十八歳の入所者も同様だった。彼女はほとんど他の入所者と会話しないため――奨学金を得るため勉強していた――十一歳の僕は近づくこともできなかったが、彼女も穴の中に落とすことを想像した。

落とす時、奇妙だったのは、彼女達の顔がなくなっていくことだった。背中を押す時のイメージが、後ろ姿であるのが原因かもしれない。穴の中に入った後も彼女達は個性をなくしたままで、何というか、女性という抽象的な存在になるのだった。イメージとしては、全ての女性を足して数で割り、平均値が体現化されたようなもの。その存在することのない奇怪に抽象化された女性は、穴に落ちた時に僕を見上げる。そのなくなった顔から感じるのは笑みの時もあれば、恐怖や悲しみや怒りの時もあった。

――なるほど。私も山倉という男は嫌いだ。

ブエルは言った。

――でもいいかい。君も知ってる通り、悪魔との契約には取引がある。二十四年後、私は君の魂を奪うことになる。人類史の中で、これまで膨大な人間達が私達と契約したんだよ。自分の能力では決して成就できない欲望を、彼らは私達によって叶えてきた。そして期限が来たとき急に落ちぶれて死んだんだ。歴史を見れば、そんな人生を進んだ人物達が何人もいるだろ？　滑稽だよ人類というものは。どうだい、契約せず成就してみれば。

「どうやって」

——君が山倉を殺せばいい。簡単だ。

耳鳴りがした。ブエルの臭いが強くなる。周囲の子供達が起きるかもしれない。でももうそれを望んでいた。

——裏の林に毒草がある。……今更善人を装うのはやめた方がいい。私が薬汁が専門と最初からわかっていたじゃないか。その毒草を使い、山倉が愛してやまないコーヒーに入れればいい。簡単だ。誰も君みたいな子供が犯人と思わない。

耳鳴りが強くなる。もう起きてしまえばいい、誰かが。

——自分の手でやるんだ。契約なしで済む。その後であの君を惑わす黒髪の女性を、私も落ちた穴に落とし心ゆくまで楽しめばいい。一つお願いがある。君が楽しんだ後、彼女を私にくれないか。君はまだ子供だからわからないだろうが、私には……。

翌日、僕は熱を出した。インフルエンザだった。ブエルの病原菌が体内に入ったと思った。僕はその苦しみに快楽に似たものを感じていた。治れば、僕は生まれ変わると想像した。ブエルが望む方向に。

でも熱が引いた後も、山倉を殺す自分を想像できなかった。覚悟もないまま林に行き毒草を探したが、そもそもどれが毒草かわからない。

学校に行くようになっても、僕は以前よりさらにぼんやりするようになった。教師から叱責されても、どうしようもなかった。ずっと耳鳴りがした。吐き気を我慢し、休み時間にトイレで吐いた。

午後の授業はさらに、教師の言葉は入ってこない。ぼんやりしていると、時間割の貼られた薄緑の壁にブエルがいた。その脇には、以前は何かが掛かっていたのだろうが、今では用途のわからない釘が斜めに刺さっていた。今は駄目だ、と僕は呟く。隣の女子が何気なく僕を見たので、実際に小さく声に出したかもしれない。

だがブエルは移動し額に入れられたクラス標語、みんな仲良く、と書かれたそれを足の一つでカタカタ揺らした。音がする、と思った時、スルスル床に降り、微かに跳ねながら僕に近づいた。頭の中で制止しても、彼は近づくのをやめなかった。椅子から立とうとした時、ブエルは僕を一瞬見、左側を通り過ぎた。僕の見えない背後に回り、どこに行ったか気配で注意深く探すと、教室の端の、僕の右斜め前にいた。１人の女子に向かっていた。彼女はクラスで最も背が高い。ブエルが彼女の背に近づく。

呪文を思い出し、唱えようとした。既に途中までなら暗記していた。耳鳴りが脳内で生まれるようで頭痛が酷かった。ブエルは僕が呪文を唱えても苦しまなかった。

――私を甘く見ない方がいい。

ブエルは僕を一瞥し、その女児の背中に5本の足でしがみついた。首を噛んだ。

「やめろ」

――ああ、いい、とてもいいよ。

怒声が響く。教師だった。教師がブエルを叱ったと思ったが、彼は僕を叱った。ぼうっとするなと、教師は言うのだった。僕は今、ぼうっとしていない。ブエルの動きを注意深く観察し、彼女を助けようとしていたのだ。ブエルは消えていた。

学校が終わり、川の側の林の秘密基地に行った。この穴の中にブエルを再び呼び出し、埋めてしまおうと考えた。でも現れなかった。

その晩、彼は施設の同じ天井の角にしがみついていた。来るだろうとは思っていた。

――君は調子に乗った。わかっただろう？

僕は黙った。どうすればいいかもうわからない。

――私達はあらゆる場所にいる。実在する。いいかい？　私達をコントロールなどできない。私は君にとって唯一の存在だ。

誰かを呼ぼうとした時、身体が硬直した。金縛りにあっていた。

――君の願いを叶えよう。

「もういい」

――よくない。私は君の願いを叶える。絶対だ。山倉を殺す。

「やめてくれ」

――もう決めたことだ。でも私達悪魔に殺されると、彼はとても苦しむ。地獄に行くことになるからね。でも君が殺せば天国に行ける。どうだい、やっぱり。

そこで気づいた。

「僕は元々、彼を殺せって言ってない。遠くにやってくれって言ったんだ」

――ははは！

ブエルが笑った。

――そうだったね。その通りだ。……ではその願いを叶えよう。でもその代わり。

消えながら言う。見回りの職員の足音が聞こえていた。

――私は君にとって最も大切なものを奪う。

二週間後だったと思う。山倉が施設を辞めることになった。いま思えば偶然だが、そう思えなかった。僕は恐怖の中にいた。

山倉は、アメリカに行くのだという。彼は四十歳を既に越えていた。今を逃せば、もう無理かもしれないと。彼の密かな夢。手品師。手品師が定期出演する小さな枠が一つ空き、彼の想いを知る向こうの知人に誘われたという。いい機会に違いなかった。

では彼はなぜ、その技を僕達の前で披露しなかったのか。時々他所《よそ》でショウをしていたらしいが、なぜずっと僕達に隠していたのか。恐らく、手品に夢を持たせるためだ。仮に超能力があると宣言しても、身近な山倉だとすぐ子供達にばれてしまう。だから彼はあの時、知人を呼んだ。

この世界には、不思議なことも起こるのだと。目の前の現実だけではないのだと。世界は気難しいものだけではなく、本当は、もっと面白いのだと。

　だが山倉は自分がアメリカに行くことを伏せていた。その話は、山倉と特に親しく見えた僕に、別の職員がそっと教えてくれたことだ。

出発の時、山倉が僕に近づいた。全員が外に出て見送る時なら贔屓と見られてしまう。その前に来てくれ嬉しさを感じたが、彼にブエルのことは言えなかった。あなたの出発には、悪魔が加担しているなどとは。そもそも山倉はブエルを知らない。説明するのは不可能だった。

「急なことですまない」

山倉は言ったが、謝罪など聞きたくなかった。

「上手くいくよ、アメリカでも」

「ん?」

「トランプで占った」

山倉の渡米を聞き、僕は急いで彼の今後を占ったのだった。結果は普通だった。良くもなく、悪くもないというような。

「成功するって出たよ。凄くいい運勢だった。絶対上手くいくよ」

山倉の目に不意に涙が浮かんだ。僕の頭の上に手を置き、そのまま抱き締めた。彼はこのような身体的接触に躊躇するタイプだと感じていたので、僕は驚いた。別の職員から、山倉は子供の頃、とても酷い環境にいたと聞いた。

「僕が好きな日本の諺がある。ちょっと滑稽な言葉だけど」

山倉は僕の目を見た。

「トンビが鷹《たか》を生む」

山倉はそう言って笑い、僕も思わず笑った。山倉は、僕の中にある本質的とも言える悩みの一つをわかっていたのだと思う。その言葉は、あらゆることを吹いて飛ばす爽やかさがあった。トンビが鷹を生む。

後にフランスの作家サルトルの「実存は本質に先立つ」という言葉を知った時、根本的には同じ意味と解釈した。遺伝やその人間の性質などより、その人間が何をしたのか、どう生きたのかでその人間の全てが決まるのだという風に。

「だから気にするな。君は〝自由〟だ」

何度も振り返る山倉を他の子供達と見送っている時、古びた電信柱の脇にブエルがいた。電信柱には、今はもうない皮膚科の看板が貼られていた。

「あの時」僕は内面で呟いた。ブエルには聞こえると思った。

「僕の願いと引き換えに、僕の最も大切なものを奪うって言ったけど」

ブエルは僕を一瞬見た。

——簡単だよ。呪いをかけたんだ、君に。

「呪い」

——うん。もう今後一切、君の人生には、山倉のような人間は現れないと。……女性も含めてね。

僕は茫然とブエルを見た。

——気づかないか？　つまり私は、山倉を遠くにやる君の願いを叶えただけだ。聞き違いをして、ちょっと拡大解釈してしまったけどね。

「そんな」

——何を言ってるんだ。

ブエルは言う。うんざりした顔で。

──君が望んだことだろう？

山倉が遠ざかっていく。もう振り返ることもなく。

──私は君に、呪文で苦しめられたことをずっと忘れていないんだ。……あと君の混乱した欲望ね、もう止められないようにしてあげた。躊躇は面倒だろう？　約束通り、いや約束はしてないけど、これも聞き違いかな。君が損なった後、彼女を私にくれ。カードみたいに、彼女の全てをめくってしまえ。私は傷ついた女が大好物だから。私に捧げるために、彼女達を損なえ。私は君にとって唯一の存在だ。

そう言いブエルは消え、僕の脳内に入り込んだ。


神。悪魔がいるなら、神もいる。その感覚がなぜ僕に湧かなかったのだろう。古代のカナン人の中には、ハエの王ベールゼブブを崇めた者達もいた。食物にたかり疫病ももたらすこの悪魔を崇めれば、逆に被害を受けずに済むと彼らは考えた。ペストが破滅的な被害をもたらした中世ヨーロッパで、農民達はキリストの神への信仰をやめた。彼らは悲惨な時代の中で貴族と教会のため過度な税を納めねばならず、全てが限界に達し何度も蜂起した一揆はことごとく潰された。彼らは絶望し、税だけ取りペストに奇跡も起こせぬ教会を捨てた。

彼らが惹かれたのは魔力を伴う悪魔だった。神は奇跡を起こせぬが、自分達の知る伝承物語で奇跡は多く起きていた。現代にも伝わるお伽噺でも、たとえば粗末な履物はガラスの靴になり、かぼちゃは馬車に変容する。

変容。そのような者達にとって、なくてはならない概念だった。事象や物体は望めば変化するべきだった。そうでなければ耐えられない。

彼らは深夜に秘密の集会を開き、ディオニュソスの秘儀のように、踊り騒ぎ性的にも乱交した。トランス状態の中で、様々なものが変容していく。これまで体験してきた厳しく不機嫌な現実は、全て勘違いだったというように。

彼らの集会は弾圧された。記録によれば、彼らの証言に、ローマ神話の入口や扉の神ヤヌス――双面の神で、物事の表裏を同時に見る――や、ギリシャ神話の好色な牧羊神パンが出てきたとある。それらはキリストの神に脇に追いやられた者達だった。彼らの先祖にとっては馴染み深い、本来はその土地にいた多神教の神々だった。

施設に一度来たカトリック司祭のイメージが、僕にとっては悪いものだった。偉大な聖職者は数多くいるが、僕達は運が悪かった。彼は僕達を恵まれない子供であると言い続けた。君達は恵まれない子供であるが、天国はそのような者のために開かれていると。聞いていて苛ついた。

子供の1人が、実際には姿を現さないのに、何で神がいるとわかるのか司祭に問うた。爆笑する僕達を前に、彼の表情に一瞬、嫌悪と軽蔑と怒りがよぎった。僕達のような子供はそのような一瞬を見逃さない。

彼の着る祭服が、そもそも立派だったのも素朴に納得いかなかった。貧しさの美徳を語る彼の服がこれであることに。何だろう彼の選民意識は。そうも思った。彼は儀式の手順やらを正確にやること、ただそのことに気持ちよくなっているのでは？　自分達は神聖なことをしている、神の言葉のわからぬ愚か者達に、骨折って説明してるとでもいうように。同じように、悪事をすれば地獄に落ちると脅した仏教の僧侶も嫌だった。こんな小さな我々が犯す悪ですら、罰を与えるほど仏は厳しいのか。偉大な僧侶は大勢いるが、この時も僕達は運が悪かった。

何より、正しさを説かれることが嫌だったのかもしれない。僕達が深層心理で望んでいたのは、正しさの強制ではなかった。善悪の基準でも、それに伴う罰でもなかった。ただ褒めてもらいたかったのだ。何でもいいから。

ブエルは唯一者として僕の内面に住み続けるようになった。首の後ろから後頭部の辺りに彼はいつもいた。話すことはもうなかったが、存在は知覚できていた。取り除けなかった。

学校では、コックリさんブームが終わった。

クラスの中心的な女子達が飽きた頃から、始まった時と同様急に終わった。また戻る時期も来るが、僕達の学年では過去のものになった。

僕のランドセルが、教室の後ろの棚から消え、正面の使途不明の棚に移動していた。クラスメイトの1人がその棚の板を壊し、何とか直そうとした結果、妙に狭い棚の幅になり、彼らの笑いとなっていた。このような幅には何も入れることができない、となった時、僕のランドセルがちょうど収まると彼らは気づいた。僕のランドセルは、他と違い薄かった。脇の強度が失われ、潰れていた。

僕は無言で歩き、その狭い棚から自分のランドセルを引き出した。確かにその棚の幅は、僕のランドセルにちょうどよかった。ランドセルは、寝ていた昼間に子供達に起こされるカブトムシのように緩慢に見えた。それはそうだろう。普段ランドセルが棚から引き出されるのは下校時だから。

その頃、僕の頭上の右斜め空中に、いつも渦があった。実際にあったというか、渦をその位置にイメージした。きっかけはわからないが、ブエルが脳内に入った頃と思う。嫌なことが、不快なことが、全てそこに吸い込まれていくのだった。

渦は彼らの押し殺した笑いを吸い込み、声変わり前の囁きを吸い込み、互いにつつき合う不潔な肘の接触を吸い込み、そのような男児達を遠くから非難の目で見る女児達の、しかし口角の上がった口元を吸い込んだ。吸い込むものはきりがなかった。ブエルは僕をそそのかした。早くあの大人の黒髪の女性を秘密基地に落とせと。君は知らないだろうけど、それは大人になってもやめられない最高の喜びだと。君を教室内で困難な目に遭わせる、中心的男児Kも損なえと。

声が聞こえたわけでないが、ブエルが望んでいるとはっきり感じた。やがて命令になった。

自分の中に発生した悪徳を、僕はブエルのせいにし、ブエルの責任の下で成就しようとしたのだろうか。でも当時は、そんなことはわからない。

子供の生活には、危険が伴う。逆に言えば、Kを損なう機会は無数にあった。Kが窓から校庭を見ている。彼があと少し、身を乗り出していれば。僕は教室中の視線が逸れた瞬間を狙い、さりげなくぶつかり、通り過ぎることができる。彼は落下する。

僕はブエルに言う。もう少し待ってください。まだ彼は、そこまで身を乗り出していません。あの右足が、もう少し浮けばやります。でもまだ、彼はそこまで窓枠に身体を預けていないのです。

学校付近の公園に、アスレチックがあった。ジャングルジムや雲梯《うんてい》、トンネルや滑り台を合体させた巨大遊具。

K達は、従来の遊びでなく度胸試しに使っていた。飾りとしてある鳥小屋に似た屋根に登り、ぶら下がる雲梯の上を歩いた。僕は学校の帰り、そんな彼らをぼんやり見た。近づいた。

「甘いよそれは」

いじめられている対象が、自ら進み出たのに彼らは驚いたろう。僕も自分に驚いていた。脳内にはブエルがいた。教えてくれたのだ、と思った。Kを損なう方法を。彼らは一瞬、普段と違う僕に怯えた。危険を察知する子供の勘かもしれない。勘に従えばよかったが、彼らは日常の流れに引かれ、すぐ笑いに戻っていた。

「何だよ」

「勝負しよう」

ブエルを意識したまま、アスレチックに登った。Kに視線を送り、相手はお前と示した。

身体に恐怖はなかった。不可解な上機嫌に突き動かされ、万能感の熱に包まれていた。ジャングルジムの部分を上がり、本来なら中を潜る金属の輪の連続の、上を歩いた。

Kが僕を追う。彼がここで臆病に引けば、彼自身が頂点の一つだったクラスのヒエラルキーに疑念が生じる。彼には、僕の挑発を巧みな言葉でかわす器用さがなかった。

その輪の連続は、自分をどこかへ誘う不安定な道に思えた。さらにその先に、２本の円柱が真っ直ぐ向こうへ伸びている。下には滑車がつき、ロープと結ばれたタイヤを前方へ運ぶもの。僕がKを誘うのは、そのロープとタイヤを支える円柱の上。

それは完全犯罪だった。僕はまず手前で立った。上機嫌が続いていた。

「これを渡れるか」

僕はKに言う。Kの表情に、動揺がめくれて見えた。

「お前もできないだろ」

「なら僕が渡り始めたら来い」

踏み外し、重い頭から落下すれば死ぬ目の前の円柱の道は、とても遠くまで伸びているように思えた。不思議なほど、とても遠くまで。頭がぼんやりとした。その先には、何か、自分には決して届かないものがあるように思えた。死への誘惑ではなく、もっと現実的な、他の人間には届き、自分には届かない何か。なぜそう思ったのだろう。僕は右足を踏み出し、円柱の上に乗せた。

薄くなっていた運動靴の底に、円柱の丸みを感じた。円の上には、乗ってはいけない。でも僕は左足も踏み出した。

僕の足元の円柱と、並行して伸びるKの足元の円柱の間に、地面から垂直に太い棒が伸びていた。右側の僕は左手でその棒をつかんだ。

「来いよ」

怯えていたKは引けず、踏み出した。太り気味だが体格がよく、運動ができるだけでヒエラルキーの上にいた彼の足は肉に満ち、バランスが悪かった。落下した衝撃も激しそうだった。

左側のKは、右手で垂直の棒をつかんだ。背が高いため、僕より上の部分を。

「手を離し、同時にジャンプしよう」

Kだけに聞こえる声で囁いた。

「ジャンプ？」

「同時に」

この小さな声は下の連中に聞こえない。

「数を数えるよ」自分は跳ばず、彼だけ跳ばそうと思っていた。彼は踏み外し、落下する。ジャンプなどできる幅でない。言い訳も浮かんでいた。最初に誘ったのは僕ですが、登った時、K君がジャンプしようと言いました。僕は嫌でしたが、彼は聞かず跳びました。

Kは自信を持つと、急に大胆になるとさりげなく含ませるつもりだった。彼を観察し気づいたことだった。大人達が小さく声を漏らす場面が浮かんだ。言われてみれば。大人達は内面で思う。あの子にはそういうところがあったと。

「数えるよ？　0でジャンプするんだ。……3」

僕はKに囁く。彼の脳内に数字を入れていくように。

「2」

跳ぶと見せるため、両足を微かに曲げた。手を離す準備をするよう棒を持つ左手を確認し、足元を確かめて見せた。

「1」

Kが怯えながら、僕を真似て足を微かに曲げた。僕が彼を支配している、と思っていた。この体格のいい、時々爪が不潔な存在を。僕は全身に力を入れる振りをし、覚悟を決めた表情をつくった。ゼロは勢いを込め言うつもりだった。その言葉で、彼の身体が恐怖を越え反射的に跳ぶように。彼をめくる。

「0」

僕は曲げた両足を伸ばし、だが跳ばず左手で棒を握り続けた。Kの身体が揺れたが、Kも跳ばなかった。彼は僕が跳ぶのを待っていた。

「……卑怯だぞ」

Kが言う。だがその先も考えていた。

「タイミングがずれただけだ」

言った瞬間、身体が軽くなった。僕はその場で跳んだ。落ちると思っていなかった。いや、別に落ちてもいいと思っていたのかもしれない。

身体が宙に浮き、左足から円柱の上に着地した瞬間、滑った。全身が放り出される、と思った時、湧き上がったのは快楽ではなく味気ない現実の恐怖だった。僕は横に伸びた垂直の棒を両手でつかんだ。つかめた、と思ったと同時に右足も滑り、足の間で臀部から円柱の上に着地した。

痛みはそれほどない。下の者達から悲鳴が一瞬上がったのが聞こえた気がした。助かったと思った時、僕の意識は安堵の広がりを待たずKに向かった。

「君の番だ」

Kの顔が汗で濡れていた。彼の手札はもうない。

「数えてやろうか」僕はKの目を見て言う。

「3」

Kの足が曲がる。跳ぶと確信した。下の連中は僕がやったことを見ている。彼にはやる以外の選択肢がない。

「2、1」

彼の口元が締まる。歯を食いしばっている。彼を殺せる。言葉だけで、目の前の不快を損なえるということ。

「0」

Kが跳んだ。着地できずバランスを崩し、腹を円柱に打ちつけた流れで、彼は両手で滑稽に円柱をつかんだ。鉄棒のようにぶら下がった。

「ああ」

Kが呻いた。何かの家畜を連想させる声だった。下の連中から再び悲鳴が起こる。落ちていい高さではない。

――踏め。

声。多分ブエルだと思った。

――彼の両手を踏め。だって目の前の爪はこんなにも汚い。

僕の前には、当然まだ円柱の道の棒が伸びていた。その向こうに、自分には決して届かないものがあると、なぜか感じた円柱が。自分がそこに届かないなら、Kは死ななければならないと感じていた。論理的に完全に破綻していたが、僕の中では合っていた。Kの片方の手が離れそうになる。Kの体重は重い。支えきれない。

その時、なぜか自分がKのように思っていた。この目の前のものが落下すれば、自分も落下するというように。自分の何が落下するのだろう。答えは簡易だった。彼が落下すれば、その瞬間から線で区切られたように、自分は人間を殺した人間というものになる。だから人間を殺す前の僕が落下する。

わかっていたはずなのに躊躇していた。〝君は凄い人間になる〟。山倉の、占いの言葉がよぎっていた。怯える僕の中の何かが、よぎらせたのかもしれない。

〝今は色々耐えなければならないけど、将来、君はとても凄い人間になる〞

〝本当だ〞

——踏まなければ、私はもっと君を狂わせることになる。できないならもう容赦はしない。君は完全に私の下に入り支配されることになる。君は君を失う。もう君の将来など意味もない。

混乱した。目の前に選択があるのだと思った。選ばなければならないもの。踏めば自分は人殺しというものになるが、踏まなければ、自分を失うという。自分を失えば結局、僕はいつかそれをする。

決めることができなかった。Kの不潔な左手が滑っていく。力を入れているため血液の流れが止まり、何かの家畜の前足のように見える必死な手。彼がこのまま滑っても、自分は人を殺した存在になることに変わりない。

「その下のロープとタイヤを、Kの下に」

泣きながら慌てる下の連中に、僕は自覚なく言っていた。選択というより、自分の中の何かが、焦りの中で勝手に言った感じだった。怯えや憎しみの感情の加減が、緊張を終わらせたい衝動の中でそちら側に揺れた。でも下の彼らは混乱し動かない。

僕はリングの羅列に戻り、ジャングルジムを降り地面に戻った。思わず出た言葉の体裁を保つように。ロープのついたタイヤをKの下まで戻した。彼を心配でもしている風に。

「これにつかまれ。足を絡ませて左手を」

自分の言葉はテレビドラマの役者のようだった。Kは大きかったが運動神経がよく、ロープを伝いタイヤの上に滑り降りた。着地を失敗し足をついたが、後に捻挫で済んだとわかった。Kは泣いていた。他の子供達も。泣いていないのは僕だけだった。

——君を狂わせる。1人で破滅するといい。

脳内には自分もいるが、その自分が点滅すると思った。今後自分が点滅し消えている時、僕は何かをするのかもしれないと。唯一の存在のブエルの意志を、ただ実行するだけの存在というように。

——その方が楽だよ。わかっただろう？　選ぶというのは辛いことなんだ。君はもう何も選ばずに済む。

僕は成り行きをぼんやり見ていた。誰が呼んだのかKの母親が来ていた。太り気味のKの母が、泣きながら太り気味のKに抱き着いていた。この程度の怪我のKに。やはりKの汚い両手を踏めばよかったと思っていた。そうすれば、この場面はもっと劇的になったはずだった。

施設前を通る黒髪の女性——なぜか一時茶髪になり、また黒髪に戻った——はほぼ決まった時間に通り過ぎたが、いつまでそうかわからない。施設内の十八歳の女性

――大学に合格した――はどのみち四月に施設を出る。欲望の成就の期限が限られていたが、僕は実行をトランプ占いに頼った。

思い返すと不思議だが、いつも失敗と出た。僕の無意識が、わざと結果を歪めていたのかもしれない。抵抗なのだろうが、ブエルはそのような僕も奪うと言う。でもその方がいいとも思っていた。僕は何も決めず、ただ快楽だけを得るのだから。


「これはおかしな神様達だよ」

棚に膨大に並ぶ本達の前で、そう図書館の職員が言った。僕が魔術や悪魔関連の、気味悪い本ばかり読んでいたからだろうか。僕はいつも彼女を暗い目で盗み見ていた。穴に落とすリストに入っていた。

「もしよかったら、試しに読むと面白いかもしれないよ。〝え？　こんな神様いるの？〟と思うくらい変だから」

彼女は笑みを残し去った。見ていると読まないと思ったのかもしれない。見ていると食べない野良猫のように。

彼女が指したのはギリシャ神話の絵本だった。オリンポス十二神をそれぞれ紹介した、十二冊の薄い本。神が複数、という不思議に引っかかった。

でも悪魔に詳しいと思っていた当時の僕は、教えられるのが嫌だった。興味を隠したかったのか、一番覚え難《にく》い名の神を選んだ。読みながら眠くなる自分を想像した。誰に言うわけでもない言葉を浮かべるつもりだった。やっぱりつまらなかったと。

手に取る時、指に抵抗を感じた。傷んだ絵本の分厚い紙は、カードの重なりに似ていた。ディオニュソス神。別名バッカス。その絵本はこのようなものだった。

〈酒神ディオニュソス(バッカス)〉

主神ゼウスと人間の王女の子、半神のディオニュソスは酒の神だった。各地で酒を伝え、悪い王を女達を仲間にし懲らしめたが、自分を信じない者達も同様に懲らしめた。

自身も酔ってしまった時、海賊に襲われ船に乗せられる。飲み過ぎを反省したディオニュソスは、脱出するため魔力を使い、葡萄の葉と蔓《つる》を絡ませ船の動きを止め、自分はライオンに化け大きく吠えた。善人だった舵取り以外の悪い海賊達を、イルカに変えた。

冥界に行き、ディオニュソスは自分の母を助け、神にした。他の神に褒められ、十二神の一神になった。

読んでも意味がわからなかった。神とも思えなかった。

半神、という言葉と、女達を仲間にした、自分を信じない者達を懲らしめた、の要素が気になった。彼が化けたのがライオンだったのも、ブエルを思わせた。

これは子供向けに作られたもの。何か秘密がある気がした。大人向けを探すと、実際の神話は根本的に違うものだった。

まずディオニュソスは、オリンポス十二神の主神ゼウスと、穀物の神の娘ペルセポネーとの間に、ザグレウスという名で生まれる。ゼウスの妻で十二神のヘラの嫉妬を恐れ、ゼウスは見張りをつけザグレウスを島の洞窟に隠したが、気づいたヘラは巨大なティターン族に真夜中に襲撃させた。幼いザグレウスは立ち向かうが、八つ裂きにされ食されてしまう。十二神の女神アテナが、最後に残った心臓を救い出す。これを父であるゼウスは飲み込むのだった。

次にゼウスは、人間の王女セメレーを愛する。だがこれを知ったゼウスの妻ヘラは、セメレーに巧妙に囁く。

「本当にあなたを愛する男がゼウスとなぜわかる？　本来の姿を見ないとわからないではないか」

セメレーに疑念が湧く。確かに彼はゼウスと名乗っているが、いつも人間の姿に化けている。そうしなければならぬと彼は言うが、本当だろうか。もしかしたら、その辺りの流浪の詐欺師かもしれない。

人間に化けたゼウスが寝床に来た時、セメレーは何でも願いを叶えてくれと請う。ゼウスが聞き入れると、あなたの本当の姿を見せてくれと言った。

ゼウスは無理と言う。神の真の姿をこの距離で見れば人間は生きていられない。だが一度した承諾を神は変えられないのか、セメレーの必死の懇願にゼウスは折れ、真の姿を見せる。

その圧倒的な存在から否応なく放射された雷にセメレーは焼け死ぬ。死ぬ時、セメレーは何を思っただろうか。初めて目の前に神を見た純粋な恐怖か、自分が愛し愛された男がやはりゼウスだった喜びか、相手の素性により愛が変わる自分の浅はかさだったかはわからない。

ゼウスは焼け死ぬセメレーの腹の中から自分の子――ディオニュソス。この赤ん坊にはザグレウスの心臓が入っている――を取り出し、自分の腿に縫い込み、ヘラから隠し誕生まで腿内で育てた。

やがて生まれたディオニュソスはセメレーの姉妹とその夫のもとで女に偽装され、密かに育てられることになった。だがまたヘラに存在を知られてしまう。

ヘラの恨みは執拗だった。怒りはディオニュソスを育てたその夫妻に向けられ、ヘラは彼女達を狂わせた。夫妻には実子もいたが、それが鹿に見えてしまう。夫は狩りとして鹿に見えた実子を殺すことになる。

ディオニュソスは十二神の男神ヘルメス——足が速く計略的で、盗人・賭博・錬金術などの神でもある——に託され、ニンフに育てられる。だがヘラは再び発見し、ディオニュソス自身を狂わせる。彼は放浪の旅に出ることになった。

ザグレウスとして、本来不死の神でありながら、八つ裂きの死を経験した神。半神として蘇るが、彼を育てた夫妻まで悲劇に遭う。彼は呪われた存在であり続けた。

彼はシレノスという者から、葡萄の栽培方法と、葡萄から酒をつくる方法を伝授された。葡萄の蔓を頭に巻き、葡萄の蔓の絡む霊杖を手に持つ酒神となった。プロメテウスは人間に火を与えたが、ディオニュソスは人間に酒を与えた。

ディオニュソスの名には、葡萄酒を注いで癒す者、という意味が含まれている説がある。なぜ彼が酒神とされたかわからないが、この世界のあらゆる悲劇を癒す酒——時にそれを生み助長もする——というものが、彼の悲劇的な存在に合っていたからかもしれない。

彼がイカリオスという人物に葡萄酒のつくり方を伝えた時、初めて酒を飲んだ村人達は毒と思い、激怒してイカリオスを殺害する。父の死体を見た娘のエリゴネーは首を吊ってしまう。

怒り狂ったディオニュソスは、村の娘達を狂わせ首を吊るよう仕向けた。村人達は謝罪し、ディオニュソスを神と認め、初めて酒というもののつくり方を知る。

今でも葡萄作りの場で、葡萄の木に様々なものを吊るし、豊作を願う風習があるという。ディオニュソス自身にその意識がなくても、これには古代における犠牲・生贄の概念があると言われている。何かを得るには、何かを失わなければならない。この地が葡萄の産地となるため、結果的に犠牲となったもの。その不条理と理不尽。

彼は旅の過程で、特に貧者や女性の信者を多く獲得していく。当時の女性達は徹底的に抑圧されていた。彼女達を、ディオニュソスは酒と魔力により解放した。ただこれは、ディオニュソスが彼女達を導いたのでなく、彼女達の中の抑圧されていたものが、彼をきっかけに放出されたに過ぎないという説もある。

女性達は山の奥に入り、父や夫の世話、子育てからも一時解放され、酒に酔い獣を八つ裂きにして屠《ほふ》り、不特定多数と乱交した。

これが特に表れている物語に、紀元前五世紀の劇作家、エウリピデスによる『バッコスの信女』がある。

当時はそこまで思わなかったが、二十歳頃に読み直した時、恐らく最古の「女性解放」の物語と感じた。しかしこの「解放」には、危険と理不尽が含まれる。

ディオニュソスの叔母は彼を神の子と認めず、酷い噂まで立てていた。信女達と共にやってきたディオニュソスは、叔母やこの土地の女性達を「狂わせ」る。彼女達は父や夫や子供を顧みず、鹿の皮を纏い、蔦を頭に挿し、杖を持つディオニュソスの信者の格好で、山の奥に入り自らを「解放」していた。

この叔母の息子で王のペンテウスは、その「惨状」に怒り狂う。彼は女性蔑視の傾向があった。軍を出し信女達を捕えようとするペンテウスに、まず彼女達を密かに見に行かないかとディオニュソスはそそのかす。女性を蔑視するペンテウスを女装させ、信者の格好にしようとする。

人間にとってこれほど優しい神も、恐ろしい神もないとディオニュソスは自認している。ペンテウスに向かい、あなたは母に連れられて帰り、皆が注目すると占うように予言する。母を救出しようとしていたペンテウスは、それはもったいないほど結構なことだと答える。

女装したペンテウスは高いモミの木の上で眺めようとするが、彼女達に見つかりその木を——男性器の象徴のように——引き抜かれてしまう。落下したペンテウスにその母が真っ先に飛びかかり、彼は彼女達に八つ裂きにされてしまう。ペンテウスの母は喜々としてペンテウスの首を持って帰って来た。だが正気に戻った母は息子の首と気づく。彼の予言が成就する。

ディオニュソスは別の神話でも、自分を信じず、家の中で内職し続ける女達を狂わせる。彼による「女性解放」は、圧倒的な男性社会で抑圧されていた女性達を様々な

「責務」から解放するだけでなく、子への想い、つまり母性まで奪い取るのだった。女性達が望まないことまで、その神は奪う。ちょうどいい領域ではなく、全てを奪う。

僕は今から二千数百年前に、既にこのような物語があったことに驚いた。でも思ったのは、全てディオニュソスの願望ではないかということだった。

別の神話で、後に彼は冥界に行く。

当時の死生観は、天国のような場所もあったが、死去すれば暗い冥界へ行くイメージが強い。天にいるのは神や、ガニュメーデース——美しい、というだけの理由で天に連れられ、不死となり神の給仕をすることになった少年。水瓶座の由来の一つ——などの例外があるだけだった。ディオニュソスは冥界に行き、死んだ母、セメレーを救い出そうとする。

冥界の神話では、音楽の神の一神、オルフェウスが知られている。

彼は冥界から死んだ妻を救い出そうとするが、あと少しで地上に出られる時、後方に妻が本当にいるか不安になる。後ろを振り返ってはならない取り決めを守れず振り返り、失敗する。日本神話のイザナミとイザナキの物語も似ている。

だがディオニュソスは成功した。ゼウスなどの許可を得、死んだ母を神にした。さらに自分を苦しめ続けたゼウスの妻、ヘラと和解する。

出来過ぎている、と思った。僕の頭の中に、願望を抱く1人の人間の姿が浮かんだ。

ディオニュソスは東方から西洋に来た説があり、元々は東の神だったとも言われる。東洋から来て西洋で主流となった点はカードと似ている。西洋に酒を伝えることになった、東から来た1人の人間の青年の姿が浮かんだのだった。

出生に何かしら悲劇のあったその青年は、父を知らない。だが自分の父がゼウスなどの神で、本当は守ってくれる存在だったらいいのにと思う。死んだ母も生き返れば──もしくは一度死に、別人として蘇ってくれれば──いいのにと思う。皆が自分を尊敬し、認めてくれたらいいのにと思う。

ディオニュソスは人々を酒に酔わせ、時に性的に乱交させるが、彼自身に好色のイメージはないと指摘する研究者もいる。

実際の人間だったディオニュソスは、自分が伝えた酒に酔い戯れる人々を、人生を酔いと快楽だけに純化させた人々を、少し離れた場所で、寂しく微笑んで見ていたのではないか。陽気に酔わせておけば、人間は恐くないと。差異も消え、互いに異なる者と肩も組めると。

本当の彼は人間で弱々しい。だが自分を神と想像する時、その神は彼の願望を躊躇なく達成しようとする。承認欲求の願いは認めぬ者を狂わせる激しさに、彼の想像内では変化する。

彼は神話の中で、常に認めてもらいたがっているように見えた。自分を軽視する者を殺害する時、ほぼ全て八つ裂きの手段を取る。ザグレウスだった自分が、ティターン族にされたことを反復するように。

母性を奪うことも、母性が注がれる子供への嫉妬もあるに違いなかった。母親に抱かれるKに、僕がそう感じたのと同じように。

彼は後に、オリンポス十二神となる栄誉を得る。だが一説では、彼を不憫に思ったヘスティアが、自分の十二神の地位を譲ったからとされる。ヘスティアは孤児達の神だった。

文学の起源の一つともされるギリシャ悲劇は、元々ディオニュソスの悲劇を演じるために始まったともいう。つまり彼は、文学の源流の一つだった。運命の悲劇の深淵。存在の暗部。青年期などに発芽する激しい混沌。復讐と抵抗と欲望と願い。

古代、演者は舞台上で仮面をつけた。別人になる時は別の仮面をつけ、1人で何役もした。彼が仮面の神とも言われる所以《ゆえん》だった。しかし哲学者ニーチェは、ギリシャ悲劇のプロメテウスやオイディプスなども、ディオニュソスの仮面に過ぎないと論じている。冬の間はアポロンに代わり予言の神も務めた。僕は憧れた。

神話を読み、ディオニュソス神は若者の願望と感じたのに、同時に別の世界には実在すると思ったのかもしれない。願望と思ったことで、自分も想像していいと許された気になったのかもしれない。

「ディオニュソスがお気に入り？」

図書館の職員の女性が言った時、僕はどんな表情をしただろう。

他の十二神の神話も様々に驚いたが、初めに読んだディオニュソスに一番惹かれた。最初にふれたものの印象が強くなる、初頭効果のような心理もあったかもしれない。

そこには綺麗事でないことも書かれていた。悲劇という不幸が、物語として芸術となるのも不思議だった。物語というものを、初めて身近に感じた。

「そんなことないです」

そう言った僕を見て、彼女は内面で微笑んだはずだった。

「そうだね、そんなことないね」

テレビは一定時間観れたし、アニメにもふれられたが、画面を消せば終わるものだった。手元にコミックやグッズを所有できず、身近に感じるのが難しかった。だがディオニュソスの本は何度も借りることができた。漫画もある気の利いた図書館ではなかった。アニメのキャラクターやミュージシャンやスポーツ選手に憧れるように、少年の僕はこの神を想った。奇妙な状況かもしれない。

「では二週間後、ここに来てまた返却してね」

人は願望達成の空想、つまり白昼夢を見ることで、様々なストレスを軽減しようとする。神話の世界に入り、ディオニュソスに自分を投影した。

僕を悩ませる集団としての人間が近づけば、彼らを陽気に酔わせ、安全なものに変容させた。効かない時は、超能力者のように手から蔓を出した。彼らに巻きつかせ、遠くへやるのだった。見えないほど遠くへ。

もしテレビゲームがあれば、やったはずだった。僕はいつまでもゲームの中に入り、敵と戦い、時に世界を救ったりもしたはずだった。ゲームの中でいくら世界を救っても、現実世界には何も影響がない。架空の達成感と成長感覚の快楽で、脳を喜ばせたはずだった。

僕の想像も同じと言えた。白昼夢の中で何度も世界を救い、時に滅ぼした。現実世界で僕は面倒なことは何もしたくなかったが、想像では容易にすることができた。

「次の返却日は休館日だから、遅くなっても大丈夫だよ」

「はい」

女性達を仲間にする彼は、女性を穴に落とす僕より格好良かった。現実の自分は低位にいて変わりたいと思った。白昼夢は時に現実と混ざる。僕は次第に自信というものを覚え始めていた。彼と内面を奇妙に一体化させることで、そうなったのだろうか。なぜ彼はブエルのように、不安定だった僕を支配下に置かなかったのだろう。わからないが、白昼夢では他にも神がいた。ゼウス、ヘラ、ヘルメスなど多過ぎた。ギリシャ神話は残酷だが、多神で緩かった。複数いればそれだけ緩くもなる。

想像した将来の自分は、プロの手品師になり人々を驚かせていた。その客がどんな人間でも、驚いている時は均等と思った。人間が恐ろしいなら、驚かせればいいのだと。酒で酔わせるように、喜ばせればいいのだと。

将来への期待は、やはり現在の自分に自信をつけることにもなる。将来凄い人間になる自分は、捨てたものではなくなるのだった。僕は虚構により、まるで手品のように自信をつけたのかもしれない。山倉の占いもちらついていた。

顔の表面に様々な仮面をつけていく。ディオニュソスは仮面の神でもある。相手が何を考え、何を望み、自分は何をしてはいけないのかを、仮面の内から注意深く観察し、相手が喜ぶ自分を演じ始めた。ディオニュソスは、さらに予言の神だった。

自分で考えたトランプ占いは、30を超えようとしていた。ここにはやはり、世界の秘密があると思えてならなかった。

たとえば〈♡9〉の隣に、裏向きでカードを1枚置く。それが〈♡9〉より大きいか考えた。手持ちのカードの状況から、82％の確率でこのカードは〈♡9〉より小さい。

生きるということは、現在の状況を把握し、最もよい結果を生む可能性の高い未来を想像し、選択する連続のはずだった。だから僕は、そのカードを〈♡9〉より小さいと判断する。めくらないと選択するが、答え合わせをすると〈◇10〉だった。

18％の確率。しかしこの正解の未来の選択肢を、僕は選ぶことができただろうか？　カードを見ながら、そんなことを考え続けた。自分達はこのような可能性を、膨大に無視し続けているのではないかと。

透視で当てられたらいいが、当然上手くいかない。占いをし、そのカードは〈♡9〉より上と結果が出た。でもめくると今度は下なのだった。歩き始めを常に左足からする、と験担ぎをしても思ったカードは出ない。

出来事をカードで表現することもあった。今日は朝から犬に吠えられたが、給食は僕が好きなソフト麺で、でも苦手な施設の職員の1人に小言を言われた。今日は〈♣6〉〈♡8〉〈♣5〉というように。この順や数やマークを事前に知り、変容させることが、なぜできないのだろうかと考えた。

毎日カードを並べた。この数字やマークを支配できれば、自分は人生というものを、もっと上手くやり過ごせるのではないかという風に。目の前の膨大なカード。無数の選択。

「占ってよ」

小学五年生の終わり、大学に合格した十八歳の入所者が、僕に声をかけた。自分でも驚くほど動揺した。

「大学生活、上手くいくかどうか」

僕は彼女の美しい大きな目や、春に近づきやや薄着になった部屋着を見ないようにしながら、声を出すこともできず頷いた。向こうから来ると予想してなかった。

僕は緊張し、考案したトランプ占いの一つの、間違えて「恋愛成就」を実行していた。僕の仮面の演技のせいかいじめが終わり、コックリさんブームを密かに引きずっていた1人の女子から頼まれ、考案したものだった。

この占いは難しく、成功すると出る確率は5％に設定していた。始めてしまったため、大学生活への占いとして続けようと思った。彼女の髪からは深く甘みのある匂いがした。施設のもの、僕と同じシャンプーを使っているはずなのに。

数日後「初恋」と認識したが、その時は声をかけられ混乱していた。施設の前をよく通った黒髪の女性も初恋だったのだろうか。振り返ると混沌としてわからない。占いは、僕の予想と違い成功に近づいていた。上手くいったことなどこれまでなかったが、カードが僕をどこかに導いているようだった。

成功したら、自分があなたを特別な感じで見ていたことを、言わなければと急に思った。拒絶される恐怖はあるが、言えば解放されるともなぜか感じていた。

〈♠K〉〈♠A〉。信じることが難しい確率でカードがめくられていた。最後に〈♡A〉か〈♡Q〉が来たら僕は言わなければならない。〈♡Q〉が出た。呼吸が苦しかった。

顔は赤くなっていたと思う。当時はよく赤くなった。手も震えた。まだ未熟だった。

「僕の占いは凄く当たる。大学生活、上手くいくよ」

当然だが言えなかった。

「本当?」

最初は暇潰しの態度だったが、あまりに複雑な僕の並べ方に、興味が湧いたようだった。

「そっか。ありがとう」

僕は苦しさの中で、でも酷く安堵していた。彼女は来月施設を出て、奨学金で大学に行く。

「ちょっと不安だったんだ。東京に行くから」

僕達は、とても田舎に住んでいた。自然が美しいわけでもない、閉鎖した工場の建物が目立つ町だった。

「大丈夫だよ。東京の人は優しいよ」

「そうかな」

「駅が凄く大きくて、迷路みたいらしいよ」

「知ってるよそれくらい」

彼女がその後どうなったか知らない。黒髪の女性も、いつの間にか見かけなくなった。

六年生になり、廊下で駆けていく女子とすれ違った。タイミングに既視感を覚えた。コックリさんブームに学校中が感染していた時、同じ彼女がヒステリーになり僕の横を抜け、階段から落ちていた。

彼女はすれ違った後、何か思い出した様子で僕を振り返った。そしてバツの悪そうに笑い、再び駆けていった。今度は安全な階段に。

なぜあの頃の僕達は、別の世界に感染したのだろう。不安だったのだろうか。成長することそのものが。ミミズクの剝製の耳は立ったままだった。恐らくあの学校で、今でも立っていると思われた。

ギリシャ神話の白昼夢は、中学に入り徐々になくなった。演技をしてクラスメイトを笑わせたり、とても控えめに、請われた時だけ占いをし、喜んでもらったりしているうちに。

白昼夢というより、神話も含め、小説などを読むようになった。絵本の厚い紙にカードを連想したからか、薄いページの本もカードの束のように思っていた。女性に対しての苦しい想像は続いていたが、でもそれがつまり、思春期というものに違いなかった。

初めて付き合う女性ができ、僕がなぜか罪悪感のようにインフルエンザに罹《かか》った時、再びブエルが来た。僕の中で消えようとしていたものが、最後の抵抗で出現したのかもしれない。彼のいる天井の角の壁紙は、以前より大きく剝がれていた。

——上手くやり過ごしたね。君の場合は上手くいかなかった。おしかったのに。

ブエルの姿は、前より生々しかった。

「君の場合？」

——私は君だけに出現してるんじゃない。あらゆる時代に、時に姿を変え同時多発する。私によって人生を終わらせた存在はたくさんいるんだよ。

「たとえば？」

彼はその時、とても有名な犯罪者の名を複数言った。

——今の君の脳内の状態だと、なかなか入れない。脳内の仕組みと私達の世界が一致していない。君は私よりつまらない日常を選んだ。

「そうかな」

——でも覚えておくといいよ。

ブエルが消えながら言った。こんな風に消えるのが好きな奴だと思った。

——今の君の仮面をめくった先にあるのは、とても奇妙な存在だよ。レトルト文化人間とでも言おうか。そしてもう一つ。

ブエルが消えた瞬間、空中に彼の鬣の束が飛沫《しぶき》のように弾け散った。同時に心臓を手の平で直接押された衝撃があり、強い飼育小屋の臭いが一瞬で広がった。

——君が将来精神を病んだ時、幻覚として現れるのは私になる。そして世界全体が病んだ時、出現するのはまた別の者達だ。

目が覚めた時、鬣の束は消えていたが、飼育小屋の臭いは残っていた。

第三部

〈現在――幸運／不運〉

目の前に、3枚のタロットカードがある。市井が選び、並べていたもの。

〈世界〉〈棒8〉〈愚者〉

なぜこうなったのだろう。

元々僕は、佐藤と呼ばれる男の占い師になれと、英子氏から依頼を受けただけだった。英子氏の所属する企業が、佐藤のことを知る必要があったから。

だが依頼者は英子氏や芳野から、1人の男に、同じ組織の山本に代わった。山本が佐藤をどうしようと考えているのか、わからない。死人も出た。

そういう状況でこれは起きていた。顧客の1人だったはずの市井が、僕から様々なものを盗んでいった。

目が覚めた時から、僕はずっと頭痛がしている。昨夜のことを思い出す。行為が終わり、暗がりの中、市井がソファベッドから出た。彼女は裸のままキッチンで水を飲み、僕にもグラスを渡した。その後の記憶がない。睡眠薬と思われた。

部屋からなくなっているのは、ノートPC、英子氏と山本からそれぞれ渡されていたスマートフォン二台、そして僕が素性と目的を探らなければならない、佐藤の爪と髪だった。契約が破られた時の、呪術用として佐藤本人から受け取ったものだが、爪や髪にはDNAが含まれている。何かで使えると思っていたものを、盗まれていた。

僕が元々持っていた自分用のスマートフォン——コートのポケットに入ったままだった——はある。部屋でスマホを二台見つけた時点で、三台目はないと思ったのかもしれない。

市井が単独でやったなら、佐藤の髪など盗むわけがない。佐藤から派遣されたとも考え難《にく》く、山本達からの派遣も違うと思った。彼らは僕から何か欲しければ、命令すればいい。佐藤も髪と爪を返して欲しければ、僕に言えばいいだけだった。

また別のグループ。鼓動が速くなっていく。でもなぜだろう。どういうことだろう。市井は元々これが目的で僕の客になったのだろうか。それとも途中からだろうか。

何を優先すべきだろう。市井を追うことか。佐藤や山本にこの件は言えないが、山本から渡されたスマホが奪われたのだから、連絡手段の変更は伝えなければならない。

いや、もう逃げた方がいいだろうか。でもここまで巻き込まれ、逃げることなどできるだろうか。思わずタロットカードに指が伸び、苦しい笑みが口元に湧く。自分で何かを選び決めるのは、人間にとって本来は苦痛なのだった。自分の考えを一時的に放棄し、他の誰かに、何かに決めてもらうことを望むから、占いというものがある。

＊

「目黒警察署の者です」

僕はスーツにコートを羽織り、偽の警察手帳を受付の女性に見せた。

「この女性を探しています。市井……紗奈という女性が、御社に面接に来ているはずなんですが、人事担当の方を呼んでいただけますか」

市井の写真を見せた。僕のマンションの、インターフォンカメラに映ったもの。受付の女性がやや緊張した様子で、細い指で電話の四角いボタンを押した。

警察手帳も中身はカードで、人は身分の証明をカードに頼る。自分が自分であることの証明が、カードがなければ不可能になることも多い。存在とは何だろう。

この偽の警察手帳は以前に僕がつくり、精巧にできている。本来日本の刑事は2人で動くが、そこまで知る人間は少ない。堂々としていれば大抵上手くいく。

スーツの男が現れ、僕を狭いエレベーターに乗せた。僕を刑事と信じ切っているから応対は丁寧だが、相手次第で態度を変える男に感じた。

市井が偽名で、会社の面接も全て嘘の可能性が高い。でも彼女が占いで口にした会社はここで、実在したのだった。

彼女が普通に僕の客で、途中から何かと関わるようになったなら、この会社で面接を受けたはずだった。行方の手がかりを得られると考えた。薄暗い部屋に通され、再び写真を見せる。男は確かにこの女性は面接に来たと言った。だが三年前という。

「三年前？」僕は驚く。

「はい。最後に求人の募集をかけたのがその時だったので。恐らく市井、いや、どうでしたかね。名前ははっきりしませんが、この女性です」

市井は三年前の面接のことを、あのとき現在のこととして僕に相談したのか？　何のためだろう？

市井の印象は薄く、怯えているようで採用に至らなかったという。別の若い男が部屋に入って来た。瞬きが多く、チックと思われた。彼が履歴書を見せる。彼女のものだった。

手に入ったのは運がいい。職歴や住所の全てがある。今日はここまでにした。

でもこういう時は、気をつけた方がいいかもしれない。不運は自らの場所へ人を誘う時、その入口を幸運で装うことがある。

＊

「ギャンブルで大きく負ける時は、大きく期待した時になる」

　そう言ったのは、誰だったか。この深夜の違法賭博場での、客の誰かだったと思う。不意に顔が浮かんだが、名はわからない。

「大きく負けるってことは、それだけ大きく賭けたわけだから。期待する分だけ傷つくとは人生のようではないか？　ええ？　よって今宵も俺は俺の人生に期待し続ける。BET（賭ける）！」

　確か彼は、もう死んだと聞いた。

　彼の言う通りで、たとえばポーカーで派手に負ける時は、幸運が微笑んだ時になる。今のこのテーブルのように。

　それぞれのプレイヤーに2枚のカードのみが配られる、テキサス・ホールデム形式のポーカー。ディーラーの僕の〝イカサマ〟で、目の前の眼鏡の男の手札は〈♡A《エース》〉〈♡9〉となっている。テーブルの全員で共有されるカードが、いま僕の手でめくられる。〈♡10〉〈♠8〉〈♡2〉

　出されるカードは、残り2枚。眼鏡は後1枚で〈♡〉が5枚揃い、フラッシュになる。同じフラッシュでも数字が高い方が上だから、〈♡A〉を持つ彼が一番となる。

賭け金がかなり上がっている。次のカード次第で、眼鏡は降りるはずだった。でも次に出るものは僕が仕組んだ〈♡8〉なのだった。眼鏡のフラッシュが成立する。ここで〈♡〉が出る確率――眼鏡から見たポーカーの理論における確率――は約18％になる。

彼はこの「幸運」を、手放すことができるだろうか。なぜなら、この幸運を手放さなければ、彼は大きく負けるから。

隣のチェック柄の男の手札は〈♢10〉と〈♣8〉。つまりフルハウスになりフラッシュより強いのだった。

僕はその〈♡8〉をめくる。カードにふれた指の先に、微かに震えが走っていた。テーブルの全ての視線が、姿を現した〈♡8〉に向く。

眼鏡も〈8〉が2枚出たことで、フルハウスの危険は察知している。チェック柄が大きく賭け金を上げた。でもここで眼鏡は降りられるだろうか？　僕は彼の様子を観察する。彼が僕の支配下にあることを思う。身体《からだ》に短く熱がよぎった。

ポーカーの自称上級者なら、相手の手札を読み降りられると言う者もいるだろう。でもそれは何十万という賭け金の時だ。今このゲームの賭け金は合計で１０００万円を超えている。

相手がフルハウスかフォーカードでさえなければ、１０００万を超える金が手に入る。このゲームはまだ始まって3分しか経っていない。つまり数分で１０００万。降りられるだろうか？

　眼鏡の顔に変化はなかったが、全身から、はやる気持ちを抑える気配が感じられた。無表情を装う二つの目の奥が興奮している。これは乗ると僕は思ったし、チェック柄も思ったはずだった。他のプレイヤー達が降りる中、彼はコールした。つまりチェック柄と同額を賭けた。眼鏡は今勝利を確信した快楽の中にいる。無表情を保つ彼の体内は激しく活性化されているはずだった。コントロールも利かないほどに。その快楽によって、彼の未来をも規定してしまうほどに。この未来を知るのは僕とチェック柄だけだ。

　最後のカードは〈♠3〉。でももうこのカードに意味はない。チェック柄がオールイン、つまりさらに残りのチップの全額――約４００万円――を賭けた。眼鏡も全額を賭けた。

　あの時〈♡8〉さえ出ていなければ。その幸運さえ見ていなければ、眼鏡は早々にゲームから降りたはずだった。負けも90万で済んでいた。やり直しのきく金額。でも彼は先の出来事を知ることはできない。出るカードが何であるのかも。

　互いのカードが明かされる。眼鏡が無表情のまま動かなくなった。彼は１２００万を負けた。４分で。

た。

「やり過ぎだ」

全ての客が帰った後、チェック柄とカウンターに残った。

いつも飲むのはジンだが、チェック柄がウイスキーのボトルを開けたので、付き合った。

「お前が甘いんだよ」チェック柄が言う。

「なんで離れた数字でのフルハウスにしなかった？　あれだとストレート待ちからの、思いがけないフルハウスを警戒するだろ」

「見たかったんだよ」僕は言う。なぜか正直に。

「こいつは降りられるかどうか。目の前の〈♡8〉という幸運を手放せるか。……少しヒントを与えた上で」

あの時、眼鏡の男はずっと動かなかった。

動かない彼をそのままに、彼の手元のチップが音を立てて離れていた。ディーラーの僕の手によって。

チップの一つが弾《はじ》け、テーブルの上を僅かに転がり倒れた瞬間、突然眼鏡が奇妙な笑みを浮かべた。自分はダメージを受けていないと周囲に見せるための、遅れた引きつった笑み。明日は雨かな、と僕に言い、僕がわからないと答えると、雨ならここに来られないかもしれない、そうだトイレに行く、と呟き立ち上がり、床に崩れ落ちた。

チェック柄はグラスに口をつけ、僕の顔を見た。

「言いたいことはわかるよ。でもあのカードを無視する人生を……、目の前にあのカードが来て、あそこで降りるような人生を選んで……、何が面白い？」

そうかもしれない。あれは抗えない。

〃やり過ぎだ〃と僕は言ったが、自分の見せたカードに眼鏡の男が誘導され、破滅していく姿を味わいながらずっと見ていた。

眼鏡の彼は、賭博の魔力で自分を失う感覚に囚われている。他の賭博者達と同じように。そして僕も、彼らを誘導する感覚に、あるいは〃イカサマ〃をしなくても、自分の配ったカードに翻弄される彼らを見る感覚に囚われている。

眼鏡は他の賭博者達と同様、また金を作りカードが乱れ飛ぶこの場所に来るだろう。

僕もまた来るだろう。

午前五時。外はまだ暗い。チェック柄が煙草に火をつける。彼は喫煙の習慣があっただろうか。

「しばらく東京を離れるかもしれない」

彼が不意に言った。

「……なるほど」

「うん。だから金がいつもより必要だった。そういうことだよ」

それだけだろうか。プレイ中、彼はいつもより強引だった。僕は自分の中に、寂しさの欠片《かけら》も見出すことができない。

「俺がヘマをしたわけじゃない。ただ俺が使った人間があり得ないミスをした。……彼らもわかってるはずだ。でも彼らがその責任を俺に負わせようとするのも、理に適ってる。こちらが悪いんだ」

僕は黙っていた。

「誤解が解ければいいんだけど、でも仕方ない。悪いのはこっちだ。しばらく身を隠す」

なぜ彼はこうも、個に責任を置こうとするのだろう。自分のことでさえも。

「どんな依頼だったんだ？」

「それは言えない。依頼は他言できない」

この期に及んで、まだ原則を守ろうとする。

「でも一つ教えとくよ。……彼らが今一番恐れてるのは、どうやらスパイらしい」

微かに鼓動が速くなった。

スマートフォンが盗まれたと言えず、破損したと伝えていた。山本は不満の言葉を述べた後、既に一度依頼を送ってるが見たかと問うた。見ていないと告げると、また送ると言う。つまりあのスマホをいま持っている人間は、依頼内容を知ることができている。外部に漏れている。

「特に何かあったわけじゃないらしい。……組織が強く規律化していく時の、自然な流れかもしれない。敵を探して結束していく。こういう時にまずいのは、他と繋がってる人間だよ」

僕も姿を消した方がいいかもしれない。でもこれほど関わった後で、逃げるリスクは余りに大きい。市井の履歴書もある。彼女を見つけ、上手く対処できるかもしれないとも思っている。どちらが正しいかわからない。先はわからない。決められない。

「お前、占いもするんだよな」

「あー、するよ」

「どれが正解だったか、今でも考えることがあるというか……。昔ね、俺はピッチャーだったんだよ。信じなくてもいいんだけど、プロだった。……二軍止まりの。もう二十年近く前」

こんな打ち明け話をするのだから、本当に消えるのだろう。確か前に一度、野球の話をしたことはあった。彼と会うのは恐らく今日で最後だが、僕は帰るタイミングを逃したと感じていた。

「二軍戦。俺は中継ぎで登板して……、前のピッチャーが残したランナーが一塁にいた。バッターボックスに、怪我明けで調整中のバッターが立った。……そいつの名前は」

彼は、とても有名な内野手の名を言った。

「その日は、一軍の監督も見に来てて、チャンスだった。怪我明けと言っても、彼を打ち取ればインパクトはでかい。二十歳の俺は意気込むことになる。……お前が野球に詳しいか知らんけど、右の長距離砲は、インハイとアウトローに弱い。まあ打者は大体、そこは弱いんだけどどな。ベテランで二軍落ちしていたキャッチャーも、これが俺にとってのチャンスとわかってくれていた。サインはインハイ。俺は投げた。腕を振ることだけ意識して」

僕は状況を思い浮かべる。

「彼はね、ちょっとむっとした表情をしたよ。怪我明けの二軍戦。また怪我したらどうするんだといった目で。しかも俺は無名の若造だしな。……でも彼は少しも仰け反らなかった。ただその瞬間は無表情で、ぴくりともせずボールを見送った。俺のボールを見極めてる、ということで、さすがだとは思った。二球目のサインもインコースのストレート。かなり強気の攻めだが、俺もそのつもりだった。彼は見送ってストライクになる。ワンボール・ワンストライク。……彼がそのボールを見送った意図はわからない。変化球待ちというわけではなかったはずだ。久し振りに立った打席で、ボールが見たかったのかもしれない。……次のサインはスライダーだった。俺が最も得意としていた球。相手は久しぶりの実戦の打席でインコースを二球続けられている。ここでアウトコースに曲がるスライダーが来れば空振りするか、当てられても苛ついてるだろうから引っ張ってショートゴロになる。そういうリードで、俺もそのつもりだった。サインに頷き、俺は投げた」

チェック柄の男の目が、やや虚ろになる。

「ボールが手から離れた瞬間、完璧だと思った。腕の振り、フォーム、力の抜け具合、指のかかり具合……。全てが完璧で、俺の最高のボールが彼に向かうと思った。でも同時に激しくこうも予感したんだよ。必ず打たれると」

閉じたカーテンの隙間から、青い光が漏れ始めていた。

「あれは何だったんだろうって、時々思うよ。……動物的な本能というか、絶対に打たれると、悪寒と共にわかったんだ。……動物同士が対峙した時、あるんじゃないか？　絶対に敵わないと全身で判断するような瞬間が。だけどその時は既に、ボールは俺の指から離れた後だった。もう俺にはどうすることもできない。そのボールの軌道は、俺の全部を乗せていくみたいだったよ。彼が読んでいたみたいに踏み込む。見事な身体の動きだった。引っ張ることなく自然にバットを出し、逆方向、つまり右打ちをした。打球が俺の斜め頭上を飛ぶ。見なくても、ライトスタンドに入ったのがわかったよ。彼はベースを一周しながら、でも不満げだった。怪我明けの身体が、まだしっくりこなかったんだろう。……俺が思ったのは、スライダーではなかったんじゃないか、ということだった。シュートが正解だったんじゃないかって。……シュートは、簡単に言えばスライダーとは逆方向に短く曲がるボールだ。俺はちょうどシュートを覚えている最中で、投げようと思えば実戦で試すこともできた。でも、……その選択をできるか？　あのバッターを目の前に、自分の最も得意なスライダーじゃなく、シュートを投げる選択を」

彼は自分の指を見ていた。投手にしては、手は大きくなかった。

「俺はそこで降板になった。監督がいる時間は限られてるから、色んな選手を使う必要があった。その回は俺が任せられるはずだったけど、仕方ない。ホームランを打たれたら、どのみち今日の一軍昇格はない。俺はあのバッターとちょうど当たった幸運を、生かせなかったことになる。……その時期、一軍の中継ぎ投手達が登板過多になってて、故障者も出て、緊急に誰か投手を一軍に上げようとしてたらしい。……もしあそこでシュートを投げて、彼を打ち取ってたら、俺は一軍に行けたんじゃないかと思った。実際、その二軍戦で良くもなく、悪くもないといった感じのピッチャーが一軍に上がっていった。彼を打ち取っていたら、俺だったはずだ。……その後そのピッチャーは一軍で投げたよ。打たれたけど投げた。俺は見ていた。寮のテレビで」

一瞬言葉が止まる。何かが込み上げたというよりは、何も込み上げなかった自分に困惑したように。

「……野球は、ピッチャーが投げるまで、ゲームが始まらない。全てがピッチャーの一球から始まる。一軍の、満員のスタンド。その観客の全てが、ピッチャーの一球を凝視するところから野球というスポーツは始まるんだよ。……その時のボールによって、その後バッターが打てるのか打てないのか、打ったならそれがどこへ飛び、誰が捕るのか捕れないのかと変わっていく。投げる時に指先が深く関わるから、ピッチャーが投げるボールにはより精神が影響する。野球はピッチャーの精神の状態、それが起点で中点となるスポーツとも言えるんだ。ピッチャーが動揺すればゲーム全体が乱れる。……俺はその後怪我をした。甲子園の経験もなかったから、思えば満員のスタンドで投げた経験がない。自分の一球からゲームが始まる瞬間を、一軍の舞台で経験することができなかった」

彼が周囲を見渡す。見納めのように。

「もしお前がマウンドに上がる前の俺を占ったら、わかったのか？　得意球でなく、何か変わったことをした方が打ち取れると。つまりスライダーじゃなくてシュートだと。……それを俺が聞けるくらい素直だったとしたら、俺は投げたのかな、シュートを。そうしたら、俺の人生はどうなっていたのか、どうもなっていなかったのか。

「……どうだろうな」

＊

「その会社は先月、解散しております」

ビルの受付の女性が言う。ネットで見る限り、会社は存続しているはずだった。

市井の履歴書の、職歴にあった会社。回った全てが倒産していて、ここが最後になる。市井を探して数日で、もう行き詰まった。

検索しても、彼女の名は出てこない。彼女が勤めていた会社の元役員などのフェイスブックのアカウントを探し、警察を名乗りコンタクトを取ったりもしたが、彼女に繋がらなかった。印象が薄い、と誰もが言う。友人を探すこともできなかった。書かれていた住所にも既に別の人間がいた。

外に出ると似たビルばかり見える。直線の道にどこまでも立ち並ぶ、長方形の群れ。これほどネットに痕跡がないとも思わなかった。この国の人口。裏向きに並べられた、1億枚を超えるトランプが浮かぶ。探せない。

明日、佐藤に会うことになっている。用件はわからない。もし佐藤の髪と爪が既に悪用されていれば、僕の命はないように思う。市井を探す選択肢より、逃げる選択肢が正解だったかもしれない。今からでも、逃げられるだろうか。

メールが届く。佐藤の部下からと思ったが、山本だった。前に送った依頼の内容を、もう一度送ると言っていた。僕は巨大なビルの群れの一つの角を曲がり、陰を探し、また別の直線の道路脇で立ち止まった。ここがどこか、既にわからなくなっている。メールを見る。佐藤を殺せと書かれていた。

僕は山本に電話をかける。これは僕の仕事の範囲にない。

電話に出た山本は面倒そうだった。

――もう決まったことだよ。変更はない。だからやらないと、お前を殺すことになると思う。

彼は何を言っているのだろう。

――お前は関わり過ぎてるから、もう断れない。

「つまりこれが」僕は冷静な声をつくる。

「前回僕に送ったメールですか」

――もっと長いものだったけどね。再送するつもりが消えてしまった。……一番望ましいのは、奴を自殺させることだよ。占いで追い詰めて、ノイローゼにして自殺させろ。それができない場合は、何でもいい。方法は問わないから殺してくれ。占い師のお前なら佐藤と2人きりになれる。相手も油断する。

鼓動の速度が上がっていく。なぜこうも緻密性がなく、無造作なのだろう。自殺に見せかけたいなら、むしろプロを雇うべきだった。傍に占い師がいるからやらせるなど、発想が安易で雑すぎる。失敗した素人の僕が佐藤に捕まり、自白したらどうするつもりなのだろう。

〝彼らは……〟英子氏の言葉が再びよぎっていた。〝知性を持たずに、知的世界の支配権を握ろうとしている〟。

──時期は早い方がいい。自殺させることも、見せかけることもできず殺すことになったとしても、あとは任せればいい。捕まらないように手配する。捕まったとしても、短い刑期で出られるようにする。これをすればお前の将来は約束される。幹部だよ。

複数のビルが、自分を見下ろしているように感じた。

「……殺す理由は」

──質問はいらない。考える必要もない。……委ねろ。

山本の声が、なぜか優しさを帯びていく。雨が降っているのに遅れて気づいた。ビルや道が急速に濡れている。

──委ねればいいんだよ、私達に。……私達の言う通りにすれば、何も問題はない。必要なら銃も貸そう。何でもいい、突然撃ってもいい。大丈夫だ。あとは私達に任せれば、絶対に悪いようにはしない。お前は私達に完全に信頼されることにもなる。人生の上昇には犠牲がつきものだ。

恐らく本当に、僕がこれをやれば、得体の知れない何かの幹部とやらになるのかもしれない。日本のマフィアと似たシステムで、よくある話ではあった。彼らの言う通りに動き続ければ、彼らが強者である限りそうなるのだろう。

逃げるか。いや、まだ方法があるかもしれない。雨を避けビルの陰に入る。周囲のビルのガラスが無数の滴でぼやけていく。

「わかりました。でも方法は考えさせてください」

――そうか。それでいい。

「実はあなたを占ったのです」

山本が一瞬黙る。

――……ん？　お前、本当に占うのか？　詐欺師じゃなく。

「もちろんです。あなた達の指示に沿うので対象に嘘はつきますが、本当の私は当ります。そして私は強者につく」

――……なるほど。

「今年はあなたの流れが、劇的に変わる時です。では」

僕は電話を切り、タロットを1枚引きスマホで撮った。〈皇帝〉のカード。画像を山本に送る。

山本を少しずつ洗脳する。試す価値はある。

〈ドア〉

――久し振り。

ブエルだった。これは夢だと僕は思う。

――これは夢だよ。いま久し振りと言ったけどね、実は最近、私は君の夢に時々現れている。目が覚めた君が忘れるだけで。なぜだと思う？

「わからない」

――君の人生が、終わりに近づいてるからだよ。

ブエルはバスケットボール大の大きさになり、玄関のドアの前の、脱ぎ捨てられた誰かの紫の靴の側にいた。少しも歳を取っていない。あの時と全く同じ姿だった。

――もちろん、まだ確実にそうとは言えない。でもそうなる確率がかなり高い。遠くでサイレンが鳴っている。何かの警報のような。

――あの警報が聞こえる？

「うん」

――でも注意深く聞いてみるといい。聞こえなくなるはずだ。

聞こえなくなった。

——なぜかと言うと、あの警報は君に向けられたものじゃないから。

意味がわからない。

——あれは君以外の、健全な人々に向けられたものだから。……君のためじゃない。誰も君のために警報なんて鳴らさない。

ブエルが笑う。

——でもこのような警報は、現代では無意味かもしれない。人々はもう、警報が鳴っても避難しようとしないから。避難するより、大丈夫と信じたいと思うようになった。

まだ笑っている。彼は以前、こんなにも笑っただろうか。

——ん？　ああ、でも私は、そんなことを言いに来たんじゃない。私が一度した失敗のこと。……私はあの時、リサーチ不足だった。……うん、リサーチ不足だったんだよ。君の意識はいま不安定だからね、あちこち話題が飛びそうだったけど、いま私が押さえたから、しばらくこの話題が続く、君が嫌でも。……うん、私はあの時、リサーチ不足だった。君がなぜ、あんな早急にディオニュソスの神に帰依したのか。もっと考えるべきだった。父性。そうだろう？　なんとわかりやすい。父性は神話にもつきものだ。だから私はもっと、君がよく知らない父親のように君に接すればよかったんだ。そうすれば完全に狂わすことができた。そしてきっかけはドア。

ブエルの背後にある玄関のドアが、別のグレーがかった白色のドアになる。薄いが、不透明なドア。

——君の存在、君の脳は最近脅《おびや》かされているから、何やら過去が脳内で活性化されている。……でもきっかけはやはりドアなんだよ。そうだろう？　君が施設内の直線の廊下の先に見た不透明なドア、だけどあのドアの前にも、やはりドアはあったわけでね。なぜかというと、ドアというものはありふれていて、どこにでもあるんだから。……その君のつかんだ銀色のドアノブは君にとって中々重大なものになった。そうだよね？

そうだろうか。

——いや、なにも記憶を封印してるとか、そんな大層なことじゃない。思い出す時、ああ嫌だな、と避けるような、そういうタイプの記憶でさ、ちゃんと君はいつでも意識できる。あのドアを開けなければよかったなあと、本当の君は思ってるんだよね。あのドアの先に何があったのか、事前に知ることができたらよかったのになあと。当時の君は占いなど知らなかったけど、知っていたら、そして本当に占いというものがこの世界にあるのなら、ドアのノブをつかんだ時、いやそのドアの前に立った時、開けるべきかどうか、知ることができたかもしれないと。自分の父親でもない人間が、自分の母親をあんなに喜ばせてるところなんて見たいわけないからね。でも君は見た瞬間全て肯定したんだ。それは恐ろしいけど素晴らしいものでもあったから。見なければよかったものを素晴らしいと同時に思う矛盾も、また私の好きな人間の暗い性質でね。

ブエルがドアの側面に、鬣《たてがみ》をこすりつける。痒いのかもしれない。

――ディオニュソスの信者達の乱交に君が慰められるのは、母親も全て肯定できるからかもしれないね。世間のタブーを肯定した瞬間、君の場合、この世界は随分と生きやすくなるから。でも君は観察者だから、するより見ている方が好きかな？　ハハ！　でもそれは君にとって重大だから……、また今度話そう。

ブエルはまだ鬣をこすり続ける。やめようとしない。言葉と動きが合っていない。

――今日話したいのは別のこと。こっちも重大だ。1人の人間が生涯を終える時、そこには〝総括〟が発生する。……君が手品師を諦めた時――。

電車の中にいる。暖房が効き過ぎているのか、車内が暑い。声が聞こえる。僕は寝ていたのかもしれない。何か夢を見ていた気がするが、思い出せない。

――1人の人間が生涯を終える時、そこには〝総括〟が発生する。……君が手品師を諦めた時。

誰だ？　僕は自分の前の、7人掛けの椅子に座る乗客達を見る。

自分と同じく端の、正面に気だるく座る女性の隣に、四十代後半ほどの、やや太った髪の短い男がいる。ジーンズに緑色のジャンパーを着ている。彼が僕に言う。なぜか言い聞かせるように。

――手品師を諦めた時、君は中々ショックだったろう？　でも仕方ない。君はカードマジック以外にそれほど興味を持てなかったし、何より大勢の前に出ることができなかった。大勢の前に出ると落ち着かなくなり、不快な気分をどうしても抑えられなくなる。手品師にとって致命的だ。

「あなたは誰ですか」

――でもその挫折は、君にとって悪いことじゃなかった。……手品師になる目標を持ったことで、高校生という、中々面倒な時期を何とか乗り切ることになった。結果的に挫折はしたが、目標に沿い行動する、その間の人生を充実したものとして過ごすことができたとも言えるじゃないか。結果ではない。君はそのこともわかっていた。だから感謝をしていた。憧れさせてくれた手品師という存在達に。

僕は普段電車に乗らない。人間が密集しているから。乗客は誰も、僕に話し続けるこの男に注意を払わない。

――だって人生をやり過ごす時、目標というものが最も助けになるからね！……あ。

男が不意に困惑する。うんざりした様子で。

……ああ、あれだね。現代人というのは、そんなに一つのところに意識を置いておけないのかね。こんな脳の奥底でさえも！

　男が隣の女性を肘で押す。知り合いかもしれない。

――え？　何？

　男が女性を促す。僕に対して何か言えというように。今度はこの女性が話すのか？

――いいよ別に。

　でも女性が言う。

――私この人に興味ないし。

　目の前にブエルがいる。背後は見覚えのないドアだった。

――この向こうに何があるのか、前もって知るのが占いであるなら、占いは存在しない。そう思ったのは十年前で合ってる？

　僕は頷いている。ドアの向こうに何があるか知りたかった。

――その時の状況は、あ、君はもう起きるね。眠りが浅いのか、……いや違うな、聞きたくないから起きようとしてるんだ。君の身体が。

　ブエルが話し続けている。僕は喉が渇き、身体が濡れている。

――一応言っておくと、最近の君は、こうやって自分の無意識に自らダメージを与えている。自分を損なうことで喜びを感じているみたいに。まあ、ちょっと不自然な場所があるから私が行きやすくなってるんだけどね。思い返せばいつもそうだったろう？

……それから、ああ、君が目覚める前に一つだけ教えようか。

ブエルが僕の目を見た。

――チェック柄はもうすぐ死ぬよ。

〈占星術の起源〉

エアコンが空気を吐く音が微かに聞こえる。僕はソファベッドから起き上がり、咳き込んだ。身体が熱い。絵のないまま飾っていた額が、右側の斜め上に見える。何か夢を見ていた気がしたが、思い出すことができなかった。水を飲む。鼓動が少し乱れている。

手品師を諦め占い師になり、まだ占いと僕の距離が近かった頃のことが、脳裏にちらついていた。

僕はシャワーを浴びる前に、まずコーヒーを入れた。椅子に座り飲んだが、なぜかまだ昔のことが脳裏に残り続けている。

何か特別な出来事が、あったわけではなかった。でも十年前、占いなど本当はないのだと、全身で感じた瞬間があった。

伝統的な占いの歴史、成り立ちを調べるにつれ、当然疑念が湧いた。それはあらゆる宗教の起源を、調べる行為にとても似ていた。宗教も歴史学として捉えると、どれも怪しく見え始める。

伝統的な占いを実行する日々の中で、時々当たり、時々外れた。伝統的な解釈より、顧客を前にした自分の感覚の方がむしろ当たった。顧客の性質と置かれた状況から判断するのは心理学や精神分析に過ぎず、厳密に言えば占いと関係ない。

そもそも惑星や星座が地球に何か力を及ぼすとしたら重力のような引力だが、遠い惑星やさらに遥か遠くの星座の引力が、地球の人体に与える力はゼロと変わらない。その星の位置の時に生まれたことで何かが決まるはずもなく、その全員が同じ人生の流れを辿るわけがない。

占星術の起源は古代バビロニアで、まとまった知識として現れるのは紀元前一〇〇〇年頃と言われている。

古代バビロニアに建てられた神殿には、天文台にも使える塔があった。天との関係が深く考慮されていた。『旧約聖書』で神の怒りを買い、未完成に終わったバベルの塔のモデルとされる。人間による真理の探究、実は占いを恐れた神が塔の建設をやめさせた、と占い寄りの解釈を敢えて用いたとしても、しかしその占いの根拠はないのだった。

木星がなぜ、占星術において良い星と、たとえば恵みの星とされるのか。根拠を見つけることはできない。あるとすれば、占星術が誕生したその古代バビロニアで、木星に最高神マルドゥクが結びつけられていたのが挙げられる。木星であった理由は、金星は美しく明るいから女神イシュタルを、火星は赤く残酷に見えるから悪の軍神ネルガルを結びつけた結果、ただその次に明るく見えるのが木星だったからとしか思えない。

そもそも古代バビロニアでなぜマルドゥクが最高神とされたのかは、政治的な理由による。

「目には目を」の法典で有名なハンムラビ王が治める古代バビロニアの首都の神がマルドゥクで、この都市神に権力を集中させるため、新たな神話が創造されたに過ぎない。

マルドゥクを太陽神とする説もあるが、占星術では木星だった。太陽神でなかった理由は、現在の中東に当たる古代バビロニアでは、太陽の熱は時に忌むべきものに映ったからとの説がある。

古代バビロニアの占星術がギリシャに伝わった時、金星に女神アフロディテ、火星に戦争神アレス、木星に最高神ゼウスというように、それぞれバビロニアの神と同じ性質の神があてられることになる。

二世紀にプトレマイオスによって書かれた『テトラビブロス』は、現在でも占星術の古典とされる。しかしこの内容を信じるのも難しい。

惑星の影響を、乾／湿・冷／熱の四つの気で説明している。土星は太陽の熱からも地の湿からも遠いから、冷で乾というように。湿と熱は良い気で乾と冷は悪い気とされ、惑星に良／悪をつけ、さらに男女の性別までつけている。水星は両性を有する。

時代を経て天王星、海王星、冥王星と発見されるに従い、占星術も変わっていく。こんないい加減なことがあるだろうか。自分達の扱う星の存在すら知らなかった者達が、未来などわかるはずがない。占星術に限らず、名前の画数や手の平の皺に、運命が刻まれるはずがない。出たカードで運命がわかるわけもない。しかし多くの人達と同じように、確実なものではないにしろ、占いには「何かある」という感覚が自分の中にも自然にあった。この世界をあるがままに捉えることの重さに、僕達は耐える必要があるのだろうかとも。

ある顧客の女性を、様々な占いを駆使し鑑定した時のことだった。占いの結果が彼女に合ってると思えず、伝えるのをやめ、彼女の生活状況、性格から推測し最も上手くいく確率が高いと僕が思ったアドバイス——それは心理学でもあり、当然励ましもした——が彼女の人生を劇的に変え、酷《ひど》く感謝された帰りの道で、僕は歩く速度を緩め、立ち止まっていた。何気なく、何度か瞬きをした後だったと思う。

風景の全てが、思い返しても奇妙だが、酷く乾燥した図形に見えた。アスファルトの道や側の店の壁、電信柱などの直線や平面が、何か水分が付着してもすぐ乾燥し蒸発し消えるほど、度を越した乾燥物のように思えたのだった。

それは中々、殺伐とした瞬間と言えた。この世界は、圧倒的に味気ないのだと。現れた何かのドアの先を、事前に知ることができないまま開け続け、その都度ダメージを受けるのが人生であるのだと。

占いなど本当はないのだという日々の経験の認識の、最後の一押しだったのだろうか。わからない。自分の中に占いというものが、思っていたよりもかなり強くあったことに逆説的に気づいた。その風景はすぐ普段見るものに戻ったが、感覚としては付きまとった。

でも占い師をやめることはなかった。他にやれることがない。占い師であることは、自分にとっては、嘘としてこの世界に存在することを意味した。長くやるだけ世界と乖離する。

英子氏に以前、言われたことがある。彼女には、過去のことも少し話していた。あなたは人間が怖いから演技をして、人間の心理の分析もしようとしたのだと。それで人間のことがあなたなりにある程度わかり自信がついた時、あなたは人間への興味を失ったのだと。でも人間への恐怖はまだどこかに残っているから、コントロールしようとすることで安心している部分があるようにも見えると。それが軽蔑じゃなければいいのだけどと。

僕は言い返すのが難しかったし、言い返す必要も感じなかった。続いて彼女はこうも言った。

あなたは世界が怖いから世界の真理を研究したのだと。しかし世界に占いや不思議な力などなく、ただ目の前に見えるこの漠然としたものが世界であると完全に実感することはあなたにとって良くなくて、あなたは虚無のようなものに覆われることにもなる。だからあなたはこれから、何か奇妙なものになっていくのかもしれない。あなたの場合は、それは賭博者だったりするのかもしれない。先のわからないことに敢えて向かう、もしくはそれをコントロールしようとする特殊な賭博者……。人生の殺伐を越えた先にある存在のバリエーションは、そんなに多くないから。

賭博者でなくディーラーと反論したが、似たようなものかもしれない。

佐藤の秘書が重いドアを開けた。同じ部屋、と思う。佐藤もまた白いトレーナーを着ている。秘書が消え、２人になった。

佐藤は相変わらず、グラスに水を入れ飲んでいる。気だるく僕を、というより僕のすぐ手前の空間を見ていた。

僕は人間を殺したことがない。できるわけがない。

「前回の、2人の男の件だが」

言われて思い出す。僕はどちらの男に会えばいいか聞かれ、伝統的な占いでいま運のいい方を選んでいた。

「完璧な結果だった」

僕は無表情を保つ。本当だろうか。

「私には、四つの選択肢があったようだ。両方会う、Aだけ会う、Bだけ会う、両方会わない。君が示したBだけと会ったわけだが、それ以外の選択肢を取っていた場合、どれも中々面倒なことになっていたらしい」

本当なら偶然に過ぎない。しかし芳野に以前、佐藤に2人共会わせるなと言われていた。

そうしていれば、佐藤はそのまま困難に陥り、山本は僕に彼を殺せと言わなかった状況になったのだろうか。僕は、実は芳野の言う通りにしておけばよかったのだろうか。わからない。わかる方法もない。そもそも佐藤は、自分が追い詰めた不動産業の男の死を知っているのだろうか。どう思っているのだろう。

佐藤の背後に白い煙が広がっていた。加湿器が置かれている。以前はなかった。

「……それを、どう思う？」

佐藤が目で示す。紐で綴じられた紙の薄い束がある。三、四冊。

「それは、奇妙な、……資料だ」

僕は円の絨毯の上のテーブルに近づく。見た目は古いものではない。

「私はこういう文献を収集している。……元はラテン語だったものが、長い年月を経てドイツ語になり、英語になり、それを私の部下が、数年前に日本語に訳した。……読むといい。真偽は不明だが、十四世紀、エテカという人物が書いたものとされている」

その紙の束の表紙は黒い布製で、中央に《一三八六年ヨーロッパ中部錬金術師の記録》と書かれていた。

「今からですか」

佐藤は返事をせず、また水を飲んだ。僕は佐藤が見ている前で椅子に座り、綴じられた束のページをめくった。めくるしかなかった。

〈手記――一三八六年 ヨーロッパ中部　錬金術師の記録〉

〝世界の全てがある。ここに〟

尊師の言葉。巨大な石釜の前。

尊師の腕は細い。何通りも血管が見えたのだが、掌は牛革なみに厚かった。そんな腕の上を、二匹の蠅が選り好みして跳ねている。石釜が白煙を生成し、私はむせ返った。臭気。鉄と硫黄の。

〝中に何があるのです。尊師〟

思えば私はあの時点でもう、彼を尊師と呼んでいた。

〝言っただろ? この世界の全て〟

尊師は繰り返し、私に微笑を向ける。思わせぶりな言葉。尊師の人生、全てを象徴する言葉の響き。

錬金術師という存在を、私は知らないわけではなかった。

初めに見たのは幼少期。家族で訪ねたB・B侯の邸宅の脇に、工場があった。私はEと遊び駆け回っているうち、迷い込んだのだ。

暗がりの下、あの時も鉄と硫黄の臭いがした。何をしているのか、と私が問うと、作業をしていた三人のうち、最も歳を取り、鹿に似た目をした男が、へりくだって言った。彼のへりくだり方は、話すとき彼の口から飛ぶ唾の量と同じく、やや度を越していた。彼はこう言ったのだ。創っているのですと。金《きん》を。

意味もわからぬまま、作れるのか、と問うた。その鹿に似た目をした男はもちろんですと口にしたが、具体的に何も教えてはくれなかった。

尊師も彼らと同様、釜の蓋を開けようとしない。

〝知っています。中身はいずれ金になるものです。でも本当にできるのですか〟

私が問うと、尊師は顎《あご》を動かし頷いた。あまりに当然のことを聞かれ、拍子抜けした目と眉。できるに決まっているだろう、何ならもう既にできているとでもいう目と眉。

〝なら見せてください〟

でも尊師は笑い、今度見せてやると言った。必ず見せてやると。

叔父の領地にいた。私はその頃。

領地と言っても不作が続き、叔父は——後でわかったが同様に零細貴族である私の父も——負債を抱えていた。だから私の身を、一時的でも引き受ける余裕など、なかったはずだった。だが叔父は正義と義務を重んじる人間だった。父とも、父が雇っていた家庭教師とも上手くいかなかった私を、皆が持て余した当時十八歳の私を、叔父はそういった理由から引き受けた。愛情ではなく、信念に沿って。彼は自身の信念を、面倒に思っていただろう。

そのような叔父が錬金術師——尊師——を雇っていたのは驚いた。尊師は、私の語学の家庭教師を兼ねることになった。

〝秘術を教えてください。尊師〟

私は請うていた。仏語を習うより、錬金術の弟子にしてくださいと。

〝弟子にするか、これからのお前にかかっている。高められた精神を持たねばならない。精神が高められていない者のもとに秘術は降りない。わかるか〟

頷いた。わからないまま。私はよく、わからないことに頷いた。

部屋で尊師から仏語や歴史の授業を受けていると、稀に叔父がやって来た。私の勉学が気になったわけではない。ただ様子を見る義務を自分に課し、行動するために。

〝順調か〟

叔父が聞くと、尊師はへりくだった。昔に私が見た、鹿に似た目の男と同様に。

〝はい。エテカ様は大変優秀でございます〟

私はいつも、尊師が叔父の前でへりくだり、私に敬語を使うのが嫌だった。

〝お前も真剣になるんだぞ。座学だけでなく、そのうち馬術や……〟

頷く。だが叔父が本当の家庭教師を雇うはずがなく、ただの義務の言葉と私にもわかっていた。

誰もが私という存在を持て余している。私という迷惑。持て余されている私にできることは、なるべく波風を立てず、納得できないことにも頷くことだ。これまでも全てに頷いてきた。自分の前に現れる人生の、困難や面倒の全てに。

夜になると私は抜け出し、月明かりを頼り尊師のもとに歩いた。尊師の家も、作業場も、台所から推測するその食事も貧しかった。

〝秘術を教えてください。尊師〟

〝せっかちだな。まずは真理を習得しなければならぬというのに〟

今でも確信しているが、尊師はあの時期、私を得て喜びを感じていたはずだ。

〝親愛なる少年。物質のもとになる、四元素を知っているか〟

尊師は私を親愛なる少年と呼んだ。既に十八歳だった私を。

〝はい。火、風、水、土です〟

〝その通りだ。全ての物質は、その四元素から成っている。しかし本当は五元素なのだ。親愛なる少年〟

〝五元素？〟

〝それをプリマ・マテリアという〟

その単語を発音した時、尊師の喉が喜びに煮立った。

〝プリマ・マテリアは全ての第一物質であり、第五元素であると同時に、他の四元素を生んだ。プリマ・マテリアは目に見えるものであり見えないものだ。高められた精神が純粋となる時、捉えることができる。不純な大人は不可能だが、幼児であればそれとたわむれることさえできよう。この世界の至るところにプリマ・マテリアは存在する。あらゆる物質の本質であり、常に同一のままでいる基礎的なものであり、世界精神、世界の魂なのだ〟

尊師はプリマ・マテリアを見つけ出すため、瞑想し、精神を高め、あらゆる金属を溶解した。物体を溶解した中に、それはあるはずだった。金を生成するには、プリマ・マテリアは欠けてはならない。

〝これらの真理は遥か古代、人間の女を愛した堕天使達から伝えられた。初期の錬金術師には、その証拠に女性が多いのだ〟

私は尊師の貧しい作業場の貧しい棚の上に、蛇が彫られた痩せた金属板を見た。錬金術師達の象徴。

〝最初の人間、アダムとイヴのイヴを唆《そそのか》し、知恵の実を食べさせたのが蛇ではないですか。そうやって知恵をつけた人間を、神は罰したのではないですか〟

なぜだろう。こんなことが言いたくなった。私は神など信じていないのに。

〝ですから、堕天使からの知識と蛇を崇拝する尊師は、禁じられた行為でキリストの神に背こうというのですね〟

しかし尊師は動じなかった。私に親密な視線を向けていた。

〝神に背いていない。それがわからないのは、お前がまだ未熟だからだ。親愛なる少

年〃
今では確信しているが、尊師は反論できなかったはずだ。だが彼は自分が正しく、反論しようと思えばいつでもできると頭から信じていた。私は尊師のその認知の空白に、あの時はまだ気づかなかった。
〃私は一人でも寂しくはない。孤独は瞑想と思索を高めてくれるのだ〃
「街」に新しくできた作業場に、錬金術師が六人いた。裕福な商人が雇ったようだった。その話題の際、尊師がそう口にしたのだった。
〃確かに効率は上がるだろう。だが人間は複数になるほど愚かになる。愚かな人間のもとに真理は降りない。邪念が飛び交い、相互に作用し十倍になる〃
だが尊師は、彼らが気になって仕方ないようだった。私は尊師を連れ出した。「街」に買い出しに行く理由で。私一人では真に必要なものを見極められない。同行を願いたいと。尊師を行動させるには、いつも理由が必要だった。
作業場の近くに来た時、私はしぶる尊師を背後に置き、彼らに声をかけた。私が尊師を錬金術師だと紹介すると、彼らは作業を止め尊師を囲んだ。全員がやや猫背だった。尊師も含めて。五十代の半ばに見える尊師より、彼らは十歳ほど若く見えた。
〃先程まで我々は、実は議論をしていたのです。達人〃

達人と呼ばれた尊師の前に、一枚の絵が差し出された。

〝私の師匠が亡くなる前に描いたものです。師匠は亡くなる寸前に、瞳孔を開き目を輝かせ、ついに真理を摑んだと叫びました。そして描いたのです、これを〟

森の中で苦しむ、一匹の龍の絵。錬金術の真理は、よく絵による寓意で伝えられる。

〝私達は、龍が水銀を表していると知っています。龍は倒されるものであり、龍の体が腐敗するところから全て始まるとも知っています。でもなぜこの龍は苦しんでいるのでしょう〟

私は緊張した。尊師が妙なことを言い、彼らの失笑を買うのが恐ろしかった。

〝龍は我々だよ。親愛なる若き者達よ〟

尊師は言った。既に四十歳を超えている、背の曲がった者達に向かって。

〝私達は、自分の中の龍を打ち倒し、精神の高みに到達しなければならない。この苦しさの果てにしか真理は訪れないという意味だろう〟

私は緊張した。そんなに悪くない意見だと思いながら、彼らの顔を窺った。

〝達人、仰る通りです。我々は苦しまなければなりません〟

彼らの一人がなぜか嬉しそうに言った時、厳粛さを保つ尊師の、顔の皮膚の裏に喜びが煮立つのがわかった。

それから尊師と彼らは議論を始めた。水銀に硫黄を混ぜる割合ではなく、人間の徳において最も重要なものは何かについて。例えば勇気と慈悲はどちらが上でどちらが下であるかについて。

〝とても難しい問題だ。私は慈悲が上にくると思うが、時勢によるかもしれない〟

〝でも真実は流動的ではないはずです〟

〝鋭い意見だ。流動的な真実というものが、しかしあるのかもしれない〟

尊師はとても幸福そうに見えた。同じように彼らも。彼らの静かな議論は月が現れ始め夜の虫が荒れる頃にまで続いた。


〝全は一だ。一は全だ。親愛なる少年〟

錬金術師がよく口にするその言葉より、尊師が遂に開けた石釜に私は興奮した。

〝全ての金属は水銀と硫黄を含んでいる。その割合で金や銀や銅になる。塩も必要とする者もいるが、私は懐疑的だ。私の所有する書物に書かれていないから〟

釜の中で沸騰する水銀は、波打つ蛇の群れに見えた。

〝全てのものに生命はある。金属の「種子」が存在する。生命があるものは星の影響を受ける。私は待っているのだ、適切な時期を。相反する火星と金星が……〟

この中から、金が出現する。私は煮え立つ水銀のうねりを凝視しながら、自分の人生のあらゆることが、この水銀が起こす予定の奇跡に浄化されると感じていた。

気難しい父、農夫達を重税で追い詰める貧しい貴族の父、その劣化複製の兄。男であるのに力がなく、乗馬も水泳も上手くできない私。そのような私を揶揄《からか》う同年代の者達。次男の私は近い未来戦場へ行く。力がなく素早くもない私は、戦場で異教徒に切られすぐ死ぬだろう。南方の山を越えた村に、再びペストが届いた噂は本当のようだった。しかしこの釜から金が溢れ出す現実があるのなら、この世界の真理は一変する。

小さい頃、祈り続けた私を無視した神の存在も、捉え直すことになる。天国、お伽話における妖精達、全てが本当になるのではないか。この釜から金が発生する事象が起きるなら、この世界はどのようなことも可能になるのではないか。気難しい父と暮らし続けて死んだ母は墓の土で腐敗したのではなく、天にいることにもなるだろう。

〝当然物質の割合だけで金が発生するわけではない。動因となるものが必要であり、それがプリマ・マテリアだ。至るところに存在するが、この世界の霊魂であるそれは大地の重みに阻まれ解放されていない。別の者はプリマ・マテリアを含むものをこう呼ぶ。賢者の粉末、賢者の石〟

〝尊師はそのプリマ・マテリアを把握しているのですか〟

〝もちろんだ〟

〝それは何ですか〟

尊師は微笑んだ。物をねだる幼子をあやす目と眉で。

「街」の錬金術師達との交流は続いたが、尊師は彼らが「都市」から得た新しい知識に関心を示さなかった。

彼らと尊師が名誉と義務のどちらが徳が高いかを議論している時、奥の部屋から壁職人が現れ、我々に親しみの挨拶をし出ていった。同じ部屋から彼らの一人も。

〝どうしたのです？ 親愛なる若き者〟

尊師が問うと、出てきた錬金術師がやや慌てて口走った。

〝私達を鍛冶屋と思っているのでしょうか。鋼より硬い金属を作れないかと、組合から打診があったのです〟

〝硬い金属？ なぜ？〟

私は尊師の鈍感さに苛立ちを覚えた。今は復活祭前の受難の週だった。

〝つまり、ユダヤ人達を……〟

尊師はようやく気づく。この時期になると、ユダヤ人狩りが行われる。

高利貸しをするユダヤ人達は、民衆から憎悪の対象となっている。受難の週になると、キリストを迫害したユダヤ人への憎悪も重なるのだった。

教会の灯は消され、暗闇となった「街」で、ユダヤ人達が民衆に襲撃される。昨年は死者も出た。民衆はこの日のため、武器を選ぶことが娯楽になっている。

〝もちろん、お断りをしています、達人。私達は硬い金属など目指しておりませんし、高められた精神からも外れます〟

彼の言葉に尊師は頷く。数秒ほどの沈黙の後、また彼らは静かな議論を始めた。何かと何かは、どちらが徳が高いかについて。

しかし私は、職人と錬金術師の部屋での会話の長さに引っかかっていた。もし金属硬化技術があっても、断ったろうか。彼らを雇う商人の財政が、小麦の高騰で破綻し始めていると噂に聞いた。

高利貸しをするユダヤ人の背後には、皇帝や貴族がいて財を成している。本来襲撃されるべきはユダヤ人ではなく、背後の貴族のはずだった。私達のような。といっても、私は父や兄や叔父と共に、既に負債を抱える側にいた。ユダヤ人に対して。その背後にいる私達より遥かに有力な貴族に対して。

五年前、海を挟んだイングランドで、ワット・タイラーという名の農夫が乱を起こしたという。その精神的支柱となった聖職者、ジョン・ボール。〝アダムが耕しイヴが紡いでいた頃、貴族なんかいたのか？〟彼の言葉が痛快に響くのは、私達の一族が既に没落しているからだろうか。もし私達がまだ力のある貴族だったら、私は彼の言葉をどう捉えたろう。

タイラーとボールは無残に殺された。あらゆる物事を吹き飛ばすはずだった彼らは。だから世界はまた固定されていく。積み上がる焼かれたレンガのように隙間なく。窒息するほどに苦しく。

前方の「街」の者達が、さっき見たのか田舎者達の服装を思い出し笑っている。私は急に自分達の姿が気になった。通りで怒鳴られているのは遍歴楽師の家族に違いない。以前よりはよくなったが、土地を持たない彼らは蔑視の対象になる。家族の男もそうだが、その妻と子が痩せ過ぎている。もっと痩せればハシゴも通れると群衆の誰かが言い、笑い声が上がった。この土地の法ではまだ、遍歴楽師は自分に損害を加えられても、地面に映った相手の影に対しての報復しか認められていない。

〝あれは何だろう？　親愛なる少年〟

家族から目を逸らした尊師が指さす方向に、群衆がいる。市場の広場に、木の板で囲まれた即席の競技場ができていた。豚の鳴き声を聞き、私は胸が塞がった。

〝見るのはよしましょう、尊師〟

〝何だね〟

〝恐らく『盲人競技』です〟

都市貴族の子弟達が、目の見えない健康な者を数人選び、食事を与え精力をつけさせた後、兜と盾と棒を与え、競技場内に置く。そこに丈夫な豚が放たれるのだ。

始まりの声と共に、私達は背後から大勢の群衆に押された。やはりそうだった。武装させられ、即席の戦士となった目の見えない人間達が、柵の中に十二人いる。

その一人が豚に追突され、驚いた声を上げ転んだ。群衆が悲鳴のような笑い声を一斉に上げる。笑う者達の中には聖職者もいた。今度は別の戦士が豚に追突され、戦士は応戦するため向き直り、棒を振り下ろした。それが同じく目の見えない戦士の腕に当たる。棒で殴られた戦士の悲鳴は、叫び笑う観客達の声で聞こえなくなった。打たれた戦士は痛みのあまり棒を放り出し、盾を構えようとするが落としてしまい拾えない。前にいた老人が笑いながら仰け反り、着飾った隣の婦人も口を開け手を叩き笑っている。棒を振り下ろす戦士も、感触が盾ではなく柔らかな肉のため、相手を豚と思い夢中で打ち続ける。殴られている男も恐怖のあまり奇妙な叫び声を上げ、それが観客達の声の隙間から聞こえると、まるで豚の鳴き声のようでもあったのだ。主催した貴族の子弟達は自身の腹を押さえ、涙を流し笑っている。聖職者も、子連れの女も。

〝親愛なる少年〟

尊師が青ざめた顔で震えていた。

〝ここを出よう。見るべきではない〟

その瞬間、駆けていた豚が戻った。人間を豚と思い夢中で叩く戦士の背後に追突した。まるで、お前の相手は俺だと言わんばかりに。

戦士が悲鳴を上げ転んだ。観客達が爆発的に笑った瞬間、私の口から思わず笑いの息が漏れた。尊師の口からも。

緩く風が吹いていた。地面や建物から黄色い砂が舞い、私と尊師の頰や額に付着した。周囲の歓声が遠のき耳鳴りに変わり、再び弾ける音に戻る。私達は互いにすぐ目を逸らした。

どちらが先に動いたかわからない。私達は背を丸め、拳を上げる観客達の間を抜けた。抜ける途中、貧しい女の巻いた粗末な赤いショールが頰や瞼に触れた。私達は無言のまま歩いた。

〝宿を探そうか〟尊師がやがて小さな声で言った。本当に宿を探すような目と眉で。

〝ええ。部屋があるといいのですが〟

長い間沈黙が続いた。

〝……親愛なる少年〟尊師が口にしたのは、何かの建物の角を、曲がった際だったろうか。まだ黄色い砂が舞っていた。

〝私が笑ったのは〟

尊師はまだ私を見なかった。宿を探すように目と眉を動かし続けていた。

〝あの気の毒な、目の見えない人間が、倒れたからではない。追突した時の豚の様子で……、笑ったのだよ〟

〝わかっています、尊師〟

私は頷き口にした。

〝私も同じですから〟

あの言葉を、言わなければよかったとしばらく悔いた。


その日、本当に「街」で宿を取った。急速に日が落ち雲が現れ、山賊の噂を聞いたから。宿の壁は深いヒビが目立った。崩れそうだった。

〝申し訳ございません、尊師。私には金がありません〟

〝いいんだ。このベッドは中々快適じゃないか〟

私達はすぐ痩せたベッドに入った。どこからか隙間風が通り抜けている。話すことがなかった。

私は暗がりのベッドの中で目を開け続けていた。尊師がすぐ眠ったのが意外だった。遠くで酒を飲み騒ぐ男達の歌が聞こえ、束の間で終わる。途中で小便のため起きた。暗闇で初めて見た尊師の寝顔は醜かった。


悲鳴が聞こえた時、自分がずっと起きていたのか、いま目覚めたのかわからなかった。

　思わず耳を澄ましたことで、再び聞こえた悲鳴は途中で何かに塞がれた。布のような何かに。隣の建物だろう、と私は考えていた。ユダヤ人狩り。

抑えた笑い声の後、鈍く人体を打つ音がする。肉と中の骨まで感じられるような、密度のある音だった。こもったうめき声と呼吸音。武器は丸みを帯びた木材と思われた。

　終わってくれ。私は痩せたベッドの上で願っていた。いま打たれているユダヤ人を思ってというよりは、助けに行こうとしない自分をこれ以上感じないために。

打たれる音の大きさと悲鳴の響き具合から、もう終わるのではないか、と頭の中で呟いた。打ち方が弱くなってるな。打つ方も疲れたらしい。もう終わるなこれは。打撲程度で済んだろう。しかし終わらなかった。打ち方も弱くなっていない。行為者は複数いて執拗だった。

　尊師も起きているのではないか。寝た振りをしているのではないか。

怒りが湧いた。不思議なことに、ユダヤ人を打つ者達に対してではなく、寝た振りをする尊師に対して。もしかしたら、本当に尊師は寝ているのかもしれない。そうならさらに許せなかった。

　起こさなければならない。私は考えていた。尊師に、この悲鳴を聞かせなければならない。私だけ聞くのは不公平だから。

私はベッドから裸足の足を出した。少し伸ばせば尊師のベッドに届き、揺らすことができる。私がしたと思われたくなかった。ベッドに鼠でもぶつかったと思わせたかった。


こもり、押し殺した悲鳴は止むことなく続いていた。隣の建物だけではないようだった。教会の灯りも消され、月もない今日の「街」は完成度の高い闇になっている。窓から外を見ても、何も見えないだろう。暗闇の中で誰かが打つ音と、それを自らの肉で無言で受ける者の呼吸音、あるいは思わず上げた悲鳴、もしくは押し殺した悲鳴が聞こえ続ける。規則正しい音楽のように。打つ者と打たれる者の音楽。人類の歴史が誕生して以来、相手を替えながら永遠に鳴り続けている音楽。

布団から出た自分の足が、暗がりで浮かびやたら白く見えた。隙間風の冷気に包まれる。指の間がむず痒かった。さらに伸ばし、尊師のベッドを押した。押して揺らした。


尊師の体が反応した。彼は寝ていて、いま起きたのだと思った。私の中に喜びが広がる。尊師、あなたも聞くべきだ、この音を。ようやく彼の耳にあの悲鳴が入り込むことが嬉しかった。

尊師は寝た振りを始めたが、私は満足していた。それは安堵だったかもしれない。

共犯者がいる安堵。悲鳴は続いた。

翌朝、私達は無言で目を覚ました。隣の建物の破れたドアを、他の通行人と同様見ないようにしながら外で、私は尊師に天気の話をした。尊師も天気の話を返した。歩いてくる子供を見た。身なりが汚く、澄んだ目をしていた。錬金術に必要なプリマ・マテリアは、幼児のように純粋でなければ扱えない。そう言った尊師の声が聞こえるようだった。

子供は私達の側に来ると、無邪気な笑顔でおどけるのではなく、澄んだ目のまま真剣に物乞いをした。私達は興醒めした。子供は近くで見ると両目が濁り、不快なヤギの臭いがした。両腕がただれている。

私達は子供を無視した。金はあったが、これは道中で食べるパンを買うために必要だったから。宿の食事は少なく、領地までは途中で何かを食べなければならない距離で、この金でその分を買えるかどうかも心許なかった。

帰り道のことはよく覚えていないが、恐らく私達はパンを買っただろう。そして道中でそのパンを私と尊師で二つに分け、口に入れ、三度四度と咀嚼し、飲み込んだだろう。高められた精神を持つ私達は。

翌日から、尊師は作業場にこもることが増えた。時に寄せつけなかった、私のことさえ。

〝尊師は釜の中に世界の全てがあると仰いました。しかし結局のところ、金ではないですか〟

私は疎外された仕返しに、そんなことを口走った。

〝金が全てなのですか、尊師〟

〝金が発生すれば全てが変わる〟

尊師の目は疲労していたが、私を正面に捉えた。

〝農民や貧民が金を手にするのだ。その意味がわからないか？　富む者と貧しき者が逆転する。金があれば外国の傭兵も雇えるだろう？　世界が変わるのだ〟

まだ尊師の目は私から動かない。

〝貴族がなくなるのだ。親愛なる少年〟

臓腑が震えた。そうだ。私達のような貴族などなくなってしまえばいい。父も兄も叔父も、剣も馬も勲章も、なくなってしまえばいい。名誉も誇りも体裁も、支配も契約書も、優劣も上下も区別も、全てなくなってしまえばいい。

作業が複雑になるにつれ、しかし尊師は私という助手の重要性を意識せざるを得なかったはずだ。所有する書物を尊師が改めて確認した結果、我々には試すことが多いとわかった。私は川辺で色のついた幾つもの石を拾い、満月に一晩照らされた湖の水も器に汲んだ。

〝そう書かれているのだ、書物に〟

蜥蜴《とかげ》や蛙はいらなかったが、海老の殻は試す価値があった。魚のウロコを試すのは私のアイディアで、尊師も気に入った。雌と雄の両方が必要だった。融合の錬金術は両性具有的だから。

〝そう書かれているのだ、書物に。この項に示唆されている〟

試みが増えるにつれ私達の神経は昂《たかぶ》り、日々は期待と予感に満ちた。喜びで窒息しそうなほどに。

ついに尊師が叫んだ時、私は作業場の外で佇む蛙を見つめていた。金属が生命であるなら、やはり釜内にきっかけの生命を入れなければならないと思いながら。蛙から取り出した心臓が金属の海中で脈打てば、金属を体にした新たな流動的な生命になるのではないかと。

慌てて作業場に戻ると、尊師が顔を硬化させていた。

〝見ろ〟尊師の伸ばした指が震えている。

〝この白い濁りを〟

釜の中に、これまで見たことのない濁りがあった。まるで自ら動いているかのようでそれは生命に、もしくは生命の素に見えた。

〝集中を要する。一人にしてくれ〞

私は疎外され傷つく前に、白の濁りに興奮していた。尊師を一人にするため作業場を出た。だが外の夜風に孤として曝されると、次第に疑念が湧く。あの白色が、一体何だというのだろう?

尊師が何をしているか気になった。秘術。そうだ。私はまだ尊師から秘術を一つも教えられていない。作業場の薄いドアを静かに開けた。とても薄い屑木のドアを。

尊師は石釜の前で蹲《うずくま》っていた。蹲り祈っていた。

フードの付いたマント越しに、尊師の肩や腰の意外に頑丈そうな骨格が見えた。尊師は規則的に見える動きで頭を下げるが、白の濁りに変化はない。

尊師は祈り続けていた。ずっと祈り続けていた。頭を規則的に動かしながら。その頑丈そうなのに無力に見える尊師の後ろ姿の輪郭を見ているうち、どれくらい時が経ったろう、私の視界が涙でぼやけ始めた。

私達は恐らく、石釜に弾かれているのだと感じたのだった。こんな後ろ姿では、何も達成できないと感じたのだった。そもそも金の生成が高められた精神のもとにしか来ないなら、このような歴史のもとに、いや、このような私達のもとに来るはずがない。

だが、では一体どのような者のもとになら来るのだろう？　あの物乞いの子供だろうか？　だがあの子供も、金を創るとした時点で純粋さを失うのではないか。

私も祈ろうか？　何に？　神に？　人間の女を愛し、秘術を授けた堕天使に？　それとも祈る対象は人間だろうか？　東西に分裂するだけでは足りず、ローマとアヴィニョンにまで分裂し、今やどちらが正しいかもわからない教皇にだろうか？

日常は突然失われる。だが前兆はあったのだろう。いつの間にか私達はそういったものに囲まれ、気づいた時は遅いのだ。似たものに何があるだろう。音もなく広がる苔やカビだろうか。父に呼び戻された。差し迫った戦地に行くために。そこで恥をかかないための短い訓練のために。そして私の父と叔父の領地の大半が、別の貴族のものになった。そこには尊師も含まれていた。

長い別れの挨拶の後、お前に金が出現する瞬間を見せられなくて残念だ、と尊師は言った。星の時期がまだ来ていないと。

私は尊師と別れる辛さより、戦地に行く辛さに打ちのめされていた。あなたに金を出現させる能力がないから私は戦地に行くのです、と言葉が出かかった。その言葉を飲み込み、頷いた。私はこの世界に対し、やはり不本意に頷きながら死ぬのだと考えた。

尊師が拘束されたと聞いたのは、それから間もなくだった。私は父のもとで、新しい老人の家庭教師に乗馬を習っていた。尊師が自らの秘術の開示を拒否したという。

錬金術師の迫害は珍しいことではない。

彼らは取り巻く環境を読み、よく姿を消した。尊師の新しい雇い主である貴族が、早急に金を誕生させろと迫った。

尊師のはぐらかしは通用しなかった。金の生成ができないなら、できないと言えばよいと貴族は言ったという。新しい錬金術師を雇うので、その助手になればいいと。だがひとまずお前のこれまでの研究結果を詳細に具体的に見せろと続けた。尊師は拒否した。

貴族は侮辱されたと感じ、様々な理由をつけ尊師を牢に入れた。

私は父の許可を得ず——覚えたての乗馬技術で——領地を出た。日を跨《また》ぎ到着し、貴族に接見を求めた。手紙では遅かった。

貴族は快く私を迎えた。私は零細貴族だが、家柄は彼より古かった。戦地に行くため乗馬を習い直していると私が口にすると、彼は満足げに頷いた。戦地に行くと言うと、世界はいつも満足そうに頷くのだ。

〝私が何かおかしいことを言ってるかね〟

貴族は言う。凄い髭だった。
〃私は彼が未熟ならそれでいいと言ったのだ。助手になればいいと。でも彼は、私には何も見せぬと言う。君の叔父上から譲られたわけだから、彼の所有者は私になる。これは侮辱だよ〃
続いてこうも口にした。
〃君の父上や叔父上からの領地譲渡も、法律と契約に則っている。そのことは、君もわかっていると思うが……〃
尊師を買い戻す金は私になかった。金の問題ではないとも貴族は口にした。
〃ああいう偽者がいるから、錬金術の評判が悪くなる。悪は根絶した方がいい。そうでないかね？〃
十八歳だった私は言い返すことができなかった。いや、現在の私にもできるだろうか。人に大らかさを請うほど無力感を覚えることはない。神の概念も出せない。錬金術はキリスト教と相容れない。
私は尊師が囚われている牢に行った。貴族は差し入れを許可したが、私が尊師に与えられるのはせいぜい乾いたパン程度だった。
尊師は痩せていた。ただでさえ痩せていたが、骨が浮き出るほどに。
〃親愛なる少年。お前の顔が見えない〃

尊師は牢内で視力を失っていた。私は泣いた。

〝尊師。どうしたのです。これまでの研究を開示すればいいではないですか〟

あの貴族の前で金をすぐ出現させろとは、もう言うつもりはなかった。

〝作業に誤りがあるなら、訂正し〟

〝あのような高められた精神を持たぬ者に真理は明かせぬ〟

〝尊師〟

〝親愛なる少年〟

尊師が言葉に力を入れた。声を大きくするのではなく、ただ声に力を。

〝私と錬金術の付き合いは長いのだ。親愛なる少年〟

尊師の言葉にさらに力が入る。

〝とても長いのだ〟

開いた尊師の干からびた唇から、欠けた歯の並びが見えた。殴られている。

〝私の人生そのものなのだ〟

尊師の腕の上を、幾つもの蠅が跳ねていた。思えば出会った頃、既に尊師の腕には蠅がいた。蠅は仲間を呼んだのだ。こいつはもうそろそろだと。

牢に拘束された時の記録で、様々なことがわかっていた。尊師が、外国の農民の息子だったこと。作業場の火で逞しく褐色に焼けた肌のせいか若く見え、五十代の半ばと思っていた年齢が、六十七歳だったこと。

鍊金術が虚偽と認めるなどできるはずがない。他人にではなく、自分の人生に対して。

〝尊師〟私は泣きながら、世界の全てに頷こうとしていた。鍊金術も神も悪魔もなく、この世界に何も不思議なこともなく、当然奇跡もなく、いずれ自分が強者の都合で発生する戦争というもので死ぬことに対して。

〝世界は……つまらないのですね〟

私は跪《ひざまず》いていた。だが視力を失った尊師は私の動きに気づいていない。

〝昔〟尊師が首を横に振り、跪いた私の頭上に、さっきまで私の顔があった空間に向けて口にした。私の言葉を否定するように。

〝……父からは反対されたが、小さい頃、近くの里で、病で療養する神学生から文字を習った〟

尊師の瞼が痙攣している。

〝文字を習得した後……、ある場所で、棚に並ぶ膨大な書物を前にしたんだが……、その時〟

尊師が微笑んだ。

〝世界が無限に広がるようだった〟

私は泣き続けた。

〝今は歴史の転換期でも、過渡期でもない〟

尊師がそう言ったのは、別れ際のことだったと思う。

〝現在は、まだずっと続く沼の日々の途中なのだ、親愛なる少年。……お前が死ぬまで、世界に何も大きなことは起こらない。争いがあるだけだ〟

尊師の処刑を聞き、私はまた父に無断で馬を走らせた。だが遅かった。見えた丘に、既にぶら下がる二体の人間がいた。

遠かったが、尊師とわかった。見物人達は、もう疎《まば》らにしか残っていなかった。隣でぶら下がる、恐らく強盗か殺人者の屈強な男と、尊師の背がそれほど変わらないことに微かに驚いた。吊るされて背筋の伸びた尊師は、思ったより背が高かった。骨格もやはり頑丈に見えた。

なぜだかわからないが、私はそのことに小さな誇りを感じた。

手記は、そこでやや唐突に終わっていた。

「……どうだ。何を思う」

佐藤が僕を見ている。自分は今から、妙なことを言うだろうと思った。

「この手記に出てくる、石釜の白いものは」言いながら、自分の言葉を止めようと思えなかった。

「プリマ・マテリアだと思います」

そんなはずがないのに、そう言っていた。なぜだろう。発作的に、そう言いたくなったのだろうか。

佐藤が瞬きをした。一度、二度。

「そうか」佐藤が言う。とてもゆっくり。

「私もそう思う」

あなたはそうだろう、とは言わなかった。

「……調べてみると、たとえば確かにその頃、ユダヤ人狩りが行われている。ヨーロッパのある地域で、この『盲人競技』が開かれていた記録もある。訳される度に変容していった可能性はあるが、大枠は本当に、エテカという人物が書いたとみて間違いない。……記録によれば、このエテカという人物は四度戦争に行き四度目に死んだ。彼の一族も離散し消滅している。……彼は錬金術師が死んだ現実に打ちのめされるのではなく、すぐ残された作業場に行くべきだった。石釜を開けば、恐らくそこに白い濁りが再びあったのではないかと私は推測する。……正確に言えば、それは釜になければならないし、プリマ・マテリアでなくてはならない」

妙な言い方だった。

「この文章を日本語に訳した男は、君に興味があるらしい。君を主人公に何か書くかもしれないな。自分という存在が記録されるのを読んでみたくないか」

どう言えばいいかわからず、僕は黙った。

このテーブルの上の手記は、佐藤の内面と呼応しているはずだった。山本は佐藤を占いで自殺させろと言う。不可能だが、試みるなら内面を知る必要はある。

「他も読むか？」

先に言われた。

「はい」

「持ち帰れ。コピーだからくれてやってもいい」

佐藤が立ち上がる。

「このような超自然的と称されるものは、昔は科学と同義だったがやがて科学から分かれた。でも私は、これらはまた科学と一つになると思っている」

近づいてくる。何だろう。

「私は、超自然を超自然として信じているのではない。そう見えるかもしれないが違う。……私はこれらは全て、物理学と矛盾しないと思っている。あれを見せてくれ」

「……何ですか」

「君が以前私を占った、君がオリジナルと称したあのタロットだ」

星や月程度の通常のタロットではない、最新の宇宙理論や物理学が考慮されたタロット。発狂した物理学者がつくったものとされ、元々は英子氏から受け取っていた。僕は手渡す。カードの裏の模様は点の集合で、素粒子を表している。

「んん、……なるほど」

佐藤がケースから出し、カードを持ったまま広げる。

「あの時もそう思ったんだが、……私は」

佐藤が静かに言う。

「このカードをつくった人間を知っている」

「……誰ですか」

思わず聞く。だが佐藤は黙った。

彼はいつまでもカードを眺めている。加湿器の煙が不意にやんだ。

「……これを私に貸すことは？」

そう聞かれ、承諾する。断る理由もない。

佐藤はカードを眺めたまま動かない。

帰る時と気づき、席を立った。

綴じられた他の手記を手に、秘書に連れられ車の後部座席に乗る。排気ガスの帯が広がる空の向こうに、幾つか星が出ていた。

「……どれくらい、佐藤氏のもとに?」

「二十年です」秘書がハンドルを握り、前を向いたまま言う。佐藤は以前、この秘書は人を殺していると言った。

「でも私の勤続年数など、占えばわかるのでは」

「そうですが、……聞いた方が早いので」

僕は笑みを含ませ言ったが、彼は笑わなかった。なぜ占わず聞くのかと、本当に疑問に思っているのかもしれない。

「……彼のどこに惹かれて?」

「惹かれる?」

「二十年もいるには理由がいります」

「理由……」彼は質問自体を不思議がっている。

「もちろん、尊敬していますよ。力のある方だ。でも、これが自然だったからとしか言えないです」

「考えたりしないですか」

「考える？」

「たとえば別の人生を」

彼がミラー越しに僕に目を向ける。全く意味のわからない質問をする、気味の悪い人間でも見るように。

僕の正体が佐藤にばれた時、実際に僕を殺すのは名前も知らない彼かもしれない。ハンドルを握る彼の二つの手を眺める。佐藤が以前言っていた、自分をいつか殺すために存在している何か。僕にとって、それは彼のこの手だろうか。殺す時、彼も彼の手も無表情に違いない。そしてすぐ忘れるのだ。


〈賭博者〉


客が溢れている。

時々、理由なくこうなることがある。社会の、不定期な欲望の動きかもしれない。人々が不意に、賭博的になる時。今日はよく月が見えた。目の前のタートルネックの男が、「ヒット」と呟く。

ブラックジャックのテーブル。ディーラーと対決し、出たカードの合計が21に近い方が勝ちというギャンブル。「ヒット」はカードを要求することで、僕は彼にもう1枚配った。

21をオーバーすると、自動的に負けになる。要求したカードで合計が24になり、彼は負けた。この男は、負けるために来ているように見える。恐らく、本人も薄々気づいている。

もっとシンプルな客もいる。たとえば隣のルーレット台から、動こうとしない柄ネクタイの男。

初来店の時、僕とは別のスタッフがわざと彼を勝たせ、彼の脳裏に強い感覚を植え付けていた。勝つか負けるかわからない、不確定な未知の領域に向かって賭け、その行為に勝利が訪れる時、自分が何者かに承認されたような感覚に包まれる。労力なく金も得られ、それが連続すると自分が現実からも突き抜けた高揚感に満たされていく。中毒の発生。

客の脳にその快楽を刻む時、実感の手応えを覚えることがある。彼らを手に入れた瞬間。彼らはまた来ると、強く確信する瞬間。快楽を覚えた脳は反復を求める。繰り返す。いつまでも。

今、柄ネクタイは酷く負けている。今日の負けで、前回の勝利の全てを失うはずだった。でも彼は終わらない。快楽の再現欲求に復讐心が加わり、終わることができない。強烈な敗北は時に脳内に固着し、強烈さゆえに、脳がその反復を求めることさえある。賭博の大半は運で、能力や努力を超え金を得ることができる。平等とも言えるかもしれない。努力して何かを達成する感覚と似た快楽を、賭博の勝利で得ることもできる。テレビゲームなどのクリアも、意外と近いかもしれない。

競馬もパチンコもルーレットも、人は主体的に馬や台や数字を選び、賭けているが、その対象が作りだす幸運と不運の支配下に入る。快楽と絶望に振り回されていく。賭場に嵌る人間は、性的／精神的にマゾ的属性を持つ者が多いと僕は思う。

当然人間はシンプルでないから、性的にサド的な属性を持っているため、逆にいきたい欲求から賭博ではマゾになるケースもあるかもしれない。

だが基本的に、ここに来る人間達は圧倒的なものによって我を忘れ、コントロールされたがっているように見えてならなかった。

60万を30分で負けたタートルネックが、よろめきながら立ちトイレに行く。彼の賭け方は、やはり今日も一貫性がなかった。何か罪悪感を抱えているのかもしれない。自分を罰するように、彼は賭けて負けている。時々そういう客がいる。

他にも、自分にはやはり運がないと確認するために金を賭け、負けて安堵しているように見える客もたまにいる。自分の人生が上手くいかないのを、全て運であると思いたいためかもしれない。もしくは過去に自分が犯した何かの致命的な過失を、運によるものだったと確認するような。

あるいは無理な賭けをする時、人は「かなりの幸運の訪れ」という架空性を求めていることもある。味気ない現実を、なぎ倒してくれるフィクションのような現象の発生を。その激しさを。

しかしポーカー、特にプレイヤーに2枚のカードのみが配られるテキサス・ホールデム形式のポーカーは、他のギャンブルと異なる。同じカードを使うバカラやブラックジャックより、むしろ麻雀に近い。

当然運が左右するが、ゲーム性が強く、プロと素人の差は歴然としている。さらに近年では、将棋やチェスと同様、AIにプロが敗け始めている。

店側と対戦するのではなく、客同士で戦うのも大きな違いだった。ポーカーの賭博にはマゾ的属性でなく、サド的属性が関係するように思えてならない。

たとえば、この常連客の痩せた男。

長く彼を見ているからわかるが、彼は今、とても強い役が成立している。ボードに出され全員に共有されているカードは〈♡7〉〈◇7〉〈♣8〉。彼の様子から推測するに、彼の手持ちは〈7〉〈8〉、つまりフルハウスと思われた。

ここからさらに2枚カードが出されるが、このケースでフルハウスより強い役が成立するのはまずないと言っていい。

最も強い役を成立させていると確信している時、彼は毎回スロープレイになる。スロープレイとは、自分からは大きく賭けず、相手を誘い込むやり方を言う。

ここで大きく賭けると、他の者達が賭けずに降りてしまうかもしれない。だからあえて賭けない。他の者が賭けた分だけ自分も賭ける。これを弱さと判断した他のプレイヤー達は、強気に賭け金を上げていく。

でもそれは罠なのだった。他のプレイヤーがもう後戻りの利かない額を賭けた頃、最後のアクションで彼は大きく賭ける。他のプレイヤーは事の次第に気づいても、既に降りても手遅れの状況に追い込まれている。彼はこのスロープレイを楽しんでいる。

自分が勝つことがほぼ決まっている状態で、他のプレイヤーの欲望を誘い、翻弄する感覚が得られる。自分だけは「安全」な場所にいるとも言え、その安全な場所から人々が――自分のスロープレイで――破滅するのを眺めるのだった。この時は明確に、相手を支配するサディズムの感覚が刺激される。痩せた男はいま無表情を保っている。だが彼の内面は酷く活性化されているはずだった。

勝つとわかっているということは、占いにより先の結果を知ることができた状態とも言える。自分は未来を知りながら、周囲を眺め、時にコントロールする快楽。実際には不可能なこの占いの感覚に最も近いものの一つが、このスロープレイだと僕は思う。他にもあるとすれば、〝イカサマ〟時のディーラー。

痩せた男が賭け金を乗せない、つまりパス（チェックという）をする。その行為を弱気と見た相手が80万を賭けた。痩せた男は同額を——参加するプレイヤー達の賭け金が全て同額になった時点で、次のカードが出される。相手が賭けた状態でパスをするとゲームから降りたことになり、これまで賭けた全てが取られる——賭けた。最後のカードが出され、痩せた男は再びチェック（パス）した。相手が２００万を賭ける。相手は痩せた男が降りると思っただろう。だが痩せた男は賭け金をここで初めて上げた。４００万。相手の手持ちの残りのチップ、その全額を要求する額だった。

相手は既に最初のアクションも含め３００万以上を賭けている。熱くなり、勢いもつき、もう降りられない。破れかぶれで痩せた男が賭けたと思い——というより、そう信じたくて——自分も同額を、つまり残りの全額を賭けた。それを見た瞬間、痩せた男の内面は、相手を破滅に引き入れた快楽に貫かれたはずだった。

互いのカードがめくられる。痩せた男はやはりフルハウスで勝利した。

負けた相手は動かない。硬直している彼のチップが全て、ディーラーの手で痩せた男のもとに運ばれていく。痩せた男の無表情は、ポーカーにおけるマナーだった。派手に喜んではいけない。恐らく、酒場での喧嘩防止のために生まれた自然ルールと思われる。

彼の瞳孔は明確に開いているに違いない。自らの下に集まって来る無数のチップは、相手の破壊された精神に見えているかもしれない。彼は恐らく、金のためにポーカーをしていない。実社会では相当な地位にいると思われた。

彼と同じように、スロープレイを特に楽しむ女性客もいた。彼女が男性客を破滅へ引き込んでいく時、それはどこか性的な行為にも感じられるのだった。

スロープレイをしている時の彼女は、被虐的な態度を取る。刺激された男達が群がり、彼女を攻撃するように金を賭け、彼女をゲームから降ろし彼女がこれまで賭けた分を奪おうとする。あるいは彼女を「屈服」させようと、もしくは負かすことで彼女から尊敬を得、「上」に立つため彼女と勝負しにいく。

だが最後、彼女は微笑みカードを見せ、彼らから全てを奪うのだった。

逆に挑発することもあった。口には出さず、表情で。彼女は「臆病者」と目で言う。この賭け金に乗れないなら、あなた達は大した男ではないとでもいうように。

大半の男は苦笑いをしゲームから降りるが、ごく稀に、わざと負けにいく男もいた。自分の手持ちの金を捧げ、崇めるように。もしくは屈服しにいくように。数秒間の神を欲するように。

「待ってるんだから、早く配って」

声が聞こえ、僕はブラックジャックのテーブルに向き直る。市井が座っていた。

「早く配って」

僕は驚きを顔に出さないように意識したが、遅かった。今もまだ、平静な表情をつくりきれていないかもしれない。

彼女を見つめたまま、カードを2枚配る。彼女がここにいる事実に、意識がまだついていけない。

〈◇7〉〈♣J《ジャック》〉。ブラックジャックでは絵札は全て10になるので、合計17。

「ヒット」彼女はそう、カードをもう1枚要求する言葉を出す。21に近い方が勝ちで、21をオーバーすると自動的に負けになる。だから彼女は〈4〉以下の数字を出さねばならず、普通ならこのまま勝負する。

「……ここは『ヒット』はせず、『ステイ』の方が」

「ヒット」彼女にもう一度言われ、カードを配った。〈♠4〉。合計21で、僕は17。彼女が勝った。

「……なぜ」僕が言うと、彼女が訝しげに目を向ける。

「私のどの行為に、なぜと聞いているのですか」

市井が仕草でカードを要求する。僕は配った。

「あなたは最初から、目的があって僕に近づいた」

〈♡J〉〈◇10〉。彼女の勝利。

「あなたが僕に相談した面接の会社に行きました。……でも三年前のことだった。あなたはなぜ三年前の、もう済んだ面接の相談をしたのですか」

「聞かれる順番が予想と違いましたけど、……多分、あの面接が、私の転機の一つだったから」

　また彼女がカードを要求する。

「……転機？」

「はい。あるでしょう？　あの時もしこうだったら、という何か。……三年前、面接に、というか自分にも全然自信がなくて、面接そのものに飲まれて」

〈♡8〉〈♢5〉〈♣6〉。彼女の勝利。

「だからもし、受ける前に占いにでも行っていたら、どうだったんだろうって。……少し興味が湧いたんです。それであなたに、当時の自分になって相談してみた。そしたらいいカードを出されて励まされたから、……驚いた」

　僕はカードを配る手を止めた。

「当時の私があなたを知っていて、相談していたら、勢いを得て受かっていたかもしれない。あの占いの後、そんな風にも思いました。そうしたら、私の人生はどうなっていたんだろうって」

「……でも」僕は言う。余計なことかもしれない。「あの会社は、そんなにいい会社に思えないです」

「そうですか?」

「はい。……わからないですが」

彼女がまたカードを要求し、配った。彼女の勝利。彼女はこの7分で12万を勝っている。

「……母親の話は?」

「え?」

「金髪にしたら、怒鳴られたと」

「ああ、私はそんなことも話したんですね」

背後で歓声が上がる。ルーレットで、何か大きな動きがあったらしい。

「それも本当です。……でも、本当に聞きたいことは別ですよね? 教えましょうか?」

僕は黙った。

「あなたから盗んだものは、もう全部、第三者に渡してしまっています。私は持ってない。誰に、と聞くでしょうけど答えない」

カードを配る。また彼女が勝った。

「あなたが私をここで捕まえても、私は大声を出します。あなたは性格的に私を力ずくで拷問したりもできない。だからあなたはたとえ私を見つけても、実は何も解決できないの。……そうでしょう？　一つだけ方法があるとしたら、私を好きになった振りをして精神に入り込んで言わせることで、それをあなたはやりそうで、というかもう既にあなたは、最初の質問で私の内面に関心のある振りをした、……でも私は乗らない。だからどのみち不可能です」

ばれている。

「なら」

「ならなぜ姿を見せたのか、……取引をしたいからです」市井が封筒を出した。

「この場所に行って。そうすれば、私はあなたに全部話します」

僕は封筒を開ける。長方形の紙に、日付と時間、住所だけが書かれている。

「一日だけここのディーラーになって、……他の全ての人間にわからないように、竹下という人物を勝たせて欲しいんです」

似た依頼は実は時々ある。でも当然、いい予感がしない。

「やるのはポーカー。使われるトランプの種類はこれです」

市販されている、よくあるものだった。

「神田というディーラーが派遣されることになってますが、あなたはその神田と名乗ることになります。そうすれば全て通ることになってます」

「僕がこれをしても、あなたが全てを教えてくれる保証はない」

「はい。でもあなたに選択肢はない」

彼女が席を立つ。

「私の名前、覚えました？」

「え？」

「苗字だけしか、覚えてなかったでしょ？」

僕は一瞬黙る。

「そんなことない。紗奈さんでしょう」

「やっと覚えたみたいですね」

彼女が背を向ける。彼女をわざと勝たせていた。精神を乱そうとしたが、上手くいかない。本来動くべき彼女の精神が、この世界への期待のようなものが、動いていない印象を受ける。賭博に興味がないわけではないはずだった。ブラックジャックのルールを知り、賭け方も様になっていた。

スタッフが彼女を換金カウンターに促す。15万を超えている。

「……また来てください。これ」

後を追い、カードを渡す。

「会員証。10パーセントオフです」

僕が笑って言うと、彼女も笑って受け取った。

「こんな時にも営業するなんて」

会員証なんてない。それはＧＰＳだ。

電気を消し忘れていた部屋に戻る。一瞬躊躇したが、ドアに挟んでいた糸の位置もそのままで、誰かが入った形跡は見当たらない。シャワーを浴び、見始めたデスクトップの画面から目を外し、コーヒーを飲んだ。

開けたカーテンから幾つか星が見える。遥か古代から、人間達を見下ろし続けてきた星。淡々と、その位置を変えてきた星。自分の運勢を思う。木星が隠れ火星の位置が悪く、特に今は凶。何が起きてもおかしくない時。

人生の線の上に叩きつけられた、黒い絵の具のような無造作な時の訪れ。そう言えば今年は耐え忍ぶ相があり、注意すべきものに女とあった。苦い笑いが口元に浮かぶ。

僕はタロットカードをざっと切る。

３枚引く簡易占い。〈悪魔〉、続いて〈吊るされた男〉〈塔〉が出る。信じていないはずなのに、動揺する自分を感じた。〈悪魔〉は誘惑、抑圧された影。〈吊るされた男〉は試練、犠牲。〈塔〉は混乱、突然の破局などの意味。

僕はカードを戻し何度も切る。部屋の灯りを消し、テーブルの四隅のロウソクに火をつけた。並べ方はケルト十字。10枚。

カードの位置も意味を有する。図形が形成されていく。

その悩みの現在の状況を表す位置に、〈聖杯7〉が出る。空想、自分が作りだしたものに幻惑される意味のカード。

その悩みを困難にしていること、その障害を表す位置に〈剣5〉が出る。残酷さを表すカードだった。

意味がわからない。

その悩みの自分の表面的な心理を表す位置に、孤独や思索を表す〈隠者〉、深層心理を表す位置に〈剣キング〉が出る。どういうことだろう。〈剣キング〉にはサディズムの意味もある。

僕はカードを崩す。信じていないならやらなければいい。

だが気になり、順番的に、結論を表す10枚目のカードを出した。思わず笑ったことで息がかかり、ロウソクの火が囃《はや》すように揺れた。

佐藤から受け取っていた、別の手記の束を手にソファベッドに向かう。《一五八三年ヨーロッパ南部 魔女狩りの記録》とある。エテカという人物とは、また別の人物が書いたもの。

出ていたカードは〈剣8〉だった。意味の一つは〝事態のさらなる悪化〟。

〈手記――一五八三年ヨーロッパ南部　魔女狩りの記録〉

主よ。お言葉をお聞かせください。

それとも、もう、我々をお見捨てになったのでしょうか。主はモーセやアブラハムの時代、我々人間に常にお言葉をかけてくださっていた。その後は救い主、イエス様をお遣わしになり、数々の奇跡を我々に授けてくださった。

それとも、これが、真理でありましょうか。

全て「是」であり、何ひとつ、間違ってなどいないのでしょうか。全ては、私の精神の弱さでしょうか。

人体の焼ける臭いを、初めて経験しました。主よ。これが信仰の道であるなら、私はいくらでもあの臭いを嗅ぎましょう。地の果てまで旅をし、時に這いつくばってでも、あの臭いを鼻孔に吸い込み続けましょう。しかし、……本当なのでしょうか。未熟な私は確証が欲しいのです。

〝コ、……カ、カ〟

木に括《くく》られ、今から火を放たれんとする刹那、あの娘は何か声を出そうとし、できないでいた。恐怖で喉が詰まってしまったのか、呼吸さえ難しそうに見えました。

〝コ、コ〟

彼女は悪魔と性交し、魔術で人々に幻聴を聞かせたといいます。でも彼女をどう見ても、魔女には思えないのです。貧しい村の、色白で痩せた、素朴な印象の娘です。職業は縫子で、年老いた母と二人で暮らしている。

〝カ、……ア〟

確かに彼女は、針刺し師に刺されても血が出ませんでした。でも彼のあの針は不可解でなかったでしょうか。娘の皮膚に当たった刹那、引っ込んでいるとしか思えなかった。血が出るはずがない。

私の疑念を感じ取ったのか、リュール司祭が私に厳しい目をお向けになりました。布教の旅の過程で荒野に神の姿を見ようとし、目を見開き過ぎたため黄色く濁ったと噂される両目。

〝魔女を取り逃がすことが最も罪深きことだ〟

リュール司祭の声は、いつも厳粛に響きます。異端審問の任務に日々忙殺されている。

〝魔女は根絶やしにしなければならない〟

〝私は……〟

まだ見習いの修道士であり、リュール司祭の助手として遣わされたに過ぎない私は、言葉を選ばなければなりませんでした。選んだ言葉から、さらにまた言葉を選ばなければなりませんでした。

〝私はもちろん、あの女は魔女であると確信しております。しかしながら、……ここではなく、他所《よそ》の土地で〟言葉を選び続けました。〝万が一ですが〟

言葉は選ばれ過ぎ、言う言葉を失いました。私の中に生まれ外に出ようとする言葉を、私の臆病が無視し続けていた。いや、もしかしたら既に、言ってはならないことを口にしたかもしれない。

私は震えます。ですがリュール司祭は今度は私に温かな目を向けたのです。もう高齢ですが、私の父のようにです。

〝お前はまだ未熟なのだ。いずれわかる。魔女を根絶やしにする過程で、もしかしたら無実の者も出るだろう〟

彼があっさり認めたことに、驚きました。

〝しかし根絶やしにするには徹底しなければならない。多少の誤認は仕方ない。無実であるのに死んだ者は、天国で主が迎えてくださる。私達は疑わしき者を主のもとに送り、あとは主が選別してくださる。魔女は地獄へ。魔女でなかったものは天国へ〟

ならば、と思ったのです。ならばいま選別を、お言葉をくださいと。私達が見て知覚できる場所で、その正義の選別を行ってくださいと。でなければ、この世界に何の意味がありましょう。

〝ア、カ、神様〟

彼女はようやく、小さな声でそう言いました。目を見開きながら。

〝神様、……助けてください〟

見つめる群衆の一部が十字を切りました。魔女であるのに神の名を口にした冒瀆を、彼女の代わりに謝罪したのでしょう。しかし恐怖の中で懸命に振り絞り、ようやく出すことのできた彼女の言葉はとても切実ではなかったでしょうか。

主よ、畏れながら、あなたはあの声を、魔女として燃やされようとしている、素朴な縫子のあの声を聞いたはずなのです。この言葉にお応えにならないのなら、主はどのような地上の言葉にもお応えにならない。そうではないでしょうか。

ですから私はあの時、主が御身を現すと確信したのです。愚かな我々の頭上に。それを思い、畏れと興奮を覚えたのです。

なぜなら、私の中には、このような娘が火で焼かれる現実はなかったからです。そんなことは、あるはずのないことでした。薪が湿り火がつかないのだろうか。何か新証拠が出て、裁判官の口から刑の停止が発せられるのだろうか。旅芸人たちが見せる劇のように、間一髪で何か起こるに違いない。

しかし彼女は燃えたのです。信じられなかった。信じられなくても、しかしその光景は目の前に現れていることが、信じられなくても、しかしその光景は目の前で展開されていきます。彼女は驚きに目を見開き、再び言葉を失ったまま炎に包まれました。彼女はもがきますが木の柱に括られ動くことができない。その状態の彼女の服が急速に破れ落ち片方の白い乳房が見えた刹那、私は気を失った。でもそれは一瞬だったのです。私の背は倒れる前にリュール司祭に支えられていた。支えられていたというより、前に押された。

〝見るのだ〟

司祭は言います。娘は既に炎と煙に包まれ、焦げた首から上が断続的に見えるだけだった。

〝これで終わりではないのだから。これらの死体は、これらの現象は、今後のお前の人生の前に、これからも出現し続けるのだから〟

鼻孔に煙と臭いが入っていきます。恐らく中身まで全て焦げた彼女の頭部がお辞儀をするように、何かの加減で上下にカタカタ揺れていた。彼女の目鼻は既になく、黒くなったアゴと歯だけが強調されていた。

私は以前と別の人間になったと感じていました。私が認識していた世界も、以前とは別のものになったと思えるのです。

主よ。もし今、何かの事情で眼下を見ていらっしゃらなかったとしたら、これは私からの報告になります。しかし私には、あなたにお伝えする術がない。

燃やせば煙となり天に届くのでしょうか。しかし地上でいま無数の魔女が燃やされている。あれが届かないなら、私の貧弱な紙の煙など意味がない。

彼女の僅かな財産は没収されています。没収した財産から、彼女を燃やした薪代などが支払われているのです。彼女の家族は母親が一人いるだけでしたが、その母親は結果的に家を失い、放浪していると聞きました。

〝私の娘を燃やしたあの薪は〟

放浪に出る前、年老いた母は言ったそうです。

〝娘が支払ったことになるのですか。娘が長い年月、少しずつ貯めていたあのお金が、娘を燃やす薪のために使われたというのですか〟

そして彼女の顔は止まらない痙攣に襲われたといいます。この世界の全てを恨む顔だったと。

主よ。お言葉をお聞かせください。

南の町にペストが来た噂は、本当だったようです。魔女が各地で私刑に遭っています。ペストを呼んでいるのは彼ら、彼女らであると。あるいは全て彼ら、彼女らが作製した毒であると。

彼ら、彼女らは否認しながら息絶えていると聞きました。ですが、自らそう称する老人がいる報告を受けました。

〝町民達の手で拘束されています〟官吏が言います。彼は私達を手伝っている。リュール司祭は留守で、私達だけで行くことになりました。ペストが発生した町など行きたくない。でも報告を受けたら行かねばならない。

老人は薄汚れた小屋に監禁されていた。町民が交代で見張りに立っていました。

〝口から布を外す時、ご注意ください〟

見張りのみすぼらしい町民が、私と官吏に言いました。

〝外した瞬間、彼はペストを呼ぶのです。早くこいつを頑丈な牢屋に〟

小屋には窓もなく、私はランプを持ち中に入りました。官吏には外で待ってもらった。

顔に複数の殴られた痕のある、痩せた男の老人がいました。悪魔と通じていると思えませんが、自分が緊張しているのに気づきました。口を塞ぐ布は既に外れ、彼が不快な笑みを浮かべていたからです。

〝あなたがペストを呼んでいると報告を受けました。本当ですか〟

〝ああ。もちろん〟

暗がりの中で、私の持つランプの赤い灯りの角度が変わった。老人は唇の脇に、蛇の刺青を入れていました。異教徒。怯みました。どのような宗教だろうと。

〝私はこの町で虐げられていた〟老人が続けます。

〝長く長く、自分の親の顔も忘れるほど長く、人生の意味もわからなくなるほど長く、私はこの町で虐げられてきた……、だから〟

老人が私に近づこうとし、鎖の音と同時に止まる。繋がれている。

〝だから呪った。この町を〟

老人が笑いました。声を上げず、強い息を必死に漏らし続ける喉の使い方で。

〝そうしたら、黒い霧が発生した。長く長く祈った私の想いがようやく具現化した。ハ、ハウ、私は呼んだ。黒い霧を。こっちに来てくれと。早くこっちに来てくれと。おーい、おーいと。そうしたら、ハ、ハハウ、そうしたら〟

老人が目を見開く。

〝き、来たあ〟

ペストは確かに、辿ると予想されたルートを逸れていると思われた。急に向きを変え、この町に立ち寄ったかのように。

〝高い場所に連れていってくれ〟

〝……なぜ〟

〃見たいから。全てを見下ろせる場所に連れていってくれ。私はそこで見たい。町の者達が死に絶えるのを〃

私は冷静になろうとしました。見習いですが声に威厳まで響かせながら。背後に主よ、あなたのお姿まで浮かび上がらせる気持ちで。

〃では、ペストはあなたが発生させたのですか〃

〃わからない。でも発生したとき私は祈った。そうしたら来た！　カアブした、カアブ！　それは間違いない！〃

もしそうなら。嫉妬に似た疑念がよぎります。なぜペストの消滅を祈る私達の声は届かず、この老人の声は届くのか。

〃あなたは誰に祈ったのですか。あなた達の神か〃

〃神？〃

〃……悪魔？〃

私の言葉を一瞬不思議そうに聞いた老人は、また笑いました。しかし先程の空気を漏らす笑いでなく、もっと朗らかな声質。孫の冗談でも聞いたような。

〃どちらでもない。なぜお前達は祈りに別の対象を求めるのだ〃

意味がわかりませんでした。

〃ではあなたの唇の脇の蛇は何か。その刺青は。あなたの神は〃

〝ああこれか〟老人が腕を動かそうとし、鎖の音と同時にまた動きが止まった。

〝これはいつの間にかできていた〟

〝そんなことが〟

〝本当だ〟

確かにもう今更、彼が私に嘘をつく理由はない。

〝この町を呪い、ペストを呼び続けているとき突然この痣《あざ》が現れた。ペストがこの町に来たのはその翌日。これは招待の印であり到着の印〟

この老人をこのまま置けば私刑で殺される。でも連行しても殺される。

処置に迷った私は、彼に哀れみを感じたのか。いや違う。ただ私は、人間の死に責任を負うのを避けたかったのです。それに彼の言葉が本当なら、処刑すれば惨事になるかもしれない。ペストが彼の願いを聞いたなら、ペストは彼に親しみを感じている。彼を殺せば猛威が増す。

〝再び祈り、ペストを消すことはできませんか〟

私は言います。手を握れば効果的でしたが無理だった。もし彼が感染していたら。それに私は元々、人に触れるのがあまり好きではない。

〝呼んだのがあなたなら、少なくとも追い出すことができるはず。町の者達はあなたを見直すことになる。あなたは英雄に〟

〝若者よ〟老人は言いました。私を憐れむように。

〝お前は人間と社会と人生を知らな過ぎる〟

彼を連行しました。職務だからと、自分に言い聞かせていた。私はリュール司祭の助手。予測される判断に従わなければ。私は悪くない。

リュール司祭は私が連れてきた老人を激しく取り調べました。彼は老人を悪魔と呼び、老人は高らかに自身の力を誇り、この町にもペストを呼ぶと叫びました。

〝お前の息の根を止め、ペストと共に消滅させよう〟

〝愚か者め。私を燃やした時があの町が終わる時だ。この町も〟

老人が叫びます。笑いながら。

〝ハウ、ハ、ハハウ、お前達も死に絶えるといい！　私と共に！　ハ、ハ、道連れだ！〟

私は老人の言葉に時折恐怖を感じました。しかし部屋から出た司祭は不思議なことを言ったのです。

〝彼はとても嬉しそうだったな〟続けて微笑みます。

〝人生の最後に、あのような喜びを得られ彼は幸福だろう。これも神の慈悲だ〟

〝しかし〟私は意味がわからず困惑していました。

〝もし彼が本当にペストを呼べるなら、この町も危険ではないですか。嘘なら釈放になり何も問題ないのですが〟

〝何を言ってるんだ〟

そして私にとっては、もっと不思議なことを言ったのです。

〝釈放したら彼は悲しみのうちに死ぬ。そんな残酷なことができるはずがない〟

焼かれた時、確かに老人はとても嬉しそうで充実して見えた。木に括られたまま人々を罵倒し、この町はペストで死ぬと叫び続けた。見ている群衆も、彼が死ねばペストも死ぬと思い嬉しそうでした。

多くの見物人を当て込んだ出店が辺りに並び、地方から来た人々のための、土産物屋も賑わっていた。親にロザリオを買ってもらった子供が短く歓声を上げ走った。あの十字の意味を恐らくあの子供は知らない。ただキラキラして楽しいのだ。

彼は火がつけられた刹那、圧倒的な熱と煙に驚いた様子でした。予想より遥かに恐ろしい死であると、ようやく気づいたのかもしれません。

しかし——私は感心したのですが——彼は笑みを浮かべ、元の彼に戻りました。彼が受けた屈辱の長さが、そうさせたのだと思いました。体が焼ける痛みも全て、いずれこの町の人間全てが味わう痛みであると思い、逆に快楽に転化したとでもいうように。奇妙なことに、私は彼がそのように思いながら死ぬことに期待したのです。罵倒の途中、彼の声は急に息が吸い込まれたように途切れました。全身の激しい痙攣と同時に火が強くなり、動かなくなった。

〝見事だ〟

横で嘔吐している私に司祭が言います。

〝彼は充実した人生を歩んだ。羨望する〟


あの老人が死んでもペストは収まらなかった。我々が住む町を包囲するように、死者は増え続けた。

ある女が悪魔と性交し、魔術で村人を惑わせている。そう報告が入り、私達は出向きました。そこもペストが発生していましたが、リュール司祭に恐れる気配はなかった。


集落に着き、出迎えた村人に案内され狭い山道に入りました。村は荒廃していた。死体が辺りに放置され、霧のように動く蝿達が気だるく舞っていました。蝿にとって死体は食料です。こんなに食料があればとても食べきれぬし、もはや食料を探す発見の喜びも感じられないというように、肥満した蝿達の動きは緩慢に見えました。飽きた腐肉を義務で食している態度。

〝この先です。ここまででいいですか〟

村人は怯えていた。魔女に呪い殺されると言い続けていた。

このような場所が住処《すみか》なら本当の魔女かもしれない。私は腰袋の中で十字架を握りましたが、自分の行為に演技めいたものを感じました。なぜなら主よ、あなたの声が聞こえないからです。この十字架をいくら握っても、いや、そもそも私はあなたの声を聞いたことがない。

蔦に覆われた粗末な木の小屋でした。双子のように似た兵が無言でドアから押し入りました。私達も続けて入った。

四十歳ほどの長髪の女性が、小さな釜の前に座っていました。傍らには、死んで間もない子供と、涙を流し放心した、その子供の母親と見られる女がいた。

ペストかわからないが病で死にかけた子供を、母親が魔女の元に連れて行ったようでした。魔女の治療の途中、子供は力尽き死んだのだと。

〝まだ間に合う〟魔女は言いました。

〝まだこの子供の魂は辺りにある。間に合う〟

しかし司祭は魔女に向き直ります。

〝お前は悪魔と性交し人を惑わせている〟

〝子供の魂を呼び戻さなければ。静寂がいる。魂を戻すには〟

〝悪魔は女に化け男から精液を受け取り男に化けその精液を女に与える〟

〝魂を呼び戻さなければならない。間違えれば別の者の魂を入れてしまう〟

魔女は釜内の土色の液体を、死んだ子供の胸に注ぎました。

〝今が大事な時だ。まだ間に合う〟

〝お前は悪魔と〟

〝ならお前達がやれ！〟

魔女が突然叫びました。さっきとは、全く質の違う低い声で。

〝お前達がやれ。お前達のイエスは死者を蘇らせたのだろう。病人を治したのだろう。ならお前達がやれ。この子供を生き返らせろ、さあ、ほら〟

魔女は目を剝き、私達を見た。魔女の周囲には、蜂《はち》の死骸や干された果実、束ねられた草花の他に、膨大な書物がありました。驚くほどの量の書物が、辺り一面に積み上げられていた。

〝お前達がやれ。お前達は一体これまで何をしてきたのだ。こんな子供が死ぬ世界に何の意味がある？　意味のある世界にしなければならないだろう。お前達がこの子供を生き返らせろ。お前達には聖書を広めた責任があるのだから〟

私は後ずさりしました。魔女が座った姿勢から床を這い、司祭の祭服を下から摑みました。

〝生き返らせろ。ほら〟

〝連行しろ。主と聖霊の名にかけて〟

司祭の声と同時に、双子のような兵士が魔女の肩や腕を摑みました。傍で放心する母親と見られる女は動かなかった。

〝放せ。そもそもなぜお前達の神は、この惨劇を予言できないんだ〟

修道院に戻った夜、私は眠れず外に出ようとし、礼拝堂に灯りを見ました。リュール司祭が十字架の前で跪き、祈っていた。

私は胸を打たれていた。体の細い司祭の収まりのよい跪き方が、その姿勢があまりに相応《ふさわ》しいといいましょうか、美しく見えたのです。

私も祈りたくなった。司祭の邪魔をせぬよう背後に近づきました。跪こうとした刹那、彼の呟く祈りが耳に触れた。私は立ち止まりました。彼は感謝していたのです。先程の魔女が長髪だったことを。

〝素晴らしい外観でした。あれこそ魔女です。あの長髪……〟

司祭の肩と背中が震えていた。彼は笑い始めた。

〝……お前も跪いて感謝してくれ〟司祭は背後の私に言いました。

〝お前に話したことがあっただろうか？……私は荒野で、……神を待ったことがある〟

司祭は前を向いたままでした。声にはまだ笑いが含まれていた。

〝旅をした。……神の声を求める旅。世界は荒廃していた。人々は飢え、精神を病み、互いに憎み殺し合っていた。……ボロを纏った私は神の声を探しに行ったのだ。幾年も、幾年も、……放浪した末、荒野に辿り着いた〟

　小さな窓から、ぼやけた月の薄い光が微かに見えました。

〝私が期待したのはこういう光景だった。荒野で蹲り、祈っている私の所に一人の痩せた男が来る。私が顔を上げると、それがキリストであるという光景。そこでキリストは、私にはとても理解できない深淵なアクションをする。この世界の成り立ちの真理を示唆する何か。私はその意味を生涯考え続ける。……そんな光景が訪れるのを私は待った。やがて私は飢え、待ちながら死を意識した。主のお言葉に触れることができるなら命など惜しくない。自分の命を懸けた。命を懸け、主の出現とお言葉を待った。私の人生が、私の信仰が間違いでないのなら、いや間違いであったとしても、最後に主は何かを私に。……でも何も現れなかった。そこにあったのは僅かな空気の流れと、その動きで揺れる、まだらに生えた痩せた植物の細い緑葉だけだった。この荒廃した時代に主の声が聞こえないなら、一体我々はどうしたらいいのか。主が我々にお言葉をかけてくださった時代と、今は何がどう違うのか。私は泣いた。声を上げて泣いた。だが次第に……奇妙なことに気づいた〟

　司祭はまだ前を向いている。

〝幸福だったのだ。そんな風に泣いていることが。荒廃した時代に、人々を想い、神に助けを請い、その声を聞こうとし、叶わず泣いているその状態が気持ちよかった。……その時、私の干からびた唇から笑いが漏れた。ハ、ハハ、そうですか。私はそんなことを言っていた。なるほど、ああ、なるほど、ハハン、そういうことかと。……全てが主の恵みであったのだと。この絶望感とナルシシズム……、そうなのだ。私は自分の辛かった信仰の道の間中、その辛かった人生の間中、実はずっと満たされ気持ちがよかったことを思った。そういうことでしたかと、私は主にささやいていた。共犯者のように。……この世界の味わい方を、人間は完全に間違えていることに気がついた。神は我々に苦痛を与えてなどいなかった。我々がそれを勝手に苦痛と感じているだけで神に責任はない。私達は快と痛の認識を変えなければならない。なぜそもそも苦痛が苦痛なのか。なぜ悲しみが悲しみなのか。我々はそこから自由にならなければならない。自由の意味はこれだったのだと〟

私はただ司祭の痩せた背中を見ていた。窓からの月の光がなくなっていく。

〝思い返せば私は若い頃、このように神の前で絶望し、泣く自分を夢想したことがあった。あるいは、そのような神父の告白録でも読んだような。私は既にずっと昔から、それに快楽の予感を覚えていたことも思い出した。そしてこの魔女騒ぎだ。私は以前から、見えないものに対するフラストレーションがあった。神、精霊、悪魔、魔女。私だけではない。存在する、存在すると言われ続け、でも目に見えないことに対するフラストレーションを人類全体は感じ続けると、それを具現化するらしい。それなら存在させてやろうというように。どうやら我々にはそういう力があるようだ〟

リュール司祭は振り返りながら立ち上がり、私を見下ろしました。

〝明日は各地から連行された魔女が六人集まるそうだ。六人の火刑。壮観な眺めになる〟

見えた司祭の顔に私は驚きました。私に対する嫉妬が含まれていたから。

〝魔女狩りの正当性に悩む見習い神父という状態も、いいものだろう。今お前は、悩みながら悪くない気持ちでいるはずだ〟

私が唖然としていると、歩き出していた司祭は急に立ち止まった。再び私に顔を向けた。

〝もう一つお前にサービスできるかもしれない。信仰の苦しみをお前にやろう。迷いと懺悔。……今からあの魔女を尋問するといい。私はそういったことに興味はないから〟

〝私がですか？〟

〝悪魔と性交したかをしつこく聞き、彼女の服を脱がし、魔女の印をその体から見つけるのだ。見つからなければ彼女の全ての毛を剃るといい。どこかにあるはずだ。印には様々なタイプがある。執拗に探せ〟

私はその場で凝り固まっていました。

〝あの尋問部屋はどのような声も外部に漏れない。私は興味はないが、お前は女を見るとまだ苦しくなるだろう？……あの魔女の体に何をしても後で懺悔すればいい。後で懺悔する自分を主が許してくださることも計算し罪を犯すといい。そんな自分の醜さも全て主に曝け出した時、そこにも確かに快楽があるはずだ。人間存在の底の底を感じるといい〟

自分がどう尋問部屋に入ったか覚えていない。魔女は私を訝しげに眺めました。緊張で気が遠くなった。目の前に、村の娘が焼かれた時に見た白い乳房がちらついた。

〝悪魔と性交したというが、本当ですか〟

私の質問があまりに馬鹿げていたからだろう。魔女は黙りました。しかし私に罪はない。私の吐いた言葉は、無数の異端審問官が言い続けてきたものだから。〝悪魔と性交したか〟〝悪魔と性交したか〟そう彼らは世紀も跨ぎ永遠に言い続けているのだから。

〝お前が魔女なら体に印があるはずだ〟私は近づいた。

〝見せてくれ〟

魔女はただ私を見ていた。

〝見せなければ、私が〟体に高熱を感じました。彼女にさらに近づいた。腕を伸ばせば届くほどに。

〝私が、お前の衣服を〟

彼女の顔は美しく、白い首が面前にありました。私は彼女の腰巻に手をかけた。これは任務だ。私はそう思いながら、しかし手が震えその固い結びを解けなかった。女の体臭に蜜に似た香料と何かの花の匂いが混ざっていた。私は彼女の胸元に手をかけました。〝主よ〟私は呟いていた。〝この淫らな魔女をお許しください。この淫らな魔女を〟右手の小指の先が胸の膨らみに触れた気がした。その感触に意識が消えかかり、自分が何をしているのかわからないまま彼女の服を左右に引き裂こうとした時、彼女と至近距離で目が合いました。

彼女の目は聖職者を崇める目では当然なく、狂信的な聖職者を見る目ですらなく、山賊を見る目でした。

〝お前は臭い〟女が言いました。

〝息が荒い。臭いから離れろ〟

私は唖然としていた。彼女から離れ、気がつくと部屋からも出ていた。弾かれたように、もしかしたら飛び出したのかもしれない。

眩暈《めまい》を覚えながら、怒りに覆われていた。彼女の体に魔女の印があったと報告する自分を想像した。汚らわしいあの魔女は悪魔と性交し快楽を貪り、私のことまで誘惑したのだと。だが高潔な私は拒否したのだと。今すぐ火刑に処し全てを清めるべきと報告する真剣な顔の自分を想像した。

私はしかし、結局何も言わなかった。翌日になると屈辱は薄れ、また人間の命に責任を負うのを避けたくなったのです。魔女の印は見つけられず、尋問もできなかったとだけ報告した。私は全てをリュール司祭の判断に委ね逃げた。

報告する私を、司祭はつまらなそうに見ていました。屈辱を忘れてまで、あらゆる選択と悩みを避けて通る私を。

〝お前はどうやら、本物の生きた人間が好きではないようだ。……自分の頭の中にだけ存在する、抽象的な人間しか愛せないのだろう〟

司祭が言いました。声に同情が含まれていた。彼は何か勘違いをしているようでしたが、彼の言葉に私は言い返すことができなかった。

〝お前も神に向かい人々の幸福を祈る。その祈りは真剣ではあるのだろう。だがお前の念頭にあるのは誰かもわからない抽象的な人間であって、息を吐き言葉を出し、歯を剝いて笑う目に見える実際の人々ではない。お前は人間より神を愛し、神より神に祈る自分を愛している。結局自分しか愛していないのではないかね〟

処刑の日は風が強かった。六つの柱に、六人の男女が括りつけられている。

〝我々の土地で、これほど複数はない。さすがにこれは壮観だ〟

私の隣で、リュール司祭が言います。確かに壮観な眺めではありました。柱は均等の間隔で聳《そび》え立ち、括りつけられた彼らは見上げる観客達の前で荒い風に吹き曝されていた。髪や衣服が旗を思わせるほど激しく揺れ、同方向へなびいている。

〝悪魔と戦う実感を、想像ではなく、抽象論でも精神論でもなく、実際に、血肉の実体を持った対象として扱える喜びを……〟

六人の同時処刑に興奮する群衆が犇《ひし》めき合う中、私達の横を一人の老人が通り過ぎた。私は思わず声をかけた。

ペストを呼んだと言い、死んだあの老人と思ったのです。だが似ていたが違った。男は老人というよりまだ中年に近く、やや酔っていた。不思議そうに私を見る。彼の姿はみすぼらしく寒そうに見えた。

〝これを着てください。神のご加護がありますように〟

私は自分が羽織るガウンを男に渡した。

男は感激し涙ぐみ、私の前で跪いた。溺れた者に似た声で感謝の言葉を繰り返し、ガウンで体を包みやがて歩いていきました。

私の行いを見ていた数人が十字を切った。男が感謝のあまり私にしがみついたりせず、手に接吻などもしなかったことに私は安堵していた。私が雑な善行をしたのには要因があった。

お前は抽象的な人間しか愛せないと言われたため、違うと示したくて汚い人間を選び渡した面もあった。司祭に対し、あなたのような化物と違い、私はまともな人間であると示したかったという面も。

しかし一番の要因は、さっきの男がキリストだったのではと思ったからだった。キリストが私に、あの死んだ老人の姿を見せたのではないかと。もしそうなら理由があるはずでした。私は「善行」をし、彼を試したいと反射的に思っていた。

彼は過剰な感謝を見せた。私を喜ばせ、善行に酔う私の愚かさに付き合うことで、私自身に私という醜い存在を見せるかのように。でも私はそれに乗らなかった。彼がしがみついて接吻してきても、私は表情を変えず受け止めるつもりだった。

その程度か。思っていると男が振り返り、私は笑いそうになる。男は酔った男のままであり、鼻水まで垂らし既にガウンを汚していた。当然のことではあった。私達に劇的なことなど起こらない。もうわかっていたはずなのに。

柱の六人に火がつけられようとしている。我々が連行したあの魔女は、初め毅然とした態度で見物人達を見下ろしていた。だが火が近づくと顔中を引きつらせた。

彼女は神秘的な態度を見せず、意味深なことも言わず、やがて幼子に戻ったように泣き始めた。彼女の胸に微かに触れた、自分の右の小指の腹を私は意識していた。

これから神父として生きることになったとして、この小指の感触以上のものがそこにあるのだろうか。私は魔女の服を裂こうとした時、人生で最も高揚していたのではなかったか。神に祈る時、あのように興奮したことなどない。人間は善行に興奮せず道を外す時に興奮する。では……。

人間とは何だろう。

この小指の先ほどの感触も、神は我々に実感を与えることはない。だから教会も、豪華に厳かに造らねばならない。感じられないものを、私達は少しでも感じねばならないから。それが嘘であったとしてもだ。

〝今ほど教会の権威が強くなったことはないと言う者もいるがね、全く逆だ。これは教会の、キリスト教の断末魔なのだよ〟

リュール司祭が私の隣で言いました。私の「試み」など初めから見ていなかった。

〝まだ無意識的にだが、人々が神や教会を以前のように奇跡を起こす存在と感じなくなった結果、そんな自分達の感覚に抵抗するように、最後にこのような形で爆発したのだよ。……見ているといい。魔女狩りは突然終わる。自分達の信仰心を引き留めるようなこの暴発の後、ようやく人々は神に奇跡を期待しなくなる。聖書で神が奇跡を見せてからもう千五百年が過ぎた。まだ奇跡があると言い続けるのはこの辺りが限界なのだろう。しかし〟

司祭の声は微かに震えていた。我慢しようともしない喜びに。

〝見ろ。六人の人間達が今から焼け死のうとしている。この物語のような眺め、壮観な……、こんな現実を起こせるなど、まさに奇跡と思わないか。明日になればここで、一頭の馬が処刑されるそうだ。芸ができる馬は悪魔的だからと。素晴らしく狂気的で……、主よ〟

私はもう何も考えることができなかった。

〝この時代にいられることに感謝いたします。これから燃える者達は何と愚かな表情をしているのでしょう。苦痛を苦痛と受け止め、悲しみを悲しみと受け止めている。彼らは明日の馬と同じ反応をするのです〟

一斉に火がつき、彼らは勢いよく燃えました。魔女は一瞬で炎に隠れ、体は露わになる前に粗末な服と共に黒色にただれた。彼らの叫びが風の音に混ざりいつまでも続いている。火がついたことで無言になった私達の上空で。私は疲れていた。とても疲れていた。

肌寒くなり、男に与えたガウンを思い出していました。風邪を引けば、ペストに罹患しやすくなるかもしれない。

今日はとても冷える日でした。ひとまず暖が欲しい。

私は彼らを燃やす炎の側に、二、三歩と近づいた。

僕は手記をテーブルに置く。

以前読んだ錬金術にまつわる手記とは、また違っていた。

佐藤はこの話の何に引っかかり、訳までつくらせ保有しているのだろう。

一五八三年と言えば、『魔法の開示』が出版される少し前ではある。魔女狩りで針を刺し、血が出ないことで魔女と認定した行為、そのカラクリを暴いたと言われている。刺しても血が出ないのは、その針が引っ込む簡単な仕掛けによるものだと。

著者のレジナルド・スコットは、友人の奇術師、ジョン・コートールから手法を学んだという。魔女を作り出すフィクションを、奇術というフィクションの領域が暴いたことになる。

この本が結果的に、世界最古の手品の種明かし本になったとも言われるが、諸説ある。しかしこの本の出版後も魔女狩りは続いた。

魔女狩りはカトリック教会だけが行ったのでなく、実はプロテスタント教会も全く同様に魔女狩りを行っていたという。宗教改革者ルターも魔女を信じていた。

魔女狩りが終わり、キリスト教が奇跡を起こす存在としての権威を遂に失ったように見えた十八世紀、新たな奇跡を求めたヨーロッパでオカルトブームが起こる。ゲームだったタロットカードに、占いの要素が加わるのもその頃だった。

佐藤がこの物語に注目したのは、超自然の歴史に関するものだからだろうか。しかし次の手記——これはとても短い——は、さらに訳した意図がわからないものに見える。

《一九三三年 五月十日ナチス政権下広場の短い記録》とある。Kと記された女性によるもの。

〈手記——一九三三年 五月十日 ナチス政権下広場の短い記録〉

微かに曇った窓の外が、夜なのに明るく見えました。橙黄色《とうこうしょく》の灯りが、ぼんやりと。

……初めに思ったのは、奇麗だな、ということでした。

見てはいけない。母はそう言ったと記憶しています。大勢の学生達が、広場で本を燃やしていた。そうやって生まれた巨大な炎の中に、さらに本が次々投げ入れられていく。非ドイツ的、と判断された本達が。

窓の向こうでぼんやり揺れる橙黄色の炎と、そこに本を投げ入れていく、大勢の人々の手の動きを見ながら、お伽話のようだ、と私は思っていました。

遥か昔、教会で異端とされた本達が燃やされたことは、教科書で読み知っていた。そんな遠い昔のお伽話のようなことが、いま窓の向こうで実際に起こっているのだと。

あの場で演説していた背の低い男は、今思えばゲッベルスでした。ヒトラーの側近。手を動かしながら、何かを叫んでいた。

〝……ト、……ト、ト〟

演説は遠く、何を言っているか、窓を通してでは聞こえなかった。でも言葉の抑揚だけは伝わりました。

〝ト、……トト、ト……〟

彼は元々、売れないジャーナリストだったと母から聞きました。ヒトラーの下に入り今、彼は国民啓蒙・宣伝相として本を燃やしている。炎で顔を照らされながら、何かを言っている。

炎の中の膨大な本の束が、黒い影となって見えました。その本に関わった全ての者達の精神が、実存が、刻まれた言葉が燃え失われていく。あの時のゲッベルスの真剣な様子は、どこか幼児めいていた。

まだ少女だった当時の私は、当然政治のことはわかりませんでした。思想も、何も、わかりませんでした。

でもただ、彼らナチスの着ていた制服や掲げる旗などが、誰かの夢の結果のように感じていた。振り返っても、そのように思います。あの制服を着た大勢の人間達が、一斉に規則正しく手を挙げる。その光景は、人々の無意識の何かが、現実世界で具現化した結果ではなかったでしょうか。

ヒトラーだけの夢ではなかったはずです。ドイツ国民だけでもない、もっと大勢の人間達の潜在意識にあったものが具現化した時、あのような形になったのではと。

……今でも、そんな風に思うのです。

〝ト、……ト、トト〟

まだゲッベルスは何かを言っていた。あのとき私達は、ここから遠くへ離れるべきでした。人々の夢の集合の結果から、もしかしたら、私のものまで入っていたかもしれない、あの夢の結果から。

でも私達は、目の前に出現した光景を前に、ただ動けなかった。窓の向こうのお伽話のような炎を、ただ驚いて見ていただけだった。

手記はここで終わっている。

なぜ佐藤はこれも訳し、保有しているのか。ある歴史の現象を、夢や虚構の現実化として捉える面では、二つの手記は共通しているのかもしれない。どうだろう。

理由はわからない。僕に渡した意図も。

手記をテーブルに置き、再びデスクトップの画面に目を向けた。

市井のGPSの動き。佐藤にGPSをつけられた後、それは偽物だったが、使えると思い本物を購入していた。都内のホテルに彼女はいる。もう数時間動きがないから、恐らく眠ったのだろう。

地図上に現れる直線や曲線。市井は賭博場からホテルに向かう前、やや郊外にある小さな霊園に立ち寄っている。何だろう。


〈クラブ〝R〟〉

市井に渡された紙に記された住所は、住宅地の中にあった。日本風の古い屋敷を想像したが、高いコンクリートの塀に囲まれた、白く現代的な長方形の家だった。角の目立つインターフォンを押し、言われた通り神田と名乗ると門が開き、簡素な庭を通るとドアが開いた。

青いスーツを着た男がいた。彼は僕の全身を雑に眺めた。僕は既にディーラーとしてのタキシードを着、上にコートを羽織っている。無言で中に促され、直線の廊下を歩くと背後でドアが閉まった。

「念のため、言っておきますが」男が言う。まだ若そうだった。

「たとえばどこかで事件が発生する。それに関連した人間の足取りが、塀に囲まれたここで途絶えたとしますね。……そうすると、その事件は終わることになるんです」

言いながら、男は気だるい表情を変えない。

「この国には、所々、そういう場所がある。覚えておくといいです」

ドアが近づく。両開きのドア。

「ここで何を見ても、他言しないように」

男がドアを開ける。廊下と光度が違い過ぎ、目に負担を感じた。無数のロウソクが連なったような形の、巨大なシャンデリアが無造作に広間を人工的に照らしている。中央にグリーンのポーカーテーブルがあり、既にゲームが始まっていた。テキサス・ホールデム形式。

僕は平静さを意識する。テーブルに5人の男と1人の女がいる。空席が四つ。男は全員スーツやジャケットを着ているが、女は下着も含め上半身の服を着ていない。

「……オールイン」

その彼女は言い、手持ちの全てのチップを前に押し出した。

他の者達と比べ、彼女の残りのチップは僅かだった。まだ最初に2枚のカードが配られた段階。彼女は自分の身体を隠していなかった。

「竹下さん、……いいのですか」

テーブルの男の1人が彼女に言う。竹下。市井に言われ、僕が勝たせるはずだった相手。女だったのか。

どういうことだろう。僕は時間通りに着いていた。ゲームは30分後のはず。

竹下が言葉を発した男を睨む。睨まれた男は笑みを浮かべコールと言った。相手の賭け金と同額を賭ける意味。

他の者達も、全員がコールと言う。明らかに、全てを賭けた竹下を全員で負かそうとしている。全員がゲームに参加すれば、それだけ竹下が勝つ確率は低くなる。

最初の3枚のカードがテーブルに出される。

〈♠5〉〈♣Q《クイーン》〉〈◇2〉

竹下は既にオールインをし、全てを賭けている。もう何もアクションはしないしできない。端の男がチェックと言い、何も賭け金を乗せない意志を示す。

他の者達も全員がチェックと言う。つまりこれ以上賭け金を上げず、このまま最後のカードが出るまで見ようとしている。

やはり全員で竹下を負かそうとしている。彼女は不機嫌にテーブルの一点を見つめているが、でも自信がありそうに見える。手元の2枚はそれなりのカードだろう。

次にテーブルに出されたカードは〈♡4〉。全員がチェック。そして最後のカードは〈◇K《キング》〉。やはり全員がチェックした。

「ショウダウン」

ディーラーが言う。全員がカードを開示する。

竹下が持っていたのは〈♠K〉〈♡K〉。テーブルに出ているカードと合わせ、〈K〉のスリーカードが成立していた。彼女の口元が緩む。他の者達は全く役が揃っていないか、ワンペアしかいない。だが1人、やや遅れて自分のカードを開示した男がいた。〈◇3〉〈♡6〉。歓声が上がる。テーブルに出ているカードと合わせ、〈2〉〈3〉〈4〉〈5〉〈6〉のストレートが成立していた。

本来、手元のカードが〈◇3〉〈♡6〉なら数字も弱く、マークも合わず参加しない。だが全員で竹下を敗北させる意志のもとに参加したことで、いわゆる「クズ手」で勝利した。

「い、いや」

上半身の服を着ていない竹下を、背後に来た2人の男が立たせようとする。両方の腕をそれぞれ持たれ、引きずられていく。

「……待ってください」僕は言う。言うしかなかった。僕はこの竹下という女性を勝たせるために、正体を隠しここに来ている。

「状況を教えてください」

「……ん？　なぜ？」

さっきのスーツの男が僕を見る。

「まあ、そりゃそうですよ」テーブルの客の1人が言う。ゲーム中、竹下に睨まれていた男だった。「目の前でこんなの見せられたら、誰だって驚くじゃないですか」

客の何人かが短く笑う。

「えっと、つまりこういうことじゃないかな」客の男が続ける。

「僕も詳しく知らないけどね、彼女は恐らく緊急に金が必要で、主催者の彼らに借金してこのゲームに参加した。合ってるでしょう？……それで全部負けたんですよ。あなたが来る少し前に」

竹下が男を睨む。

「また彼女は金を借りようと、つまりチップを足そうとしたんだけど、このゲームではチップの追加は認められない。……でも彼女は切羽詰まってたみたいで、どうしても参加して勝たなければいけなかったみたいで。……ここにいる全員の了承があればチップの追加もいいってことになって、誰だっけ？　彼女が上を全部脱いだら参加していいって言ったのは」

客達が笑う。

「ちなみにあれですよ、少し前に1人男性も脱いでますからね。彼なんて全裸だった。誰も見てませんでしたけどね。彼も負けて引きずられていった」

「……彼女はどうなるんですか」

「え？　それは知らないよ」

スーツの男が僕に一歩近づき、やや大きな声で会話を引き取った。

「売ることになるでしょうね。それで我々から借りた金を返済してもらう。……その前にしかし、彼女にはもう逃げないように絶望してもらわないといけない。だから別室で縛り上げることになります。それで今日のお客様達が希望すれば、彼女を別室で楽しめるように」

最低の場所と言えた。しかしこういうことは珍しくない。

「幾らですか。彼女の借金は」

「400万です。利子を入れれば500万」

「僕が払います」

言いながら舌打ちを堪《こら》える。僕は隠居のため金を貯めている。払うことができてしまう。

　彼女を助けても市井が全て話す保証はないし、僕は全てを放り出してここを出ることもできた。自分に苛立ちを覚える。これは善でも優しさでもない。

　条件反射のようなものだった。僕のこういう行為を、自分自身への愛情の欠如と言ったのは英子氏だったか〝ディオニュソスの会〟の老人だったか。本心では自分も自分の隠居も重要視していないから、こうやって発作的に自分のものを他者に渡そうとする。自棄《やけ》の破滅願望のように。

「失礼ですが」

　笑みを浮かべどよめく客達を背後に、スーツの男が僕に言う。

「ディーラーという職業はそれほど高収入ではない。高収入である場合、逆に信用できないディーラーであるのを意味する。そうではないですか？　つまり〝イカサマ〟を」

「僕はディーラーを職業としていません。趣味です」

「趣味？　でもなぜあなたが彼女を？」

「実は好みでね。僕のものにする」

「なるほど。うーむ」スーツの男が客達に向き直る。

「いかがでしょう。私達はどちらでもいいのですが、皆さんが彼女を楽しめなくなる」

「いや、だって」さっきの客の男が再び言う。

「彼にあんなこと言われて、いや、俺はあの女とやりたいなんて言えないよ」

客達が笑う。

「まあ、実際最初に彼女を負かしたのは僕だから、ちょっと未練はあったりするけどね。いいよ僕はそれで」

他の客達も同意する。

「なるほど、……では新藤さんが彼女を買うことになりました」

押されたように、強く鼓動が鳴った。新藤は僕の名前だった。しかも表面的に名乗っている偽名でなく、隠している戸籍上の本名。

スーツの男が僕に近づき、すぐ側に立つ。僕は彼に顔を向けることができない。

「初めに言ったはずです。この場所で姿を消した人間は、それ以上捜索されない。つまりあなたは無事に帰れないかもしれない」

彼が囁く。喉が渇いていく。

「どういうことですか」

「今さら何を」男が僕の目を見る。

「あの女を〝イカサマ〟で勝たせるために来たんだろう？　占い師」

僕は表情を平静に保とうとしたが、もう意味はなかった。目の前ではゲームが続けられている。それを見ながら男が小声で僕に続ける。

「しかし我々も、手荒な真似はしたくない。だからこのまま追い返しても別にいいのですが、……ここは臨時の賭博場、賭博のルールに従うのはどうですか」

「……何が」

「次のゲームに参加してください。もちろんディーラーでなく客として」

逃げた方がいい。だが背後のドアの前に既に男が2人いる。廊下にもいるだろう。

ゲームでは残り2人になり、互いのオールインの勝負になっている。竹下に睨まれ、僕に話しかけた男が〈K〉と〈J〉のツーペアで太った男に負けていた。

「皆様お疲れ様です」スーツの男が言う。

「別室でドリンクをご用意しております」

既に負けた者達がいるのかもしれない。

「あなたには次のゲームに参加してもらう。……聞いたことがあるでしょう？　ここはクラブ〝R〟です」

鼓動が速くなっていく。〝R〟。業界によくある隠語。名は知っていた。似た会なら地下にいくつもあるが、その中で最悪な場所の一つ。

目の前でスーツの男達が動いている。ポーカーテーブルの上にイニシャルだけのネームプレートが置かれ、その前にチップが積まれていた。Sと書かれた場所に座らされる。手書きでなく印字だった。彼らは最初からこのつもりだったのだろうか。

でもなぜだろう。どういうことだろう。

僕はタキシードの蝶ネクタイを外し、白いシャツになる。逃げるには、周囲で動く人間達が多過ぎた。

名前の前にあるチップ量は、それぞれ違った。部屋にやって来たのはさっきとは別の者達だった。

斜め前の男は、日本でプロギャンブラーを名乗る見たことのある男だった。大した実績はないが自信に満ち、偉そうな男という印象を持っていた。殴られた痕があり、目の脇の痣から滲む血はまだ乾いていない。彼はよろめくように席についた。

正面に座った男を見て息を飲む。以前店に来て素人の振りをし、〈A〉のスリーカードでプロを負かした男だった。

その後彼は店に来ていない。彼はあの晩、620万を勝ち姿を消した。

僕の存在に気づいた男は無表情のまま、僕の目に自分の視線を当てた。

「……あの時」

「店をざっと見渡して、私の正体というか、意図を見抜く人間がいるとしたら、……この中ではあなただろうと思ったんだがね。でも私が〈A〉を2枚出した時、あなたまで驚いていたから失望しましたよ」

「あなたが負かしたプロの彼は、半年後に死にました」

「知っています」男は表情を動かさず、不自然なほど僕の目だけ見ていた。

「でも私の責任だろうか？　ポーカー。ランダムに出現するカードに、自分の全存在を賭けた彼の責任でしょう？　才能もないのにこのような恐ろしいカードの群れの中に入り、無事でいられるはずがない」

そう言い、視線を隣のギャンブラーに移す。「まあこの彼も、どうやら長くないようだけどね」

席が埋まっていく。ディーラーは気だるそうな、褐色の肌のアジア系の男だった。

「皆さん、ようこそお越しくださいました」

スーツの男が言う。

「ここにお集まりのお客様の半数は強制参加でありまして、……残りの半数はイカレた自主参加の方々です」

僕も含め、テーブル客の全員が笑う。ここで笑い、自主参加の振りをしなければ下に見られ、ゲームに影響する。それを瞬時に判断できる者達ばかりがいることになる。だが殴られた痕のあるギャンブラーまで笑った姿には、惨めさがあった。

「無理もありません。これほどのスリルはない。自らの全財産を賭けたゲームになる」

予想していたのに、鼓動が乱れていく。地下賭博では、こういう滅茶苦茶なゲームが稀にある。

「自己申告と違うじゃないか？　と思ってる方々もいるでしょうが、私達の情報力を甘く見ないでいただきたい。株や不動産等も全て含めチップ化させていただいています。黄色のチップは1枚10万、緑が……」

男が説明していく。鼓動が治まらず、これ以上の動揺は表情に出る。僕の目の前に6500万円分のチップが積まれている。なぜ知られているのだろう。隠居するために貯めていた全額。

目の前の、以前店に来てプロを破った男のチップは、ざっと見る限り8000万ほどだった。テーブルに置かれたネームプレートにはMとある。その隣のギャンブラーのチップは2000万ほど。

他の参加者には、1億や3億がいる。全員で10人。男が8人、女が2人。

驚いた瞬間、無表情を保った。気づかなかった。

女の片方が、店に来る常連客だった。相手を惹き込む、スロープレイを得意とする女性。

彼女は僕に気づかない振りをしている。なぜこんな場所に来ているのだろう。何かあったのか。彼女のチップは1500万ほどに見える。この中では少額で、大きい賭けになればすぐ失ってしまう。

「皆さんはもうルールはおわかりと思いますが、順番で、ＳＢ、ＢＢという役割が回ってきます。その時は、強制的にチップを賭けねばなりません。そうしなければ、自分にいいカードが来るまで全部フォールド、つまり降り続け、ゲームへの不参加を続けることが可能になってしまうので。……その額は、ＳＢが50万、ＢＢが１００万。それ以外に、全員に１ゲームごと10万円を頂きます。参加料、つまりアンティというやつです」

高額過ぎる。これではずっと降り続けても、10ゲームすれば自動的に２５０万を失う。

「チップが全てなくなったら、つまり全財産を失えば退場になります。誰か１人になるまで続ける、というわけではもちろんありません。でも半数、つまり残り５人になってから、初めてゲームから降りられる権利を与えられます。……それまでは降りられない。つまりいつも通りのやつです。全財産を賭け合っていただく」

スーツの男の声が芝居調になる。

「この広間の映像は記録されていることをご容赦ください。防犯の意味だけじゃなく、これを見たがり、楽しみにしている方々もいらっしゃいますので。だってそうではありませんか？　これまでの人生で培ってきたもの、その結果としての金を、これからの数分で全て失うかもしれないスリル。倍増、いや十倍にできるかもしれないスリル。

あらゆる賭博において、ここは最良で最悪な場所と言われている」

参加者の数人が笑う。

「……既に順番は決まっております」

僕はBBの番になっている。毎回の参加費の10万だけでなく、100万を強制的に賭けなければならない。

「では始めましょう」

不意に降りた静寂の中で、ディーラーがカードを何度も切った。

手早く、腕がいい。それぞれのプレイヤーに、投げ滑らせながら2枚ずつ配る。カードは全て正確に届いている。

僕は自分のカードを見る。通常なら自分のアクションの時に見るが、慣れていない振りをした。もうやるしか選択肢がなかった。

〈♡J〉〈♠J〉

無表情を保つ。状況は最悪だが、来たカードは中々いい。

こういうカードは滅多にない。もう勝って逃れるしか方法がない。僕は集中しようとする。ここは賭け金を上げるべきだった。

順番にアクションをしていく。初めのプレイヤーがフォールドをしゲームから降り、次の者が100万を、つまり既に僕が強制的に賭けさせられている額と同額を出す。

次の者がレイズ、つまり賭け金を上げる行為をし、３００万を賭けた。だが次の者がさらにそれを６００万に上げた。

　次の者はゲームから降りた。全員の賭け金が同額になった時点で、次のカードが出される。同額を出せない時は、これまで賭けた分を失い、ゲームから降りることになる。このままだと僕はゲームに参加するには、６００万と同額を賭けなければならない。プラス５００万。でも僕は既にＢＢとして１００万を賭けていて、〈Ｊ〉２枚はかなりいい。乗った方がいい。次の者は同額を賭けた。僕も賭けた方がいい。

「オールイン」

　目の前の男、Ｍが微かに笑みを浮かべそう言った。８０００万円分のチップ、その全てを前に出した。

　僕は息を飲む。テーブルの空気が張りつめる。

　ゲームに参加するには、彼と同額、８０００万円を賭けなければならない。

　ここで全員が降りれば、彼はプレイヤー達がこれまでに賭けた分、そして強制的に出されているＳＢの50万と僕であるＢＢの１００万、合計１７５０万円を手に入れることになる。

　僕の手持ちは６５００万で８０００万に足りないが、全額を賭けるオールインを選択すれば賭けることができる。その場合、僕が勝てば、Ｍは僕の賭けた６５００万円分だけ払えばいい。

まだカードは、これから5枚テーブルに出される。最初のこの時点で、しかもこのような賭けの場でいきなりオールインなど考えられない。

それだけいいカードなのか？〈A〉〈A〉か〈A〉〈K〉、〈K〉〈K〉か？あるいは何も揃っていないかもしれない。嘘で強気に賭け――ブラフという――ているのかもしれない。

だがそんなことができるだろうか？　この場面で？　いきなり全財産を？

誰も言葉を発しない。テーブルの場が張りつめている。

「……どうしました、皆さん」オールインをしたMが言う。

「これがポーカー。そうでしょう？」

Mの次のプレイヤーがゲームを降りる。

「勝負する人はいませんか？　ええ？」

恐らくここにいる全員が、いや無理矢理参加させられているという半数が、同じことを思っているはずだった。そもそもこのゲームはフェアなのかと。

さっきのディーラーのカードを扱う動きに、何も怪しい点はなかった。だがカードそのものに何か細工があるかもしれない。まだ手の内はわからない。このMが主催者側と繋がっていた場合、彼が勝つことになる。状況や情勢が見えない中、この勝負に乗ることなどできない。

それもMはわかっている。全てを見越した上でのオールインだった。

僕のアクションの番になる。〈J〉〈J〉。降りるには惜しい。いちかばちかか。いや、しかし……。

「んん？　悔しそうだ」Mが僕を見て言う。

「このケースで迷うなら、あなたの手は恐らく〈Q〉〈Q〉か〈J〉〈J〉」

驚きを顔に出さないように意識した。

「それなら普通、乗ってオールインではないですか？……面白い。乗りませんか。さあ」

Mの声が大きくなる。

「最高に痺れる。ほら！」

違う。彼は店に来たあの夜、プロプレイヤーを負かした後、勝負した人間全てに勝った男だった。賭博的快楽だけで動く人間ではない。意識の底で冷静に計算している。

僕の指がチップに伸びていた。僕は賭けたいと思っている。ここで勝てば、僕のチップは1億4000万を超えるのだ。

カードはこれから、ボードの中央にまず3枚、そして1枚ずつ合計5枚出される。その5枚を全員で共有し、役をつくる。カードが増える度、各プレイヤーは賭け金を乗せるか、ゲームを降りるかの判断をする。ゲームを降りればそれまで賭けた分は没収される。

Mの役を〈A〉〈A〉と仮定する。これから出される5枚で役が揃わなかった場合、〈J〉〈J〉の僕はMに負ける。

まず出される3枚で〈J〉が現れる確率、つまりこの段階でワンペアがスリーカードになる確率は、プレイヤーから見たポーカーの簡易計算で12%になる。つまり12%の確率で僕はMを上回る。しかしMにも〈A〉が出る12%の確率があるため、そうなれば僕はまず負ける。

僕はこれから〈J〉が出て、かつ〈A〉が出なければ勝てる。それ以外はほぼ全て負ける。勝つ確率は著しく低い。

でもMが〈A〉〈A〉と仮定してのことだった。全く揃っていない可能性もある。全ての状況を見て、彼は嘘（ブラフ）をついている可能性もある。

プレイヤーが半数になれば、全てのゲームをやめられる権利を得るとあのスーツの男は言った。10人のプレイヤー達の中で、丁度5番目の額を持っている男が約1億。ここで僕が勝ち手元が1億4000万以上になれば、他の5人がチップを全て失い消えるまで、ギリギリ粘れるかもしれない。これからの危ないゲームを続けることなく、この一回の賭けで助かるかもしれない。

僕はチップへの自分の手の動きを、今度は意識的に行う。賭けるかどうかの動きを振りでするのはマナー違反だが、さりげない自然な動きなら許される。

僕はチップにふれたが、賭けるのではなくただ手持ちぶさたのようにさわる。気配でMの反応を窺う。

「50秒です」

スーツの男が言う。僕はタイムバンクチップを1枚ディーラーに投げる。思考時間の延長を要求できる。手元に10枚。

この行為でMの反応を見る。やはり変化はない。当然ではあった。ポーカーに覚えのある人間はこの程度で反応しない。

僕は悩みながら、先のことも考える。

この時間を使い、Mの表情や僅かな筋肉の動き、チップのさわり方を記憶する。彼の役が本当に強かったか実は弱かったかがわかった時、現在の彼の全ての動作が癖——テルという——である可能性がある。

そして悩んでいる今の自分の表情や手の動きも記憶している。僕は今、右の親指で頬を何度か微かに掻いた。本当に悩んでいる時、つまりいい役を持ちながら悩んでいる時の自分は頬をこのように掻くことを周囲に見せる。この癖が使えそうなら、次は逆の時に使い利用する。

「最高だな。そう思わないか」Mが言う。「全てを賭ける。……これまで君がコツコツ貯めてきた6500万が、これからの3分で倍になる。もしくは全て消える」

このようにゲーム中に演説を始める時、おおむねそのプレイヤーはいい役が揃っているとされる。だが恐らくMはそんなことを知っているし、わざとやっている。強く見せることで、実際は弱いと思わせている。いや、そう思わせている振りをし、本当に弱い役しか持っていないかもしれない。裏の裏は表になる。わからない。

賭けたい。そう思う。鼓動が速くなっていく。でもMが主催者側と繋がっていたら。やはりそのことが脳裏にちらついた。

しかしそれでは、どのみち僕は勝てないことになる。いやもしかしたらゲーム中、ディーラーの指の動きやカードの傾向で〝イカサマ〟を見破れるかもしれない。証拠を押さえ他のプレイヤー達と抗議すれば、ゲームから逃げられる。

降りる。自分のカードに手をかける。〈J〉〈J〉。惜しい。もう最後まで、こういうカードは来ないかもしれない。

カードをそのまま前に押し出せばゲームから降りる――フォールドという――ことになる。BBの役だった僕は既に100万を賭けているからそれを失う。僕はカードに手を置き前に出そうとした。だが筋肉が引きつり動かない。

鼓動が速くなる。ここで勝てば倍になる。この災難からも逃れられる。たった一度のアクションで全て終わる。やはりやるべきだ。賭けるべきだ。

抵抗するように固まる腕を無理に動かし、僕はカードを前に出しゲームから降りた。その瞬間、腕の力が嫌になるほど抜け、同時に激しい後悔の念が湧く。だが自分の中に生まれるこの誘惑に勝たなければならない。ここでの勝負はまだ早い。だがまだ鼓動は乱れたままだった。

賭けていた2人が降りたが、600万に賭け金を上げていた男が、テーブルの中央を見たまま動きを止めていた。

五十代に見える、身なりのいい男だった。手元のチップは4000万円ほど。目を見開いたまま表情を硬直させている。

乗るのか？　全員が男を見る。この状況で？

「オールイン」男が言った瞬間、その身体から力が抜け、目が虚ろになる。Mのチップは8000万で彼は4000万。Mが負ければMは男が賭けた分の4000万を失うが、男が負ければ全額失う。

男の首筋は汗で濡れ、肩や指先が微かに震えている。次の者は降りた。男とMの一騎打ちになる。

「ショウダウン」ディーラーが言う。全員が息を飲んだように思った。男は〈♡A〉〈♡

K〉。かなり強い。だがMのカードは〈♠A〉〈♢A〉だった。

Mは本当に持っていた。ブラフ（嘘）ではなく。

「……まだわかりませんよ」

Mが勝利を確信した声で男を慰める。〈A〉〈K〉は強いが、〈A〉〈A〉には分が悪い。なぜならこれから出る5枚のカードで、たとえば〈K〉が2枚出なければほぼ勝てない。男は二つとも〈♡〉だが、テキサス・ホールデム形式のポーカーにおいて、同じマークが合計5枚揃う、つまりフラッシュの成立確率は約3％に過ぎない。数字が順に五つ並ぶストレートも約4・6％。

場がざわめく。初めの3枚がテーブルの中央に出される。

〈♢2〉〈♠9〉〈♠8〉。男がフラッシュなどになることはもうない。ここから残りの2枚が2枚とも〈K〉でないと負ける。だがそんな奇跡は通常ない。

「待ってくれ」

〈♡Q〉

彼の敗北が決まる。顔から比喩ではなく、本当に色が抜けていく。頬や額が奇妙に、ややまだらと言えるほど青白くなっていく。

彼は自分が一度前に出していた全てのチップを、元に戻そうとした。両手を伸ばし、チップの束を闇雲につかむ。男の指の間からチップがこぼれ、幾つかが転がる。男は身を乗り出し、猫背のような姿勢で全てをかき集めようとした。

「お願いだ。これは俺の金だけじゃないんだ」

背後に来ていた2人のスーツの男が彼を止める。力なくもがく彼を席から立たせ、引きずっていく。

「これには、娘に残した家も含まれてる。……随分昔に、田舎にやっと買った家。俺が、俺が唯一娘に残すことのできた」

最後の5枚目のカードが、もう意味はないが出された。〈♣J〉

僕は息を飲む。僕の手元は〈J〉〈J〉。

賭けていたら、Mに勝っていた。

自分の6500万円が、他の人間が賭けた分も含めれば、1億8000万以上になっていた。約二十年間貯めていた金が、一瞬で倍以上になっていた。

「それだけじゃない。この金には娘そのものまで含まれている」

僕はこのゲームをやり過ごすことができただけでなく、すぐ隠居することさえ可能だった。

オールインと言っていたら。ただ一言そう言っていたら1億以上が。無表情を意識しているが自信がない。呼吸がやや乱れていく。

叫ぶ男がドアの向こうに連れていかれる。だがMは彼の様子ではなく、僕をずっと見ていた。

「残念だったね」

彼の手元は8000万から1億3000万以上に増えている。溢れるチップを手に、Mが僕に笑みを見せた。

「……臆病者」

〈神〉

〈◇9〉〈♡2〉、〈♣J〉〈♡2〉、〈♠7〉〈◇4〉。手元に来るカードは弱いものばかりで、僕はゲームから降りるフォールドを繰り返す。最初の100万に加え、毎回の参加料などのため既に200万以上を失っている。何もしないまま。

僕はその間、プレイヤー達の癖を観察した。わざとしていることもあるため、しかし利用できるかわからない。さっきの男の敗北を目の当たりにし、場が慎重になっていた。賭けるチップも少額になっている。

店の常連客で、弱気の振りで相手を惹き込むスロープレイを楽しむ女性も、一度少額——といっても500万——を勝った。彼女はスロープレイをしていないが、着ていた上着を脱ぎ、胸を強調させた。

男は死に近づくと性欲が増すと言われている。戦地で性犯罪が多発する理由の一つ。全財産を賭けているここにいる人間達は、ある意味いま死に近いというか、極まった状態にある。集中力を途切れさせるのに、相手によるが恐らく効果がある。

斜め前のプロのギャンブラーも少額を勝った。彼は顔の血も乾き、やや自信を取り戻したように見える。口元に、相手を小馬鹿にする笑みが浮かんでいる。

一つわかったことがあった。使用されているカードから、恐らく全ての〈10〉が抜かれている。

休憩などに入るまで、だろうと思われる。ポーカーで数字が五つ連続で揃うストレートを成立させるには、必ず〈5〉か〈10〉のどちらかが必要になる。〈5〉は何度か出た。でも〈10〉がない。

プレイヤーの誰かが、やはり主催者側と繋がっていることになる。〈10〉がなければ数が後半のストレートは成立せず、それがわかるだけでかなり賭けやすい。

プロギャンブラーが300万を賭けた。僕は手元のカードを見る。

〈◇A〉〈◇9〉。微妙なカードだった。だが僕はさっきから何も賭けず、慎重なプレイヤーと思われている。ギャンブラーは恐らく気が大きくなり、やや調子に乗っている。彼はそれほどいいカードではないと考えた。ここで賭け、強い振りをし降ろせるかもしれない。

「レイズ」

僕はチップを置く。700万。

他の者達がフォールドしていく中、常連客のスロープレイを得意とする女性――テーブルのネームプレートにはYとある――が僕と同額を賭けた。プロギャンブラーはやや不服そうにプラス400万を乗せ、僕と彼女と同額の700万を賭ける。

予定と違う。でもこのカードなら勝てる可能性はある。

カードが出される。

〈◇2〉〈◇6〉〈◇7〉

僕は無表情を保つ。僕の手元と合わせ、フラッシュが成立している。同じフラッシュ同士なら、最も強いカードを持つ者が勝利となる。〈◇A〉を持つ僕になる。

喉や胸の辺りに、温かな温度が広がっていく。腕から指先にも。勝利を確信しながら僕は無表情を保ち続ける。整然と並ぶ〈◇〉のカードの並び。フラッシュは美しい。

プロギャンブラーが400万を賭けた。身体から漲《みなぎ》る意志、自信を奥に内包した目から、彼の役もフラッシュと推測する。

プロギャンブラーは僕を慎重なプレイヤーというより、さっきMのオールインに臆しゲームを降りたのを見、扱いやすい素人と判断していると感じた。

つまり素人の振りをし続ければ、彼を破産させられる。

僕は手元を〈K〉〈K〉か〈Q〉〈Q〉の振りをする。つまりフラッシュを恐れる振りをする。僕は〈K〉〈K〉であり、このまま負けたくないから、ここで相手を降ろすためわざと多い金を賭けるように見せる。僕はわざと微かな動揺を滲ませ1000万を賭けた。

常連客の女性Yが僕の賭け金に表情を固める。彼女が何を持っていても、ほぼ必ず僕が勝つ。味方をつくるため彼女を一瞬見る。「降りろ」。そう目で意思を伝えようとする。協力も呼びかけたつもりだった。何も合図は決めていない。一瞬の視線の交錯だが、彼女なら勘づくはず。

彼女はフォールドしゲームを降りた。長く違法賭博場に出入りし、様々な場を潜り抜けてきた彼女はやはり一瞬で全て気づいた。ギャンブラーは迷う仕草をわざと見せ、時間を使ったあと僕と同額を賭けた。

引き込んだ。首や肩が熱くなる。

彼の手持ちは恐らく〈◇K〉と〈◇〉の何かで、フラッシュが成立している。だが〈◇A〉を持つ僕のフラッシュの方が強い。

彼を奈落に誘っているのだと感じる。慎重に、丁寧に、彼をこちら側に続く直線を進ませて惹き込み、破滅へ誘導しているのだと。内面に笑みが広がっていく。ポーカーは釣りに似ている。誘い、待ち、釣り上げて殺す。

次のカードが出る。〈♣8〉

僕は動揺を顔の表面に微かにつくる。僕は〈K〉〈K〉か〈Q〉〈Q〉であると相手に思わせようとしているから、マークが揃うフラッシュだけでなく、このカードで数字が順に並ぶストレートの可能性が現れたから、動揺しなければならない。でも実際はストレートはフラッシュより弱く関係ない。

プロギャンブラーが僕をじっと見ている。僕は自分の動揺を隠す振りをする。不自然なほどの無表情をつくる。

「チェック」

だがギャンブラーは何も賭け金を乗せない選択をする。僕の様子をまず見ながら、自分の手がそれほど強くない振りもしようとしている。

「チェック」

僕も言う。僕はさっき大きく1000万を賭け、相手が乗ってきたことで恐怖を覚えた振りをする。

次のカードが出される。〈♡4〉

意味のない完璧なカード。ギャンブラーが600万を賭けた。彼は僕のオールインを誘っている。結局〈K〉〈K〉か〈Q〉〈Q〉のまま役がそれ以上進展せず、でもこれだけ既に賭けてしまったため、あとはオールインをして相手（ギャンブラー）をゲームから降ろすしかないという、追いつめられた形でのオールインを誘っている。素人のようなオールインを。

僕は無表情のまま時間を使い、迷いを示す。身体が熱くなり、首の裏から後頭部にかけ、温度が上昇し突き抜けていくようだった。彼の約3000万を全て奪い、破滅させる。僕だけが結末を知っている。知っている出来事が、僕の思う通りにこれから展開されていく。

「オールイン」僕は言い、自分のチップの全てを前に押し出した。

プロギャンブラーもオールインをし、すぐカードを——自分の勝利を確信している時、もったいぶってカードを出すのはマナー違反であるから——見せた。〈◇K〉〈◇J〉。予測通りだ。僕もすぐカードを見せる。〈◇A〉〈◇9〉勝利。自分の2枚のカードにふれそれを表に向ける瞬間、再び首筋から後頭部にかけ熱が走った。

裏をかき、相手を誘導し、勝利を知りながらここに導いた。僕は無表情を保ち、テーブルに広がった驚きの空気を感じ続ける。鮮やかな〈◇〉の並び。やはりフラッシュは美しい。

敗北したギャンブラーの表情が固まる。だが彼の反応は一瞬だった。すぐ無表情になる。

恐らく彼は僕のカードを見た瞬間、全てを悟ったと思われた。僕が素人の振りをし、後に引けない演技をし、結果誘導していたこと。自分が勝ったばかりであり、やや意識のエアポケットに入っていたことにより、僕が素人の振りをしている可能性を無視してしまったこと。調子に乗るのが自分の悪い癖であり、それが最も出てはいけないところで出たこと。

これがポーカーであること。

彼は取り乱しはしない。これまで様々なことを恐らく潜り抜けてきたはずだった。彼の口元には笑みが浮かんでいた。全財産を失っている。強がりの笑みとすぐわかった。だが僕はその強がりを尊重する。

スーツの男達が近づいた。だが彼は必要ないというように、自ら立とうとする。だが彼の表情が動揺で揺れた。

彼は立つことができなかった。腰と足の力が完全に抜けているのかもしれない。彼はテーブルに手を乗せもう一度立とうとするが、できない。

2人の男に肩を引かれ、男は立たされる。何か言おうとするが、男は声が出ていない。恐らく男はこう言おうとしている。もう少し時間があれば、自分で立てるし歩ける。だから今はやめてくれと。こんな無様な姿を曝させないでくれと。引きずられていく時、彼が一瞬僕を見た。お前を忘れないというように。次に会えば絶対に破滅させるというように。

僕は彼から視線を逸らし、手元にきたチップを積み上げる。約3800万円分のチップ。僕の手元が約1億になる。

まだ身体に熱の余韻を感じていた。プレイヤーが半数になれば、やめられる権利を得るとスーツの男は言った。

2人消えた。あと3人。

「……なるほどね」次のゲームが始まる中、Mが言う。僕を見ながら。

「何か見えたか？」

「……何がですか」

「彼を、……惹き込んでいる時」Mは笑ってはいなかった。

「何か、……たとえば、線のようなものというか」

BB以外がフォールドしすぐゲームが終わり、再びカードが配られる。僕はそれに意識を向け彼を無視した。

〈♠8〉〈♡8〉。微妙だった。

降りたくないが、勝負するほどじゃない。ひとまず300万を賭けると3人が同額を賭け、Mが800万に上げた。僕はコールし同額を賭ける。だが残りの3人も続いた。

5人が参加した。初めてだった。これだけ参加すれば、誰かは〈8〉より上のワンペアを持っている。出るカード次第ですぐ降りた方がいい。

テーブルの中央にカードが3枚出される。

〈♠5〉〈♡5〉〈♡7〉

難しい。Mが500万円を賭けた。

Mは僕を見ず、テーブルのどこかを見つめている。反応を見せようとしていない。

僕は判断を迷う。

現状、僕は手元の〈8〉のワンペアと、テーブルに出ている〈5〉のワンペアでツーペアになる。数字が5つ順に並ぶストレートの可能性も、マークが5枚揃うフラッシュの可能性も残されている。さっき3800万を勝っている。まだ乗るべきと判断した。

僕はMと同額、500万を賭ける。

だが賭けていた残りの3人も同額を賭けた。テーブルがざわつく。

今テーブルには、賭けられたチップの山が集められている。6600万。

勝利すれば、この全てを得る。

次のカードが出される。僕は無表情のまま息を飲む。〈♡6〉

僕の手元のカードは〈♠8〉〈♡8〉。テーブルに出され、全員で共有されるカードは〈♠5〉〈♡5〉〈♡7〉〈♡6〉。

次の最後のカードで〈♡4〉か〈♡9〉が出れば、数字が順に5つ並ぶストレートと、マークが揃うフラッシュが合わさるストレートフラッシュになる。

僕の勝利は確実になる。だがこの状況で〈♡4〉か〈♡9〉が出る確率は、ポーカーの簡易計算では4％になる。まずない。こういう場合、出て欲しいカードの数×2がおおよその％になる。

だがマークの関係ない〈4〉か〈9〉が出てストレートになる確率は16％あった。〈8〉が出てフルハウスになる確率は4％。〈5〉が出てフルハウスになる可能性は、僕より上のツーペアがいると考えられるため、確率から除外する。

ストレートなら勝つ確率は高くなり、いい形でのフルハウスならほぼ勝利できる。合計の確率は20％。5回に1回。

フラッシュになる確率は18％ある。だがこの状況で、僕以外の4人が誰も〈8〉より高い〈♡〉を持っていないとは考えられない。フラッシュが成立しても負ける。

Mが動いた。2000万を賭けた。

僕はさっき3800万を勝っている。ここで賭けて負けても、合計の負けは3300万で済む。済む？　何を言ってるのだろう？　感覚が麻痺している。だがもうこの場所は現実から遊離しているように思う。

承認を。手元のカードにふれた時、高校の教室の椅子の群れがよぎった。初めて複数の人間の前で、カードマジックを行った時。当時の僕は既に仮面をつけ気さくな人間である演技をし、周囲と馴染んでいた。

施設の誰かの前で、1対1で披露したことはあった。だがその時は教室にクラスメイトが12人いた。

複数の他人達の全ての視線が、僕の指に当たり続けていた。カードにふれる指が震えた。深く呼吸しても、治まらない。肝心なところで、カードは僕の指から滑り落ちた。

身体や気持ちが落ち着いたと思っても、指だけ遊離したようにそうなるのだった。僕の仮面を通り過ぎるように。落ちていくトランプが一瞬、母親の女性を占おうとして、弾かれた時に舞ったカードと重なった。

「まだ練習だから」僕は笑いで誤魔化し再びトランプにふれたが、指は震え続けた。調子に乗って人前で手品をするなんて、と思ったのか。単純にあがり症だったのか。何度試みても、見せる相手が2人以上になると指が震えた。

なぜだろう。複数の方が他人感が増すからだろうか。

自分は手品師になれないとはっきり自覚したわけではないが、薄々は感じていた。

何度目に失敗した時だったか、僕は学校の帰り道、やはりそうなのかと思っていた。やはり自分は、この人生において、上手くいかないのかと。あれほど練習し、上達したというのに、まさか人前でできないとは思わなかった。

上手くいく人間は、でもいるのだった。手品師として喝采される人間はいる。もしかしたら、自分より上手くない人間でも。だが自分は、これだけ練習したがなれないのかもしれない。こんな理由で。努力とは関係ない理由で。

君は凄い人間になる。施設の山倉は僕にそう言ったはずだった。あのとき僕の目の前に出現し、僕の将来を示したタロットカードの並びもそう言ったはずだった。

人生から弾かれている。まだわからないと思いながらも、そんな風に思った。誰かから、というより、この世界の摂理のようなものから、認められなかったような感覚。テーブルに出現しているカードの並び。〈♠5〉〈♡5〉〈♡7〉〈♡6〉。自分の持つ〈♠8〉〈♡8〉。承認を。そんな風に感じていた。何が出るか僕に知ることはできない。でも望むカードが今、出てくれるんじゃないだろうか。もし望むカードがいま出現してくれるなら、自分は世界の摂理のようなものから、認められたように感じるのではないだろうか。

ここにあるのは、寂しさだろうか。寂しいから、人は賭けるのか。

「コール」

僕はMと同じ2000万を賭けていた。賭けた瞬間、少しの後悔も湧かなかった。あるのは奇妙な、請うような期待だけだった。承認を。

1人が降り、残り2人はコールした。乗ってしまう瞬間がポーカーにはある。テーブルには1億4600万。もう現実感がない。もうここは現実を超えている。

「美しい」Mが言う。目の前のカードを見ながら。

「あらゆる可能性を持ったカードの並び。……ストレート、フラッシュ、フルハウス。しかも数字が低いから、自分が持つ役が最も強いのではと錯覚させられる。惑わされる。……今ここにいるのは、恐らく神だ」

Mはカードを見続けている。

「そうじゃないですか？　今から何が出現するかで、ここに賭けた私達の運命が変わる。人間が最も欲するのは神の贔屓である。私はそんな風に思いますよ」

それぞれのプレイヤーの前に積み上げられたチップ。その全財産。

「自分に……、自分にだけ……、今だけでもいい……、自分の側に。そう思う時が、あるでしょう？」

僕も目の前のカードに見入る。〈♠5〉〈♡5〉〈♡7〉〈♡6〉

「だが結果はもう、ディーラーの手に持たれているその順番で決まっている。でも本当にそうでしょうか？　私達が知らない領域で、今、ディーラーの持つカードの裏側が、目まぐるしくランダムに変わっているのかもしれない。時々、そんな風にも思う」

Mの声を聞きながら、全員がディーラーの手元を見ている。ディーラーもやや指に力が入ったように思った。カードが出される。ロウソクの束のような、強烈なシャンデリアの白い光の下で。

〈♣8〉

息を飲む。僕の手元は〈♠8〉〈♡8〉。

フルハウスの成立。

鼓動が激しくなる。呼吸が難しいほどに。

承認。この世界の摂理からの。そう思う自分が広がっていく。Mの言葉で言えば、神からの。

このフルハウスの確率は4％だった。

Mは無表情で〈♣8〉を見ていた。しばらく身体の動きを止めたあと、「チェック」と呟き何も賭けない選択を取った。

違う。彼は外したのではなく、たったいま役が成立したはずだ。恐らくストレート。だが僕のフルハウスの方が上位にある。フルハウスはフラッシュより上位にある。彼は弱い振りをし、誘っている。僕が乗せればもっと上に乗せてくる。

このままいけば、Mを破産させられる。

背中や肩が熱で再び貫かれるようだった。鼓動がさらに速くなる。全てを巻き上げる。この男から。

僕は既にさっき勝った分の大半、3300万を賭けている。手元は約7000万。この全てを賭ける。だがこのアクションでそうすれば、降りるプレイヤーが出てくる。全員賭けさせたい。完璧にやり全員を乗せれば、手に入る金は約3億だった。

僕は無表情を保ち続けるが、視界が霞んだ。シャンデリアの光を強く白く感じる。この光はこんなにも白かっただろうか。僕は喉を動かさずに深く息を吸う。まず全員を誘う金額は何か。

3000万、と判断する。Mは必ず乗るだろう。残りの2人は、元々のチップが約2億と3億。既に3000万以上賭けているから、乗るだろうと判断した。

僕が賭ければ、少なくともMは上げてくる。そこで僕は満を持してオールインをする。

僕は無言でチップを3000万円分前に出す。手元は約4000万。元々6500万だったから、ここからは、自分の本来の生きた金を使う領域になる。次の者がコールして同額を賭けた。

「レイズ」

次のプレイヤーが言った。これまでも発音が気になっていた。彼はアジア系に見えるが、英語が恐らくネイティブだ。

彼がチップの束を前に出す。1億。

望んでいた展開だった。だが微かな悪寒がする。空気の圧迫を彼から感じる。何だろうこれは。何だろう。

Mの順番になる。Mは無表情のままテーブルを見つめている。

その時気づいた。もしかしたら、1億に賭け金を上げた英語がネイティブ風の男を、僕は見たことがあるかもしれない。海外の映像で。ポーカー大会の中継で。

四十代後半ほどの年齢に見える。紺のジャケットにジーンズをはいている。つけている時計はここから見えない。全体的に高価な服だが、落ち着いている。

髪型が全く違うが、やはり見たことがある。確か彼は、ヨーロッパの何かの大会で優勝したのではなかったか。

ネームプレートにはUとある。だが本名かわからない。

「……なるほど」Mが笑みを浮かべて言う。

「神は相当性格が悪いらしい」

Mはそう言い、賭け金を1億に上げたUを見つめながら、カードを前に出した。フォールドし、ゲームから降りた。

僕の番になる。僕はここでオールインをし、フルハウスで勝利する。Mが降りたのは予想外だが、それでも約2億5000万を得る。もしあの男が〈5〉のフォーカードでさえなければ。

ありえるだろうか? テキサス・ホールデム形式のポーカーにおいて、フォーカードの成立確率は0・17%。1000回に1、2回。

だが理屈ではない。1000回に1回でも、確かに発生する。問題は、発生するのが今ここなのかどうかだった。

彼の手持ちが〈5〉〈5〉で〈5〉のフォーカードが成立していたなら、もう最初に3枚が出た時点で彼の勝利はほぼ決まっていたことになる。あらゆる可能性を見せていると感じた最初の〈♠5〉〈♡5〉〈♡7〉は、何をやっても敗北するのだという、人生の一形態のようになる。

期待させ裏切る。しかも結果僕は約二十年貯めていたものを愚かに全て失う。ある意味この少ないとは言えない金額は、それだけ人生への憎悪を示していた。背を向け長く隠居するためのものだから。

ポーカーには、正しい選択をし負けたなら仕方ない、という考え方がある。人生にも言えることのように。今オールインをするのはポーカー的には正しい。このフルハウスのオールインは負けても正しい。

それにもう僕は6000万以上賭けている。ここでフォールド、つまりゲームを降りればその全てを失う。手元は4000万を切る。

さっき勝った分に加え、元々持っていた金の2500万円分を失う。賭けないのはおかしい。わかっているのに、なぜだろう、自分のこれまでの人生の蓄積のようなものが、その全てが、この勝負を降りろと言っている。あの1億に賭け金を上げた得体の知れないUという男との、今の勝負を避けろと言っている。

理屈なら賭けるべきだ。でも直観のようなものが恐怖にまで高まっている。高額が動く単純な恐怖だろうか？　でもさっき臆病から〈J〉〈J〉でフォールドし、1億以上を得る機会を捨てたばかりだった。

乗らないのはおかしい。ここで乗らないなら、自分の人生はこの程度のまま終わるとすら思う。普段の思考回路ではない。それはわかっていた。でもどれが本来の自分の思考回路か、わからない。

目の前のカードの並び。〈♠5〉〈♡5〉〈♡7〉〈♡6〉〈♣8〉。視界が揺れる。僕の手元の〈♠8〉〈♡8〉。

〈♠8〉〈♡8〉〈♣8〉〈♠5〉〈♡5〉のフルハウスの成立。美しい並び。承認を得たあの感覚を捨てるのか？　ただの直観で？　鼓動が痛いほど速く、カードの並びがそれぞれの角からぼやけていく。

承認？　不意に思う。そんなものが必要だろうか？　自分の斜め上に、渦のようなものを感じた気がした。昔よく思い浮かべた渦。周囲の不快な人間や出来事の全てを、吸い込ませ消していた渦。

僕はゲームから降りるフォールドをしようとしている。でも「フォールド」の声が出ない。喉が詰まり、発声できない。本当に？　やはりそう感じている。2億5000万を得る機会を捨て6000万を失うのか？

でも自分は、この世界を信用していなかった。拒否される前に拒否すればいいと思うこともある。そうやって生きていたとも言えた。でもそれでは何もつかめない。不意に僕の指が、奇妙なほどの滑らかさでカードを前に弾いていた。フォールドの動作。ゲームから降りた。

僕は驚く。カードにはもう届かない。身体中の力が抜けていく。自分の意志でやったはずだった。なのに指が拒否し弾いたのだと感じていた。この世界からの恩恵のようなものを。

自分は今、何をしたのだろう。

次のプレイヤーがオールインをした。その瞬間、最初に1億に上げたUもオールインをする。

その動きが速い。やはりUは。

Uが自分のカードをめくる。

〈◇5〉〈♣5〉

フォーカード。別名クワッズ。

オールインをしていたら、僕は全てを失っていた。

あの時現れた〈♣8〉は、恩恵や承認ではなく――。

「グッド・フォールド」

フォーカードで勝利したUが呟くように言う。ネイティブの英語の発音で。

「あなたはストレート、あなたはフルハウス。そうでしょう？」

UがMと僕に英語で続けた。

「グッド・フォールド。理論じゃない。勘、本能、気配、人生からの声。……計算や頻度ばかりのポーカーはつまらない。こうでなくてはならない」

オールインで敗北した男は、Uのフォーカードに顔を引きつらせている。頬や耳に赤みが広がっているが、快楽に見えた。

全財産の約2億を失っている。そうであるのに、彼は怒りに震え、悔しがりながらも高揚しているように見えた。

「ご、5が4枚！　んああ、はあああ」

不意に言った。五十歳を超えて見える負けた男が、叫ぶように。彼は全財産を失った自分への僕達の視線まで、意識しているように見えた。負けたこの瞬間の全てを躊躇せず味わうために、彼は声を殺すことなくやや叫んだのではないかと感じた。

「ははあ！　あああははあ！」

表情は怒りに満ちながら、顔がさらに赤くなっていく。だがあの小刻みの震えは快楽に違いなかった。

「はああ！　あああ！」全財産が飛び、性的にまで満たされているのでは、と思う。彼が負けたカードをめくり、全員に見せる。自分の恥部のように。

似た客を以前見たことがあった。スーツの男達は彼に近づかない。彼のこの様子をこれまでに何度も見て、快楽の邪魔をしないようにしているのかもしれない。

〈♡A〉〈♡Q〉。〈A〉を持つ最も強いフラッシュ。確かに勝利を期待する。

「ははああ」

全員が、硬直したまま叫ぶ彼を黙ったまま見つめている。これまで何度も破産していると思われた。そういう人間はいる。かなり稼ぐが何度も破産する人間。恐らく彼の職業は投資家だろう。

彼は力が抜けた感じで動かなくなった。精を漏らしたかもしれない、とさえ思う。余韻に浸るような僅かな時間の後、不意に立ち上がり部屋から出ていった。急に冷静になった様子で。しかし歩き方や視線が、奇妙なほど真っ直ぐだった。

彼はあのまま、また何事もなかったように人生を続けるのだろうか。

彼はスロープレイをする女性Yに負けた方が、興奮しただろうか。彼の場合、そうではないようにも思う。対象は男女ですらないかもしれない。現象そのものかもしれない。

だがディーラーは何事もなかったようにカードを切る。

3人消えた。あと2人。

〈人間達〉

僕の手元はさっきので4000万を切っている。元々の金から2500万以上を失った。

僕の下の金額にはYがいるだけで、彼女が今1000万ほど。次に全財産を失いテーブルから消えるのは、僕か彼女のどちらかになる。

英語ネイティブの男Uは日系人だろうか。彼の手元は既に6億を超えている。

「そろそろ終わりですね。今回も素晴らしかった」

Yではない、もう1人の女性が言う。五十代ほどに見え、特別派手な身なりではないが、手元のチップは3億ほどだった。彼女はまだ一度も賭けていない。ただ見ていた。このテーブルの惨劇を。

「あなたとあなたがオールインをして、負けて合計5人消えて、終わりになる」

そう言い、僕とYのチップを見た。

「あなた達もこのまま終わるのは嫌でしょう。……こうしませんか。あなた達が負けて全財産を失ったら、私から3000万を融資して差し上げます」

融資。貸しであり、くれるとは言わなかった。

「その代わり……、負けた瞬間、私達の目の前で、スタッフの誰かに抱かれてくださらない？　それを私達は見物して、つまり敗者が抱かれるのを見物して、……その後、私の融資の3000万で再び裸のままテーブルに座る。それでまたゲームをするのです。そしてまた全額失えば、また私達の前で抱かれて3000万の融資を」

笑みも浮かべず、彼女はそう言った。

こめかみに痛みを感じた。もうここは現実から遊離している。

「あなた、男性との経験は？」

そう聞かれ、僕は首を横に振る。

「そう。なら私達からすれば、素晴らしい眺めになりますね。初めてって、いいわよ？」

思い出す。彼女も雑誌か何かで見たことがある。それと同じ人物なら、どこかの経営者のはずだった。二代目か三代目の。確か彼女の代で、事業を大幅に拡大し成功させた。

「別に、全財産を失ってからでなくてもいいのですよ。……今お貸ししても。そうしたらあなた達はもっと大きく賭けられる。もっと増やせる」

「必要ありません」僕は言う。

「全財産を失えば、消えますよ」

「私はお願いしたい」Ｙの声だった。

「全額を失ったら仰る通りにしますから、融資してください。でも」

「でも？」

「あなたも賭けてください。見ているだけでは本物の世界に入れませんよ。参加してください。そして全財産を失って、あなたも抱かれてみればいい」

言われた女性は笑みを浮かべた。母親のような笑み。

「あなたは何もわかっていない。この世界には、差というものがあるのです」

そう言い、自分のチップに指でふれた。

「持つ者と、持たない者の差です。……この差を飛び越えることができる者はごく僅か。多くの、何て言えばいいでしょうか、屍《しかばね》の中のほんの一部だけ」

もう一度微笑む。

「古代ローマのコロッセオで殺し合う奴隷剣士達の戦いに、王が参加するはずがないでしょう。つまり差とは、そもそも同じ土俵に立たないことも意味します」

Yは何も反応しなかった。この女性を挑発し、ゲームに引き込めればいいと考えたのかもしれない。特定のギャンブラーに見られる性質だった。Yは奇妙なほど腹が据わっている。もう手元は僅かしかないはずなのに。

「別に、1000万の融資でよければ、抱かれなくてもして差し上げますよ。それを元手に挽回できれば、その場で私に返せばいいだけですから」

順に回る強制チップのSBとBBが、100万と200万に上がる。何もしないだけでさらにチップが減っていく。

次のカードが出される。〈♣9〉〈◇8〉。僕はフォールドする。ストレートの可能性はあるが、このゲームは〈10〉が抜かれている。成立は難しい。

Yが近くの男と一騎打ちになり、オールインで勝ち手持ちのチップを倍増させた。

Yに負けた男は、我を失っているように見える。

恐らく彼女達の間で何か合図が――Yが最初に500万を彼から勝つ直前――あったのかもしれない。Yが、ここで負けてくれたら何でもしてあげるとでもいうような、請う表情でも男に見せたのかもしれない。

それで男は最初にわざと負けたが、恐らくYは勝った瞬間目配せすらせず、以後一度も男を見ないのだろう。店で似た場面を見たことがある。騙された相手は怒りを覚え、Yを倒そうと多少無理な手でも乗ってくるようになる。それでYにさらに負ける。単純な相手にしか通用しないが、確かにそういう男は時々いる。あのとき彼女が上着を脱いで胸を強調させたのは、男を余計怒らせるためだったかもしれない。

Yに負けた彼は、パーカーのフードを被りサングラスをするといった、いかにもポーカープレイヤーといった恰好をしていた。そうであるのに、彼は今のところYに負けたり、その他も少しずつ負け、特に何もしないまま手元のチップを大きく減らしている。Yはテーブルに座った瞬間、この中で誰が最も愚かかすぐ見極めたのかもしれない。

次のカードが来る。〈♣2〉〈◇7〉。戦えない。パーカーの男が賭け、Yがオールインする。僕はYに意味ありげな視線を一瞬送り、ゲームを降りる。いいカードだったが、君の勝負を邪魔しないため降りたという風に。本当は全然いいカードではないが、恩を売った振りをした。

Yがまた勝利する。額が４０００万になり、ほぼ僕と同額になる。パーカーの男は硬直したように動かない。

カードが来る。〈♡K〉〈♡9〉。まあまあだった。Mが５００万を賭け、僕とパーカーの男はコールと言い同額を賭けた。だがYがレイズし２０００万を出した。

協力するのではないのか？　僕はYを見ないまま考える。だが振り返れば、僕が一方的に協力を呼びかけているだけで、これまで彼女は僕に何もしていない。

2000万。今の全財産の約半分になる。〈♡K〉〈♡9〉では出せない。

さっきの恩を着せる演技がばれたのか。いや、彼女は元々、僕に協力などしないのかもしれない。

「レイズ」

不意に経営者の女性が言った。彼女が初めて賭けた。4000万。

Yの全額を要求する額。

Yは無表情を保っている。一度も賭けていなかった彼女が賭ける。それはもう〈A〉〈A〉か〈K〉〈K〉、〈A〉〈K〉しかない。

それとも、全て企みだろうか。見ることを楽しむ金持ちの女性を演じ、誰かを挑発し動揺させた後、こうやって賭ける。

この一度の行為で、これまでに回ってきたSBとBBの時に払った額と、参加料の全てを回収するつもりかもしれない。

このタイミングで彼女が賭ければ、さすがに乗れない。強いカードと考えるから、それを利用しているのかもしれない。

いや、本当に強いかもしれない。でも僕はどのみち、このカードで全財産は賭けられない。

僕も含め賭けた者達がいま全員降りれば、彼女は3500万以上を得る。参加料などを十分回収できる。

「どうです。参加しましたよ。当然乗るでしょう?」

だが彼女はYを挑発した。降ろそうとしていない。勝負させようとしている。

「差というものが、見られるかもしれませんよ」

脅して降ろすのか? いや、Yなら乗るかもしれない。乗ればYは全財産を失うかもしれない。

「レイズ」

だが英語ネイティブの男が言った。さらに賭け金を上げ、8000万のチップを前に出す。経営者の彼女が身体の動きを止めた。恐らく彼女も予想していない。

Mと僕はフォールドした。パーカーはコールし同額を賭けた。

Yが手元のカードを見つめる。恐らく。僕は思う。乗れば彼女は負ける。

「どうしました。乗るでしょう?……ほら、あなたを大好きなお隣の狂人は賭けてますよ。私も当然乗ります」

経営者の女性がパーカーの男を目で指しながら、Yに言う。

「ほら、私を負かすのではないですか?……大丈夫。負けても私が3000万を融資して差し上げますから。でもその時のお相手はそのパーカー男では駄目ですね。誰かが喜ぶのは見たくない。他の男に抱かれてもらう」

彼女がYに語り続ける。

「賭けるといい。ほら。そして全財産を失いなさい。私の手元は3億ですけど、これは全財産ではありません。わざと他人名義にしてるものが大半ですから。本当の資産は……、そうですね、1200億程度でしょうか。お前みたいな者が生涯かけても到達できない領域」

彼女の声がやや湿っていく。

「ほら、私の融資を受けて、今から全財産を賭ける合計を4000万から7000万、いや、二度分の融資を受けて1億にしてみたらどうでしょう？　勝てば4億になる。私に6000万を返しても手元に3億4000万残る。最初のあなたの資産は1500万。約二十二倍。どう？　勝負なさってみたら。その代わり」

Yは自分のカードを見たまま硬直し続けている。

「負ければあなたは全財産を失った上で、6000万の借金を背負う。まずここで皆の前で抱かれ、あなたの恥ずかしい声や身体や仕草の全てを見られ絶望してから、私の所有物になりなさい。……もっと面白い景色を見せてあげる」

Yは同じ姿勢のまま動かない。感心するほどの無表情だが、歯に微かに力が入っているのがわかる。

力を入れたまま、指でカードを前に出しゲームを降りた。経営者の彼女がため息を吐く。

「残念。……でも今の感覚を、覚えておいた方がいいかもしれないですね。僅かな金を惜しむ者と、それをちょっとしたお菓子程度にしか思わない者の差です」

Yは降りたことで、賭けた2000万を失った。

「……でもまだね」経営者の彼女が続ける。

「この生意気な子がレイズしている」

彼女は英語ネイティブのUに視線を向けている。同じくコールしているパーカーの男は見ていない。パーカーの男は恐らく、Yが賭けたから狂気的に賭けている。だがYが降り、巻き添えを受けている。

彼女は宣言通りコールした。テーブルに3枚カードが出される。

〈♢A〉〈♣K〉〈♠2〉

「ベット」彼女が8000万を賭けた。

「コール」

Uが同額を賭ける。彼女は表情を変えない。

パーカーの男は5000万しか残っていない。乗るにはオールインしかないが、いいカードを持っている風ではなかった。サングラスをしていても、彼がもう思考停止になっているのがわかる。後で振り返っても、断片的な記憶しかないかもしれない。もしかしたら彼は、自分がこれまで幾ら賭け、幾ら負けたのかを、繰り返し計算しているのかもしれない。大負けした店の客に、そんな風になったことがあると聞いたことがあった。数字は浮かんでは点滅し、何とか意識を向けようとしても、ずれていき、簡単な計算なのにいつまでも解に辿り着かなかったと。解に辿り着いた時の恐怖も無意識に感じ取り、避け続けているというように。次の勝利は決まっているとして、それをもとに計算し、だが負けてさらにわからなくなる。終わらない計算をしていたと。

もしくは幼少期や、最近にあった何か不快な出来事など、全く関係ないことをずっと繰り返し浮かべているのかもしれない。でも手は金を賭けているのだった。半ば自動的に。

手元のチップの半分を前に出した。だが全部出さなければオールインにならない。2500万ではこの賭けに乗れない。

「ミスターT。オールインでなければ賭けられません」

ディーラーが言う。東南アジア系の外見で、日本語は流暢だった。パーカーの男は聞こえていない。恐らく意味のないことを考え続けている。

「……ミスターT」

「……ん？」

パーカーの男はようやく反応した。

「ミスターT。賭けるにはオールインしかありません。オールインかフォールド」

まだ放心したままだった。だが手が動き、チップを全て前に出した。

「……よろしいですか？」

ポーカーでは仕草より発声が優先されるが、パーカーの男は何も言わない。だがチップは全て前に出されている。オールインと判断された。

次のカードが出される。〈♠J〉

パーカーの男はオールインをしているため、もうアクションはできない。経営者の女性がチェック、何も賭けない選択をする。Uもチェックをした。

最後のカードが出される。〈◇6〉

彼女が再びチェックする。Uが英語で突然言う。

「ミズI。さっきのあなたの融資のお話、私にも有効ですか？」

彼女が無言で彼を見る。

「なら、3000万の十回分の融資を。私は今から自分の4億4000万に加え、あなたから融資を得てプラス3億、7億4000万のオールインをします。あなたの残りは今、1億5000万ほど。ですからあなたもご自身に融資して、同額の7億40

00万でコールするのはどうですか」

テーブルがざわめく。もう常軌を完全に逸している。誰もついていけない。

「……あなたは賭博狂ではない」彼女が英語で言う。無表情のまま。

「純粋にお金を愛している。……そうですね？　賭博狂より、あなたのような人間が恐ろしい」

そう言い、微笑んだ。

「でもこの勝負はもうつまらない。あなたの余計な一言で結果は見えた。いいですよ。あなたの要求を飲みます。オールイン」

ここにはないチップを合わせ、19億以上がテーブルにあることになる。

「ショウダウン」

彼女は〈♠A〉〈♠K〉。Uは〈♡A〉〈◇K〉。

引き分けになる。パーカーの男は〈♡Q〉〈♡J〉。敗北した。

チップは引き分けの彼女とUに均等に分けられる。

2人とも、〈10〉が抜かれていると知っていたか、気づいていたことになる。少なくともストレートがないとわかっていたから、あのカードで高額な賭けができたとしか思えない。

パーカーの男はしかし、自分が負けたことに気づいていない。スーツの男2人に立たせられたが、トイレにでも行く素振りで部屋を出て行った。恐らく記憶はないと思われた。

全財産を失ったと、我に返るのはいつだろうか。タクシーに乗り、行先を告げた時だろうか。ホテルの部屋に入り、何気なくテレビをつけた時だろうか。

順に回り、強制的に賭けなければならないSBとBBが、250万と500万に上がった。このままでは、何もしなくても破産する。

一言もしゃべらず、ほとんど賭けていない男が二度咳をした。ネームプレートにはWとある。六十歳付近に見える。

彼は2億ほどのチップがあったが、ごく稀に参加しても、賭け金が1000万を超えるとほぼフォールドし、ゲームを降りている。

合計で5人消え、テーブルから離れる権利を得るまで粘っていると思ったが、彼は意欲的に参加しようともしていた。だが賭け金が上がると散々迷い、フォールドしていた。彼は数千万が飛び交うテーブルを、ただ食い入るように見ている。

僕にBBの順番が回り、自動的に500万を賭けることになった。だが配られたカードは〈◇2〉〈♣6〉。賭け金が2000万にまで上がる。僕の手元は4000万を大幅に切っている。このカードでは戦えない。フォールドする。500万を失う。

僕とY以外の人間達は、このまま何もしないか、よほどいいカードの時だけ参加すれば、僕とYを自動的に破産させられる。

Mも経営者も勝ち、Uなどは約7億になっている。僕とYは、どこかのタイミングでオールインをし、早くチップを倍増させなければならない。

次のカードが来る。〈♡9〉〈♣3〉。戦えない。僕はSBだ。250万を失う。参加料も常に10万ずつ奪われていく。もう2500万ほどしかない。

カードが来る。〈◇5〉〈♡9〉。戦えない。次のカードは〈◇J〉〈♡2〉。

次にSBとBBの順番が来れば、それだけでまた750万を失う。次のカードは〈◇J〉〈♡2〉。

微妙だが、賭けるしかなかった。マークが5枚揃うフラッシュの可能性もある。

僕は500万を賭けた。賭けに乗るには、もうBBになったプレイヤーが出す500万以上にしなければならない。他が全員降りればBBとの勝負になり、勝てばSBの250万も含め、少なくとも750万は手に入る。今のBBはMだ。

「レイズ」言ったのはUだった。

1000万。この賭けに乗れば、もう僕の手元は1500万ほどになる。

「……あなたの優れた勘」Uが英語で言う。

「恐らく、中々興味深い人生を送ってきたと思われるあなたのその蓄積が、私が〝レイズ〟と言った瞬間、今回も主張したのではないですか。フォールドしろと。この賭けには乗るなと」

Uが僕ではなく、僕の手元のチップをじっと見る。

「でも乗らざるを得ない。ここで乗らないと、あなたはBBや参加料でもうすぐ自滅する。そんなあなたを見て楽しむのも一興ですが、どうせならあと一度勝負したい」

男の言う通りだった。この賭けに乗れば僕は負ける。彼がレイズと言った瞬間そう感じていた。カードがよくないのもあるが、勘のようなものもそう言っている。必ず負けると既に予感している。

「でも乗らなくてはいけない。……そんな状態の人間を見るのが、私は好きなんです」

まだ粘れるか？　でも駄目だ。500万を既に賭けている。もう失えない。SBもBBもすぐ回ってくる。〈♣K〉〈♣8〉。勝つ可能性はある。少なくとも〈K〉はある。ここでやるべきだ。あと数回でいいカードが来る保証などない。

フラッシュの可能性もある。〈♣〉が並べば。僕はコールし1000万を賭けた。チップにふれた指が微かに震えた。

他の者は降りていた。僕とUのやり取りをじっと見ている。カードが出される。

〈♡Q〉〈◇Q〉〈♠J〉

有無を言わせない整然としたカードの並び。わかっていたが、腕に力が入らなくなる。僕のカードは〈♣K〉〈♣8〉。もうフラッシュはない。どうしようもない。

「融資をして差し上げましょうか?」経営者の女性が言う。

「こんな形で終わるなんてつまらない。お金を借りなさい。借りて破滅しなさい」

彼女は言い続ける。

「あなたはそんなに若くはないけど、……いいでしょう。あなたを買い取ることを検討しても」

僕は無視する。だが彼女が続ける。

「ディーラー、この人に融資します」

「認めます」

「待ってくれ」僕は言う。

「必要ない」

「今、あなたが賭けたチップに3000万が足されました。あなたは彼女から借金をしたことになる」

「これがクラブ〝R〟!」

見ているスーツの男が芝居調で言う。

「この理不尽……! ははは!」

何度目かわからないまま、身体の力が嫌になるほど抜けていく。

「僕は承諾していない。滅茶苦茶だ」

「これがいいんですよ」スーツの男は僕の話を聞いていない。

「1人の人間が破滅する。それを見る。……こんな娯楽がありますか？」

僕はこのやり取りの中で、別のことを考え続ける。今僕は焦っていると見えている。ならわざとそうしているように見せることも可能だった。

本当は強いカードなのに、ここで狼狽《うろた》える振りをしているのだというように。本当は強いのだというように。

嘘で大きく賭けることを、ポーカーではブラフという。Uのチップは膨大だが、彼は負ける勝負を避ける傾向がある。どんな少額でも。騙せれば、Uをフォールドさせられる。

現実がこんな風であるのなら、受け入れられないのなら、嘘で現実を変える。

僕は怯えを隠す表情を作り、頬を掻こうとしやめる。僕が最初に見せた、自信がありながら悩む時の癖。それが出そうになりさりげなくやめた演技をする。

味気ない現実を、嘘で変える。ずっとそうしてきたはずだった。

「ベット」僕は賭けた。１５００万円分のチップを前に出し、指を離した。自分の全てを放り投げるようだった。手元にはもう50万しかない。Uが僕をじっと見る。見続けている。

「その残りの50万は、……帰りの電車賃ですか」

僕は反応しない。

「どのみち全財産を失うまで帰れないというのに、……お守りか。何かの験担ぎか」

Uが言う。英語で呟くように。

「この状況で、賭けるか……？　3000万を乗せられ、負けたらその50万どころか全財産を失い、3000万の借金を抱えたうえ誰かに抱かれるというのに」

僕は無表情を保つ。自分の斜め上に、小さい頃に浮かべた渦を感じていた。何も考えないようにする。無に少しでも近づければ、それだけ冷静であると相手に思わせられる。強いカードと思わせられる。内面が静かになっていく中、鼓動だけが痛いほど強くなっていく。

「さっきミズIが言った通りでね。私はお金というものを愛している。無駄な賭けはしない」

僕を揺さぶっている。無表情を保つ。

ここでUが乗れば僕は負ける。

「ふむ。……何だろう。〈Q〉を持っているのか？　〈Q〉のトリップス？」

トリップスはスリーカードの別名。

「うん、……でも」

呼吸が苦しい。まずい。

「賭けてみましょう」

Uがコールした。1500万。

首や頬から温度が抜けていく。いくら無表情を保っても、これでは顔に出る。

出されるカードはあと2枚。たとえその2枚のうち〈K〉が出ても、〈K〉のワンペアでは恐らく勝てない。

次のカードが出される。

〈◇10〉

胸を押されたように、心臓に痛みが走った。このゲームでは、〈10〉は全て抜かれていたはずだった。

いつ〈10〉をカードの束に入れたのだろう。ディーラーの動きは注視していたはずだった。でも常に見ていたわけではない。それは不可能だ。

Uが主催者と繋がっているとしたら。彼のカードは〈A〉〈K〉ということになる。ストレートの成立。もしくは〈10〉〈10〉。フルハウス。

いずれにしろ僕の敗北はまず決まっている。

Uが仕草だけでチェックをする。僕もそうするしかない。

最後のカードは〈♡K〉だった。まるで僕を誘うためのように。僕が全額を賭けなかった場合、ここで誘うつもりだったのか。

僕のカードは〈♣K〉〈♣8〉。テーブルに出ているカードは〈♡Q〉〈◇Q〉〈♠J〉〈◇10〉〈♡K〉。

仕組まれている。どう考えても、〈K〉のワンペアでは負ける。

僕はYに視線を送る。注意を引けと訴える。たとえば積んだチップを倒せと。

Yが僕の合図に気づく。でも動かない。

動かないだけでなく、笑みまで浮かべている。僕の破滅を楽しもうとしている。

Uが急かすようにチェックした。僕ももうそうするしかない。

「ショウダウン」

ディーラーが言う。視界が薄れていく。全財産を失い、さらに襲われるのか？

3000万は借りていないと言い続けるしかない。だがここはクラブ〝R〟だった。何を言っても通用しそうにない。

Uが自分のカードを開示する。〈♡A〉〈◇K〉。予想通り、ストレートの成立。僕の敗北が明確に決まる。

不意に目の前にチップが飛んだ。Mだった。Mが目の前のチップの束を崩し、大きな音を立てた。皆がMを見る。

その瞬間、僕は手で覆っていた手元の2枚のカードの下に、袖に入れていたカードを滑り込ませる。

このシャツは袖だけ、一見わからないがややゴム状になっている。この場で使われるカードは市井から聞いていた。

タロットで作為的にカードを選ばせる時にも使った仕掛け。片方の面に薬品を塗ったカードを使い、摩擦で2枚重ねる方法。

両手で覆い隠しながら袖のカードを左の親指を使い引き抜き、少しのずれもなく元々のカードの下に合わせる。1枚のように見せる。

この広間は撮影していると言っていた。だがカメラの位置は全て把握している。

僕はカードを開示する。〈♣K〉〈♠K〉〈♣8〉の表面に持ち込んだ〈♠K〉を重ね密着させている。勝つことになるフルハウスの成立。現実が無残なら嘘で変える。

Uの表情が一瞬固まる。ディーラーの表情に変化はない。

僕はすぐカードを裏返す。一瞬手で覆い左の親指で袖を広げ、貼りついた〈♠K〉を右の親指と小指でずらし袖に戻し、元々の〈♣8〉の表面についた薬品をテーブルの上で軽く揺らし拭い取る。その流れで2枚同時にテーブルの上を投げ滑らせた。

ディーラーの脇に集められていた、他のプレイヤー達がフォールドして返したカードの間に入れる。その乱れた塊の山の中に。カードは完全に馴染んだ。

ディーラーが僕の動きに怯む。あのカードの山はプレイヤー達が隠したままフォールドしたもので、どのようなカードでフォールドしたかの個人の情報になる。カードはそこに入ったから、確認するにはわざわざカードを裏返して広げなければならない。だがディーラーにその行為は難しいはずだった。客達が降りたカードを見るなどマナーに反する。

僕は右腕をテーブルの下に動かす。ゴム状の袖を親指と小指で一瞬広げ、〈♠K〉を落下させ残りの3本の指で受けズボンの生地の切れ目に入れた。隠れたポケットになっている。余韻で指が震えるが状況はまだ終わっていない。

「……グッド・カード」

Uが言う。顔は平静を保っているが、驚いている。やはり彼は主催者側と繋がっている。

ばれるだろうか。いや、しかし。

ディーラーは初め自分がミスをしたと思い、だが僕のカードを戻す動きに不審感を覚えたはずだった。でも彼らは僕の勝利がおかしいと断言できないに違いない。それには自分達の〝イカサマ〟を公表するしかない。

それでもディーラーは僕が戻したカードを他の束ごと確認しようとした。何気ない仕草で。見られればそこに〈♠K〉がないと発覚する。

何か言い、彼を止めなければならない。

「こうでなくてはね。U氏が毎回勝つ勝負などつまらない」

　Mの声だった。ディーラーの動きが止まる。

「もしそんな風ならこのゲームは〝イカサマ〟ってことになる。映像に撮られてるらしいけど〝イカサマ〟なら観る者達もつまらない。クラブ〝R〟は理不尽でイカレてるが〝イカサマ〟はない。そのはずだ」

「もちろんです」スーツの男が答える。感心するほどの平静さで。

「見事な勝利でした。まさか〈K〉〈K〉とは」

「それにまだゲームはある」Mが続ける。

「まだこれからね」

　僕がいま勝った金額は3000万に過ぎない。Mの言葉で彼らも思うはずだった。まあいいと。次に何かやった時、僕の手段を暴けばいいと。だがなぜだろう。なぜMが。

　次のカードが来る。〈◇2〉〈♡10〉。普通に〈10〉が来るようになっている。今度は〈5〉が抜かれているかもしれない。〈10〉と同様、ストレートの要《かなめ》の数字の一つ。いずれにしろこのカードでは乗れない。フォールドする。

　手元は約5500万になっている。元々6500万で1000万減ったが、僕は市井に言われ勝たせるはずだった竹下を「買った」ため、ここから500万を引かれる。

スーツの男は、5人消えればゲームをやめる権利を得られると言った。あと1人。チップ量から、狙うのは必然的にYになる。協力しなかったからというわけでもなく、自然なことだった。

考えてみれば、違法賭博場のディーラーと客の関係のみで、協力を得られると判断した自分が間違っていた。

Yの癖はもうわかっていた。彼女は本当は強くない手でオールインを、つまり全額を賭けるとき表情に一瞬哀しみがよぎる。

なぜかわからない。恐らく彼女の人生にあった何か。自分そのものを、賭けなければならなかった何か。でもそのようなストーリーはこのテーブルでは関係ない。ただ彼女の癖として利用される。

BBになり他が全て降りSBの250万を得たが、SBになりカードが悪くフォールドし、その分をすぐ失う。まだ僕の袖には〈A〉が1枚ある。でもやるのはここではない。

Mが1000万を賭けた時、ほとんど賭けず、賭け金が上がるとフォールドしてゲームを降りていた男がコールした。だが彼を降ろすのは簡単だった。

「レイズ」

Uが賭け金を上げる。2000万。Mは読んでいた様子でコールした。しかし降りるはずの男が表情を固め動きを止めている。

「コール」男も同額を賭けた。初めてのケース。顔が首まで赤紫に紅潮している。

テーブルにカードが出される。〈♠K〉〈♡Q〉〈◇3〉

Mはチェックし、男もチェックした。だがUが2000万を賭ける。

Mが一瞬男を見、フォールドした。何かおかしい、と漠然と感じた瞬間、また男が身体の動きを止めているのに気づいた。

顔を紅潮させたまま息を乱し、目を見開いている。額や耳の脇が酷く濡れている。汗をかいている。

「コ……」男が言う。絞り出すように。

「コ……コク」

チップが弾ける音がし、男が喉を押さえテーブルの上にうつぶせになった。

「ミスターW」ディーラーが抑揚のない声で言う。

「コールでよろしいですか？」

何を言っているのだろう。男は明らかに何かの発作を起こしている。

「ミスターW。コールですか？」

「コ、カ……」

男が動かなくなる。だが誰も近づかない。ディーラーが言う。

「あと20秒です」

アクションを起こすまでの制限時間。延長する時は、僕も使ったタイムバンクチップを使わなければならない。だが男は意識を失っている。

「あと10秒です」

失格になるまで待つということだった。全員が沈黙したまま、テーブルにうつぶせで倒れる男を見ていた。

彼の命が尽きようとしている。それはわかっているが、助ける気が起こらない。なぜだろう。このテーブルに座っているからだろうか。

「5、4」ディーラーはカウントの速度を上げることもなかった。

「3、2、1……」

2人のスーツの男が、緩慢な動きで男の身体をテーブルから起こし、負けた他のプレイヤー達と同様引きずっていく。男は服を着た膨れたゴムのようにぐったりと動かない。彼らは蘇生を試みたりもしない。面倒なのだろう。人工呼吸なら、唇もつけなければならない。

男は死んだ、と思う。あの感じでは。

「クラブ〝R〟のハウスルール、その賭博場のオリジナル・ルールのことですが」

ディーラーの男が無表情で言う。

「プレイヤーがその場で死ぬ、もしくはプレイ続行が不可能になった場合、その時点で参加プレイヤーの全てのカードを開示し、テーブルに出される5枚のカードも開示し勝敗を決めます」

Uが小さく息を吐いた。彼は日本語を話さないが聞き取っている。

「でも彼はタイムバンクチップを使わなかった。失格じゃないのか」

「ええ。でもあの様子で使うのは不可能でしたので、不測の事態と判断します」

スーツの男が、ディーラーの代わりに答える。ならなぜ待ったのか、と思った瞬間、その理由に気づく。

一応演技の可能性がある、と思ったからだった。プレイヤーの演技を、主催者側はいかなる理由でも妨げない。ポーカーが行われるテーブルでは、全てが虚偽であるのがまず前提だから。

「彼はゲームを降りたければフォールドすればいいのですから、わざわざ失格になるのを待つはずがない」スーツの男が続ける。

「彼がコールの意志を持っていたか、コ、の一文字で判断するのは不適当であるため、ハウスルールに則り、U氏のベット、2000万を無効とし、その前の段階の賭け金の勝負となります。よってフォールドしたM氏もゲームに御参加となります」

Mも不満そうだ。フォールドしたカードを開示したくないのだろう。

「理由は、以前にあったある出来事なんです」

スーツの男の声がやや芝居調になる。

「あるお客様がオールインをしました。その金額はお客様の全財産であっただけでなく、彼の1男2女の所有権も含まれていました。〝ショウダウン〟。ディーラーの声で相手の方のお客様が開示します。今でもよく覚えてるんですが〈9〉のセット、つまりスリーカードが成立していました。そのカードを見た御子様達までお賭けになっていたお客様が、自分のカードを伏せたまま動かなくなりました」

スーツの男が両手を軽く広げる。

「ディーラーがもう一度言います。〝ショウダウン〟。早くカードを見せろと要求した。当然です。1人の人間の破滅に、そんなに時間などかけられない。一つの家族の破滅、と言った方がいいかもしれませんが。するとお客様はうめき声を上げ……、をを を、だったか、よよよ、だったか、そんな声を上げ自ら首をナイフで切ったのです」

言いながら、わざとらしく指先で自分の首を斜めに、直線を記す風に軽く撫でた。

「迷惑でした。わかりますか？　テーブルやカードが血で汚れてしまう。……でも私達は、やられたとも感じました。私達クラブ〝R〟のハウスルール、いや、どこのハウスルールも同じでしょうが、プレイ中にお客様が死んだ時のルールがなかった」

僕が働く賭博場にもない。

「アクションの途中なら、制限時間で失格にできる。でも〝ショウダウン〟と言われカードを見せるまでの時間は決まってなかった。お客様以外が手元のカードを秘密にすればいいかもわからない。つまり彼は自殺したことで、自分の手元のカードを秘密にするのに成功したのです。御子様達も守られてしまった。御長男と御長女はそれぞれ100万でしたが、次女はミス何とか大学で400万の値がつけられていたのですが」

この業界はどこの場所も大抵そうだが、奇妙なほどルールに拘《こだわ》ることがある。

「それ以降、お客様が死んだ場合、死んだ時点で成立している賭け金のもと、全てのカードを開示して勝負を実行することになりました。ではハウスルールを適用させていただきます」

ディーラーが残りのカードを出す。元々の〈♠K〉〈♡Q〉〈◇3〉の隣に、〈♡8〉〈♠9〉と続いた。

「ショウダウン」ディーラーが言う。

Uは〈◇Q〉〈◇J〉で、テーブルのカードと合わせ〈Q〉のワンペア。Mは〈K〉のワンペア。

運ばれていった男の手元にあったカードを、ディーラーがめくる。〈♠A〉〈♡A〉だった。彼は〈A〉のワンペアで勝利した。手元のチップは1億8000万だったが、4000万を得て死んだことになる。確か本人がBBだったから、SBを加え425

0万。

「では休憩に入ります」

スーツの男が、不在の椅子の前のチップを計算し始める。

「……ゲームを降ります」

僕は立ち上がる。ややふらついた。

「5人消えたので、降りる権利があるはずです」

「……ええ」スーツの男が言う。

「ルールだから仕方ありませんね。……いいでしょう。このクラブはルールが絶対ですから」

僕の手元は5500万ほどで、市井に言われ、元々助けるはずだった竹下という女性を「買った」ため、ここから500万引かれる。1500万を失った。

＊

トイレで顔を洗う。後ろにMがいた。

「帰るのか」

「ええ。あなたは」

「うん。あと2、3ゲームで帰るかな。……ちょっとあの女が」

「Yですか」

「あの生意気な女をね、一文無しにしてやろうと思う。あと少しやってみて、無理そうなら帰るよ」

Mが笑みを浮かべて言う。恐らく、彼女の表情の癖にも気づいているのだろう。上手くいくかはわからない。

「……なぜあの時」

僕が言うと、Mは用を足さず隣で手を洗い始めた。潔癖症かもしれない。

「君が50万を手元に残した時」

念入りに手を洗っている。執拗な洗い方に、この世界への憎悪を連想した。

「何かやるな、と思った。オールインをして、全額賭けてしまえばあの時点でカードを見せないといけない。でも手元に少しでも残せば、カードが全て、5枚テーブルに出されるまで自分の手札を見せなくて済む。……つまり君は最後のカードを見てから、何かをするつもりとわかった。Uは気づいてなかったな。気づいてたら賭け金を乗せて、君にオールインをさせてあの時点でカードを開示させていたはずだし。たかが50万と無視したのが彼のミスだね。そこに全部の意味があったのに」

「でもなぜ」

「彼らが〝イカサマ〟をしたからだよ。ずっとフェアにやっていたと思う。彼の〈5〉

のクワッズもフェアに彼が勝った。彼は元々、俺ほどじゃないけど相当な腕だよ。でもあの時と、その前のゲームで、明らかに不審な目配せがディーラーとUの間にあってね。〈10〉がない罠は『遊び』として我々も気づけるけど、あれは看過できない」

Mが手を洗い終わる。ケースから出ているペーパータオルの1枚目を指先でつまんで捨て、2枚目で手を拭いた。

「Yが君の合図を無視して、それはそれで面白いとは思ったんだけど、……考えてみろよ。君が誰かに抱かれてるのを見るくらいなら、君が何を企んでるのか知った方が面白い。そうじゃないか？」

思わず笑う。確かにそうだ。

「見事だったよ。チップを倒して、すぐ君の手元を見たけど速くてわからなかった。あれならカメラにも映ってないだろうね」

「いずれにしろ、ありがとうございます」

「礼はいらんよ。次にどっかで会っても俺達は他人だから。協力もしない。手加減もしない。破滅させても何も感じない」

本当にそうだろうか。発作で恐らく死んだ男とのゲームの時、彼は男を一瞬見てゲームを降りた。彼の死に関わりたくなかったのではないか。

「実は俺は、普段は意外とまともな仕事をして、まともな生活を送ってる。でも駄目だね。そろそろ駄目かな、という感じというか。夜に何となく外にいて、普段行き慣れた退屈な道を歩いてる時、ふと脇道に逸れてみようと思うことがあるだろう？　こんなところに道があったかな、行ってみようかと。それで帰って来られなくなる。そうなることを期待する。……こっちのまずい世界の比率が、どうやら年々上がっていてね、そろそろ俺は実生活に戻れなくなるんじゃないかな。俺はこのふざけたクラブに自主的に参加したわけじゃない。少しヘマをして巻き込まれてしまった。でも中々いい、と思ったよ。これはまずいね。人生のこういう危ない脇道は、若い時にだけ訪れると思っていたけど違うらしい」

Mが笑う。

「ポーカー……、そもそも数字というものには、人を狂わせる何かがある。隠れていたものがめくられて、正体を現す現象そのものにおいてもね。……カードをめくれば何が出るか前もって予測できればいいけど、それは人間には届かない領域だから」

Mが鏡越しに、意味ありげに一瞬僕を見た。

「次に会う時は恐らく、お互いもっと正常ではないだろうね。君は前に会った時より、さらに中心のようなものから逸脱して見えるよ」

〈催眠術〉

竹下は別室に入れられていた。案内するスーツの男が僕に言う。

「あの竹下という女性が何者か、私にはわからない。あなたのことは調べましたが本当の目的はわからない。……でも気に入りました。あなたが〈K〉〈K〉で勝利した時の表情。とてもじゃないがまともな顔でなかった」

男が笑みを浮かべ続ける。

「あなたは何かした。それは間違いない。でも映像で確認してもわからない。何も言えない。……それに私達も人のことは言えない」

僕は黙った。

「私達は、あなたのああいうやり方が嫌いではない」

男が長方形のカードを出す。メールアドレスだけ書かれている。

「興味があればご連絡ください。クラブ〝R〟のディーラー。悪くないはずです」

悪くないと思う自分がいた。ディーラーという安全な場所から、惨劇を眺めるのは愉快だろう。

「竹下という女、持って帰る前にすぐお楽しみになりますか？」

「……どうしようかな」

「第二次大戦下、東京で空襲があった後、すぐ交わる男女が様々にいたそうです」

廊下が真っ直ぐに続く。

「命の危機に、性が活性化される。……まあポーカーと空襲は全然違いますが、あなたの内面も今、相当活性化されているはず。恐らくこのまま帰っても眠れない。鎮めなければならない。……わかるでしょう。そういう時は女が一番いい。人を殺した後も女がいいらしい」

男は僕の代わりにドアを開け、直線の廊下を戻っていった。

ベッドの上に座った竹下は、まだ上半身の服を着ていない。上手く走れないように、手が前で雑に縄で縛られている。トイレには行けるだろう。

彼女が不機嫌に僕を睨む。確かに。僕は思う。僕は今、内面が落ち着かない。このまま彼女をどうにかしてもいい。

でもそれでは何も聞き出せない。倫理的には服を着せるべきだが、彼女にはまだ、不安の中にいてもらわなければならない。

「君には二つの選択肢がある」僕は彼女の前に椅子を引き、距離を詰めて座った。

「質問に答え自由になるか。人間を廃業するか」

スマートフォンを出し市井の画像を見せる。

「この女性を知ってますね」

そもそも僕は、佐藤の髪や爪、僕のノートPCなどを盗んだ市井に言われ、この竹下を勝たせるために来たのだった。

竹下は市井の画像を見、首を横に振る。目に安堵がよぎっている。彼女は本当に知らない。

「なるほど……」

予感通りかもしれない。僕はスマートフォンに別の画像を出す。

「……この人物は?」

竹下の視線が一瞬揺れる。英子氏の画像。

確信する。英子氏は、傷つき消えた振りをしているだけだった。元々僕は、山本達の組織に属する英子氏から、占い師として佐藤を探れと依頼されていた。だが組織内で何か動きがあり、英子氏は敗北し消えたことになっている。でも違った。

「……知りません」

竹下が言った瞬間、僕は彼女の両手の縄を自分側に引いた。

「そういうのは通用しない。ちなみに僕の内面は既に破壊されている」

僕は立ち上がり、彼女を見下ろす姿勢になる。

「さっき君に提示した選択肢の一つ、人間の廃業について少し説明する」

そう言い、指で縄を再び引く。両手を前で縛られている彼女は、何かに祈る姿勢になる。祈るとは縛られることでもある。彼女は自分の意志に反し、いま祈る姿勢を取らされている。

「君にはこれから、あることがなされる。とても長い期間、あることがなされることになる。説明はしない。体験してもらう。そうするとね、君はやがて今とは別のものになる。……わかるか？　途中で死ぬかもしれないが、もし生きることができたなら君は……、後で前例を映像で見せるよ。裸で四本脚で動く性的なネズミになる」

縄を強く引く。そんな前例はない。

「でも君は口を割らない。僕は君が何を考えているかわかる。態度や表情を見る限り、君は恐らくこの女性に恩がある。彼女のためなら全て捧げるかもしれない覚悟。……だから僕がこんな風に脅しても君は屈しないかもしれない。少なくとも屈しないと自分では思っているかもしれない。でも」

僕はここで表情を少し緩める。

「君の中には、何て言うか、恐らく中々ずるい感じの子がいる」

彼女の頭を撫でる。そのまま首筋にふれ、中指の先で脈を取る。動揺している。

「だから僕は今、君にではなく、君の中のそのずるい人物と話している。確かに君はこの女性に恩がある。でも場合によっては裏切っても仕方ない。そうでしょう？　たとえば催眠術にかかってしまったら。しかも君は全て話した後、自分がそうしたことも全て忘れる。つまり自分が裏切ったと知らないまま助かることができる」

タロットカードを1枚出す。〈女教皇〉のカード。

「このカードをよく見るといい。君のメインの意識は見かけによらず生真面目で、裏切りたくないと思っている。そんな融通の利かないメインの意識を、君は飛び越えることで結果的に君を守ることになる。君がすることは悪ではないし裏切りでもない。自分自身を守っただけ。しかも裏切ったことを忘れる。……ほら悪くないでしょう？　それに加え、目が覚めた時は君が抱えている苦しみも多少軽減する。副作用みたいに」

催眠に重要なのは、相手の意識の範囲を狭めることだった。

「このカードをよく見て。このカードだけ思えばいい。とても頼りになりそうな人物だ。君は自分が跪く相手を数分のみ代えるだけだ。気持ちがいいよその瞬間は。元々君は何かを裏切るのがとても好きなはず。気持ちいい」

彼女の顎と後頭部に手を添える。

「頭を揺らされた瞬間きみの意識は抵抗を失う。そして聞かれたことに全て答える。全てを委ねるのは幼児に戻ったようで気持ちいい」

僕は彼女の頭を一瞬揺らす。彼女が仰向けにベッドに倒れ込む。

「さっきの画像の女性を知ってるね」

「はい」

催眠は、人間の四分の一がかかり難く、四分の一がかかりやすいと言われている。

「彼女とはどういう関係？」

「……私の全部です」

「そう。出会いは？」

彼女は横になりながら、縛られた手を口元に持っていく。親指を口に含んでいる。失敗するかもしれない。彼女は退行し赤子に近くなっている。

「親指は駄目だよ。君は赤ん坊じゃない。彼女と出会った時のことを思い出して」

「うああ」彼女が小さく呻く。僕は彼女の髪を撫でる。

「大丈夫。君は言ったことを全て忘れる。何も心配はいらない」

彼女が一瞬眠る。やり直すか、と思った時「あの時わたしは別に」と突然言った。

「とても普通でした。……私は普通で。付き合ってる彼がいた。職場の同僚。……でも突然プロポーズされた」

恐らく、確証はないが、彼女の中核辺りの記憶と思われた。今の彼女が何かの状態にあるとして、そうなった要因の一つ。

「怒るとずっと黙り込む人で、その黙ってる時の様子に、変な感じを受けたことはあった、……特に変わったところもない人で、でも彼が、彼が、……会社で大きなミスをして、上司に叱責された後、……プロポーズされた。彼は二十六で、私は二十五で」

不意に黙った。僕は促す。彼女の内面を見る自分は、あのスーツの男の言う通り、彼女を楽しんでいるのだろうか。彼女の意識はこの話をしたがっていた。英子氏と繋がらないかもしれない。

「別に、別に、おかしくないけど、まだ付き合って、半年だったんです。だから、……私は仕事が、楽しかったし……、でも彼は、やたら私に、友人のインスタグラムや、フェイスブックの写真を見せてくる。子供の写真……。変な、うん、……この人は、私と家族を持ちたいとかより、……仕事で挫折して、自信とかを失って、別のものに、自分の未来の子供に託すとか、そんな気持ちになってんじゃないかって。でもその挫折は、大したものじゃなかったはず。ああ、……うん。覚悟があって、なろうとしたわけじゃ、なかった。不安になって」

模倣の欲望は普通のことでもあった。他者の欲望を時に模倣し、自分まで同じ欲望を持つことがある。

「結婚はまだって私が言っても、きかなかった。会ったこともない、ネット上の知人の子供の写真まで、彼は毎日見せてきた。しつこくて、怖くなった。私だっていつかは結婚したい。でもこの人じゃないって、別れました。彼は仕事を辞めて、それから、

「……私は他の男性と出会っても、彼らがすぐ、離れていくようになった」

彼女の息が不意に荒くなる。

「……私の近所のケーキ屋さんに並んだディスプレイの、右下にあったケーキが腐っていたと思うんです。……私はこれは、傷んでるんじゃないですかと言えばよかったのに、そのままにした。あれを誰かが買って食べていたらどうしよう。私のせいかもしれない。もし食べたのが子供だったら、食中毒で死んだかもしれない。この間近所で行われてたお葬式は、もしかしたら」

関係ない記憶が混ざっている。彼女は起き上がろうとし、もう一度横になった。失敗か、と思い彼女の名を呼ぶ。彼女が起き上がる。目を開き、僕を見た。

「……どこまで話しましたか」

まだ催眠中だろうか。緩くかかりながら、自分の意志で話し始めるだろうか。

「別の男性と出会っても、彼らが離れるようになった」

「ああ、そうですね。……そうです」

彼女が再び話し始める。座ったまま、今度は目を開いて。

「彼が、私が出会う男性達に写真を送りつけていた。……私の嘘の裸の写真を合成して作って、中傷の手紙までつけて。私は男性の知人と一緒に彼のアパートに行った。彼は泣いて謝って、警察に言わないでと土下座しました。人が土下座したのを初めて見た……、でもそのあと電話がかかってきたんです。私の男友達がいた時は泣いて土下座したのに、私だけが相手だと急に強気になった。お前が悪いと言いました」

「……なるほど」

英子氏に繫がるだろうか。だが内面に深く入ることで、彼女を駒にできるかもしれない。

「俺と別れたお前が悪いから、お前がそうなるのは当然だって。お前だけ幸せになるのは不公平だって。彼のストーキングが始まりました。写真が私の職場に送られて、警察に相談すると……、彼から遺書が送られてきた。私はそれを暗記するほど読んで……。小学生のような文章でした。〝昔から優秀だった俺の人生がお前のせいで終わる。明日腹を刺す。血まみれで死ぬ時お前を呪う〟。こんな感じの内容です。〝あの世で待ってるが俺は天国だからお前は地獄で会えないな。特別にお前を天国の手前まで呼ぼう。泣いて助けを求めても助けない。助けない〟。この二回目の助けないのところに、ビックリマークがついていました。そして〝全身を焼かれ逆十字の上で死ね〟。……私は警察にすぐ連絡しましたが、彼は死んでしまった。私は体調を崩して仕事を辞めて、頭が重くなって部屋から出られなくなった。……これを取ってください」

竹下が両腕を前に出す。縄を解くと手首をさすり、小さく息を吐いた。やや古い縄だった。恐らくこれまで、幾人もの男女を縛ってきた縄。身体の味を知る縄。

「私はノイローゼになって。……彼の霊が背中に憑いて、私の後頭部に顎を乗せているから頭が重い。そう思っていました。必要のない罪悪感を抱えていたのかもしれない。彼の霊は時々首を絞めてきた。絞められると息が辛くなる。私は病院へ行くべきでしたが、弁護士に相談したんです。DVをよく扱うと聞いた弁護士事務所。応対してくれた人が鈴木英子さんです。写真の女性」

英子氏は鈴木英子が本名で、弁護士なのか。なぜ山本達の企業にいるのだろう。顧問だろうか。

「死んだ彼が私の後頭部に顎を乗せて、首まで絞めると私は言った。本当なら相手にしないか病院を勧められる。でも彼女は電話で相談した私の部屋に来てくれた。ノイローゼの私が主張した幽霊からの、DVというのを認めてくれた。そして私を抱き締めたんです。いきなり」

彼女の手首が赤紫に変色している。まだ縛られているかのように。

「それでこう言った。……例外は色々あるけど、幽霊は1人でいる時に見る。だから、ひとまず、私が一緒にいてあげる。添い寝までしてくれた。レズビアンかなって、それならそれでいいと思ったけど違って……、翌日に霊媒師のところに行ったんです」

「その霊媒師は……」

恐らく僕の知り合いと思われた。

「一見霊媒師風じゃない、若くて顔の整った、バーテンダー風の男性では？」

「はい。名前が――」

やはり知っている男だった。僕も占いの顧客から、霊に憑かれていると相談されることがある。霊媒師のもとに連れて行くが、方法は二つあった。霊は取り憑いていないと霊媒師にはっきり言わせ、納得させる方法と、取り憑いているとし「除霊」する方法。

一度彼の「除霊」を見たことがある。顧客はトランス状態になり、かなり低い声で苦しいと呻き始めた。これは悪霊であると彼女の脳に信じ込ませ、彼女の脳内の何かの問題を、人格化させ追い出すというような。

「悪霊」とのやり取りは長時間に及び、顧客は意識を失った。目を覚ました時、疲労していたが表情が澄んで見えた。脳内から悪霊が出て行ったと顧客の脳が信じた結果、精神の問題まで消えたということだろうか。

人々から悪霊を追い出し癒したキリストの例だけでなく、古代から様々に悪魔祓いは行われていた。預言者達も時にトランス状態となり、別人の声で神言《かみごと》をした。解離性同一性障害（多重人格障害）と関係があるだろうか。

〃でもごく稀に精神の話じゃなく、本当に何か変だな、悪霊が憑いてるんじゃないか、と感じる人が来ることがあります〃

霊媒師がそう言ったことがある。

〝ほら、あなたの好きなトランプで言えば、あなたの脳がトランプの束だったとして、その中に〈ジョーカー〉でもない、何か得体の知れないカードがいつの間にか紛れているというか。……私はそれを取り除くんだけど、そのカードは本当に消えたのか、それともどこか別の人間のもとに移りまだ存在しているのか、いやそもそもこれは一体何なのかと、思うことがあります〟

ブエルを思い出した。霊媒師はでもその後、僕を見て笑みを浮かべた。彼があの時飲んでいたのは、ビールだったかウイスキーだったか。

〝とか言えば信じます？〟

「霊媒師は私をよく見て……、霊など憑いていないと言いました」

竹下が続ける。英子氏が付き添ったなら、その方法だろう。

「専門家から言われて、安心したのもありましたけど、……英子さんが部屋に来た時に、確かにもう、彼の気配は感じなくなっていた。でも当然だったんです。彼は生きていた」

「……なるほど」

「彼は会社を辞めて、失踪して、富士の樹海の周囲の、駅の防犯カメラに映っていました。包丁を買った記録もあって、死んだと思われていたのに。……匿名でインスタグラムを彼はやっていた。もう一年が過ぎていたのですが……、推測される職種は彼が好きそうでないものでしたが、結婚して、配偶者の方は妊娠していた。お腹の大きい配偶者の方の隣で、彼は凄まじいまでの笑顔で写っていたんです。……怖くなった」

見たこともないその笑顔がちらついた。

「でも、もし彼が会社で挫折してなかったら、彼はそんな自分の本性まで、知らずに生きていけたのでしょうか。だけど学校でも何かの挫折くらいしたはずで……。それから彼女の仕事を手伝うようになって」

「どんな？」

「もういい」

不意に彼女が言った。少し声質が違う。目を閉じベッドに横になった。同時に寝息が始まり彼女が眠る。

今のは何だろう。元々催眠術は得意でないが、あのような声は初めてだった。

僕は彼女を見下ろす。寝息は規則正しい。

一九九五年、東京の地下鉄でサリンを撒くテロを起こした、宗教団体のオウム真理教には多くの信者がいた。その信者の洗脳を解こうと内面の奥に入っていくと、「もしこれを解く者が現れたら自滅せよ」という意志が埋め込まれていたことがあったという。

それに類似した声だろうか。彼女の防衛反応が、ただシンプルに作動したのだろうか。いずれにしろもう続けられない。

　彼女のハンドバッグを開ける。中身の位置を覚え全て出し、免許証の住所を記す。バッグの構造を見、中にも付けられたブランドのロゴ入りの革——両サイドが縫われているが、真ん中は指が通る——の裏に、カード状のＧＰＳを貼り付けた。これならしばらくわからない。彼女を泳がせる。

　彼女の服が上着のジャケットしか見当たらない。椅子にかかっていたそれを彼女にかけた。

「僕が三つ数えたら目が覚める。話したことを全て忘れる。３、２……」

　彼女を揺らすと目を覚ました。僕をじっと見た。

「……忘れると言ったのに、私は覚えてる。本当に催眠にかかってたのか、自分で話したのか……、よくわからない」

「そう。申し訳ない。あまり上手じゃないんだ」

　彼女が自分の上着にふれる。

「何もしないのですか」

「君の意志に反してするのは違うからね。……でも君はもう無事じゃない」

「は？」

「僕は君の無意識の奥に、あるメッセージを入れている。僕は上手じゃないから、それが暴発するとき君の精神は無傷じゃいられない。……僕を裏切らない方がいい」

嘘だった。

「連絡先を全部聞いておく。僕に呼ばれたら来るんだ。大丈夫。しばらくしたらそのメッセージは消すよ」

幽霊をあれだけ信じた彼女なら効くと判断した。彼女が連絡先を言う。住所は免許証と同じだった。嘘はばれると思ったのか、さっきの言葉の効果かわからない。

「……性的なネズミ」彼女が呟く。

「……ん？」

「悪くない」彼女が僕を見て微笑む。

「〝かく熱きにもあらず、冷やかにもあらず、……唯ぬるきがゆえに、われ汝をわが口より吐き出さん〟」

「……それは」

「聖書の黙示録です。私が好きな言葉。英子さんから教えてもらった」

彼女が僕を見続ける。

「私はぬるい存在じゃない。……英子さんを裏切るなら、私は性的なネズミになる」

＊

高速を降りたタクシーの汚れた窓に、時々雪が当たり始める。雪はすぐ砕け水になり、窓に苦しげな線を残した。

竹下のバッグに入れたGPSは、機能しているようだった。スマートフォンの地図上に現れる、現在の竹下の位置。移動を示す曲線。

ポーカーの余韻が身体に残っていた。僕は部屋の酒の有無を思い出そうとする。再びスマホの画面を見、一瞬故障を疑った。今度は市井のGPSの位置。彼女が僕のマンションにいる。

タクシーはもう近づいている。だがいま通り過ぎた女性が市井に似ていた。GPSの位置は、まだマンションのままなのに。

タクシーを降りる。市井だった。彼女は僕を見ても、驚く素振りがなかった。

「会わずに去ろうとしたのに、……格好がつきませんね」

市井は無表情だった。僕を見ているようで、見ていない。円《まる》い眼鏡をかけている。

「竹下の無事を把握しました。それでお返ししたんです。あなたの郵便受けをこじ開けて。……ノートPCやスマートフォン、気味の悪い爪と髪。そしてあなたがくれたGPS」

「あなたは説明してくれると言いました」

「そうでしたっけ？」

「……あなたは」

推測する。そんな予感がした。

「自分の母親を、殺《あや》めてしまったのではないですか。故意だったのか、アクシデントだったのかはわからないですが」

細かな雪が時々舞い、額や手の甲に一瞬の不快を残す。彼女の表情を見、当たっていると判断した。

「その時に、ある弁護士に救われた。違いますか？　事件にならずに済んだ。その弁護士の名が鈴木英子」

彼女が微笑む。

「何のことかわかりません」

ポーカーの余韻が消えなかった。気づくと彼女の全身を見ていた。

「ここは寒い。部屋に来ませんか」彼女に近づく。

「誰かに話せば楽になることが」

手を伸ばせばふれる距離に来た時、彼女が笑う。

「あなたは人の心を読んだりするみたいですけど、そんな訓練やら何やらより、女の勘の方が当たることがある。手品だって、見る角度を変えればばれるんです」

　僕は足を止めるしかなかった。

「あなたが考えていたのは、……私の背後にいるのが英子さんなら、彼女は部下の女性に、性を使う仕事をさせない。だから私があなたを挑発したのは私の意志。つまり自分に本当に気があるから、私をどうにでもできる。……そうでしょう？」

　あからさまに言えば、その通りだった。

「でも残念です。一回で良かったのですよ、あなたとは。……男性みたいと思いました？　女性らしくないと？　偏見ですね」

　僕は彼女の表情を見る。読めなかった。

「全てお返ししました。これで佐藤という人から髪などの返却を求められても、返せる」

　当然だが、やはり彼女は知っている。

「一部を持っているのでは？　あれにはＤＮＡが。何かの事件に彼を巻き込める」

「そこは信頼して頂かないと」

　彼女が歩き出せば、止める言葉がない。

「英子さんに伝言を」

　僕はそう言っていた。英子氏を敵にできない。

「こんなまねをしなくても、僕はあなたに仕える」

言いながら、違うと思った。でもどう言うつもりだったか、わからない。疲れていた。言い直す言葉が見つからない。

「伝えます。……私は、捨てられる前に捨てる癖がついてるんです」

なら丁度いい、と僕は言わない。僕は別れを告げられ、引き留めたことがない。

「部屋に行ってもいいのだけど、ここでやめておくのがきっと一番傷が浅い。お互いに。あなたは自分で思ってるより自分の心をコントロールできてない。女を傷つけるとウダウダ悩むタイプでしょう？」

〈愚者〉のカードを見せたりし、彼女を引き留める自分を浮かべてみる。でもやはり違った。彼女が正しい。

僕のこれからを思う。疲労した身体で、1人でソファベッドに向かう。ポーカーの余韻で活性化された内面のために、よく眠れない夜を過ごすことになる。

「それに、あなたの中には」

「……ん？」

彼女は答えず、去っていく。後ろ姿を見ていたが、彼女は振り返らなかった。

彼女の言う通り、マンションに戻ると郵便受けの鍵が壊されていた。少し壊すつもりが、ややエスカレートしたかのような跡。中に全て戻されている。置手紙もなく。

〈こいぬ座の神話〉

縞模様の深い絨毯の上を歩く。先は右に直角に曲がり、その方向にしか行くことができない。廊下がそうなっているから当然だが、違和感を覚え始める。

ドアに着き、チャイムを押す。濃い茶色の光沢のあるドア。自分が生まれてからこれまでに現れた、何枚目のドアだろう。山本が迎える。左に重心を傾けた立ち方。帰って来たばかりなのか、部屋内でスーツを着ていた。

「飲むか？」

薄い草色の絨毯のスイートルーム。別系列の外資の、佐藤の部屋とほぼ同ランク。いかにもな赤ワインを出され、飲む。四角いテーブルの正面に、山本が座った。

「以前のように、誰の言うことを聞けばいいかわからない体制じゃない。いまこの会社は急速に規律化が進んでる。ルールの徹底。命令系統の統一。……不満が出るかと思ったけど全く出ない。誰もがこうなるのを望んでいたかのようでね。規律に服従することを。縛られることを」

山本が笑う。ワインを持つ手の血色がよく、不快だった。

「時代のせいかな？　誰もが、自分で考えて選ぶことに苦痛になっている。誰もが誰かに従いたくて仕方ない」

山本はやや酔っている。

「……どれか選べ」

山本が長方形のアタッシェケースを開ける。拳銃がある。小瓶やナイフまで。

「明日佐藤に会う。だろう？　明日殺せよ」

彼にわからないように、深く息を吸った。平静さを意識する。それは自明なことという風に。

「この小瓶を頂きます。気化しますか？」

表面のガラスに指でふれる。生温かい。

「ん？」

「この瓶では荷物を検査されるとばれてしまうので。目薬に似せた容器に移したいです。致死量は」

「……そうだな」山本が言う。予想通りだった。

「俺もそう思った。その点は追ってメールさせよう」

あなたは本当に雑で無能だ、と僕は言わない。重々しく頷く。

「でもすぐ選んだな。占いで決めると思ったよ」

僕は内面で笑みを浮かべる。やはり彼は占いの話題に行こうとした。僕の前の発言を気にしている。〝私は強者につく〟。僕は以前彼に言った。〝今年はあなたの流れが、劇的に変わる時です〟。続けてタロットカードを、〈皇帝〉を画像で送っていた。

選ぶのが苦痛になった人々の代わりに、独裁的な王が様々なことを選び決めていく。でも歴史を見れば、そのような王こそ占いを欲したのだった。独裁者も苦痛だった。何かを自分で決めることが。

そのような王の背後で暗躍した占い師もいたが、自らの占いを信じ、純粋に王に助言し続けた占い師も当然いた。民衆が考えるのをやめ選ぶのを放棄し、王も放棄した結果、星の位置やカードの順番、骨や甲羅にどう亀裂が入ったかで、国の命運が決まっていった。

「自分を占ったわけではありません。あなたのことを」

そう言い、アタッシェケースの拳銃を取り、テーブルに置き山本に差し出す。

「これがいいでしょう。決断する時は」

「……ん？」

「おわかりでしょう。あなた程の人なら」

僕はタロットカードを4枚引き、銃を囲いダイヤの形に裏向きで並べる。ロウソクを1本出し、手に持ったまま火をつけた。

「ちょっとした験担ぎです。でも私がこれをして、失敗した例は一度もありません」

4枚のうち1枚をめくる。〈皇帝〉。一瞬見せ、しまう。僕が決めてあげよう。内面で呟く。あなたの運命を。

揺れていたロウソクの火を消す。山本の背後のデスクランプが、あの時と似て強い光を放っている。彼の背後の空に、恒星のプロキオンがよく見えたこともあった。冬の星座の、目立つこいぬ座の一部。その神話。

狩りの得意な男、アクタイオーンが、オリンポス十二神、アルテミスの水浴姿を偶然見てしまう。裸体を見られた狩猟・貞操の神アルテミスは怒り、アクタイオーンを鹿に変える。アクタイオーンに仕えていた猟犬達は、それを主人と思わず嚙み殺してしまう。

別の神話もあるが、これがおおいぬ座やこいぬ座の由来の一つ。

つまりあなたは。僕は内面で呟く。こいぬ座の猟犬のように、新しく組織のトップになったという男を殺せばいい。僕にそそのかされて。それで組織のトップになる。無能で雑なあなたがトップになれば、組織は急速に力を失う。

そのとき僕はあなたとの繫がりを出来る限り全て消し、佐藤をそそのかしあなたを殺害させる。そして佐藤からも離れ全て終える。

その後どうするのか。何も期待する先はないが、ひとまず危機は終わる。

山本がワインで酔いながら拳銃を眺めている。ディオニュソスならこうやって人々を操り、狂わせて全てを始末するだろう。身体に熱を感じた。

「時機があります。あと一週間以内」

「一週間？」

山本の反応に、彼はやる可能性があると予感した。

「王が入れ替わる時には、相応しい星の位置があります。今を逃すと逆に危ない」

「どういうことだ」

「あなたの今の……、実力的にそう呼んでいいでしょう、ナンバー2の位置を、欲しがる者が幾人かいます。権力を奪う時、最も避けるべきは躊躇です」

ワイングラスに目を移しながら、山本が黙る。彼を誘導していく自分を意識する。直線の上を歩かせるように。最短距離で。

「でも私の今の発言も、本当なら必要ない。あなたはもう決めていたはずですから。私は時機をお伝えしただけです」

元々彼の脳裏にあったはず。僕は助長しただけだ。だが密かに考えていたことを促される時、人はそれを運命と錯覚する。

「恐るべきことに、あなたがこれからする行為は驚くほど上手くいきます」

僕は山本に微笑む。

「達成した瞬間の快楽は凄まじいでしょう。……これは凄い快楽だ。あなたは全てを手に入れる」

後々彼らの崩壊の真相を誰かが知ろうとし、しかるべきカードをめくったとしても、そこには何も書かれていない。僕は姿を消すのだから。

そんなイメージが湧いたのは、僕も少し酔っているからかもしれない。

〈念のため聞く〉

目の前の、黒く装飾のないドアを見る。昨日見た山本の部屋のドアより、やや幅がある。

佐藤の部屋の前。いつもではないがドアを開ける時、僕は予習することがある。

その向こうを隠すドアを開けてからの展開と、自分の行動を。山本から佐藤を殺せと言われているが、そんなことはしない。毒も持ってきていない。

山本は自分のことで脳裏は埋まり、僕が今日やらなくても咎めはない。いま自分がやることは、佐藤に危機が近づいていると、さりげなく提示することだった。山本を殺させる。

佐藤はまた白い高価なトレーナーを着、僕を気だるく見るだろう。手記の感想を聞かれるだろう。効果的な答えも用意していた。

その後自然と、僕は占いに入る。今度のは新しい占いだった。彼の興味をどれだけ引けるかが重要になる。

秘書の1人が僕の代わりにドアをノックする。開けられる。彼の手で。

部屋に入ると、チェック柄の男が死んでいた。背後でドアが閉まる。絨毯で仰向けで目を開いているチェック柄は、チェック柄の服を今日は着ていない。スーツだった。

「……その男を知ってるだろう」

鼓動が速くなっていく。佐藤が僕を見ている。横になったまま、無表情で。

嘘はつけない。全てばれている。

「……彼は、元ピッチャーです」

僕は何を言っているのだろう。

「二軍戦で、シュートを投げるべきタイミングで、……それを知ることができなかったため、……スライダーを投げ」

視界が霞んでいく。

「……だから彼は、こう……」

「腹は減っているか」

胸が強く押されるようだった。

「ルームサービスを取るといい」

部屋には佐藤の他に秘書がいた。前の秘書とは別の、新しい女性。ドアの向こうにも人の気配がする。そう言えば、今日は男の秘書が廊下に複数いた。

秘書がメニューを僕に手渡している。思考が乱れていく。

「早く選べ」

「空腹ではありません」

僕は平静を装う。だがどのような表情をしても、もう無駄に思えた。

「食べろ。選べ」

メニューを見る。上手く読めない。

チェック柄の死体と目が合った。彼はとてもつまらなそうに死んでいた。死ぬ瞬間に、そう思ったのかもしれない。何てつまらないのだろうと。

あれからチェック柄が、僕のことを名前でなく、あだ名で呼んでいたと同じ賭博場のディーラーから聞いた。〝ナイーヴ〟と。

メニューの文字が入ってこない。〝シェフ〟という言葉が見える。〝シェフお薦めの〟。何とか読もうとする。〝シェフお薦めの和と洋のハーモニー〟。言葉が遠かった。言葉が体現するテンションと、自分との距離が。周囲から自分が乖離していく。もうすぐ死ぬ自分に、どのようなメニューも関係ない。

選ぶ時間を使うほど人生が延びる。しがみつく自分を感じる。生物としての本能だけで。つまらないな。僕はチェック柄の死体に内面で呟く。つまらないな、俺達の人生は。お前に対しては何の気持ちも感慨もなかったけど、死ぬ時の感想は同じだったらしい。

「選べ」

「……このパスタを」

僕は秘書に〝極上ペペロンチーノ～冬の味覚を添えて〟を選んでいた。意味はない。目に入ったからだった。佐藤は今、こう思っているだろう。この男はもうすぐ死ぬのに、冬の味覚を食べるらしいと。

秘書が電話する。沈黙が続く。佐藤も秘書も何も言わない。僕も何も言うことができない。

気づくとボーイがいて、食事の準備をしている。静まる部屋の中で、カタカタとボウルや食器が接触する音がする。

アルミ製のテーブルにパスタが載っている。僕は席に着く。着くしかなかった。

「食べろ」

秘書も知っているのだろう。緊張した様子で、離れた椅子に座り僕を見ていた。

一つ助かる方法があるなら。僕は思い至っている。コートの隠しポケットに、偽造の警察手帳がまだ入っている。自分は刑事で手帳の所属は目黒署になっているが、本当は公安だと佐藤に言う。お前を探っていたと。彼も警察は殺せないはず。殺せば発覚する。

現実を嘘で変容させる。これまで自分はそう試みてきたはずだった。

「ちなみに君が今、警察手帳を見せても私を騙せない」

変化しそうになる表情を抑えようとした。

「……何のことですか」

「食べろ。早く」

呼吸が乱れていく。なぜ知っているのだろう。フォークをつかむ。かろうじて手の震えは堪えていた。

僕の利点は、これが殺される前の儀式のようなものだと、佐藤の前の秘書から聞き知っていることだけだった。だがドアから逃げても秘書達がいる。この知識は恐怖を助長するだけで解決に繋がらない。食べ終わる前に考えなければならない。だが恐らく何も策はない。

僕はフォークをパスタの束に入れる。フォークを回転させ、巻き取る。自分はもうすぐ死ぬのに、パスタをフォークに絡ませている。佐藤も、佐藤の秘書も同じことを思ったはずだった。

口に入れる。悪くない味がした。もうすぐ死ぬのに。この味ももう自分と関係がない。なのに身体は味を感じている。

鼓動が痛いほど速い。視界が再び霞んでいく。やはり逃げるか？　でも廊下の秘書達を振り解いても、出る手段はエレベーターしかない。エレベーターがすぐ動くはずがない。

僕は再びフォークをパスタに入れた。今度は手が震える。細長いパスタの絡まりが窮屈にねじれていく。一旦手を止め、水を飲んだ。飲み過ぎている。これでは足りなくなる。再びフォークを握る。こんな最後は。

「……君の」佐藤が言う。

「あの部屋は何だ？」

僕は手を止める。

「何のことですか」

「君の占い用の部屋じゃない。……本当の自宅だ。あの古びたアパートの」

鼓動がまた速くなる。

「あの幾つもの棚は何だ？」

頬に熱を感じた。小さい頃のように、顔に赤味が差しているかもしれない。

「不自然な数の、……膨大なカード」

　初めは、時々拾う癖があった程度だった。だがアルバイトを始めた高校の時から、集めるようになった。

　様々なメーカーのトランプやタロット。そのほか花札やトレーディングカードまで。十八歳で施設を出て1人暮らしを始めてからは、何かから自分を覆い守るように、何かを埋めるように、半ばゴミ屋敷のようになるまで、カードを収集した。

「あの部屋を見る限り」佐藤が続ける。

「君はその自分の生を、ギリギリ保っていたかのようだ」

　隠せる量を超えてからは、誰も部屋に呼べなかった。付き合う女性ができた時は外で会った。そういう時、つまり自分が自分以外と内面である程度繋がっている時、僕はあの部屋をそれほど必要としなくなった。

　だが別れると、膨大なカードが馴染んだ。カードの束が自分を迎えるように思えたのだった。〝君が孤独に戻るのを待っていた〟というように。

〝誰かと付き合い幸福になろうと努力している君は、内面の細かかったヒダが少し雑になるようで、嫌いだった〟

〝性欲だけだよ。君が自分以外に求めているのは〟

〝ここは安全だ。君が僕達を集めるほど、君の囲いは強くざらざらとして厄介になる〟

　今はもう数も減り、置いてあるだけだった。隠居する時も、どこかに保管はするが持っていくことはない。占いやディーラーを始めてから、かもしれない。あのカード達から離れ始めたのは。

　目の前のパスタをフォークで絡め、口に入れる。不意に嘔吐感に襲われ、パスタが喉にせり上がる。無数の切断された柔らかな円柱を連想した。水で押し込む。呼吸を整える。まだパスタはある。

　食べ終われば死ぬ。いや、佐藤次第だった。彼はいつでも、飽きたら途中でもやるだろう。

　自分は最後とり乱すだろうか。最後に思うのは何だろう。この世界への呪詛だろうか。過去に浮かべていた、不快を全て吸う渦。あの渦を思えば、無に似たものに近づけるかもしれない。殺される生物が否応なく感じる恐怖を、やり過ごせるかもしれない。

　パスタをフォークで再び巻き取る。嘔吐を堪え、口に運ぶ。噛む。込み上げないように細かく。だが飲み込めない。円柱の束が口内で溢れていく。水で押し込む。だがもう水がない。息が乱れる。こんな最後は。

「……席を外せ」

　佐藤が言う。秘書が我に返ったように慌てて立つ。彼女の頬は上気していた。もうすぐ死ぬ僕を見ながら、高揚していた。この部屋には性の気配がある。僕が死んだ後、彼女は彼にせがむかもしれない。

部屋で佐藤と2人になる。視界が狭くなっていく。苦しくなる鼓動で、佐藤の周辺しかもう見えない。

「……念のため聞く」佐藤が言う。片肘をつきこちらを見、横になったままで。「君は占いの能力がないのか？」

不意に涙が滲んだ。これは恐怖からくる涙だけじゃない。

自分に本当に少しでも占いの力があれば。これまで様々なことを、見ずに済んだかもしれなかった。知らなくていいことを、知らずに済んだかもしれなかった。経験しなくていいことを、経験せずに済んだかもしれなかった。そのはずだった。

本当に少しでも力があれば、このような人生ではなかったかもしれなかった。自分だけではない。相談に来た様々な顧客の生涯を、もう少しだけでも変えることができたかもしれなかった。

占いの能力がないと自覚しているが、他者に、社会に白状したことはない。佐藤が所有していた手記、あの錬金術師の尊師と同じように。言うわけにいかないことだった。言ったのは英子氏にだけだ。

涙ぐむ。この状況で、もう嘘は言えない。

「はい」声が震えた。

「ありません」

佐藤が起き上がり、ベッドに座る。

「……残念だ」

そう言い、グラスの水を飲んだ。呼吸を整えるように。

「実は、私はもうすぐ死ぬ」

佐藤が続ける。虚ろな声で。

「だが原因がわからない。恐らく病ではない。人間ドックの結果も問題がない。……だがわかるんだ。もうすぐ死ぬと」

グラスを側の四角いテーブルに置いた。

「死ぬこと自体より、前に一度話したが、……私の最後が何によって終わるのか、それが知りたかった。君が教えてくれると思った」

佐藤が立ち上がる。ゆっくりと。

「私はどうやら、……自分で思っているより、君に期待していたらしい。とうとう出会ったと、思っていたらしい。……英子が、私に連れてきたのだと」

「……英子？」

佐藤がテーブルの椅子に座る。英子氏と知り合いなのか？　ではこの依頼はどういうことだろう。

「私達の契約が私の違反で破れた時、ゾロアスター教だったか？　それより以前から続く呪術に沿い、私の髪と爪を香で焼き、私の人生において最も重要なものを損なう。君はそう言った。……まあある意味当たっていた。私の人生に髪と爪は関係なかったが、結果的に、君は私から最後の機会を奪ったことになる。人生の最後に、ようやく本物と出会う可能性を奪ったというか。……私は君がそれを焼いた時、その香が自分の身体から匂うことまで少し期待していた」

僕は動くことができない。

「君が食事をしている時、私が思っていたのはこうだ。どういう死に方が、君にとって最も残酷か。君は一体、どういう死に方が一番嫌だろうか。……人間を殺す時の考慮は死体を残さないことだ。死体がなければ警察も本気で動かない。死体は完全にこの世界から消すことができる。高温で焼かれ骨も砕かれ、君は生々しく湿った身体の人間から乾いた白い多量の粉末になれる。複雑な人間から美しくシンプルな粉になれる。……そもそも君に本当に能力があれば、事前に知りこの部屋にも来ない。だが同時にこうも思った。また繰り返すのか」

白い煙が佐藤の背後で苦しげに揺れている。前に見た加湿器がぼやけていく。

「これまで、幾人もの占い師が近づいてきた。詐欺師であるのを隠し取り入ろうとした者、自分の能力を完全に信じ、しかし全く能力のなかった者、……悪意のある者は殺すこともあった。私は想像した。秘書に君を殺害させ、その様子を報告させ、私は君の粉末の一部を見る。だがそれでどうなると」

佐藤がグラスの水を飲む。飲み干す。

「味気なさすらない。何もない。……そして私は前から、君が時々見せる表情が気になっていた。無表情とでも言うか、君が表情をつくる時でなく、ふとした瞬間の表情。この世界を虚無的に眺める視線。君はもしかしたら私と同じように、たとえばあらゆる風景を味気ない図形のように見ることがあるのではないか、……そしてさっきの声だ。私が能力があるのかと尋ねた時、自ら否定した声。無念さがあった。命が惜しいとは別の感情。……私はある意味、十年後の君かもしれない」

佐藤が僕をぼんやり見る。

「君に能力はないが、君がここに来た流れに、何かが。……私がそう感じたいだけかもしれない。……間近に迫った私の死因を占え。これを」

僕が預けていた、オリジナルのタロットカードを佐藤が出した。現代の物理学や、宇宙論なども取り入れられたもの。ある発狂した物理学者が作ったとされるもの。

「君に能力はないかもしれないが、このカードにはあるかもしれない。前にも言ったが、私はこのカードを知っている。……これは私の知人が作ったものだ」

僕はカードを受け取る。ロウソクを使うのも白々しく、違った。間を置くなど、全ての演出も違った。

僕はカードをケースから出し、切る。並べていく。でもどう占えばいいだろう。どうすれば。

〈神〉〈無意識10〉〈虚無〉。カードを並べていく。〈ホログラフィック原理〉

「……もういい」

佐藤が僕を止める。僕もやめたかった。演出のない占いはこんなにも虚しい。占いになり得ない。佐藤がテーブルに肘をつき、前に傾く額を片手で支える。目を閉じている。

「もういい。……帰れ」

佐藤はその姿勢のまま動かない。僕は立ち上がる。助かったのだろうか。ドアを開けた時、拘束されるのだろうか。わからない。

ドアの前に立ち、銀色のノブをつかみ開ける。選択肢はなかった。

秘書達がやや驚いて僕を見ている。脇を通り過ぎようとし、止められた。

1人が慌てて佐藤の部屋に入る。ドアが閉まり、僕は直線の廊下で秘書達と対峙する。ここを抜けられても、エレベーターまで距離がある。

ドアが開き、秘書が中から何か合図を送る。正面の秘書が頷く。

「ご自宅まで送ります」

「必要ない」

「決まりですから」

彼は以前、僕を車に乗せた。

付き添いは1人だった。逃げられるかもしれない。エレベーターに乗り1階に着いた瞬間、ホテルのフロントに助けを求める。もしくは走る。額を手で支える佐藤の姿がちらついた。

「何があったのです」秘書が言う。廊下を歩きながら。

「佐藤さんは普段から、私達に多くを語らない。……何があった」

エレベーターが誘うように開き、乗る。当然だが、ドアには自ら開くものがある。

「私達は再来月解雇されることになっている。……原因は、佐藤さんが死ぬからだ。でもなぜ死ぬのか、わからない。人間ドックの結果も問題ない。お前はわかるのか」

エレベーターが開く。降りろというように。走るならこのタイミングだった。

「……頼む」エレベーターから降りた時、彼が立ち止まった。

「教えてくれ。彼がどうやって死ぬのか。そしてそれを防ぐ方法を。……情報があれば占えるのか」

「……情報？」

彼が先を歩く。以前と同じ送迎の車。

「佐藤さんは近頃、何と言うか、ずっと文章を書いていた」

初めに会った時、彼の利き腕の左の指に、ペンの痕があったのを思い出す。

「正確に言えば遺書のようなものだ。長い手紙のような。……英子という人物に宛てたものだと思う。そう読める」

促され、車に乗った。逃げるべきなのに、気になった。

「ここに出てくることと関係があるのか。ホログラフィック原理とは何だ。今回のこととオウム真理教が関係しているのか。確かに佐藤さんは、あの事件の実行犯達の世代とも言える」

「……は？」

「わかれば占えるのか。占ってくれ。彼を死なせたくない。まだ彼の下で働きたい」

そう言い、ダッシュボードから真新しい紙の束を出した。

「これはコピーだよ。一度に読み切れる量じゃなかった。死なせるわけにいかない。ヒントがあると思い読んだが俺には全然わからない」

そのコピーの束にタイトルはなかった。

＊

ホテルのカーテンから外を見る。

僕をマンションまで送った秘書の様子を思い出す。彼はずっと動揺していた。占うことができたら、結果をすぐ教えろと。

気が変われば、佐藤は僕を殺すかもしれない。マンションにいるわけにいかない。すぐこのホテルに移動した。

目の前に佐藤の遺書がある。これからどうすればいいか、わからない。

第四部

〈佐藤の遺書・あるオカルト者の記録〉

自分の人生を終えるにあたり、まず浮かぶのはあなたのことだ。なぜだろう。これまで遭遇した全ての人間の中で、あなたが唯一、尊敬できる存在だったからだろうか。

英子。あなたの死を、私は生涯忘れることがなかった。そう書けば、あなたは驚くだろうか。私の中に、まさかそんな人間のような部分がまだ残っていたのかと。

手記から目を離す。英子氏は生きている。どういうことだろう。

佐藤の字は、気味が悪いほど美しかった。

あなたに話していなかった、昔のことを書こう。

私の生育歴は省く。私は昔から奇妙な癖があり、それは何かを分離させると落ち着くことがある、というものだった。

最初に気づいたのは、いつだろうか。最も古い記憶は消しゴムだ。使用していた肉感の充満した粘つく白色の消しゴムに、深い亀裂が入っていた。私はそれを見た時、小学生前だったと思うが、胸が少し高鳴るようだった。消しゴムの白い肌に傷が入り、裂けようとしている。私は裂いた。

これは裂ける準備をし、裂けたがっていると思ったのだった。カッターナイフを出し消しゴムに新たな亀裂を入れ、再び裂く。消しゴムは喜びに震えて見えた。あらゆる物は、その物にさせられていると思った。鉛筆や、消しゴムや、輪ゴムなどは、鉛筆や、消しゴムや、輪ゴムとして、存在させられている。そこから解放される時、彼らの存在がほっと息を吐き、安堵すると思えたのだった。私はあの時、消しゴムが消しゴムと呼ばれる形を保てなくなるまで裂き、粉にした。やや弾力のある使い道のない粉。粉達は安堵して見えた。特定の物である緊張から解放された姿で。

奇妙に聞こえるだろうか。でもあなたなら戯言《ざれごと》と思わず、本当のこととして読んでくれただろう。さらに言えば、昔は生物と物の区別が本当の意味でよくつかめなかった。鉛筆とセミの価値は等価で、蚊と猫も等価で、全てが等価だった。

今では当然、蚊より猫の命が上位に来るとわかるし、私はそう感じられる。だがそれは後天的に学習したからで、私の本質が本当はどう感じているか怪しい。なぜ蚊と猫の命が等価でないのか、私は論理的に説明はできない。なぜ生命が価値があるのか、人間と岩の欠片《かけら》とどちらが価値があるのかも、私には本当の意味で説明が難しい。もっともらしいことしか言うことができないし、それは私が知りたい答えでもなかった。

校庭にいた時だ。高校生になり急に背が伸びるまで、幼少の私は小柄で痩せていた。クラスメイト達がドッジボールというゲームをしている時、見ながら軽度の眩暈《めまい》がした。わからなかったからだった。

なぜ彼らが、ボールを投げているのかが。ボールを投げれば、ぶつかるだろう。避《よ》けられなかったのは運動神経などの結果に過ぎず、避けても、避けられなくても、どうでもいいことだ。

そしてこの時にようやく気づくことになるのだが、私はどうやら、他の者達と比べ感情の持続時間が短いようだった。

特に、笑いの感情が稀薄に思えた。ドッジボールをする彼らの笑い、小刻みに息を苦しげに吐くその不可解な響きに、自分の視界が揺れているようだった。

次第に彼らが図形化した。彼らの体が動く直線や曲線のようになる。色のつきかたも雑になり、時々色は遅れ線の動きとずれた。そのような彼らの間を、円のボールが行き来する。色がずれながら。吐き気がしたのはその時だ。

私は校舎に戻った。開いていた扉から建物内に入り、トイレを目指した。だが途中の廊下のリノリウムの床の表面がやや滑らか過ぎると知った直後、吐いた。嘔吐した後に感じたのは恐怖だった。このような存在である自分がこのような世界にいることについての。さらにこのような時間がこれからもこのように続いていくことについての。

自分の体に亀裂が入り、裂けていくのを想像した。自分が喜ぶか考えた。私という存在でいる必要がなくなった自分は、安堵するだろうかと。

世界と自分との関係に違和感を覚えた時、仮面をつけやり過ごす者もいるという。演技をし、他人と馴染んだ振りをし、表情や態度や言葉を嘘で覆い続ける者。こういうケースで、人間は二つに分かれるようだ。だが私は演技をしなかった。発想がなかった。

クラスメイトは私を嫌うことになる。嫌った結果危害を加えるというのが、あまりに味気なかった。言葉で何を言われても構わないし、もう忘れてしまったが、暴力は苦痛だった。痛みの走る体の中にいる不快。やめさせるには、こちらもやるしかなかった。やるしかないというのも、味気なかった。

教室で数人にぶたれ、蹴られた時、私は持っていたカッターナイフで一番近い相手を直線に切った。恐らく実際は小さな怪我だったはずだが、私の記憶のそれは赤く長い線となり相手の服の上に出現した。そうだった、と私は思った。切れば血が出る。不潔な血が。

皮膚の表面を切ることによる中の液体の出現に、圧倒的な不潔を感じた。もし私にこの感覚がなければ、今頃は猟奇的な何かとなり死刑囚にでもなり拘置所にいたかもしれない。奇麗好きだった私は猟奇的にならなかった。そういう解釈で合っているだろうか。それともあらゆることが稀薄気味だったからだろうか。執着がなければ猟奇的にもなり得ない。

カッターの代わりに椅子を振り下ろしても、結局相手は皮膚からいずれ血液を出す。毒を飲ませても涎や涙を出す。次にどうすればいいか考えたが、その日から私への暴力はなくなった。

一九七四年のことだから、私が七歳の時になる。時代で言えば、反米の学生運動による政治の季節が終わった後。電気屋のテレビの前を通りかかった時、何気なく足を止めた。外国人がスプーンを持っていた。ユリ・ゲラーだった。

何をしているのか、と思った直後、外国人は持っていたスプーンを曲げたのだ。飴細工のように。

その時の衝撃を、後から言葉にすればこのようになる。「やはりそうだった」。私は恐らくそう思ったのだった。

この世界は、やはりこんな風であるはずがなかった。やはりそうだったのだ。この世界ではこのように惹き込まれることが起きるのだ。つまらなく、味気なく、色褪せたものであるはずがなかったのだ。金属のスプーンが念力で曲がるのだ。

テレビ画面の向こうのテーブル、その上に載せられた曲げられたスプーン。それはこの世界の全ての法則を凌駕し、見下し、馬鹿にさえしているように思えた。

スプーンは、本来そうなるはずのない形状になったことで、スプーンであることから解放されただけでなく、この世界の法則からも解放され、完全に自由に見えた。私はあれほど美しく、自由であるものを、それまで見たことがなかった。

ユリ・ゲラーに本当に能力があるのか、人によって評価は違うだろう。私はその足で店に行きスプーンを盗んだ。

私に盗まれたスプーンは、本来いるはずの陳列棚から誘拐された女のように見えた。買った者しか、破ることを許されない封を開ける。違法に外気に触れたスプーンは裸にされ喜んでいると思った。私と共犯であるようにさえ。

公園の傾くシーソーの上で、私はスプーンを見つめた。滑り台の、滑り終えた先のステンレスの上だったかもしれない。ユリ・ゲラーのようにスプーンを見つめ続け、その先に指をかけた。私の指先から、この世界の全ての法則を凌駕するエネルギーが放出されるのを待った。だがスプーンは曲がらなかった。味気ないほどに硬かった。曲がらないスプーンは急に不機嫌に見えた。真面目に硬くなり押し黙る、つまらないものに。だが私はいつか自分はスプーンを曲げられると思ったし、曲げることができなくても、それで構わないと考えていたような気がする。

要するに、世界がこのようなものでなければよかったのだった。自分でなくても、誰か能力のある他の者がいればいいのだと。スプーンは曲がり、例えばＵＦＯは実在し、幽霊も実在する。世界がそのようであれば見てみる価値があると。

だから私があの地震で人格が豹変したと思わないで欲しい。元々私は、こういう性質を持っていたのだ。

彼の名を意識するとペンが揺れる。イニシャルで記す。I。書いて思うのは、奇妙なことに、このイニシャルは彼の名より彼に近いことだ。一人で立つ自立の姿であるのに、同時に個としての不安を体現している。強くゴミの混ざる風が吹けば飛ばされ、何かの線の羅列に入り姿が見えなくなるような。

初めて言葉を交わしたのは大学の食堂だった。「一緒にいいか？」。彼が私の前に座ったのだ。私は彼をぼんやり見ていた。女性以外で私に話しかける者などいなかったから。

「実はね、君を昨日〈Another〉で見た」

〈Another〉は大学近くのカフェだった。

「『神々の沈黙』を君は読んでいた。……君は文学部か？　哲学？」

「……経済」

私の返答に彼は笑った。

「経済学部の人間が『神々の沈黙』か？」

「いけないか？」

「いや最高だ」

彼は自分の名と所属を言った。理学部の物理学科。

『神々の沈黙』は一九七六年にアメリカの心理学の教授によって書かれたかなり分厚い本で、世界的に議論を巻き起こしたものだった。当時は一九八八年だから、十年以上前の著作になる。

この本によれば、古代の人類には神の声が聴こえたという。オカルトの本ではなかった。

統合失調症の患者が聴くような幻聴を、当時の人間達は聴いていたのではないかという学説だった。人間の脳の構造が、現在と違っていたと。

当時の人間は、何かを決断するストレスに曝された時、声を聴いたという。例えば有力な王が死んだ後、彼の命令を得られなくなった人々は、しかしその命令を聴くことができた。彼が言いそうなことを、脳内で声として鳴らしていた。神の起源はこの声であると。

だが前二〇〇〇年紀の途中から、次第に人類はその声が聴こえなくなる。人間は徐々に神の声を失っていく。理由には異文化の交流と社会の複雑化、そして文字の発達などがあるという。著者は膨大な文献や遺跡など例を挙げて検証していた。説得力のあるものだった。

「あの本によれば」Ｉは言った。

「アッシリアの王が残酷になるタイミングと、人間が神の声を失う時期が重なるとあるね。神の声という権威を失った王が、残酷さをもって人々を統治しようとした」

彼はあの本を知っているだけでなく、読んでいた。知る限り当時まだ邦訳はなかった。

「そして神の声を失った時期から、占いなども非常に盛んになっていくと。失われた神を彼らは求めたわけだ。俺はあの本は真実だと思う」

私の意見を推し測る前に、彼は自説を述べた。新鮮さを感じた。

「俺も、そう思う」

私はようやく言う。誰ともほぼ言葉を交わしていなかった私は、話し相手を求めていたのだろうか。自ら言葉を継いでいた。

「当時の人間の脳は、現在の人間の脳からすると異質だし、疾患を持っていたとも言えるかもしれない。でも当時はそれが通常だったわけで。……だからこう思うんだよ。今の人間の脳も、未来の人間の脳からすれば疾患を持っているように映るんじゃないかって」

「例えば？」

「当時の、つまり二十世紀の人間は、自分で物事を考えていたらしい、と何かの本で書かれるんじゃないか」

Iが笑った。馬鹿にした笑いとは違った。

「飲みに行こう。お前を気に入ったよ。お前も俺を気に入ってくれるといいんだけど」

その後私はIを気に入ったのだろうか。正直に書くと、わからない。

「俺は世界の本質を知りたい」Iは後に何度も言った。

「この世界が一体何であるのか。それが知りたい。俺の人生はそのためにある」

少年の夢のようなものではないと、私にはわかっていた。世界に対する違和感がそうさせるのだ。世界に対し違和感を覚えた結果、ではなぜ世界はこのようであるのかと思う。私も同じだった。彼の手段は私のような哲学やオカルトでなく、科学だった。

「『二重スリット実験』。最も美しい実験の一つと言われている。物理学で最も有名な実験かもしれない」

部屋に行った時、彼はその実験を説明する講義のビデオを私に見せた。

機械から光を放射し、感光板に当てる。その途中に二つのスリット、言い換えれば二つの長細い隙間の空いた板を置くと、二つの隙間を通った光は干渉し合い、感光板には縞模様ができる。

だが光を光子として一粒一粒放射しても、感光板には縞模様ができるのだった。

「……一粒ずつなのに？」

「ここからがもっと凄い」

しかし途中に検知器を置くと、板には縞模様ができない。一粒一粒光子がランダムにどちらかの隙間を通っていったような、長細い二つの線に似た跡ができるだけだ。

「つまり光は波でもあり、粒子でもある」

私はわからないまま相槌をうった。

「光は観測すると粒子のように振る舞い、観測していない時は波のように振る舞う。これは光だけじゃない。電子のようなミクロの存在でも同じなんだ」

オカルトではなかった。物理学の基礎中の基礎の実験だった。

この実験は発展し、さらなる驚く事実を提示したことを後に知った。二重スリットを通過した後に光を観測すると、光はその瞬間に粒子になり、波として通過していたはずの二重スリットを、粒子として通過したように変わる。光の過去が変わってしまう。物理学者は言う。光の過去は、その光が人間がいるマクロな世界で観測された瞬間に決まる。それまでは光の過去は決定されず、変更可能であると。

これはどういうことなのだろうか？　ミクロの世界では、私達の常識とは全く違うことが展開されている。

「言い換えれば」Ｉが言う。彼には既に、私の個人的なことを幾つか話していた。

「この世界は面白いんだ。だから」

彼は真剣な表情を私に向けた。

「絶望するにはまだ早いよ」

彼があの話をしたのは、どこかで飲んだ帰りの公園だったろうか。

「一次元は線、二次元は平面、三次元は立体。……でもこの世界では、ある空間の領域に詰め込める情報の最大量は、奇妙なことに、その空間の体積ではなく、表面積と同じになるんだ」

彼は熱っぽく語った。酔っていた。

「実は俺達の世界は、二次元で全て収まるようにできている可能性があるんだ。世界の本当の姿は、二次元のホログラムのようなものだという学説がある。本当は二次元だけど、俺達の脳が三次元として体験しているだけというね。ホログラフィック原理という」

オカルトではなかった。物理学の有力な学説の一つと後に知った。

「さらに、この世界は、十次元空間の中を漂う、薄い膜のようなものではないか、という学説もある。ブレーン宇宙論。……こういうのを踏まえてな、今からお前に、俺が考えたこの世界の姿を教えるよ」

彼は急に照れた。よく照れる男だった。

「テレビ、あるよな？　あれは電波塔から送られてくる電波を受信したテレビが、その電波の情報から、映像や音声を再現している。言い換えれば、あの映像や音は電波の信号に変換できるわけだ。脳には電気信号が満ちている。記憶の正体も結局それだと俺は思う。……つまり、俺達の本当の世界は、二次元の、そういったデータのようなものだと思うんだ。それを、同じく二次元にいる俺達の脳が、このような姿として、三次元として変換している。俺達の脳の構造で感じているからこのような世界であるわけで、ホログラムが光を当てる角度で見え方が変わるように、別の構造の脳で見たら、その姿を一変させるはずなんだ」

彼の声が大きくなる。

「古代の人間がいた世界では、神の声が聴こえた。精霊や妖精だって見えたんじゃないか？　実際日本でも、たとえば斉明天皇の喪の儀式の時、鬼が覗いていたと日本書紀に普通に出てくる。それだけが幻想だったわけではなくて、二次元で記されたデータを脳が変換しているわけだから、ある意味全ては幻想で、当時の脳からすれば現実だったわけだ。君はがっかりするかもしれないが、同様にＵＦＯもある意味幻想になる。現代のＵＦＯは、古代の人間にとっての妖精や鬼のようなものなんだよ。我々の脳が、ＵＦＯがいると認識することで見る集団幻想。繰り返すけど、目の前に見える石でも机でも全てはある意味幻想で、つまりそれと同じ類のもので、ＵＦＯはでもまだはっきり人間達の脳の中で定義されていない幻想、と言った方がいいかもしれない。定義されていないままビデオに映っている。科学がこれだけ発達した世界で、妖精の存在は人々の中で薄れている。代わりに出現したのがＵＦＯになる。なぜＵＦＯが空飛ぶ円盤の姿で出現したのかは謎だけどね。……つまり俺達は、そうやってこの世界を更新し続けている。宇宙は以前は、こんな風でなかったはずだ。天文学者が星を発見すれば、〝存在するもの〟としてこの世界に出現する。誰かの脳が〝ある〟と知覚してしまえば、何かの加減で現実になることがあるわけだ。だから宇宙は観測されるたび発見も増えていくだろう。前に話した二重スリット実験は、この世界の本当の姿と、人間の知覚のブレ、その一致点をギリギリまで見ていった時に生じた〝ズレ〟だろうね」

　雰囲気しかわからなかった。

「だから俺達の脳の構造が変化すれば、この現実は変わる。二重スリット実験で見たように、光の過去は変化する。現在と過去の認識も、ただ脳が順序づけているだけで変更可能かもしれない」

　恐らくIは、人間の脳を個々と見ていない。思考や意識は個として存在しているが、現代で言えば、常に更新されていくOSのようなものと捉えていた。

「俺達の現実は仮想で、世界の本当の姿は複雑なデータ記録。……問題は、なぜこ、い、い、い、いか、い、か、ようなものが存在するのか、ということだ。なぜこの世界が存在するのかと同義だけど。つまり世界はこんな風だ」

　そう述べ、一枚のタロットカードを出した。あれは何のカードだったか。彼は占いが好きだった。

「二次元のこんな風なものが、十次元空間の中を漂っている。ここにはこの世界の全てのデータがある。俺はここに記されていることが知りたいんだ。たとえばこれを」

　Iは、世界の姿と称したカードを引っ繰り返した。

「こうした時、見える世界はどうなるか。この世界の秘密に触れることができれば、俺達は未来を事前に知ることもできるはずだ。全ての人間を幸福にすることも可能かもしれない。俺はそれを手に入れたい」

あのとき彼はまだ酔っていた。カードを親指と人差し指で挟み、私に見せた。

「神になりたいのか？」

「違うよ。占い師だ」

「占い師？　物理をやってる人間が？」

私がお返しのように告げると、彼は笑った。あの時の私の脳は、まだそのような冗談を発生させることができたのだった。

「ただ普通の占い師とは違うね。俺は常に世界の本質を探りたいから、……つまり憧れるのは、世界の秘密に触れることができるような存在だよ。二次元のカードであるこの世界を知って、変えることもできるような……、何て言えばいいかな」

あの時点ではまだ、私は彼の精神の底を知らなかった。

「いま俺が言った世界観が、本当の世界とどれほど距離があるかわからない。ただ一つ確かなのは、この世界はいま目の前にある姿だけではないし、本当はどのような姿でどのようなものかまだ謎なんだ。だからいいか、よく聞いてくれ」

彼はあの時も、やはり真剣な表情を私に向けた。

「だから人間は、本当は、誰も完全に絶望することはできないんだ。だってそうじゃないか？　まだこの世界が、どのようなものかわからないんだから。わからない場所にいるのに絶望なんてできないんだよ」

彼は私に言いながら、自分にも言っていたのだと推測する。

たとえ宇宙は広大でも、人間は困難の中に入り細く狭く出口もなく苦しくなっていく。彼の弱点は世界への執着だった。人間とは皆そうだろうか。

彼は存在を根底から揺さぶられる欲望に陥っていた。英子。彼はあなたを一方的に愛していた。熱烈に。二十一歳の彼が家庭教師として接していた、まだ十二歳だったあなたを。

彼のアパートを訪ねたが留守で、鍵の開いていた部屋に普段通り入った。以前見た二重スリット実験が気になった。どれがそのビデオかわからない。既にセットされていたものを再生した。何気なくだった。

子供が映っていた。私は行為者が誰か気になった。彼ではないのを確認し、ビデオを止め、電源を切った。

当時社会を震わせ、連日報道されていた犯罪者、宮崎勤がちらついた。宮崎は四人の幼女を殺害し逮捕されていた。宮崎の部屋はビデオテープに覆われていたという。

背後に彼が現れることはなかった。私は部屋から出たが、彼は気づいたようだった。

私が何か見たのだと。

彼は私に告白した。彼は性の対象が子供であるだけでなく、苦痛の声や悲鳴に性癖を持っていた。そして家庭教師先の英子という少女を真剣に愛しているという。相手の少女は気づいていない。

「どう思う?」

彼はそう言ったのだった。あの時の悲痛に満ちた彼の顔を、何度も思い出すことになる。自分の存在の可否を、他者に、世界に問うた目だった。

社会から外れて見える私なら、奇異の目で見ないと思ったのだろうか。だが私の感情が稀薄にできているのは彼も知っていたはずだった。私は相手の感情を慮《おもんぱか》り言葉を選ぶ器用さもなかった。

そもそも、私はなぜ恋愛や性愛に執着するのか、わからなかった。私は童貞ではなかったが、そういった行為にそれほど執着することはなかった。

後に彼は言うことになる。両親が離婚した幼少期、どちらについていくか聞かれたと。人生で最初に現れた、選ばなければならない二つの道。通常なら見る必要のない道の分離だった。その時の選択を間違え、彼は結果としてもよくない体験をした。

光の過去が変えられるように、彼は自分の過去を変えたかったのだろうか。不可能と感じながらもその可能性を思えば少しは楽になったのだろうか。過去が変われば現在の彼も変わることになる。世界の秘密を知り未来がわかれば、選択の間違いも避けることができる。

私は何も言えなかった。Ｉはミスをしたのだ、告白する相手の選択を。そもそも当時の私は、彼にそこまで興味がなかった。上手く言えないが、他者というものがよくわからなかった。今でもそうかもしれない。

彼は一度下を向き、もう一度私の顔を見た。私が彼の「どう思う？」の言葉に何も言えなかったのと同様に、何も言えなかった私を前に、彼も何も言えなかった。彼は動かなくなった。動くこと自体に、勇気が必要であるという様子で。

「喉が」

呟き、彼は立ち上がった。そうだ、彼の部屋だった。彼は冷蔵庫を開け、水の入った瓶を出した。彼はそれを片手で持つべきだったが、なぜか両手で持ったため、冷蔵庫の扉を閉められなかった。

彼は困惑していた。自分がなぜ、冷蔵庫の扉を閉められないのかわかっていなかった。彼は全てを忘れそのことだけに集中するように、瓶と冷蔵庫の扉を見た。やがて気づき全身を細かく奇妙に動かし、片手に瓶を持ち替えるのではなく、台所の作業台に丁寧に——花でも活ける動作で——瓶を置き、冷蔵庫の扉はそのままに、私を振り返った。自分が何をしているのか、教えてくれとでもいう目で。

今からどのような言葉で取り繕えばいいか、この場をどうすればいいか、いや、そもそも、自分はどのように生きればいいか、教えてくれとでもいうような目で。

このような自分にとって、人生の正解は何か教えてくれとでもいうような目で。

彼はやがてコップを見つけ、慎重過ぎる動作で瓶から水を注いだ。コップを見つけた直後の彼は、一時的に救われた表情をした。喉が渇いたので水を飲むという、誰が見ても自然な行為ができるのが救いであるという様子で。そして水を飲んだ。飲み終わるとまた注いだ。飲み続けた。

〈You will take a red card〉

私があなたに会った日のことを、あなたはよく覚えていた。Iの代わりに、家庭教師を務めた日。宿題であなた達が疑問に思った箇所を聞くボランティアで、緩かった。児童養護施設という場所に、初めて入った。実際は色々あるのだろうが、自分がここに入っていたらどうだったろう、と私は思っていた。失望しただろうか。救われただろうか。

あなたを見た直後、不吉に腑に落ちたのを覚えている。あなたは十二歳だったが、既に美しかった。他の子供達と違った。私はあなたに同情した。これだけ美しければ不幸だろうと。

「手品をしてあげる」

だがあなたは無邪気にトランプを見せた。

「今から予言を書きます。……えっと」

あなたがIから教わったものだった。高名なマジシャン、ダイ・ヴァーノンが考案した手品。『You will take a red card（あなたは赤いカードを選ぶ）』

「一～六のうち、好きな数字は何ですか」

あなたはどこまで覚えていただろう。何か物事の本質を現しているようにさえ思えたあの手品を。

私の目の前には左から、スペードの4（これは裏返しになり、見えない。カードの背の色は青）、スペードのエース（表向きで数字が見える。背の色は赤）、ダイヤの6（裏返しで見えない。背は青）、スペードの5（表向き、背は青）、スペードの3（裏向き、背は青）、スペードの2（表向き、背は青）が並んでいる。確かそうだったはずだ。

どの数字を選んでも「赤いカード」を選ぶことになる。

相手が一と言えば、スペードのエースを引っ繰り返し赤い背を見せる。これ以外の背は青だから、その前に他のカードの全ての背を見せれば効果的だ。二と言えば左から二番目になる同じスペードのエースを選ぶ。三と言えば左から三番目のカードを裏返し、ダイヤの6を見せる。他は全てスペードであり、ダイヤは、つまり赤はこれだけと見せる。四と言えば今度は右からは四番目になる同じダイヤの6を。五と言えば右からは五番目になるさっきのスペードのエースを。六と言えばダイヤの6を選ぶ。そして予言を書いておいた紙を相手に見せる。「You will take a red card.（あなたは赤いカードを選ぶ）」

私は二と答え、あなたは左から二番目のスペードのエースを前に出した。他のカードで、表の数字を見せていたものを裏向きにした。全て背が青であるのを見せた後、スペードのエースを裏向きにする。これだけが赤いカードだった。

あなたは予言を私に見せる。本家と同じ英語で書いていた。You will take a red card.

私は他のカードをめくり、ダイヤの六を見た直後カラクリに気づいた。子供に合わせ驚くことはしなかった。その発想はなかった。

「Iに教わったのか？」

「うん。これやった時」

あなたはスペードのエースを手に取った。裏が赤いカード。

「とても悲しそうだった。結局人はこうなるって。何を選んでも結末はこうなる」

偶然だが、あの時あなたは赤い服を着ていた。よく着ていたらしい。

「それで私をしばらく、悲しそうに見ていました」

どれだけ我慢しても、結局Iはあなたを襲うことになる。確信した。

「このカードにジョーカーを加えるといい。わからなくなる」

私はそう述べていた。

「結果が変わる。赤いカードを引かなくて済む」

「ジョーカーは何？」

私のバッグには、ユリ・ゲラーを知った後に盗んだスプーンが入っていた。常に持ち歩いていた。

「……わからない。いや違う」

なぜあの時、私はあんなことを言ったのか。あの一言が、あなたを変えたとあなたは言ったが、本当だろうか。

「君がジョーカーになればいいんじゃないか。このつまらない世界の」

私にとってユリ・ゲラーは、全ての超能力はこの世界の「ジョーカー」だった。

あの時の私は、通常と異なっていた。人生や周囲を傍観していた私はあの時初めて、関わった。周囲の状況に、風景に。私はあなたが、Iの気持ちに気づいていると感じた。気づくくらいあなたは早熟しており、それがこれまでのあなたの環境のせいであるのだろうとも。

「君は彼に同情すべきじゃない。そのような同情癖は後に君の人生を不幸にする」

私は述べた。

「彼の想いがどうであっても君には関係ない。彼が一人で対処すべきことだ。この世界で最も必要でないものの一つはこのような罪悪感だ」

私は施設の責任者と会い、Iの性癖を伝えた。責任者は信じず私に憤慨したが、Iに聞けばいいと告げると黙った。

Iは施設に行かなくなった。大学も休学した。施設の件は私のせいだが、大学は彼の経済状況が理由だった。彼はアルバイトで学費を払っていたが、上司が代わり上手くいかなくなった。働くことそのものに、疑問と不安を覚え始めていた。

「オウム真理教って知ってるか」

行方不明だった彼が、突然私のアパートに来た。髪が伸びていた。

あの頃、オカルトが好きな人間なら、オウム真理教の名は一度は聞いたことがあるはずだった。バラエティ番組にも彼らは出演するようになる。テレビは彼らを持ち上げていた。その責任は未だに誰も負っていない。

修行により、解脱できるという。そう聞けば典型的な宗教とも言えるが、オウムはヨーガやチベット密教の修行を取り入れ、誰にでも解脱は可能と無謀な嘘を提示した。そのような宗教は私の知る限り他にない。代表の麻原彰晃という男が、超能力で宙に浮く写真も見たことがあった。

ここには別の論理があると感じた。私が忌み嫌う社会とは別の。社会とは違う方法でステージが上がっていく。解脱に向かう。

「オウムでは、性行為や自慰が禁じられているんだ。クンダリニーを覚醒させるために、性の無駄な放出は避けなければいけないから。つまりさ」

Iは目を輝かせた。クンダリニーがどういう意味かは聞かなかった。

「俺の醜いこの性が、神聖なエネルギーに変わるんだよ。修行で性を超える快楽を得る者もいれば、性欲そのものが消える者もいる。俺は変われる」

オウムが既に、様々に犯罪を起こしていたとは知らなかった。彼の入信を反対できるだろうか？　できなかった。

彼は私を勧誘した。彼は麻原の著作は読んでいたが、まだ入信はしていなかった。なぜあの時、私は拒否したのだろう。多くの他人と接するのに不快を覚えたからだろうか。単純に、座禅を組み宙に浮く写真の麻原が、必死そうに見えたからだろうか。浮いているというより、無理にジャンプしてるとしか思えなかった。

何より、麻原の長髪と髭に、不潔を感じたのかもしれない。誰かの下につくのが、性質的に合わなかったのかもしれない。

「解脱すれば、世界の真理がわかるはずだ。物理学で到達するのは無理なんだ。結局この脳を使うことになるから。解脱すれば脳は変革し、見えるはずだ。この世界の真理が」

私が断っても、Iの興奮は治まらなかった。

「気が変わったら言ってくれ。歓迎する」

まだ入信前だが、彼らの仲間風の口調だった。

「あと、……ありがとう」

「何が？」

「施設に俺のことを言ってくれて。人生を踏み外さずに済んだよ」

彼は別れの握手の手を差し出そうとし、私の潔癖を思い出したのか、このような自分とは触れたくないと私が思い、それにより自分が傷つくのを避けたのか、手を引いた。ただ右手を軽く上げ、去っていった。その袖のボタンが伸びた糸に繋がり取れかかっていた。以前より肩や腰が痩せていた。

彼と会ったのはそれが最後だった。後に麻原が、弟子に自分の子供を何人も産ませていたのを報道で知った。少なくともトップは性欲など抑えていなかった。信者達はそれぞれの人生で何かしらの挫折をし、麻原の下に集まっていた。

あれは一九九〇年だったろうか。後に路上で麻原を見た。彼らは衆議院議員選挙に立候補しており、選挙活動だった。象の帽子を被った者達や、麻原の頭部の着ぐるみを被った者達が、「しょーこ、しょーこ、しょこ、しょこ、しょーこ、あーさーはーらーしょうこー」という歌に合わせ踊っていた。

現実とは思えない、奇怪な世界が渋谷の路上に出現していた。社会と離れた場所で煮詰まり、培養されていた世界が突然。

麻原の頭部の着ぐるみを被り踊る人物の中に、Iがいるだろうかと私は思った。着ぐるみの、目の部分はあいているだろうか。あいていたら、彼は踊りながら私を見ただろうか。そんなことを巡らせた。答えはあったかと聞いてみたかった。心は安らいでいるかと。

私は株で財を蓄えた。大学を卒業しても就職の必要はなく、他の三人と会社をつくった。一人は私の恋人で、彼女が二人を連れてきた。男女だった。

あの空間に、私は居心地の良さを感じただろうか。恋人は喜怒哀楽の激しい人だった。私は彼女が泣いたり怒りを示すのを見ながら、人の感情を理解しようとした。他の男女は気さくな人間だった。彼らは社会を馬鹿にし、資本主義を馬鹿にしながら株をしていた。巨額の儲けが出ると、社会を侮蔑した気持ちになると言い笑った。私はどうだったろう。

数字の世界は日常と異なり、私に合ってはいた。何かの分離で精神が活性化される癖は、恐らくあの時の私にもあったろう。だが強いエネルギーではなかった。物が予期せぬかたちで壊れた時——皿や眼鏡など——その物達をじっと見ることはあり、彼らに笑われた。私は物達がやはり損なわれ安堵しているとは感じたが、自らそういった行為を繰り返すことはなかった。

私はある程度「社会化」されていたのだろうか。Iを無意識で思い、反対へ行こうと試みたのかもしれない。日々は快とは言えなかったが、やや不快になることもあるといった程度で、まだ十分に過ごすことが可能なものだった。

ある投資家に会うため、神戸から東京に向かった。だが相手は現れなかった。電話をしても番号は繋がらず、トー、トーと鳴るだけだった。

トー。トー。なぜかわからないが、私はしばらくその機械音を聞いていた。眠くなり、シャワーも浴びず寝た。夢の中で、誰かが私に電話をかけていた。だがそれは私に繋がらなかった。

ポケットベルの音で目が覚めた。あのとき画面に表れた数字は何だったろう。恋人と決めていた、緊急に電話を必要とする番号。

ホテルの電話でかけると、彼女はテレビを観ろと泣きながら言った。私が電源を入れる前に、神戸で地震があったと述べた。仕事仲間の男女と連絡が取れないと。

仲間の男女は自宅のマンションで——結婚を控え同棲していた——地震による火災で死んだ。二人共二十代だった。

それから奇妙なことが起こった。その地震の夜、私に電話をした恋人が交通事故で死んだのだった。

彼女は仙台の実家におり震災を免れていた。だが道の角に立っていたとき自動車が突然向かってきた。飲酒運転だった。

こんなことは起こるはずがないと思っていた。仲間の男女の喪失を考える時に、恋人にこのようなことが起こるはずがないと。このように動くテレビドラマを知らなかった。私は彼らの死を悲しんだろうか。わからない。だがマンションの一室だったオフィスにようやく行き、倒れている棚やテレビを片付けていた時、スプーンを見つけた。幼少期に私が盗んだスプーン。倒れた冷蔵庫の下になり曲がっていた。

いつか奇跡が起き曲がると私が言い、オフィスに冗談風に飾っていた。見て拾った時、私の中の何か、もろく古い紙のような何かが破れた。私が恋人や男女の死に悲しんだかどうかわからないが、頭の中で巡っていたのは、こうであってはならない、ということだった。

彼らは、こんな風に死ぬべきではなかった。こんなことは、起こるべきではなかった。これはどう考えても、おかしいことだった。

地震が来るとわかれば、男女は死なずに済んだことを思った。あの日あの時間、あの道の角――何の特徴もない住宅地の角――にいてはいけないと知っていれば、彼女も死なずに済んだことを思った。私にわかったのはそのことだった。

会社をたたみ東北へ行った。ＵＦＯがよく出ると噂されていた山だった。望遠レンズのカメラやキャンプ用品を買い込み、その山に行った。

脳裏にあったのはＩの言葉だった。ＵＦＯが集団幻想なら、見ている時、私の脳はこの世界の真実と認知の狭間にいることになる。そこで念じれば、祈れば、望めば、脳の仕組みに誤差が起きている時だから、過去が変わるのではと夢想した。二重スリット実験の光のように。

私はそう思ったのだった。

テントを張りやすい箇所には、他にも幾人かの観察者がいた。木々が散漫に立ち並んでいる。四十代ほどの男が私に近づいた。何度もＵＦＯを見たと言う。


〈ＵＦＯ〉


「ある程度生きていれば、生涯抱えるしかない苦しみを一つや二つ背負う」

男は述べた。彼はＵＦＯ観察のベテランで、私より装備がよかった。

「日常がしんどくなることもある。当然だ。そんな時だね、私がここに来るのは」

夜だった。周囲は月明かりしかない。遠くに見える山の向こう側からＵＦＯはよく現れ、さらに遠くに見える山の向こうへ消えていくという。

「重要なのは待つことだ。絶望的なまでに、待つ。……でもＵＦＯが出現した時、物凄い興奮と歓喜に君も包まれるはずだ。見ている間中、……その時間は、何事にも代えがたい。セックスなんかよりよっぽどね」

彼は笑ったが、私は笑わなかった。

「光を放つＵＦＯが出現する時、……いつも、なぜだろうね、その光が、自分のために発せられ、自分のために出現したように思う。……全身が活性化され、多幸感に包まれる。自分はＵＦＯを目撃した人間になったという気持ちや、この世界の全てを凌駕したような感動がそこにはあるよ。それでね、私の場合は、……こう思うことがある。連れていってくれと」

男は酔ってはいなかった。

「不規則に移動しながら、山の向こう側にＵＦＯが遠ざかっていく時、寂しさを覚えるんだな、……置いていかないでくれって。こんな退屈であるのに苦しい世界に、俺を置き去りにしないでくれと。……ＵＦＯに乗っている彼らが、彼女らかもしれないが、どんな者達かわからないけどね、それでもそう思う。……君はどうだ」

男が私の反応を窺う。

「なぜここに来た。……なぜＵＦＯが見たい？　何があった」

彼にＩの考えを説明するのは難しかった。ＵＦＯが集団幻想と言えば彼は傷つくとも思った。そうだ、あのとき確かに、私は彼の精神の反応まで考慮に入れていた。

一週間が過ぎた頃、それは出現した。

「見ろ」男の声で空を見上げた。巨大な月がはっきり出ていた夜空に、光る球体が浮いていた。

「来た。お前は運がいい！」

男は固定していたビデオカメラを手に持ち、興奮し撮影を始めた。他の観察者達も熱を帯び慌ただしくカメラを構える。私はただ立っていた。

光る球体は確かに、飛行機にも、ヘリコプターにも見えなかった。月の方角へ静かに移動した。場がさらにざわめく。確かに奇妙な動きだった。

だが私は精神のどこかで、疑念が晴れなかった。もっとはっきりしたものを期待した。誰がどう見てもＵＦＯと言えるようなものを。あの光では、開発中の何かの飛行体かもしれない。

しかし時間がなかった。私は声に出さず意識した。

地震をなしにするのは難しいと考えた。だから私の恋人や、同僚の男女が生きている現実を思い浮かべた。

彼らは生きている。男女は地震には遭ったが燃える建物から何とか脱出し、株で稼いだ金で——相変わらず社会を馬鹿にしながら——生きている。なぜ結婚したいのかわからないが、今は結婚式の準備中だ。喧嘩でもしているかもしれない。ドレスや招待客などの意見の相違で。何それ、が女の口癖だった。誰かが冗談を言うと、笑いながらなぜか周囲の人間をすぐ確認する癖があった。周囲も笑っていれば、自分も安心して笑えると感じていたのかもしれない。男はよく冗談を言い、テレビの芸人より自分の方が面白いと、どうでもいいことをたまに言った。なぜか革靴を忌み嫌っていた。私の恋人も交通事故になど遭っておらず、生きている。仙台で生きている。彼女は自己肯定感が低く、相手の些細な言葉によく傷ついていた。傷ついた分は、今後の人生で取り返さなければならなかったはずだった。なぜか動物を、しかも毛が多い動物を好み、将来はこのような家に住むとよく私に話した。結婚をほのめかされているようで、私はその話題を聞きたくなかった。彼女の理想の家を、暖炉が必要であると言った他を私は忘れてしまっている。だが再び聞けるだろう。明日だろうか？　神戸に帰ってくるのは。そうなればいい。いや、そうならなければならない。絶対にそうならなければならない。彼らの死はおかしいのだから。

光る球体は上昇し、直角に動いた。向こうの山へ遠ざかっていく。

行かないでくれ。確かに私はそう思っていた。連れていってくれとまでは思わなかったが、まだその場にいてくれと。球体は見えなくなった。三十秒ほどだったと、後に男の撮影した映像で知った。

私は近くの公衆電話から、まず恋人の実家に電話をかけた。出たのは彼女の父親だった。彼女は死んだままであり、同僚の男女も死んだままだった。

なぜかわからないが、電話をしている私の頭上に、再びあの球体がいたような気配があった。球体があのような私を、遠くから眺めていた心象が。なぜそう感じたのだろう。

翌日、男が私に奇妙なニュースを知らせた。東京の地下鉄で異臭があり、大勢の人間が病院に運ばれていると。

ラジオを所持した観察者の情報だった。私は神戸に戻る前に、ホテルに宿泊した。二日後、オウム真理教の施設に強制捜査が入った。信者の名が出るたび、それがIでないことを確認した。だがIは、オウム真理教に入信していなかった。

家族で出家している者達がおり、その子供の姿を見た時Iは諦めていた。暴発する危険がむしろ増すと。彼は別の宗教のようなセミナーに所属し、懸命に生きたが、実は既に、神戸の震災で命を落としていた。

私は彼の死を知らぬまま、彼が生きていると思いオウムの事件を見ていた状態を奇妙に思った。彼は避難中に子供の泣き声を聞き、燃える民家に入り救出し、まだ人がいると聞き再び中に入った直後、壁が崩れた。

私はその時なぜか、彼に全てを告白された時に言うべきだった言葉が、脳裏に鳴っていた。もし絵などで我慢できず、どうしても性の対象を成人の男女にすることができず、実際の子供を相手にすぐ実行してしまいそうであるなら、性欲を抑える薬などを使い、お前は治療を受けなければならないと。その生は苦しく困難に違いないが、しかし自分を暴発させず人生を進むことができたのなら、そのようなお前を私は尊敬すると。そう言えばよかったのだ。お前は親友だと。

なぜ言葉は、言うべき時に言えないのだろうか。Ⅰの友人の知る限り、彼は暴発せず人生を終えた。


〈英子〉


Ⅰが世界の秘密を知ることができていたなら、当然地震にも遭わなかっただろう。いや、たった一人でもいい、この地震を予知できる人間が地球上にいたのなら。

後付けで予知していたと言う人間はいる。だがこれまで、天災を予知し、明確に避難させた事例があるだろうか。これを予知できないなら占いなど意味はない。

一九九五年は、この国にとって大きな年のはずだった。あの時の動揺はやがて社会の最も敏感な層、少年達を揺るがした。数年後、神戸から始まり、各地で猟奇的な少年犯罪が多発することになる。

私は再び投資を始め、財を蓄えた。占い師を雇った。最初に雇った占い師は、水野義人の弟子と名乗った。

水野は戦時中、後の海軍大将、山本五十六に認められた占い師で、人相などで軍用パイロットの適性を実際に診断したと言われている。一九三六年頃。彼の起用で事故が減ったと。言い換えれば、彼の占いで、生死が分かれた軍人が大勢いたことになる。

だが彼は水野の弟子でなかったし、占いも当たらなかった。私は評判のいい占い師を聞きつけては雇った。占い師を志した、Iを傍らに置きたかった。

私が彼らに厳命していたのは、私の事業に関するものではなく、天災を当てろというものだった。

英子、大人になったあなたが私の前に再び出現した頃、私の会社は既に力を持ち、雇っていた占い師は五人を超えていた。占い師達を見ても、あなたは私を愚かと言わなかった。

「これは弔いですね」

私が言語化できなかった自分のその時の精神のありようを、あなたは簡単に言い当てた。Ｉの震災による死も知っていた。

「本当に次の天災を占いで知りたいというよりは、……彼らの死に、抵抗している人間がいると何かに見せたいのでしょう？　天災だから人間が亡くなるのは仕方ない、そう納得していない人間もいるのだと。誰かが彼らのために怒り続けなければならないと。だからそうやって、世界の仕組に対峙しているのではないですか」

「……君は今何をしてる」

「弁護士です。……あなたが言うように」

あなたが述べる。美しいと思った。

「私は世界の『ジョーカー』を目指そうとしています。本来の人間の運命を変える」

私の目を覗き込んだ。

「あなたはあの時、Ｉさんを私から遠ざけることで、私の人生を変えました。だから今度は私があなたの人生を変えます」

「どうやって？」

「私は」あの時あなたは笑いもしなかった。

「あなたが生涯で唯一、真剣に愛した女になるからです」

私は驚いた。驚くのは何年か振りのことだった。

「あなたはこのまま人生を進めば、とてもつまらない死に方をしそうです」

「もし君を愛したらどうなる？」

「簡単です」あなたはそこで初めて笑った。

「あなたはこの世界を愛するようになる。You will take a red card. この赤いカードは、とてもいいもののはず」

あなたは赤い服を着ていた。

「……あと、これ」

あなたの手元に、奇妙なタロットカードがあった。

「剣7」や「教皇」などの代わりに、「無意識3」や「相対性理論」などが描かれていた。

「Iさんから突然、送られてきたんです。彼が作ったタロットカードが、手紙と一緒に。もし世界が一九九九年七月を越えても滅んでなかったら、使ってくれって。役に立つって」

世界は滅んでいなかった。ノストラダムスのその滅びの予言が外れた約二年後、ニューヨークで九・一一が起こり、抑圧とテロの世紀になっていた。あの時はもう既に、二〇一〇年だった。

彼が所属したセミナーに籍を置く直前、彼女に送ったと推測された。所持品の携帯が認められていなかったようだった。

「……やってみるか」

私はあなたにカードを切ってもらい、束を受け取りその順で並べた。Iが作ったとされるタロットカードは、通常と全く違った。並べ方はホロスコープを選んだ。十三枚。

「嫉妬」「無意識9」

「ホログラフィック原理」

「意識6」「窓4」

「ブラックホール」

「罪」「熱7」「DNA」

「無意識2」「扇動者」

「情報保存の法則」

「窓2」

「……なるほど」

数字を持つ「剣」「棒」「金貨」「聖杯」に対応するのが、「無意識」「意識」「熱」「窓」となっていた。

「なぜ窓なんだろう」

「さあ。……扉なら入らなければいけないけど、窓なら覗いて帰ることもできる」

絵は恐らくIが描いている。例えば「無意識9」には渦が描かれ、「無意識2」は複数の男女が絡み合う性的なものだった。「窓2」は窓を覗いた向こうの壁にもう一つの窓が、つまり窓が二つ描かれている。奥の窓の先には矢を思わせる木が二本立っている。

「これを作っている時のIさんは、とても追い詰められていたと聞きました。でも完成した時、……興奮していたそうです。これで世界の全てがわかるって」

並べられたカードを見るが、解釈のしようがなかった。

「私は、先のことはわからない方が人生は面白い、と言える人生を歩んでいません。……許容範囲を超える悲劇は、避けたい」

私は最後まで聞かなかったあなたの過去を思った。

「それでも思います。重要なのは悲劇そのものではなく、その悲劇を受けてもなお、人生を放り出さない人間の姿だと」

その後の夜、あなたは再びIについて話し、音を立てずに短く泣いた。

「Iさんの最後を聞いた時、……とてもいい死に方だと思ってしまったんです。ほっとしている自分がいた。あのような傾向を持っていた人間が、子供を救って死ぬなんて、何かの物語のようで収まりがいいと。……そう感じた瞬間、自分はなんて残酷なんだろうと思いました」

彼が最後に軽く上げた右手がよぎった。取れかかっていた袖のボタン。

「彼は子供を助けて死ぬようなことは、別にしなくてもよかったはずです。今でもどこかで苦しんで、生きていた方がいい。私は相手はできないけど、励ますことはできたはず。その方がいい。なのに私は」

私にその発想はなかった。Ｉはいい死に方をしたとしか、思っていなかった。

「収まりのいい物語は、実は残酷なんです」

あのカードの並びに、全て実は表現されていたのだろうか？　私達の未来というものが？

私は英子、あなたを愛していたのだろうか。わからない。あなたは変わっていた。少なくとも、これまでの私の周囲の人間達と違った。

あなたは弁護士として、常に立場の弱い者の側についた。大勢より少数の側についた。たとえ立場の弱い側が間違っていても、少数の側が間違っていても同じだった。

「善悪じゃないの」あなたはよくそう言った。「私がそれを見て苛つくかどうかなの。わかるでしょう？」

わからなかった。少なくとも私には。

あなたは自分の出身だけじゃない複数の児童養護施設の援助をし、虐げられていた者達、主に女性達のために仕事をした。では聖人だったかというとそうではなく、ブランドの服を好み、性に奔放だった。私以外の男性とも関係を持ったし、私にも他の女性と関係を持つのを許した。

当然のことながら、そのようなあなたには敵が多かった。だがあなたは意に介さなかった。

「君の目標はなんだ？」

私の部屋で、あなたと、あなたを以前から知るという男と三人でいた時だ。男はなぜか部屋でも帽子を被っていた。

「政治家にでもなるのか？」

帽子の男が続けて言うと、あなたは笑った。あなたはその頃、何か政治に絡むことでもしていただろうか。

「総理大臣にならなってもいいけどね。この国じゃ女性初になるから」

あなたは酒を飲んでいた。あれはワインだったか。どうだったろう。

「この国は外国から男尊女卑の国と思われてるし実際そうだけど、大和朝廷ができる前は女性のヒミコが王だったわけだしね」

あなたが述べ続ける。酔いながら。

「そもそもこの国の神道の主神は天照大神、女性神だし。日本人は自らの本当の伝統を思い出すべきね」

「でも君が政治家になったら、性的なスキャンダルですぐ失脚だよ」

帽子の男の言葉にあなたが再び笑う。

「でもそもそも、何で性がスキャンダルなの？……ほら、人間以外の知的生命体を信じる立場からすると……、ほら、そうだ、人間が今の人間みたいになったのは、遥か昔、宇宙人と遭遇したからなんでしょう？」

私はその見解を取っていない。

「そこで宇宙人から、主に言語に関係する遺伝子……何だっけ」

「FOXP2」

帽子の男が答える。そうだ、彼もUFOの類が好きだった。

「そう、そのFOXP2に変異を組み込まれて、他の動物達とは違う存在になった。確かにその妙な遺伝子は実在するし、ホモ・サピエンスと他のヒト科の霊長類は劇的に違うから、人類が突然不自然に進化した印象は拭えない。でも私が好きなのはそこからのエピソードで」

酔ったあなたは乾杯を促した。

「宇宙人にせっかく特別な存在にしてもらった人間達は、でも欲望に負けて他のヒト科の者達と交配してしまった。交配種が次々生まれて、それらが今の人類のベースになる。知った宇宙人達は愕然とする。……これが人類が、性に原罪意識を持つに至った理由という説。とても素敵だと思う。知性を得ても抗えなかった欲望」

「でも聖書の原罪は、知恵の実を食べて知性を得たことだろ？　逆じゃないか」

「オカルトと神学の対決。私はこっちの方が好きだな」

私はずっと黙っていた。そろそろ彼らに帰って欲しいとも思っていた。

「でも目標はあるの。財団をつくる」

「財団？」

「世界の価値観を変える財団。世界は一枚のカードなの」

そう言い、テーブルに載っていたトランプを出した。私達はあの時、酒を飲みながら何をしていたのだろう。

「これをこんな風に」そう言い、引っ繰り返した。

「変えてしまうの。快感だよきっと」

私はIを思い出していた。あなたは続けた。

「いわゆる多様性を愛して差別をなくすみたいな、そんな財団。格好よくない？　格差を減らして平和も希求したりする」

あなたは驚くだろう。現在は、女性の生理をテレビで公然と揶揄した不動産王が、アメリカの大統領になっているなどと知ったら。

「財団つくるなら無駄遣いし過ぎ」

「いいの、彼が私の代わりにつくる」

あなたはこちらを指した。興味がなくやらないと私が言うと、あなたは怒った。


彼らが帰ったあと夢を見た。私は白い受話器を摑んでいた。既視感を覚えた直後、受話器の相手の声が鳴った。神戸の震災の前日、私を東京に呼び出し姿を見せなかった投資家の男だった。

「あなたは誰だったのですか」

そう聞いていた。そもそも電話と書類のやり取りのみで、会ったことがなかった。

「私は投資家です」

「なぜ私を呼んだのです」

受話器の向こうから別の音が聞こえる。爪の先で机か何かを叩いている。

「私が、君が期待しているような奇妙な存在だったらよかったけどね。もしそうなら孤独だろうね。奇妙な存在というのは大抵孤独なものだから」

男の背後で音楽が聴こえ始める。バイオリンがメインの室内楽。聴いたことのない曲だった。男の爪の音がメロディとずれていく。

「でも違うんだ。あれは本当に偶然だった。持病があってね、私はあのとき君に会いに行く途中で死んだ。ほら、聞かない方がよかっただろう？　世界は味気ない。味気ないだけじゃなく無造作で厳しい」

さらにずれていく。男の爪音が。

「世界の本質は君も知っているだろう？　その無造作な厳しさは、あの交通事故や震災だけで終わりじゃない。偶数は奇数になろうとし、奇数は偶数になろうとする。君はあまり場に居心地の良さを感じない方がいい人生かもしれない。それが理由か知らないが、君はもう一度あれを経験するだろう。そして君はそれを防ぐことができないまま、いずれ自分自身の命も終えることになる」

二〇一一年三月十一日、マンションの窓を何気なく開けた直後、足元が揺れた。私は東京にいた。揺れはすぐ大きくなり、自分の存在を足で支えるのが難しくなった。テレビや電話の子機や加湿器や、各地で集めていた石——力が込められている——を並べていた棚が倒れていく中で、私は神戸の震災からの自分の人生を思った。

契約していた五人の占い師は、誰も今日、地震が来るとは言っていなかった。海外の数人の高名な占い師、警察の捜査に協力するような者達ともコンタクトを取り、天災が来るなら教えてくれと金を払っていた。彼らは年単位の曖昧なことしか言わず、今、私が経験しているこの悲惨な揺れを予知していなかった。

窓の外の風景の大半は、隣のマンションの紺色の壁だった。上下に揺れる巨大な壁で私の面前は塞がれていた。壁の向こうは右端だけが見え、その遠くの別のマンションや鉄塔が苦しげに揺れていた。見慣れていたはずの風景の全てが他者になっていた。そして、この揺れがこのまま収まるのか、酷《ひど》くなるのかで、自分の命が決まることを知った。

私の命が、他者に、この場合ではこの巨大な揺れに委ねられていた。あの時、私の命は私から乖離し、私の命の可否は大地の狂気的な震動という、圧倒的な無造作さに預けられていた。私の意志に反して。私の命だけではない。全ての命が今この揺れに預けられていた。

まだ震源地は知らなかったはずなのに、後付けの記憶だろうか、この揺れがあなたをいま殺しているかもしれないと感じていた。あなたは宮城にいた。集団訴訟の弁護団の一員として。

背後で何かが割れ続けた。皿かグラスだろうと思った。これも後付けの記憶かもしれないが、私の人生の中核が、いま砕けて割れていると感じ続けていた。あなたの死を知ったのは二週間後だった。あなたは車に乗ったまま津波に飲まれていた。

幼少の頃、猫と蚊の命の違いがわからなかった私は、あなたの死に膝をついていた。気がつくとさっきまで見えていた風景が消え、代わりにそのやや下の部分に囲まれていると知った時、膝をついている自分に気づいたのだった。

私はそれは確かに英子なのかと、英子の死体と対面した女性に聞いていた。間違いない。そう呟き電話の相手は泣いた。私は泣くその彼女に遺体の写真を撮れと言った。そんなことはできないと彼女は泣いたが、私が泣いていることに気づき、驚いたのか、彼女はその場で写真を撮った。英子だった。

You will take a red card. あなたは言った。私を愛せば、あなたはこの世界も愛するようになると。もし今の私が悲痛の底にいるのなら、それはあなたのせいだった。交通事故で死んだ恋人や、神戸の震災で死んだ気のいい同僚の男女のせいでもあった。選んだカードが奪われることを私は想定していない。いや、想定していたから、未来を知ろうとしていたのだった。結果的に私は敗北したのだと思った。全ての占い師は常に敗北し続けているのだと思った。

あなたがこのように死ぬ世界ならどのような意味もない。私は幼少の頃の振り出しに戻ったことになった。人生とはこのような循環であるのだろうか。目に入る風景が味気なく線や円になっていく。色もずれていく。破壊された周囲の家具や物達が急に意志を持ち、昔の消しゴムと同様喜びに震え始めたようにも感じていた。

あなたはそんな私を否定するだろう。だが仕方ないのだった。性分だから。

被災地に幽霊が出るという噂を聞いたのはずっと先のことだ。

客を見つけタクシーに乗せ、会話までしたのに、座席から消えるという。様々なケースがあるようだった。私はあなたの幽霊に会うため現地に行った。あなたとよくドライブをしたこの派手なベンツなら、あなたはすぐ見つけるだろう。趣味が悪いと言いながら、でもすぐあなたは助手席のドアを開け入ってくるだろう。この芳香剤はまだ使っているのか、匂いが苦手なの、私が乗る時はやめてと言ったのにと文句も述べるだろう。

私は何日も車を走らせ続けた。だがあなたは現れなかった。他の幽霊も現れなかった。

歴史的な天災や出来事が発生した上空には、UFOの目撃例が増えるという。UFOの乗組員は未来人で、天災や出来事を「観光」するため現れるのだと。だが私はその見解は取らない。不条理な不安に直面した人々の精神が揺らぐから、UFOが見えるのだ。UFOの目撃情報は、第二次大戦から増えていく。

結果的にあなたを殺すことになった海が見える道路で車を停めていた時、光る球体をその上空に見た。光はそこで佇み、私を見つめているようだった。神戸の震災の後に山で見たものと同じかもしれない、と私はセンチメンタルなことを想ったが、その海の上の光体はあの時と違うものに見え、飛行機のように見え、次第に飛行機にしか見えなくなった。だが私はUFOであると思おうとし、以前と同じように過去の改変を願った。

あのとき私は、すぐ現実が改変されたか確認の電話をした。あれがいけなかったと考えた。

知ろうとした、つまり観測しようとしたから、私の恋人は死んだままなのかもしれない。だから今度は、別のことを思った。

もう会えなくてもいい。会えなくてもいいから、私の知らない現実であなたは生きていることにしてくれないかと。私からするとあなたは死んでいるのだが、私の知らない現実では、あなたはずっと実際に生きていることにしてくれないかと。

私は生前のあなたに、ユリ・ゲラーが曲げてみせたあのスプーンを重ねていた。この世界の全ての法則から解放され、スプーンの形状からも解放され自由に見えたあの銀の金属に。あれほど自由だったあなたがこのように死ぬはずがない。あなたは全ての法則から解放され、私の知らない現実で生きているはずだった。

あなたが生きてさえいれば、私は世界を軽蔑せず、あなたが言ったように、この世界を愛せるかもしれない。

光体は見えなくなった。次に見えた光体はさっきの光体にとてもよく似ていて、さっきのものより近かった。飛行機だった。

私は発作的な怒りに覆われた。あの光に、いや、この世界に何かを言いたいと思った。それはどのような言葉であるべきだろう。やはり呪詛だろうか。

宇宙を膨張させる、正体不明の暗黒エネルギーというものがある。

一説によると、宇宙誕生の約五十億年後にその波は現れ、理由は、観察すると出現する考えに基づくと、その時に宇宙に存在した知的生命体がこのエネルギーをあると思い、観測したからと言われている。

これが本当なら、宇宙人は存在したことになる。

宇宙が誕生した五十億年後——今から約九十億年前になる——に誕生したその知的生命体は、この世界をどのように感じただろう。

彼らは滅んだのだろうか。滅んだなら、どのような理由だろう。この世界は生きる価値はないと自ら消えたのだろうか。

幼少から夢想した情景がある。私は宇宙飛行士になり宇宙を放浪し、地球以外のどこかの惑星に着く。月や火星に似た荒廃した大地の上に私はいるのだが、そこに一枚の金属の板が立っているのを見つけるのだった。

私は人類以外の文明の跡を初めて見た緊張に覆われる。その板に近づき、何が書かれているかを読む。

〝私達は生き、滅んだ。滅んだ理由はあなた達と一緒だ〟

そう書かれているのではないか、とずっと思っていた。

飛行機になった光を見つめながら、そんなことを考えた。

私は東京に戻った。


それからの私には、特に語るべきことがない。

会社の規模は大きくなっていたが、意味のないことだった。経済の世界であなたが嫌いそうな人間を見つけると、潰すことがあった。

風景は年を重ねる度に味気なくなった。私が今思うのは一つのことだ。

自分がどのように死ぬのか、前もって知ること。恋人や同僚、I、そしてあなたの死を予知できなかった私は、せめてそうする義務があると思えた。

だがそれも本当は、もう意味のないことだ。自分の死を予知したいと願うあまり、私は今、自分の近い死を想うようになった。それは確信に変わった。私はもうすぐ死ぬのだと。

そろそろだ、と思っている。私には時間がない。狂気と思うなら思えばいい。私は自分の正気にも、今はそれほど興味がない。

私はあなたが死んでから、名前を変えた。私の名が不吉だったから、同僚や恋人やあなたをあのような形で失ったのだと考えた。生年月日も身分証を偽造し変えた。手相も整形した。今の私の名前と生年月日と手相は、占い的に非の打ちどころがない。

私には超能力も占いの力もなかったが、一つ、予言めいたことを書いておくのもいいかもしれない。今後の人類について。

神の声が聴こえなくなった原因の一つに、文字の発生があると『神々の沈黙』は語る。

文字を読むと前頭葉が活性化される。前頭葉は創造や思考などをつかさどる、人間を他の動物と区別する最たるものの一つだが、人間はそれに疲れたのだ、と私は思う。自分の脳で考え決断するのに疲れ、より強固に縛られる一神教を多くの人間は選んだのではないだろうか。だが以前のような形での信仰も失った結果、人は思考し意志を決定するための発達した前頭葉にまた苦痛を感じ始めるようになる。

占いが盛んになる。そして人類はそれだけでなく、光る画面を求めるようになったのではないだろうか。テレビやスマートフォンなど、発光する画面を見るとき人の前頭葉は、ぼんやりしている時より抑制的になるという。

スマホでは抑制的になると同時に、脳過労を起こす特殊な状態になるらしい。人間が画面を眺めるのはそれを見たいからでなく、恐らく前頭葉を抑制したい欲求で、そのこと自体に中毒を感じている可能性がある。人間は自ら発達させた前頭葉の完全な抑制に成功し、いずれ恍惚とした豚になる。

そしてそのような自分達を批判する連中に対し歯を剝いて怒りを示すかもしれない。

人類は徐々に、私も含め既に別の生物になっている可能性がある。やがて人間は、このような文章も以前のようには読めなくなるのではないだろうか。

よって最終的に、占いはAIが担う。AIがその人間の能力や傾向や性格を分析し、最適と予測する決定を下す。人間の判断より優れているため、人間はやがて思考する必要がなくなる。

今でもバーチャル・リアリティのゲームはあるが、あれは恐らく、本当は二次元のホログラムであるこの世界を、人間が無意識に再現している結果と思われる。人間がより科学を発達させればそのゲームはさらに精密になり、その中の人物が「私は誰だ」と疑問を覚える日が来るかもしれない。

だがその時は既に、私達は恍惚な豚となり知的な領域ではある意味滅んでいる。人間が完全な豚になる前につくったAIがそのバーチャルな世界をつくり続ける。やがてゲーム内の人間は、世界そのものを呪詛するかもしれない。この世界をつくった者達は、何て不条理で未熟なのかと。我々と同じように。

続けてキャラクターである彼らは、そのゲームの法則に合わないオカルトを調べ始めるのかもしれない。見つけた時、彼らは少し安堵するだろうか。この世界も少しは見るべきものがあったのだと。

我々が住む銀河は、いずれブラックホールに吸収されるという。だがブラックホールに落ち込んだ全ては崩壊するのではなく、記録されるという物理学の説がある。百万光年離れた惑星からこの地球を見れば、百万年前の風景が見える。もっと遥か昔の地球からの光も、ブラックホールに届いているはずだ。ブラックホールは光も吸収する。それが示唆する通り、私達は記録される。

だが一体、それは何のためだろう。この世界は何のためにあり、何のために記録され、何のために過ぎていくのだろう。死ぬ前に、それだけは知りたかった。Ｉの夢でもあった、この世界の本質を。

どうだろう、英子。こんな文章を読めば、あなたはまた笑うだろうか。


〈二週間後〉


「佐藤さんが近々入院する」

佐藤の秘書の声だった。受話器の音はやや遠くこもっていた。

佐藤の遺書を読み終え、二週間が経っていた。その間、僕は英子氏と連絡を取ろうと動き続けていた。

佐藤の遺書で英子氏は死んだことになっているが、生きている。佐藤の願い通り英子氏が生きている過去に変わったとは思わないが――少し期待する自分もいるが――どのような理由で死を偽装したのか知りたかった。自分が生きていることを、できれば彼に伝えてくれないかとも言いたかった。佐藤に感情移入している自分がいた。

だが英子氏の居場所はわからなかった。市井や竹下の居場所も。竹下のGPSはすぐ気づかれ捨てられ、何度連絡しても反応がなかった。

「……入院？」

「肺炎の徴候があるらしい」

肺炎？　奇妙だった。

「五日前、海外から来た要人に会ってから、体調を崩した。毒でも盛られたかと心配したが、ただの風邪らしい。佐藤さんはまだ肺炎で死の危険を感じる年齢じゃない。大丈夫だ。しかし、……少し気になった。わかったか、佐藤さんの命を奪うものが。まさかこれなのか？」

彼が風邪で死ぬとは思えない。だが確かに何か奇妙な印象があった。

「……近くに彼はいますか」

「すぐ行ける距離にはいる」

「直接話したい」

彼は死なないと思ったが、伝えようとしていた。あなたが、恐らく愛した英子氏は生きていると。

言ってならないなら、彼女は僕にそう知らせただろう。佐藤がどんな人物か彼女は知っていたのだから、僕が彼にいずれ感情移入するとも予測していたはずだった。こうなることを、事情はわからないが、彼女はどこかで期待していたのではとも推測した。

佐藤が電話に出た。声が掠れている。

「……わかったのか、私の死が。まさかこれか？」

「いえ、あなたはそんなことでは死なない。でもお伝えしたいことが」

「何だ」

「鈴木英子さんは生きています」

佐藤が沈黙した。二度咳が聞こえた。

「君は何を言ってる」

「秘書に画像を送ります。五年前のものです。それに私は、実際に彼女に会ってる」

机の上のＰＣを使い、秘書宛に画像を送った。

受話器の向こうから音が消える。やがて咳が聞こえた。佐藤が笑った。

「んん、……ははは！　これはいい」

「……え？」

「この女性は自らを英子と名乗ってるのか？」

「ええ」

「職業は？」

「弁護士です」

「そうか。なるほどな」

意味がわからない。

「つまり君の背後にいた存在はこの女性で、君がピッチャーと言った田中も同じ企業ということか」

チェック柄の名を初めて聞いた。

「……この女性に伝えるといい。全て思い通りにすると」

わからない。どういうことだろう。

「あなたの笑いを聞いたのは二度目です」

質問するべきだが、僕は気づくと別のことを言っていた。なぜだろう。

「私が、髪と爪を呪術で使うと言った時です。……あなたは私に、円の絨毯から出るなと言いました。悪魔を呼び出す魔法陣に絨毯を模して、私という悪魔を呼び出したという風に。……でも間違いだったんです。悪魔を呼び出す時は、呼び出す側が魔法陣に入る。悪魔から身を守るために。逆なんです」

「つまり君は私という悪魔から、結果的に身を守ったことになると言いたいのか？

……まあ何でもいい。それがなんと言うか、私のやり方だったのだから」

佐藤が二度咳き込む。

「回復したら以前言ったように、人間を殺害したあらゆる物体、その私のコレクションを見せてもいいかもしれない。君に占いの力はないが、覚醒するかもしれない」

佐藤が死んだのはその一週間後だった。知らせを佐藤の秘書から聞いた時、ニュースを観ていた。中国の武漢で、原因不明の肺炎が広がっていた。

第五部

〈夢の跡〉

人の姿のない道を歩く。

ＣＯＶＩＤ－19の流行で、街から人が消えていた。

佐藤の死がそれだったかわからない。だがそうとしか思えなかった。発生の第一報が世界中に流れる前に、既にウイルスはあらゆる国に入り込んでいたのだから。

僕は佐藤の最後の占い師である自分が、これまでの佐藤の占い師達と同様、彼の死を予知できなかったことを思った。佐藤の言う通り、全ての占い師は敗北し続けている。

何となくでもいい。直観でも、偶然のカードの並びでもいい。たとえば佐藤が肺炎になる前に会っていたという人物と、会うなと言うことができていれば。行為としては、たったそれだけのことだった。

霧が深くなる道で、前から人が来る。僕も相手もマスクをしているが、相手は狭い道で僕とすれ違うのを躊躇した。

互いに速度を緩める。相手は左右を見た。逸れる道はないかと。だがこの直線の道は引き返す以外選択肢がない。僕は道の端に寄り、相手も端に寄りすれ違った。その瞬間僕は息を止めた。相手もそうかもしれない。もう互いに顔は見なかった。

周囲の店の全てのシャッターが下りていた。これほど人のいない街は現実感がなかった。魔女狩りやナチスやオウムも現実感はなかったはずだった。だがこの世界に出現した。

霧がさらに濃くなる。雨が降り出すかもしれない。誰もいない街の十字路に、人が立っている。

ダークグレーのスーツに、似た色のコートを羽織っていた。彼は僕が近づいても避けなかった。五十代ほどの人間。

「君を待っていた」

男が言う。眼鏡にマスクをし、表情がよく見えない。

「ここを君がよく通ると知っていた」

男は僕の全身を見た。

「本当は部下にやらせる仕事かもしれない。でも私にはもう部下がいない。君のせいで」

「……誰ですか」

「さあ、どう名乗ろうか。……私はこれまで君に会ったことがない。君は知らなかったろうが、私はずっと君を注視していた。山本は死んだよ」

鼓動が微かに速くなっていく。

「私の部下が殺した」男が言い、歩き出す。

「距離を取り、ついてきてくれないか。話がしたい。……君に危害は加えない。もう私にそんな力はないからね。でも私の妄想を破壊した君に、残骸を見せたい。私の夢の残骸」

逃げるべきだった。だが興味が湧いた。それに――。

「そうだ。君は自分の行為の結果を見る責任がある。ここから遠くない。私が乗るタクシーを別のタクシーで追ってくれないか」

男の後を歩くと駅に近づいた。人のいない道に並ぶ、不機嫌なタクシーの列。奇妙な移動で見えたのは長方形のビルだった。様々な会社が入居する、新しく巨大なビル。靄で白くぼやけていた。

「君が雇われていた企業。ここの一部を拠点にしていた」

電気がついていないが、自動ドアは開いた。フロアには誰の姿もない。エレベーターが六台並んでいる。

「12階で降りてくれ。そこを借りていたから。……別々のエレベーターに」

ドアが開き「12」を押す。中の壁に紙が貼られ、エレベーターの点検日が書かれていたが過ぎていた。降りると広いオフィスで誰もいない。暖房もなく冷え、コートを脱ぐことができない。無人の椅子の群れは、多数の人間の不在を体現しているように見えた。

「本当はもう運び出さなければいけないんだけど、ウイルスでまだ放置されてる」

いつの間にか隣のエレベーターも到着し、背後に男が来ていた。

「鈴木英子がまさかあんな動きをしていたとはね。佐藤とどんな関係か知らないが」

男が直線の廊下を歩き、僕は距離を取り続いた。

「値崩れしていた株を、死ぬ前の佐藤に大量に買われた。吸い込まれていくみたいな急な数字の変化を見ながら、私はどうしてか、昔行ったベルギーの田舎の駅で見た光景を、コンクリートの上で複数の鳩が死んでいたのを思い出していた。そんな時だよ、山本が裏切ったのは。ノイローゼのようでもあった。妄念に取り憑かれ、元々愚かだったが、勝手に焦っているようでもあった。一週間以内にとか何とか。……まあ彼が前から考えていたことなんだろうが、驚いたよ、いきなり私を撃つんだから。結局は君の仕業だ」

男が白いドアの一つを開ける。会議室だった。無人の椅子の並び。男が正方形に見える窓を開け始める。

「山本は私の部下に殺されたが、撃たれた私は入院することになった。私がいれば、佐藤の乗っ取りなど防げた。もう全て遅いけどね」

男が気だるく近くの椅子に座る。一瞬虚ろに目を動かし、やがて思い出したように言葉を続けた。僕は立っていた。

「私達がどのような企業だったか、知りたいか」

「……いえ」

「そうか。確かに知る必要はない。ん？　ああ、よくある会社だよ。本当はそれほど大きいものですらない。広告や世論の操作の試み、様々な企業や人物に対する調査。どこにでもある、このくだらない世界のハイエナみたいなものだ。私は政治家達と深く関わるようになった。これもよくある話だ。こんな会社は日本だけでなく世界中で今ありふれてる。君は政治に興味があるか？」

全くなかった。

「そうか、それぞれに人間には目的や妄想がある。この会社の私の前の人間は財を蓄えることが目的だった。その前の人間は、社会の背後で動くことに喜びを覚える人間で現状に満足していた。……私の場合は少年の頃、よく妄想をしていた。幸福とは言えない日々の中で、白昼夢というか」

僕は、自分のディオニュソス神を想った。

「誰にでも夢はある。私の夢は、……奇妙に聞こえるかもしれないが、日本の国旗と同化することだった」

「……国旗？」

「政治に興味がなくても国旗くらい知ってるだろう。白地に赤い丸が記された日本の国旗。あんなに美しいものはない。問題は美なんだ。美が問題なんだ」

男は気だるい表情を変えなかった。

「この世界の何が面白い？　この日常の何が？　人は死ぬ。全ては虚無だ。虚無であるからこそ美が必要で美に惹かれるんだ。一九七〇年、私が七歳の時だった、作家の三島由紀夫が自殺したのは。三島は本当にその右派思想から、軍服風の制服を着て自衛隊の駐屯地に入って人質を取り、日本は目を覚ませと主張しその後切腹したのだろうか？　そんなはずがない。彼の脳裏にあったのは政治ではなくその本質は美に決まってるだろ。日本国を憂え切腹する美。虚無の塊のような三島由紀夫にとって世界の有様は軽蔑するものであり、ただ唯一興奮したのが若さを前提とした性と美だったのではないか？　切腹に興奮を覚える性癖があることを君は知っていたか。つまり虚無の上に立つ性と美の一致点を彼は求めた。肥大する自意識を排除した純粋存在になるとでもいうように。……私は切腹に興味はないが、自己存在を美で昇華したあの男に衝撃を受けた。三島の美と左翼の浅間山荘での立て籠もり、その両翼の暴発で日本の政治の季節は残り火はあったが背後に後退し、君達の好きなユリ・ゲラーが登場する。だが私はあんなものに興味はない。幸福とは言えなかった私が興味があったのは美だけだ」

僕は首を横に振った。何を言っているのか、まだよくわからなかった。男がコートのポケットに手を入れ、やがて放心した様子でまた手を出した。言葉を続けた。

「そうだ、人間の妄想は時に他者の理解と相容れない。……私はあの三島を見た後、はためく日本国旗を以前と違う目で見るようになった。いつのタイミングだったか、身体《からだ》が貫かれるようだった。これほど美しいものが他にあるのかと。この世界の全ての元凶は差だと思った。生まれ、容姿、性格、能力。こんなものが人によって違うからこの世界に哀しみが発生するんだ。国旗の前では平等だ、そうじゃないか？　個を捨て、国旗と、つまり図形と一体になる。第二次大戦での日本が理想に近い。あの時代も財閥が闊歩し貧富の差が激しく、国家として日の丸の美とはほど遠かったがね。でも政治はどうでもいいんだ。問題は美なんだから。……三島の美。ヒトラーの美。私の美。日本国旗を手に神社前に集結し、何でもいいが敵国の殲滅を誓う。あの時代の狂気の熱狂をこの世界に出現させたかった。……このコロナの流行を利用し、不安を利用し、私達は世論を私の思想側へ傾けることができたはずだった。いい機会だった。もちろん完全に再現はできないが、近づいていると思うだけで残りの人生は多少マシになる。……だが私はもう終わってしまった。少なくとも今は、立ち現れようとしていたその世界は消えてしまった。他の者達が活動し想い続けているからいつか実現するかもしれないが」

男が立ち上がる。虚ろな目で。

「なぜ君を呼んだのか、もうわからなくなった。悪い癖だ。時々急に、全てがどうでもよくなる。今話したことも本当はどうでもいいのかもしれない。今ここで頭を撃ち抜こうか」

そう言い、コートに手を入れ今度は拳銃を出した。

「見ていてくれ。そうだ、これが目的だったんじゃないか？　私は私を滅ぼした者の前で死ぬ。私は君を、いずれ自分の片腕にするつもりだったのだから」

男が自分のこめかみに拳銃を向ける。目を見開き、頬を二度痙攣させた。だが動かなくなった。

「もう一週間ほど、私はこんな風なんだ。どうしたらいい。どうしたら。……違う」

男が再び僕を見る。

「お前が見ているからだ。消えろ。１人ならできる。私は日本の」

固まる彼を残し、僕は部屋から出た。銃声は聞こえなかった。無人のオフィスを歩きながら、否応なく熱を感じている自分に気づいた。ポーカーで、相手を破滅させた時と同じように。

〈手品〉

これほど人のいない新幹線は初めてだった。マスクをしたスーツの男が1人いるだけだが、席が近い。僕は離れた席に移動した。ウイルスで生まれる隙間。その空間。

なぜ自分が生まれた土地に向かっているのか、まだわからなかった。英子氏が児童養護施設の援助をしていると、佐藤の遺書で読んだからだろうか。センチメンタルな感覚に襲われていた。もう二十年以上、帰っていない。

新幹線は人のいないホームに着いた。エスカレーターは動いているが、全ての店が閉まっている。客の消えたロータリーに、タクシーが膨大に並んでいた。ここから施設まで、車で三時間かかる。

タクシーの車内は窓が開き風が入り、運転手はマスクをし一言も話さなかった。駅前はどこかわからないほど開発が進んでいたが、離れるにつれ寂れ、直線だった道は次第に歪み始めた。徐々に見覚えのある風景に変わっていく。

施設は眺めるだけで訪ねるつもりはなかった。辺りを歩き、どこかで宿を取る。あてはなかった。

無人の窓の向こうにブエルを見た気がしたが、歪んだ草むらの影に過ぎなかった。だが僕はブエルを想像し、願いを叶えられるなら今自分は何を言うかを考え、マスクの内側で息が詰まった。願いが浮かばないということは、もうこの世界にいる意味がないのではと考えた。

不穏に傾く思念を脇に逸らし、再び窓に目を向けると見慣れた坂道に来ていた。ここを上がると施設が見える。

歩きたくなり、タクシーを降りた。施設の建物が見えた時、道に1人の少女がいた。

少女は土手に座り足をぶらつかせ、白い布をひらひら動かしていた。歩いてくる僕を一瞬見たが、布をいじる動作に戻った。

「……何をしてるの」

僕はマスク越しに言った。少女は花柄の布マスクをしている。施設にいる子供だと思った。

「……難しい」

「何が?」

「前に、超能力者が来たの」

「……超能力者?」

「うん。その超能力者、すごかったの」少女が僕を正面から見上げる。目が大きい。

「見てる私達の前で、机の上の小さなボールを、布で隠したの。……こういう、白い布。それで布を取ったら、小さなボールが大きなボールに変わったの」

少女のマスクが声で揺れている。

「それで今度は、玩具のネズミを机に置いて布で隠したら、ハトに変わった。ハトは本物で、飛んだんだよ。すごかった」

「そうか」

「それでね、怖い夢を見たの」

少女の声がやや大きくなる。話しながら言葉が止まらなくなったように。

「地震が来る夢。もうすぐ、それが来る夢。職員の人に言っても、怖いねって言うだけで信じてくれない。……この間、聞いたの。うちの建物が地震に弱いから工事しないといけないのに、お金がないって。だから」

眼下に施設がある。その前を、少女が布で隠した。

「こうやって布で隠してパッと取ったら、頑丈な建物に変わるんじゃないかって。そうしたらみんな安心」

施設で僕と向き合ってくれた山倉が死んだのは、五年前だった。アメリカで亡くなっていた。山倉は目標通りアメリカで手品師としてショウをし続けた。二度有名なテレビ番組でカードマジックを披露したこともあり、大きな舞台にも数度立ったという。

そのテレビの映像は見たことがあった。腕はそれほど巧みなわけではなかったが、仕草や言葉——当然英語——に温かみがあり、見た人間は愉快な驚きを与えられ、穏やかな時間を過ごしただろうと思った。彼は何かを変化させる手品を好んだ。歳を取っていたが、彼は充実して見えた。死因は癌だった。

「見てごらん」

僕は涙ぐむ自分に困りながら、少女の目の前にトランプのカードを出した。〈♣8〉

「布で覆って」

少女が布をカードに被せる。

「3つ数えよう。3、2」

カードが〈♡A《エース》〉に変わる。少女が短く声を上げた。

〈♣8〉と〈♡A〉の背を貼り合わせてあるのだが、少女からは見えない。僕はひっくり返しただけだ。

「この世界ではこんなことが起こる」

少女はまだ驚いたままカードを見ていた。

「だから大丈夫。もうすぐあの建物は頑丈なものに変わる」

「本当？」

「君の手品は現実になる」

僕はそう言った。

「君の願いも現実になる」

僕は施設を訪ねた。以前とは違うドアを開けると、何人かの子供達がこちらを見た。その彼らの一瞬の身体の停止に既視感があった。職員も施設長もみな代わっていた。対応してくれた施設長は、小柄な高齢の女性だった。虹の柄の布マスクをしている。他にも様々な活動をしているという。

「でもいくらここの出身だからって、申し訳ないですよ」

施設長は芳子と名乗った。お茶を出してくれた。

「どうか寄付させてください。……いくらになりますか」

「でも」

「お願いします」

「うーん。困ったわねえ」

彼女が立ち上がり、また座る。

「前に見積もりを出してもらったことがあったのですが、でも凄い高額で。ほとんど建て替えないといけないみたいで」

何度も彼女に頼み、書類を見せてもらう。約1900万。

隠居のため貯めていた金を思う。6500万だったが、あのポーカーで約5000万になっている。1900万を払えば3100万になる。僕は思わず笑う。

以前、市井を占った後、意味ありげに床に落ちたカード。〈聖杯5〉

意味の一つは、〝半分以上がなくなる〟。

「……何かおかしなことが？」

「いえ」

僕は笑みを浮かべたまま言う。彼女に説明はできない。

「どうやら、なんというか」

彼女が不思議そうに僕を見続ける。

「当たる占いもあるようです」

施設の周囲を1人で歩いた。昔ブエルを見つけた林は、車のない長方形の駐車場になっていた。

あの時の穴は塞がれ、もう誰もその位置を知らない。山倉を見送った道もなくなり、用途のわからない更地になっていた。

〈蟹〉


帰りのタクシーの運転手はマスクをしていたが、饒舌だった。

「あれは都会のウイルスでしょう。我々の土地に来るのは、都会の飛沫《ひまつ》みたいなものじゃないの」

そうとも言えないが、頷いた。

「誰も予想してなかったはずだよ、急にこんな世界になるなんて。……あまり大きな声じゃ言えないけど、何というか、最近放火があった。東京から来た家族の家がね。本当の事情はわからないけど、コロナから逃げるために避難してきたんじゃないか、と噂が立ってた。……放火は噂で、表向きは失火となってる。それで関連はないようなんだけど、火事の数日後にね、その家族の子供が川で亡くなってしまって」

窓の向こうで揺れた草むらに、またブエルを連想した。

「その川はちょうど町を囲うみたいに円になって流れてててね、場所によっては突然急になるらしい」

あの川は安全のはずだった。地形が変わったのだろうか。

「父親も現場にいて事件性はなくて、事故だった。流されてすぐ捜索が行われたけど、遺体が上がったのは随分後で。……見つけたのは地元の子供だった。川岸に沢蟹が異常に多くて、何だろうと思って蟹の列を追ったら遺体があった」

沢蟹も当時はいなかった。

「気の毒とか放火はやり過ぎとか皆言うんだけど、でもなんで引っ越してきたのか、と言う人も少なからずいてね。せっかく感染者がまだ出てないんだから、こういう時だけ来るなんてと言う人も。……その御両親は精神を病んでまた東京に戻ったけど、それをどこか安堵するようでもあって。悪寒がしたよ」

運転手がミラー越しに僕を一瞬見る。施設の耐震工事に、防犯対策も加えた方がいいかもしれない。

「私は他所者《よそもの》で、あなたもそうでしょう？　少なくとも今は。この町は元々工場町で、歴史と言っても古いものじゃない」

確かに他所から移って来た者達で形成された町だった。それ以前の住民の多くは農家と漁師で、工場の建設と共に他所に移っている。

「不安なのは、新しい町なのに、何やら土地意識が強くなってるようなんだ。数日前に乗せたお客が、結果的にこの町の水がこの町を守った、と言い出した。続けて、こういう天災の時は犠牲がいるって言うじゃない、と真剣な顔で……。人身御供？　この土地にそんな守り神も風習もないはずだよ。それでうちの息子が」

運転手は、続ける前に大きく息を吸った。

「沢蟹の音が聞こえる、と言うようになった。……小学二年なんだけどね、夜にカサカサと音が聞こえて、寝てる自分にたくさんの沢蟹が寄って来る感じがするって。……私は元々東京からこの町の工場で働くため引っ越して来て、工場が閉鎖されてタクシーをやってる。もう二年になるけど、息子の担任が何気なく言ったらしい。東京から友達や親戚は来てないかって。……息子は蟹に怯えるようになった。次は自分じゃないかって。息子は電気をつけて寝るようになった。ああいうのは、暗い所に来るからと。……でもまだ気配を感じるらしいんだ。息子は蟹の近寄る音をカサカサと表現したけど、実際はどんな音だろうね」

絨毯やフローリングの上を少しずつ、様子を窺いながら移動する複数の蟹を想像した。彼にとってのブエルだろうか。ディオニュソスはいるだろうか。

「東京に帰っていった御家族に、どこかで会えてたらと思うよ。駅まで、お客として乗せることができてたらって。……お悔やみをね、言いたかった。だってそうでしょう？　人の死というものが、安堵をもって総括されてはならないんだから」

佐藤の遺書に、この世界はホログラムのようなものだとあった。佐藤なら、歴史や出来事は、ただホログラムに当てる光の角度が変わっただけと言うだろうか。本質的には、同じことを繰り返していると。歴史を作るのは人間で、どのような歴史も材料は人間だから。

そう思った理由は、続けて運転手がこう言ったからかもしれない。

「ウイルスは見えないから、余計ストレスを感じるんだろうね。東京からその家族が来た時ね、まるでウイルスが架空に実体化されたみたいで、一部の町民達は憤りながらもどこか興奮していたらしいよ。狩りみたいに」

〈別の世界〉

——田舎に帰るよ。

知り合いの手品師からの電話だった。ショウをしながら手品グッズの店で働き、数年前、客として来たチェック柄の男に手品を見せ、その隙に商品を取られた男だった。

——コロナでショウもないし、店も休業したよ。全部が一変したよ。貯金がないから家賃も払えないしね。……こういう場合、実家の家業を継ぐってなるんだけど、地方は疲弊してるし家業もとっくに潰れてる。だからただ帰るだけだよ。先は決めてない。

彼は笑った。面白くなさそうに。

──ただ車で帰ろうと思うから、他県ナンバー狩りに遭いそうだ。

地方に車で行き、他県ナンバーだと傷をつけられることがある。ウイルスを他所から持ち込むなという風に。元々ここに住んでいるという在住証明ステッカーまで作られたが、利用してもやられることがあるという。感染した軽症者用の隔離施設となったホテルで、先日火事があった。外からの放火のようだった。

──でもね、前から決めてたことではあったんだよ。コロナはきっかけというか、自分に限界も感じてたし。……やっぱり。

「……ん？」

──あの時からかもしれない。あの時、彼に店のものを取られてから。……あいつの、こいつはいける、というあの目が。

「彼は死んだよ」僕はそう言っていた。

──は？

「知り合いだったんだ。……もちろん、お前とのことは後で知ったけど。俺は彼の死体も見た」

彼は黙った。善良な男だった。

「彼はね、つまらなそうに死んでたよ。確かに非凡な男だったかもしれんけど、でも死んだんだ。とてもつまらなそうな顔で」

地下に入り、二度電波が途切れた。

「だからってわけでもないけど、お前は何も間違っちゃいない」

降りる螺旋《らせん》階段の先に、ドアがある。ノブにふれたくなかったが、仕方なかった。

「それに、お前はこれから」

――いいよ言わなくて。

彼が笑う。

――上手くいくって言うんだろ？ 占いでそう出てるって。……お前と初めて会った時、俺は東京に来たばっかで不安だった。でもお前は占い師として俺に言ったんだよ。覚えてるか？ 努力すれば成功するって。……努力した。でも外れたじゃないか。言われたらまた外れてしまう。

確かに僕はそう言っていた。彼はまだ笑っている。

――だから言うなよ。でも、ああ言われた時は嬉しかった。ありがとう。

さらに曲がる階段を降りていく。また電波が複数回途切れる。再びドアを開ける。

「外したのは悪かった。……でもまだそうと決まったわけじゃない。だけど重要なのはそういうことじゃなくて、何ていうか、お前はいい奴だから」

自分の足音が反響する。

「楽しめよ、人生を」

彼が不意に涙ぐむ。

――うん、……でもお前はどうするんだ？

彼が言う。

――お前は、これから。

僕の目の前に、英子氏がいる。ここは地下駐車場で、待ち合わせていた。

「俺は……、どうなるかな」

――ん？　自分のことを占えないのか？

僕は笑う。

「まだ未熟なんだよ」

別れを言い、電話を切る。英子氏は黒いコートを着、顔を覆うマスクをしていた。マフラーに、光を反射するリングのピアスをしている。最後に会った古びた喫茶店の時と違い、隙のようなものがなかった。そこにいたのは、完全に英子氏だった。

「ここは地下で換気も悪いけど、……ごめんなさいね。事情があってあまり外は歩けないの」

「大丈夫です。質問してもいいですか」

「どうぞ」

「あなたは誰ですか」

どれくらい近づけばいいか、わからなかった。彼女から五メートルほどの距離で、僕は立ち止まる。彼女から、そうして欲しい気配を感じたから。

「それは聞かなくてもいいんじゃない？」

マスクで覆われ、彼女の表情がよく見えない。

「めくらなくてもいいというか。秘密があった方が魅力的というか」

「教えてください」

僕は言い、彼女を見つめた。僕の表情も、マスクでよくわからないはずだった。

「……私は」そう言った瞬間の彼女は、とても美しかった。

「妹なの。鈴木英子という人間の」

駐車場は広く、車はほとんど置かれていない。コンクリートの床は冷えていた。

「あの震災で、私の姉は亡くなった。……もう九年前」

彼女の声が反響する。

「携帯電話で知らせを聞いた時、信じられなかった。あれだけ尊敬して、嫉妬して、厄介な存在だった姉が。……私はその頃、それとは別の理由で死のうとしていた。人生は私にとって厳しいものだったし、私の精神は、それに見合うほど強いものではなかった。でもその時、姉が死んだ時、……私は怒ってたの」

彼女は話しながら、少しも身体を動かさなかった。マスクから白い息が見える。

「姉が死んだことそのものに対して。私と同じように育って、同じようなダメージを幼少期に負ったにもかかわらず、私のように精神的に引き籠もるのではなくて、人生というものに挑戦し続けていた、つまり存在が私への非難になるような姉が死んだことに対して。……さらにそのことに、〝ほらやっぱり〟と条件反射で感じてしまった自分に対して。ほら、この世界はやっぱり最低だ、だから言ったじゃない、生きる意味なんてなかったって、思ってしまった自分に対して。……でも私はそう思った自分をすぐ許した。条件反射まで責めてたら人間は精神がもたない。私は怒りに覆われて……、きっかけは化粧だったの。何となくだった。何となく、姉のようなメイクをしてみようって、鏡の前で思ったの。姉の遺品の化粧品があった。姉がそれによってテンションを上げて、世界と戦ったメイク道具が」

彼女の視線が一瞬揺れた。

「最初は口紅。私は使わない色。姉と間接キスしてるみたいな変な気分で、唇を姉の色に染めた。……私は姉ほど美しくはないから、姉のメイクを真似ても顔は姉ではなかった。でもそれは私でもなかった。私は勤めていたクラブを辞めて、貯金を崩して司法試験の勉強を始めたの。私達姉妹は昔、ある弁護士に助けられたことがあった。以前受けようとして、でも姉が合格したことで何となく諦めた勉強を再開した。……何度も落ちて、合格したのは六年前」

初めて彼女に会ったのは、五年前だった。

「私は姉の名で弁護士として登録した。弁護士は通称名で登録できるから。自分のことが嫌いで別人になりたかったのもあるけど、世界というものに抵抗したかったんだと思う。姉には夢があったのに、あのような形で亡くなってしまった、あれで終わりと思わないでという感じで。……遺志を継ぐことで、自分の生を延長させようとしていたのかもしれない。私も色々抱えてたから」

英子氏はまだ少しも動かない。

「姉ならどうするだろう、と思いながら行動した。そうしてると、生きていけたの。他人の人生を生き直すみたいで、自分が生きることも正当化できた。……でも人間の芯のようなものは意外と脆くて、私は姉のように行動していながら、それを自分の意志と感じるようになった。演技を続けてるとどれが本心かわからなくなるじゃない？それと同じで、もう今の虚偽の自分が何者かわからない。弁護士登録の名前を姉のものにしてるだけで、もちろん成り代わったりしたわけじゃなくて、身分証や普段の日常は本名で生活してるんだけど」

彼女が初めて、恐らく笑みを浮かべた。マスク越しに、そういう表情をした。

「……私が顧問をしていたあの企業は徐々に変わってしまった。あんな愚かな人間がトップになるなんてたまらない。佐藤にあなたを近づかせて、彼に乗っ取らせようとしたの。でもその動きがばれて、追放された。……佐藤の遺書があったんでしょう?」

彼女が笑みのまま言う。

「私のことは書いてあった?」

彼女は一時期、佐藤に好意を持っていたのではないか。姉の恋人だった彼に。好意を持っていたから、直接会えなかったのだろうか。弁護士としてだけであっても、姉の名を騙る存在として。

でも彼の遺書に、彼女のことは一切出てこない。

「他人の遺書なので詳しく言えませんが」

無表情を意識した。

「出てきますよ。あなたが鈴木英子と名乗ってるのは知らなかったようですが」

彼女が僕を見る。嘘とばれていないと判断した。

「死ぬ前の、……彼から電話があった。どうやって番号を調べたのかわからないけど」

彼女が笑みをやめた。表情がわからない。

「時々咳で中断しながら、礼を言われたの。……姉が生きていたもう一つの現実を、あなたがつくってくれたって」

彼女の声が一瞬揺れた。

「UFOの話も聞いた。……笑い声を初めて聞いた。笑う時、あんな声なのね」

彼女が感情をやり過ごすように、言葉を一度止め息を吸った。

「彼は語らなかったけど、あの人の両親は酷《ひど》かったみたいで……。その頃にどこかに消えていた、小さい時の彼の感情の声なんじゃないかとも思った、あの笑い声は。……無意識に抑圧していたものが、突然出る感じで。彼の奇妙な人生も易しいものじゃなかった。他の人の人生と同じように」

僕は近づこうとし、足を止めた。

「事情を聞いていたら、僕はもっと協力できた。あんな風に姿を消して裏で動こうとしなくても、僕はあなたに従いました」

言いながら、でも根本的な理由はわかっていた。

「仕方ないことなの。わかるでしょう？ 私は男性を信じないから」

近づき方は市井の自由だったはずだけど、僕から佐藤の髪や爪を取りいざという時の保険にし、僕を脅して協力させようともしたはずだった。

「それだけじゃない。ポーカーもあなたの命令だったはず」

「だって仕方ないでしょう？」

彼女が笑った。明確に。

「腹が立ってたんだから。最初に久し振りに会って、断られたんだよ？」

「何がですか」

「部屋に行こうとする女性を断ることがどういうことか、教えなければと思った」

僕は呆然とする。

「久し振りに会った私との時間より、賭博場でのディーラーの感覚に既に惹かれていた。……でも何より腹立たしかったのは、その後の態度。私からの依頼が難しくなった時、今度は私を部屋に呼ぼうとした。覚えてる？」

覚えていた。

「昔関係したことのある女なら、そうやって説得できるみたいな感じがして虫唾が走ったの。だからちょっとした復讐が必要だった」

「違う。絶対違う。僕はそんなつもりじゃなかったですよ。僕はあれからポーカーで」

「ミスをして、あのクラブに行くことになった竹下を、あなたが救えたらそれでいいと思った。でも多分あなたのことはクラブ側にばれてるし、あの最悪なゲームに参加させられるかもなとも思った。……それで全財産を取られればいいって。でも150万を失うだけで済んだんでしょう？　大したものだよ」

彼女が笑う。ギリシャ神話のヘラもこんな風に笑っただろうか？　最悪だと感じ身体の力が抜けたが、彼女の笑う姿に一瞬見惚れた自分に気づいた。考えてみれば、僕が生涯で内面を話したのは彼女だけだった。

本当に彼女から離れたかったなら、なぜ僕は再び今の場所を占い師としての拠点にしたのだろう。なぜチェック柄のいる違法賭博場に、再び近づいたのだろう。

「あなたは、これからどうするのですか」

さっき手品師に電話で言われたことを、彼女に言っていた。

「これまでと同じ。もうつくった財団をもっと大きくして、姉がやろうとしてたことを少しずつする」

「1人でですか」

僕は言う。少しだけ彼女に近づいた。

「僕は、あなたが」

「やめた方がいいよ」彼女が腕で僕を制す。

「急にどうしたの？……それに、あなたが私に好意を持ってるとしても、それは姉を真似してる私だから。結局姉なんだよ、あなたが惹かれたのは」

「違う」

「いや、そうでしょう？　姉になろうとする妹っていう、もう一つの現実みたいな存在を、あなたが無意識に求めた可能性だってある。あなたのこれまでを考えれば」

その可能性は確かにあった。それに恐らく、彼女はディオニュソスが好みそうな女性かもしれない。

「本当の私はもうどこにいるかわからないし、……もちろん、これから本当の私をもっと深く知ることはできると思う。いま抱き締められたら私の考えも変わるかもだけど……、ほら」

そう言い、僕との距離を目で指した。

「今はそれも無理だからね。私は基礎疾患があって、恐らくあのウイルスに弱いから」

僕は近づこうとし、足を止めた。

「じゃあね」

今のはわざと言ったのだろうか。牽制するために。わからない。でもウイルスを気にせずいま抱き合うほど、僕達はもう若くないのも確かだった。

彼女が背を向け、歩いていく。地下駐車場から出る白い鉄のドア。彼女は赤いハンカチを出し、ノブをつかみドアを開けた。言葉が出ない。最適な言葉がわからない。あれほど多くの顧客に、様々な言葉を言ってきたというのに。

彼女がドアを越えた。振り返らない。隙のない服で、彼女が再び彼女の人生に消えていく。小さな音を立て、ドアが閉まった。

僕と彼女を遮るドアを見ながら、山倉の言葉がよぎっていた。

〝君は幸福になる〟

〝絶対だ〟

「うん、なかなか」

自分の呟く声が聞こえる。周囲に誰の姿もない。

「どうやらそれは難しいらしい」

〝半分以上がなくなる〟。あの時落ちたタロットカードの意味は、金銭的なものだけではなかったのかもしれない。

しばらくその場に立っていた。でも僕は既に歳を重ね、痛みや寂しさをやり過ごすのに、もう随分と慣れてしまっている。

〈エピローグ〉

──久し振り。

ブエルだった。

──久し振りと言ったけどね、本当は数週間前にも、私は君と夢で会ってるんだ。君は忘れてるけど。

僕は占い用のマンションの、ソファベッドの上にいた。絵のないまま飾っていた額を何気なく見た時、僕の斜め上にいた。

彼は少しも歳を取っていなかった。バスケットボールほどの大きさになり、天井の隅に移動した。小さい頃、施設の布団の上で見た時と同じ姿勢だった。

──君は生命の危機で不安定だったから、入りやすくなっていてね。人間は死ぬとき人生の総括をするものだから。……でもどうやら、やり過ごしたらしい。ギリギリだったけど。

ブエルが鬣《たてがみ》を壁にこすりつける。痒いのかもしれない。

──佐藤と君が最後に会った時、君はあと一歩だったんだよ。佐藤の感情の、僅かな加減に過ぎなかった、君が助かったのは。

「……そう」

――あと君が気づいていないことが一つ。あのいかれたクラブから戻りタクシーに乗っている時、高速を使っただろ？　あの時ね、君が乗ったタクシーの隣を通過しようとしたトラックの運転手が、一瞬睡魔に襲われていたんだ。君は当然わからなかっただろうけどね、君は君の周囲の状況の進み方と全く関係なく死ぬところだったんだよ。

彼から以前の獣の臭いがしない。飼育小屋のような臭いが。

――ああ、臭いに関してはね、君がこの部屋を清潔に保ちたいと思っていて、その意志が僅かに勝ってるからだよ。ん？　また意識が揺れたのか。現代人はどうも、一つのことをもう長く考えられなくなってるらしい。危うく私も引っ張られるところだった。……用件に入るよ。今なら色々、君に教えられるから。

テーブルの上に、タロットカードが背を向けて並んでいた。ウェイト＝スミス版。

――何度か君はめくることができる。知りたいことを知ることができるよ。行方不明になった母親がどうなったか。

ブエルがやや近づく。

――君の父親が誰か。

ディオニュソス神が本当は一青年の妄想なら、彼は自分の不明な父がゼウスのようであったならと願望したことになる。でも僕は知りたいと思わなかった。首を横に振った。

――……なるほどね。君はもう自分の人生で自分を染め上げて、様々なことも通過して、……過去との関係が、ようやく少し薄くなってるのかもしれない。

ブエルが僕をじっと見る。

――でも私のような存在は、当然普段は奇妙な領域にいるからね。……無数のカードやドアみたいなものから君の親の有様を知る最中、昔の君を見つけてしまった。彼はまだ母親の部屋でカードを探し続けてる。弾《はじ》かれて宙に舞って落ち、見つからない数枚のカードを。彼をどうしよう？

自分にそのような部分がまだあるとは、思っていなかった。でも自分のことはわからない。

「心配ないって伝えて欲しいかな。……足りなくても、何とかなるから大丈夫だと」

――うん。考えておくよ。欠落が人の魅力になるとも言ってみようか。ははは！……そのカードはどうやら、数枚がタロットに変化しているらしい。心当たりはある？

ブエルが笑う。僕は何かを考えようとするが、上手くいかない。

――最初、君が呼び出そうとした悪魔は私でなくアスタロトだった。覚えてるよね。

覚えていた。

——私達にも歴史がある。彼が生まれたのは、古代ギリシャのアテネなどで〝パルマコス〟の儀式があった頃らしい。……共同体の罪や穢れを祓うため、国内で特に醜く貧しい者を選び、全体の罪穢れを背負わせ追放したり殺害したりした。……戦時中、貧しい兄妹がいた。顔を病で損傷し痩せた妹がその儀式のため引きずられ同じ市民達に殺されようとした時、兄はその目の前の光景が信じられなかった。なぜなら彼らは味方で自分達は罪もなく、ただ貧しかっただけだから。……兄は思う。〝こんなことがあるはずがない〟。その瞬間、アスタロトは自分がその場で、彼と既に殺されていた妹を第三者として見ていることに気づいたそうだ。それが最初の記憶らしい。……自分達が何のために発生し存在しているのか、実は私達自身よく知らないんだ。悪魔学の専門家でもいたら、アスタロトの生まれはそうじゃない、不明だと言うだろうけどね。私については。

ブエルが瞬きを繰り返した。

——最初の記憶は、砂埃の舞う乾いたコロッセオだった。古代ローマのあれだよ。満員の観客が興奮する中で、剣を持ちながら震えている痩せた男とライオンが対峙していた。ライオンは思う。〝これは違う〟と。……感情のズレが生じたその時だね、私が自分の存在を感じたのは。自分という存在として、その剣を持ちながら脅える男とライオンを見ていた。ライオンは善良な動物と言えない。肉食で放浪し、群れを作った雄のライオンと戦う。倒せばそのライオンの子供達を皆殺しにする。そうしないと母であるライオンが発情しないから。でも私達の生存の悪は観られるものじゃないんだ。楽しまれるものじゃない。もっと必死で純粋なものなんだよ。……それから、様々な光景を私は観ることになる。たとえば同じ古代ローマの皇帝ネロ。彼が夕食会の灯りのため縛り上げたキリスト教徒に火をつけ、松明の代わりにしたのも観ていた。その明るさに照らされた酒や料理の数々もね。でも私は、火をつけられ絶叫したその耳障りなキリスト教徒を見ながら、将来、彼の仲間が別の者達に火をつけるとも確信していた。

ブエルが僕を見つめる。

──こういうのも観た。戦争で投石機を使っていた時代のモンゴルの軍隊。石の代わりに人間がセットされたことがあった。伝染病に罹《かか》った男だよ。そういう人間を敵国の城壁内に飛ばし、疫病を蔓延させたわけだ。……投石機が稼働し、もの凄い勢いでその男は飛んだ。空中で円を描き飛ぶ彼の胴体に、頭部や腕がついていけず関節が砕け歪み反れていた。強打者の放つホームランボールのようだったよ。空中で気を失う寸前の彼の表情はあまりにつまらなそうだった。……私達は人間を惑わすと君に言ったけど、厳密には違うんだ。事物の発生のきっかけは全て人間で、私達は彼らの精神の投影に過ぎない。遅れていく意識のように、ただ彼らの欲望や行動を追認していくだけだ。

「……本当に？」

――私達の姿を見たり意識することで、彼らが一方的に相互作用を感じることはあるだろうけどね。いま世界はたまたま疫病下だが、これまでも天災や戦争などあらゆることが繰り返されてきた。その度に様々な惨劇が各地で発生し、私やアスタロトのような存在が生まれてきた。……聞こえるか？　いま各地で私達の新しい仲間が生まれている。前に一度言っただろう？　彼らの数は多い。世界はさらに精神的にも病むだろう。……まあもしかしたらこの疫病の現象も、集う者達を見るのが面白くなかった人々の、その意識の現れの結果かもしれないけどね。

ブエルが再び笑う。

――君は結果的に、色んな意味で病んでいく世界を励ますことになるようだ。ディオニュソスが自分の与えた酒で、幸福に踊る人々を寂しく眺めていたように。……人間は誰でも存在として、一つから三つの動詞で大枠を表現できるからね。一応〝励ます人〟になるのだろうか？　そうなるといい。でも恐らく私は再び君の前に現れる。

絵のない額が割れた。二度、三度。

――なぜなら、人生はそんなに簡単じゃないから。やや不吉なのは、どうやら君の願望が少しずつ稀薄になっていることだろうね。全てを放り出し全てを軽蔑したくなる発作が一定以上持続した時だろうか、次に会うのは。その時にまた君が君の人生に耐えられるといいけどね。

僕は気づくと椅子に座っている。

――君はそろそろ新しく目覚める。時間がない。最後に君に、この世界の秘密を少し教えるよ。一体この世界が何であるのかを。カードをめくるといい。

僕は数枚あるカードのうち1枚をめくる。息を飲む。

「……本当に？」

――そうだよ。世界はそんな風なんだ。佐藤の親友だったIは惜しいところまでいっていたね。もう1枚めくるといい。

「そんな」

――んん、この世界は面白いだろう？　だがまだ全部じゃない。

1枚のカードが宙に浮く。ブエルの色が薄くなっていく。

――最後に一つ、これまでのカードを全てひっくり返すようなことを言おうか？……つまり君達は、やはり絶望なんてできないんだよ。

浮いたカードが回転する。

――だってそうだろう？　明日何が起こるのかも、わからないんだから。

僕は起き上がる。何か夢を見ていた気がしたが、思い出すことができなかった。

＊

「吉田さんの運勢は、今とてもいい流れの中にあります」

僕の手元のタロットカードの束を、新しい顧客の吉田が画面越しに見つめている。リモートでの占いは、意外と上手くいっていた。画面の向こうの彼女に見えるように、カードを並べていく。

「見ての通りです、……ほら」

吉田の頰が微かに上気する。カードはランダムに並べていた。出た絵柄を、全ていい方向へ解釈していく。

「いい流れです。いま興味があることを、まずしてみるのはどうでしょうか」

彼女はまだ詳しく話さないが、恐らく大きな失恋の後と思われた。長い月日を経て、今ようやく動き出そうとしているのだと。

「今はまだ、少し辛いかもしれません」

僕は彼女の目を画面越しに見る。

「でもここを越えれば、当たる光の角度が変わるように、新しい日常が始まるはずです。世界は変わっていきますので」

部屋にあった膨大なカードは、大半を売ることにした。クラブ〝R〟のディーラーになる話はまだ返事をしていない。それより不安化する世界で顧客の数が徐々に増えていた。隠居より、今はひとまずやることがあった。

「私は……、自信がなくて」

「でも運が来てると知ることができた。そうでしょう？　占いは力ですよ」

カードの束をつかんだ時、１枚がテーブルに落ちた。以前、意味ありげに落ちた〈聖杯５〉の時と同じように。

僕はそのカードをめくる。〈剣４〉。

どう解釈したらいいだろう。僕は少し笑う。意味の一つは、〝ひとまずの休息〟。

主な参考文献

・『神統記』ヘシオドス、廣川洋一訳／岩波文庫
・『ギリシア神話』アポロドーロス、高津春繁訳／岩波文庫
・『ギリシア悲劇Ⅳ　エウリピデス（下）』エウリピデス、松平千秋ほか訳／ちくま文庫
・『悲劇の誕生』ニーチェ、秋山英夫訳／岩波文庫
・『ディオニュソスへの旅』楠見千鶴子／筑摩書房
・『西洋占星術史　科学と魔術のあいだ』中山茂／講談社学術文庫
・『タロットの秘密』鏡リュウジ／講談社現代新書
・『タロット占いポケットマニュアル』寺田祐／ニチユー
・『カードマジック事典　新装版』高木重朗編／東京堂出版
・『アブラカダブラ奇術の世界史』前川道介／白水社
・『神々の沈黙　意識の誕生と文明の興亡』ジュリアン・ジェインズ、柴田裕之訳／紀伊國屋書店
・『魔法　その歴史と正体』カート・セリグマン、平田寛訳／人文書院

・『ハーメルンの笛吹き男　伝説とその世界』阿部謹也／ちくま文庫
・『魔女狩り』森島恒雄／岩波新書
・『多神教と一神教』本村凌二／岩波新書
・『オウム真理教事件Ⅰ、Ⅱ』島田裕巳／トランスビュー
・『投影された宇宙　ホログラフィック・ユニヴァースへの招待』マイケル・タルボット、川瀬勝訳／春秋社
・『ブラックホール戦争　スティーヴン・ホーキングとの20年越しの闘い』レオナルド・サスキンド、林田陽子訳／日経ＢＰ社

＊モンゴルの投石機、ＵＦＯに関しては、HISTORY公式チャンネル https://www.youtube.com/c/HISTORYjp/featured を主に参照しました。

『カード師』について

——文庫解説にかえて

わからないものをめくる行為や、表裏のあるその形状など。カードというものが、生きるということだけでなく、この世界のありようまでも、表しているように思っていた。

単行本の発売から、二年以上が過ぎた。この機会に少しだけ、作品について書いてみたいと思う。

カードの表裏のように、現実と超現実（オカルト的なものや占い）を描くだけでなく、神話も入れることで、世界観の奥行きを出そうとした。占星術とも関わる、ギリシャ神話を扱った。

作中で紹介されるディオニュソス神は、女性達を味方につけ、物事を達成する。でもこの主人公は女性達の協力を得ようとし、ことごとく上手くいかないという、逆の皮肉の構図にもなっている。指示系統が乱立する多神教から、一神教への変容なども作中で発生している。ディオニュソス神は作中にある通り、予言の神でもある。

主人公は「占い」や「(ポーカー等の) イカサマ」、「神話 (ディオニュソス) との同化願望」などの「虚構」を使い現実と対峙するけど、この世界では、魔女狩り (手品も関わる) や、ナチス、新興宗教の暴挙、9・11、天災など、まるで虚構と見間違うほどの激しく残酷な現実が、カードの表裏のように突如発生する(でも錬金術のような、いい〔?〕虚構は現実化されない)。この小説は新聞連載で、連載中の2019年末、新型コロナウイルスも突如流行することになった。

佐藤の最後は、予期せぬことで亡くなる、とだけ決めていた。まだ新型コロナウイルスの発生が知られる前、ブエルのセリフで「そして世界全体が病んだ時、出現するのはまた別の者達だ」となぜか書いていた。虚構のような残酷な現実の出現というこの小説のテーマと、残念ながら現実がリアルタイムで合ってしまい、佐藤の最後はああでしかなくなった。小説を書いていると、時々こういうことがある。

最後にブエルが、少年の主人公が探し続けているトランプの、数枚がタロットに変化しているらしいと言う。冒頭に掲載したタロットカードは作中に出てきたもので、それらをある意味見つけたことで、彼は何かを潜り抜けたとも言えるだろうか。主人公が自分を占った時に、深層心理を表す位置に出た〈剣キング〉も奇妙なことではあった。作中でも触れた通り、〈剣キング〉にはサディズムの意味がある。彼はただ物事に巻き込まれただけでなく、根底にはそれがあったと言えるだろうか。

こういうのは評論家のやることだけど、こういう感じの指摘は僕の知る限り恐らくなかったので、文庫のちょっとしたおまけとして——単行本から時が経ったので——書いている。もちろん、他にも色々に、解釈できることがある。

佐藤から渡された三つの歴史の手記は、虚構的な現実の出現というテーマに即してはいるけど、独立した短編としても読めるように書いたつもりでいる。そして気づいた人もいるかもしれないけど、僕の小説『教団X』のある登場人物が、この小説に一人出てくる。その後の活動の一つ、という形で。

全ての小説がそうだけど、この小説もまた、僕にとって特別で大切なものになった。自分では、キャリアを重ねたからこそ、書けた小説とも思っている。さすがにこれは、デビュー作では書けない。新聞連載で挿絵を描いてくださった、目黒ケイさんの絵からも多大なインスピレーションを受けた。

これからも、読者の方々と共に生きていけたらと思う。ブエルが最後に言う通り、僕達は明日何が起きるのかもわからないから、絶望することはできないともいえる。

〝重要なのは悲劇そのものではなく、その悲劇を受けてもなお、人生を放り出さない人間の姿だと〟

カードを描きながら、このような時代の中でも、光を書きたかった。読んでくれた全ての人達に感謝します。この小説の全体からでも、一部からでも、何かを感じてくれたら作者としては嬉しい。

二〇二三年　八月八日　中村文則

（＊東日本大震災は記録では横揺れですが、東京での僕の当時の体感を踏まえ、作中では縦揺れになっています。）
（＊作中でふれた神秘主義者・ウェイトの経歴には諸説あります。）

本書は二〇二一年五月、小社より刊行されたものです。
初出は二〇一九年十月一日から二〇二〇年七月三十一日の朝日新聞連載です。

カード師《し》

朝日文庫

2023年９月30日　第１刷発行

著　者　中《なか》村《むら》文《ふみ》則《のり》

発行者　宇都宮健太朗
発行所　朝日新聞出版
〒104-8011　東京都中央区築地5-3-2
電話　03-5541-8832（編集）
03-5540-7793（販売）
印刷製本　大日本印刷株式会社

Published in Japan by Asahi Shimbun Publications Inc.
定価はカバーに表示してあります

ISBN978-4-02-265118-1

落丁・乱丁の場合は弊社業務部（電話 03-5540-7800）へご連絡ください。

送料弊社負担にてお取り替えいたします。

井上　荒野
夜をぶっとばせ
どうしたら夫と結婚せずにすんだのだろう。たまきがネットに書き込んだ瞬間、日常が歪み始める。直木賞作家が描く明るく不穏な恋愛小説。

井上　荒野
悪い恋人
夫にも、義父母との同居にも、なんの不満もなかった。でも、あの男と寝てしまったいま、家族たちが異様に見える——。《解説・江南亜美子》

井上　荒野
あちらにいる鬼
小説家の父、美しい母、そして瀬戸内寂聴をモデルに、逃れようもなく交じりあう三人の〈特別な関係〉を描き切った問題作。《解説・川上弘美》

遠藤　周作著／鈴木　秀子監修
人生には何ひとつ無駄なものはない
人生・愛情・宗教・病気・生命・仕事などについて、約五〇冊の遠藤周作の作品の中から抜粋し編んだ珠玉のアンソロジー。

遠藤　周作／監修・山折　哲雄
人生の真実を求めて
神と私〈新装版〉
著者が生涯を賭して追究した七つの主題、人間、愛、罪、いのち、信仰、宗教、神。彼の著作の中から、珠玉の言葉を集めたアンソロジー。

加藤　シゲアキ
できることならスティードで
大阪やキューバ、パリ紀行から、不登校についてや〝父〟との別れなど思索の旅まで、旅をテーマにした清々しいエッセイ集。《解説・朝吹真理子》

津村　記久子
ディス・イズ・ザ・デイ
《サッカー本大賞受賞作》

全国各地のサッカーファン二二人の人生を、二部リーグ最終節の一日を通して温かく繊細に描く。各紙誌大絶賛の連作小説。《解説・星野智幸》

津村　記久子
まぬけなこよみ

こたつ、新そば、花火など四季折々の言葉から様様なエピソードを綴る。庶民派芥川賞作家のとほほで可笑しな歳時記エッセイ。《解説・三宅香帆》

西　加奈子
ふくわらい
《河合隼雄物語賞受賞作》

不器用にしか生きられない編集者の鳴木戸定は、自分を包み込む愛すべき世界に気づいていく。第一回河合隼雄物語賞受賞作。《解説・上橋菜穂子》

村田　沙耶香
しろいろの街の、その骨の体温の
《三島由紀夫賞受賞作》

クラスでは目立たない存在の、小学四年と中学二年の結佳を通して、女の子が少女へと変化する時間を丹念に描く、静かな衝撃作。《解説・西加奈子》

村田　沙耶香
私が食べた本

何度も読み直した小説や古典、憧れの作家、そして自身の著書について――。「本」にまつわる事柄を一冊にまとめた書評集。《解説・島本理生》

村田　沙耶香
となりの脳世界

デビューから今までの日常と想像のあれこれを書き綴ったエッセイ集の決定版。一五本を追加収録。読み終えると世界が広がる。《解説・矢部太郎》